I0641687

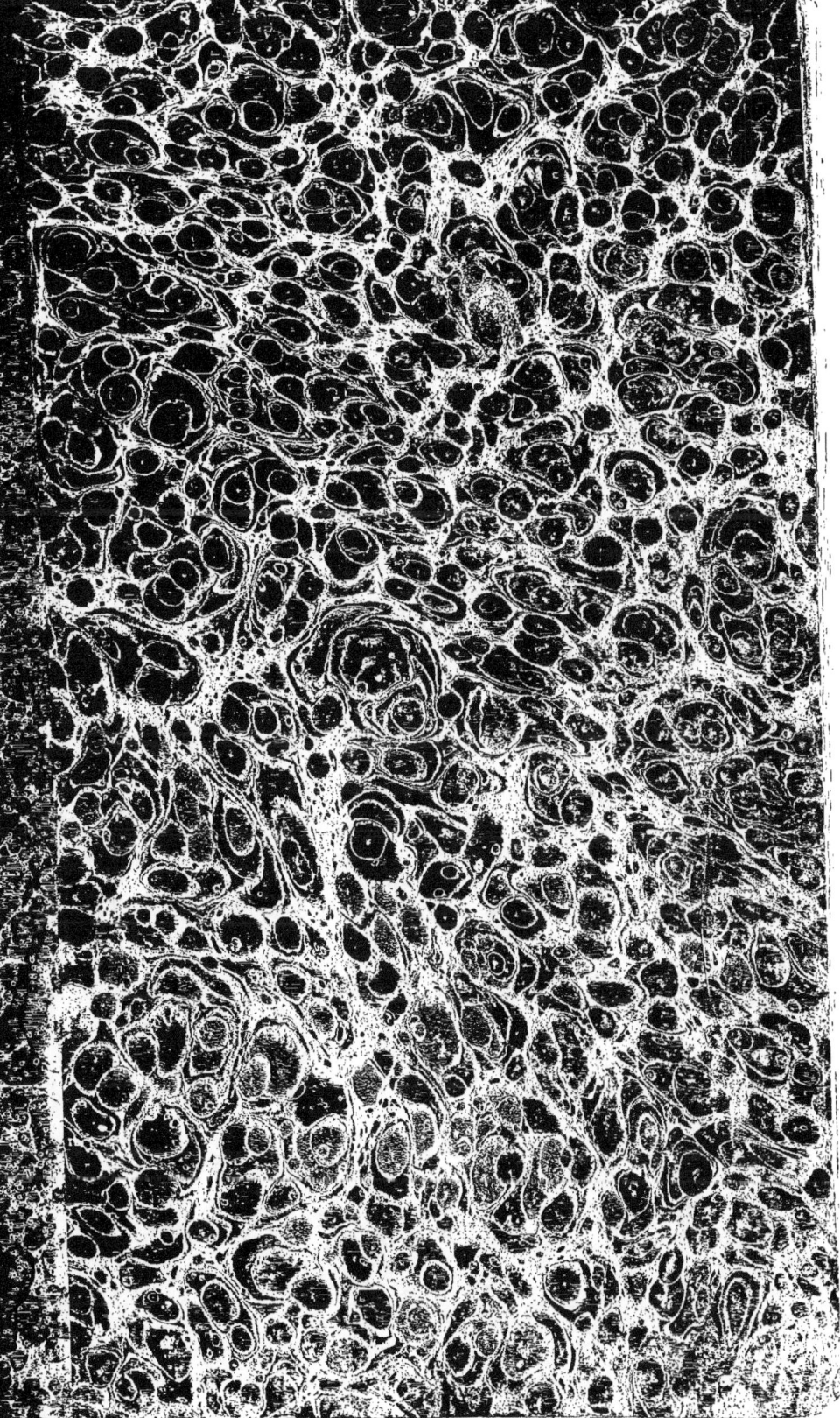

OEUVRES

DE

P.-L. COURIER.

IMPRIMERIE DE TENCÉ FRÈRES,
RUE DE SCHAERBEEK.

P. L. COURIER.

assassiné en 1825

OEUVRES

COMPLÈTES

DE P. L. COURIER,.

ORNÉES DU PORTRAIT DE L'AUTEUR.

TOME PREMIER.

BRUXELLES,

A LA LIBRAIRIE PARISIENNE,

FRANÇAISE ET ÉTRANGÈRE,

RUE DE LA MADELAINE, SECTION 8 , N.º 438.

1828.

NOTE

SUR LA VIE ET LES ÉCRITS

DE PAUL-LOUIS COURIER.

———

Courier (Paul-Louis), né en 1773, à Paris, mort assassiné à Véretz en 1825, a été sans contredit l'un des écrivains les plus remarquables de son temps ; et quoiqu'il n'ait pas été l'un des moins remarqués, on doit avouer cependant que sa réputation est restée jusqu'ici au-dessous de son immense mérite. Cela vient sans doute de ce que, sur les matières toutes sérieuses qui l'ont occupé, Courier ne composa jamais aucun ouvrage considérable, aucun traité *ex professo*, mais seulement des opuscules en littérature, en politique des pamphlets. Pour que l'écrivain soit remis à sa place, que faut-il ? réunir ces pamphlets et ces opuscules, et en donner un recueil complet. Quant à l'homme, au citoyen, il n'a pas besoin non plus d'autre chose pour être apprécié ce qu'il valait. Si nous faisons précéder le recueil des écrits de Courier de quelques lignes d'introduction, c'est

donc bien moins pour essayer son éloge, absolument inutile à qui les lira, que pour apprendre
au lecteur à quelle occasion chacun de ces écrits
fut publié. L'histoire de leur publication est en
même temps celle de sa vie ; l'histoire de sa vie,
le plus beau panégyrique de son caractère.

Fils de Jean-Paul Courier, propriétaire du fief
de Méré, en Touraine, Paul-Louis fut baptisé sous
ce nom de terre, qu'il ne porta jamais, de peur
qu'on ne le crût gentilhomme. Son père, homme
d'esprit et d'un esprit cultivé, dirigea lui-même
son éducation, et sans autre maître, le jeune Courier savait déjà le grec à l'âge de quinze ans. Il
étudia aussi les mathématiques ; il y devint habile
de bonne heure, puis embrassa la carrière militaire ; et tout en continuant à se livrer avec ardeur à ses études, particulièrement à celle du
grec qui fut toujours son étude favorite (*l'Éloge
d'Hélène* date de l'an XI), il montra tant d'acti-
vité, d'intelligence et de bravoure dans les différentes campagnes qu'il fit en Allemagne et en Italie, que du grade d'officier subalterne d'artillerie,
auquel il avait été nommé en 1792, il atteignit
rapidement celui de chef d'escadron. Mais l'indépendance naturelle de son caractère ne tarda pas
à lui faire prendre en dégoût un métier où l'obéis-
sance aveugle est le premier devoir ; et ce dégoût
devint extrême, lorsqu'un homme voulut employer
au service de son ambition personnelle tous les

bras qui s'étaient armés pour la cause de la patrie.

Après avoir combattu par patriotisme, au temps de l'invasion étrangère, Courier ne continua donc de faire la guerre sous l'empereur que *par compagnie*, pour ne pas délaisser ses anciens camarades. Mais après la bataille de Wagram (juillet 1809), il offrit enfin sa démission. Elle fut acceptée avec beaucoup d'empressement par ses chefs, auxquels déplaisaient fort la franchise de ses opinions et la tournure caustique de son esprit. L'anecdote suivante pourra donner une idée du peu de ménagement qu'il gardait dans ses propos sur leur compte. Le lendemain d'une mêlée assez chaude, où il lui avait semblé que César Berthier ne s'était pas conduit avec une bravoure romaine, il rencontra sur son chemin les fourgons de cet officier, portant son nom inscrit en grosses lettres. Aussitôt Courier se jette à la tête des chevaux, et rayant avec la pointe de son sabre le mot de César : « Va dire à ton maître, crie-t-il au conducteur, qu'il peut continuer de s'appeler Berthier. Mais pour *César,* je le lui défends ! »

La discipline militaire n'était guère plus respectée de lui dans ce qui gênait ses habitudes et ses goûts. Rien, par exemple, ne put le contraindre à se servir de selle et d'étriers. Jusque dans les parades il chevauchait à la grecque ; et quand son régiment ne se battait point, il lui arrivait ordinairement de le quitter, sans ordre ni permission, pour aller fouiller quelque bibliothèque d'Italie. Ce fut pendant l'une de ces excursions qu'en feuilletant, à Florence, un manuscrit des *Pastorales* de Longus appartenant à la bibliothèque Laurentienne, il crut y remarquer le passage du premier livre manquant dans toutes les éditions de cet auteur. Aussi en 1810, quand la liberté lui eut été rendue, le premier usage qu'il en fit, fut de s'assurer de la chose, puis de collationner avec soin le manuscrit entier et de copier le fragment inédit. Mais ayant eu le malheur de répandre de l'encre sur plusieurs lignes du précieux fragment, le bibliothécaire Furia, dont l'amour-propre souffrait de la découverte de Courier, profita de cette tache d'encre pour l'accuser d'avoir détruit l'original afin de s'en approprier, avec M. Renouard, la publication et la vente. Courier dédaigna d'abord de se disculper ; l'imputation lui paraissait trop absurde. Mais le préfet de Rome l'ayant sommé de répondre, il crut devoir le faire par-devant le public, dans une *Lettre à M. Renouard*, véritable chef-d'œuvre de bon sens et de plaisanterie. Après quoi, pour montrer combien il était loin de vouloir spéculer sur sa découverte, il imprima le fragment lui-même qu'il distribua gratis à tous ceux qui le lui demandèrent. Déjà auparavant il avait publié à Florence une traduction complète de Longus, où il avait pris d'Amyot tout ce qui était conforme au texte

grec, et imité à s'y méprendre son style et sa manière dans le supplément retrouvé du premier livre, ainsi que dans tous les endroits qu'il avait
changés. Enfin il donna à ses amis cinquante-deux
exemplaires du texte complet de Longus imprimés
à Rome, petit in-4°, et réimprima plus tard à Paris,
avec de nouveaux changements, la traduction de
Florence qui n'avait été tirée qu'à soixante exemplaires.

De retour dans cette Capitale, après quatre ans
de séjour en Italie, il écrivit sur l'Athénée de
Schweighœuser un article très-remarquable dans
le Magasin encyclopédique de Millin, et donna
une traduction du *Traité de la Cavalerie* de Xé-
nophon accompagnée de notes fort estimées par les
érudits.

Vint la restauration de 1814. Tout en déplorant
la manière dont elle s'opéra, Courier ne put s'empêcher de s'en réjouir. Ainsi firent bien d'autres amis
sincères de la liberté, qui depuis....... Mais alors
la Charte n'avait pas été *interprétée*. Ayant donc
donné dans la Charte en plein, selon son propre aveu, il s'apprêtait à savourer les douceurs
d'un régime franchement constitutionnel, lorsque
les cent jours rappelèrent les étrangers en France,
et à leur suite la réaction royaliste de 1815. Cette
réaction ne fut nulle part plus violente que dans le
département d'Indre-et-Loire où Courier avait ses
propriétés. M. Bacot, préfet de Tours, fit arrêter,

dans l'espace d'un mois, plus de cinq cents personnes ; dont plusieurs moururent en prison.

Courier, indigné de ces mesures tyranniques, adressa aux deux Chambres une *Pétition*, au nom des habitants de Luynes, petit village situé sur le bord de la Loire. Le ministre Decazes , qui cherchait à fonder sa puissance sur les ruines des deux partis extrêmes , se servit de cette pétition contre les ultra-royalistes. Les persécutions cessèrent : Courier se tut.

En 1819 seulement il reprit la parole. Ce fut à propos d'un procès injuste et ridicule intenté par le maire de Véretz à son garde-chasse, et contre de petites vexations qu'il éprouva lui-même de la part des agents ministériels. Il eut gain de cause dans ces affaires, et reçut d'un directeur général d'alors un accueil si gracieux, qu'on alla jusqu'à lui demander ce qu'on pouvait faire pour lui. « Rien, répondit Courier. Je ne prétends à rien, » et ne me crois même propre à rien. »

Il dérogea pourtant à ce principe une fois dans sa vie, en se présentant pour une place d'académicien, vacante par le décès de son beau-père Clavier. Mais il faut dire que c'était pour remplir une promesse faite à Clavier à son lit de mort : et certes on eut lieu de s'applaudir de cette démarche, puisqu'on lui dut la *Lettre à MM. de l'Académie des Inscriptions et Belles-Lettres*, délicieuse satire des académies, académiciens et aspirants à l'être. Il y a tel nom que, après avoir lu cette lettre, on n'entendra jamais prononcer sans rire.

Dans la même année parut, sous le titre de *Lettre particulière,* le premier cahier de ce qu'on peut nommer ses *Provinciales politiques.* Car, au fond comme dans la forme, les pamphlets de Courier rappellent tout-à-fait les immortelles Lettres de Pascal. C'est la même force de logique, la même hauteur de pensée, la même finesse d'esprit avec plus de bonhomie encore, la même perfection de style, la même variété de ton et de genre. Les *Lettres au rédacteur du Censeur,* qui furent insérées dans ce journal au mois d'avril de l'année suivante, commencèrent à populariser un peu son nom, et par suite à éveiller sur lui l'attention de l'autorité. Elle tâcha, au moyen d'une escobarderie ministérielle, de l'exclure des élections. Courier réclama avec force son droit d'électeur, dans une adresse à *MM. du Conseil de préfecture de Tours;* et droit lui ayant été rendu, un propriétaire influent du département d'Indre-et-Loire voulut profiter de cette contestation pour le faire nommer député par la faction libérale. Mais comme il n'était d'aucune faction, la tentative échoua; et Courier écrivit alors sa *Seconde Lettre particulière,* où il mit en scène tout ce qui venait de se passer au collége électoral.

Jusque-là aucune poursuite n'avait été dirigée

contre lui ; aucune coterie ne l'avait prôné. Le cer-
cle de ses lecteurs était donc fort restreint. Mais
voilà qu'en 1821 il s'avise dans un *Simple discours aux membres de la commune de Véretz*,
*à l'occasion d'une souscription proposée par Son
Excellence le Ministre de l'intérieur pour l'acquisition de Chambord*, de dire sur cette mesure
odieuse et impolitique ce que tout le monde en
pensait. Aussitôt l'apparition de ce pamphlet, un
réquisitoire est lancé contre lui : il est traduit devant la cour d'assises, et contre toute justice, condamné à l'amende et à la prison. Pendant l'instruction du procès il demanda l'assistance de leurs
prières *Aux âmes dévotes de la paroisse de Véretz*, et après son issue publia, sous le titre de
Procès de Paul-Louis Courier, vigneron, etc.,
son interrogatoire, véritable scène de comédie ; un
extrait du plaidoyer de M. de Broë, où il couvre
cet avocat-général d'un ridicule que jamais homme
ne mérita mieux ; le plaidoyer de son avocat, puis
enfin quelques pages contenant ce qu'il eût allégué
lui-même pour sa défense, s'il eût eu l'habitude de
la parole ; pages comparables pour l'éloquence à
ce que l'antiquité nous a laissé de plus parfait.

Non encore corrigé de la manie de raisonner
avec le pouvoir, il ne se vit pas plus tôt hors de
prison, qu'il adressa aux Chambres une *Pétition
pour des villageois qu'on empêchait de danser.*
Remis en jugement, il en fut quitte cette fois pour

une simple réprimande ; mais comprenant que la liberté d'imprimer n'existait plus, il prit dès-lors le parti de s'adresser à une presse clandestine. Ce fut ainsi que virent le jour successivement les deux *Réponses aux anonymes*, le *Livret de Paul-Louis*, la *Gazette de village*, et la *Pièce diplomatique signée Louis, plus bas de Villèle*. On chercha vainement à le prendre sur le fait. Le petit nombre d'amis en qui il se fiait assez pour leur avouer ces pamphlets, n'auraient su dire eux-mêmes comment il s'y prenait pour les faire imprimer. « J'écris deux ou trois pages, » disait-il en riant, je les jette dans la rue ; et » elles se trouvent imprimées. »

Le reste de son temps était consacré à une traduction d'Hérodote. Encouragé par le succès général de celles des *Pastorales* de Longus, et de l'*Ane* de Lucien, il voulait appliquer le même système au père de l'histoire. Beaucoup de gens, après avoir lu le fragment qu'il publia en 1822, tâchèrent de le détourner de cette entreprise. Mais il n'y eut personne qui ne fût ravi de la préface qu'il y avait jointe ; préface d'une dixaine de pages seulement, où les idées se comptent pour ainsi dire par les mots.

Deux ans plus tard parut le *Pamphlet des pamphlets*, qui fut le chant du cygne. Cet ouvrage ferme si admirablement la noble carrière qu'il avait parcourue sans relâche pendant neuf ans, qu'on ne

peut se défendre d'y lire un vague pressentiment de
sa fin prochaine. D'autant mieux que déjà il s'était
fait dire dans le Livret : « Paul-Louis, les cagots te
tueront. » Toujours est-il que, dans un voyage qu'il
fit chez lui au commencement de l'année 1825,
il trouva la mort à quelques pas de sa maison. Qui
fut l'assassin ? Comme on ne peut former là-dessus
que des conjectures, il est juste et prudent de garder
le silence.

Il faut se taire aussi sur l'étendue d'une telle
perte, parce que nulle expression ne saurait la rendre, nulle intelligence la mesurer. A la verve de
Rabelais, à la raison de Pascal, unissant tout l'esprit de Voltaire, il était seul capable de reprendre
la lutte contre les prêtres où celui-ci l'avait laissée,
et il se proposait sérieusement de l'essayer dans une
suite de pamphlets clandestins qui eussent paru
chaque semaine. On en verra un premier échan-
tillon à la fin de ce recueil. Bien d'autres projets
roulaient dans son esprit, dont l'accomplissement
eût peut-être hâté la fin du triste régime qui menace l'avenir de la France!

C'est ici qu'il convient de placer l'énumération
des travaux littéraires de Courier. Dans l'ardeur
de ses études et de ses projets, Courier a annoncé
des écrits qui n'ont jamais été terminés par lui,
quelques-uns pas même entrepris. Ses biographes
ou ses critiques, d'après ses écrits ou d'après ses
propres confidences, ont mentionné dans la liste

des ouvrages qui devaient composer son porte-feuille, les uns une *Histoire des Mathématiques*, les autres des *traductions*, ceux-ci des *Mémoires*, ceux-là une *Correspondance* des *Brutus* de la révolution française. De tout cela, nous publions aujourd'hui ce qui s'est trouvé, et voici comment il faut l'expliquer. Courier avait fait des études immenses ; et tout ce qu'il annonçait, il était préparé à l'exécuter sur-le-champ, en sorte qu'il parlait, comme de choses faites, des travaux qui lui étaient si faciles. Pour ne parler ici que de ses traductions de Plutarque et d'Hérodote, il avait recueilli depuis long-temps tous les matériaux de ce travail, compulsé les différentes éditions, collationné les leçons diverses, et fait son choix ; mais il n'en avait écrit que ce qui s'en trouve imprimé dans les éditions qu'on a données clandestinement d'une partie de ses œuvres, et ce que nous imprimons aujourd'hui. En sorte que ces immenses trésors qu'il possédait, et que lui seul pouvait communiquer au public, lui mort, sont aujourd'hui sans valeur et comme anéantis.

Quant à la *Correspondance des Brutus*, on croit savoir qu'il comptait écrire ses Mémoires, et y faire figurer sous cette forme tous ceux avec lesquels les événements de la révolution l'avaient mis en rapport. En se rappelant l'*expression fidèle* de l'enthousiasme de ces républicains devenus courtisans la plupart, il se plaisait à l'idée de troubler les jouis-

sances de leur servilité par les révélations de leur
antique ferveur; et il faut regarder comme la menace
d'un honnête homme indigné l'annonce qu'il faisait
de la publication de leur ancienne correspondance
dont il avait souvenir, mais qu'il ne possédait plus.
Qu'ils soient tranquilles maintenant !

PAMPHLETS

POLITIQUES

ET OPUSCULES LITTÉRAIRES.

AVERTISSEMENT

SUR LA LETTRE A M. RENOUARD.

Pour l'intelligence de ce qui suit, il faut premièrement savoir que Paul-Louis, auteur de cette lettre,
ayant découvert à Florence, chez les moines du mont
Cassin, un manuscrit complet des Pastorales de Longus, jusque-là mutilées dans tous les imprimés, se
préparait à publier le texte grec et une traduction de
ce joli ouvrage, quand il reçut la permission de dédier
le tout à la princesse : ainsi appelait-on en Toscane
la sœur de Bonaparte, Élisa. Cette permission, annoncée par le préfet même de Florence, et devant beaucoup de gens, à Paul-Louis, le surprit. Il ne s'attendait à rien moins, et refusa d'en profiter, disant pour
raison que le public se moquait toujours de ces dédi-

caces ; mais l'excuse parut frivole : le public , en ce temps-là , n'était rien , et Paul-Louis passa pour un homme peu dévoué à la dynastie qui devait remplir tous les trônes. Le voilà noté philosophe, indépendant , ou pis encore , et mis hors de la protection du gouvernement. Aussitôt on l'attaque ; les gazettes le dénoncent comme philosophe d'abord , puis comme voleur de grec. Un *signor Puccini*, chambellan italien de l'auguste Élisa, *quelque peu clerc*, écrit en France, en Allemagne ; cette vertueuse princesse elle-même mande à Paris qu'un homme, ayant trouvé par hasard, déterré un morceau de grec précieux, s'en était emparé pour le vendre aux Anglais. Cela voulait dire qu'il fallait fusiller l'homme et confisquer son grec, s'il y eût eu moyen; car déjà les savants étaient en possession du morceau déterré qui complétait Longus, de ce nouveau fragment en effet très-précieux, imprimé, distribué gratis avec la version de Paul-Louis.

Un autre Florentin, un professeur de grec appelé Furia , fort ignorant en grec et en toute langue , fâché de l'espèce de bruit que faisait cette découverte parmi les lettrés d'Italie, met la main à la plume, comme feu Janotus, et compose une brochure. Les brochures étaient rares sous le grand Napoléon : celle-ci fut lue delà les monts , et même parvint à Paris. M. Renouard, libraire, accusé dans ce pamphlet de s'entendre avec Paul-Louis, pour dérober du grec aux moines, répondit seul; Paul-Louis pensait à autre chose.

Il parut aussi des estampes, dont une le représen-
tait dans une bibliothèque, versant toute l'encre de
son cornet sur un livre ouvert, et ce livre c'était le
manuscrit de Longus. Car il y avait fait en le copiant,
comme il est expliqué dans l'écrit qu'on va lire, une
tache, unique prétexte de la persécution et de tant de
clameurs élevées contre lui. On criait qu'il avait voulu
détruire le texte original, afin de posséder seul Longus. Une Excellence à porte-feuille trouve ce raisonnement admirable, et, sans en demander davantage,
ordonne de saisir le grec et le français publiés par
Paul-Louis à Rome et à Florence ; et ce fut une chose
plaisante ; car, de peur qu'il n'eût seul ce qu'il donnait à tout le monde, le vizir de la librairie, ne sachant ce que c'était que grec ni manuscrits, connaissant aussi peu Longus que son traducteur, d'abord avait
écrit de suspendre la vente de l'œuvre, quelle qu'elle
fût ; puis apprenant qu'on ne vendait pas, mais qu'on
donnait ce grec et ce français au petit nombre d'érudits amateurs de ces antiquités, il fit séquestrer tout,
pour empêcher Paul-Louis de se l'approprier. Celui-ci
ne s'en émut guère, et laissait sa Chloé dans les mains
de la police, fort résolu à ne jamais faire nulle démarche pour l'en tirer ; mais à la fin, il eut avis qu'on
allait le saisir lui-même et l'arrêter. Cela le rendit at-
tentif, et il commençait à rêver aux moyens de sortir d'affaire, quand il fut mandé chez le préfet de Rome, où il était alors, pour donner des éclaircissements

sur sa conduite , ses liaisons, son état, son bien, sa naissance et son pâté d'encre, le tout par ordre supérieur. Il écrivit à ce préfet, non sans humeur ; voici sa lettre :

« Monsieur, j'ai négligé de répondre aux calom- » nies publiées contre moi depuis environ un an, » croyant que ces sottises feraient peu d'impression sur » les esprits sensés; mais puisque le ministre y met » de l'importance, et qu'enfin il faut m'expliquer sur » ce pitoyable sujet, je vais donner au public, devant » lequel on m'accuse, ma justification aussi claire et » précise qu'il me sera possible. Vous recevrez , Mon- » sieur, le premier exemplaire de ce mémoire très- » succinct, où Son Excellence trouvera les renseigne- » ments qu'elle désire. »

Le préfet répondit : « Monsieur, gardez-vous bien de » rien publier sur l'affaire dont il est question ; vous » vous exposeriez beaucoup, et l'imprimeur qui vous » prêterait son ministère ne serait pas moins com- » promis. »

Il s'agissait d'un pâté d'encre, et remarquez, car il y a en toute histoire moralité, tout est matière d'instruction à qui veut réfléchir : admirez en ceci la doctrine du pouvoir ; les calomnies s'impriment, mais la réponse, non. Chacun peut bien dire au public dans les pamphlets, dans les journaux, Paul-Louis est un voleur; mais il ne faut pas que celui-ci puisse parler au même public et montrer qu'il est honnête homme.

Le ministre évoque l'affaire à son cabinet, où lui seul en décidera, et fera Paul-Louis honnête homme ou fripon, selon qu'il croira convenir au service de sa majesté, selon le bon plaisir de son altesse impériale madame Bacciocchi.

Paul-Louis, bien empêché, récrivit au préfet : « Mon- » sieur, j'ignorais qu'il fallût votre permission pour » imprimer mon petit mémoire justificatif; mais puis- » qu'elle m'est nécessaire, je vous supplie de me l'en- » voyer. » Il n'eut point de réponse et l'avait bien prévu. Heureusement il se souvint d'un pauvre diable d'imprimeur nommé Lino Contadini, qui demeurait près de la Sapience, n'imprimait que des almanachs, et devait être peu en règle avec la nouvelle censure. Il va le trouver et lui dit : *Or, sù, presto, sbrighia- mola e si stampi questa cosa per l'eccellentissimo si- gnor prefetto di pulizia;* c'est-à-dire : Vite, qu'on imprime ceci pour monseigneur excellentissime préfet de police (ou de propreté, car c'est le même mot en italien). A quoi le bonhomme répondit : *Padron mio riverito, come farò? Non capisco parola di francese; che vuol ella ch'io possa raccapezzar mai in questo be- nedetto straccio pieno di cossature?* Mon cher Mon- sieur, comment ferai-je? n'entendant pas un mot de français, que puis-je comprendre à ce chiffon tout plein de ratures? Eh bien! repartit Paul-Louis, nous y tra- vaillerons ensemble; mais dépêchons, le préfet attend. Les voilà donc à la besogne, et Paul-Louis, compositeur, correcteur, imprimeur et le reste. Ce fut un merveilleux ouvrage que cette impression; il y avait dix fautes par ligne, mais à toute force on pouvait lire. La chose achevée, vient un scrupule à ce bon-homme d'imprimeur. Ne nous faudrait-il pas, dit-il, pour faire ce que nous faisons, une permission, *un permesso* ? Non, dit Paul-Louis. Si fait, dit l'autre. Et quoi, pour le préfet? Attendez, dit Lino; je reviens tout-à-l'heure. Il s'en va chez le préfet, et cependant Paul-Louis fait un paquet d'une centaine d'exemplaires, qu'il emporte. Un quart-d'heure après l'imprimerie était pleine de sbires. Ce sont les gendarmes du pays.

Ayant ce qu'il voulait à peu près, Paul-Louis écrivit encore au préfet une dernière lettre : « Monsieur, j'ai » trompé l'imprimeur Lino. Je lui ai fait accroire qu'il » travaillait pour vous : je lui ai parlé en votre nom » et comme chargé de vos ordres. Je l'ai hâté en l'as- » surant que vous attendiez impatiemment le résultat » de son travail; enfin, tous les moyens que j'ai pu » imaginer, je les ai mis en œuvre pour abuser cet » homme qui, pensant vous servir, ignorait ce qu'il » faisait. Après une telle déclaration, je vous crois, » Monsieur, trop raisonnable pour vous en prendre » à lui, et non pas à moi seul, de la publication de » mon factum littéraire. Je ne vous prie plus que de » vouloir bien l'adresser avec cette lettre au ministre, » curieux de savoir à quoi je m'occupe et qui je suis. »

Le pauvre Lino fut arrêté, interrogé, réprimandé et renvoyé. Le préfet n'adressa au ministre ni lettre ni brochure; mais bientôt après il reçut une verte semonce de ses maîtres. Laisser imprimer, publier la plainte d'un homme maltraité, quelle bévue pour un préfet! L'espèce de supercherie dont il avait été la dupe ne l'excusait pas aux yeux d'un gouvernement fort. Il était responsable, la plainte avait paru; c'était sa faute à lui, gagé précisément pour empêcher cela. Il en faillit perdre sa place, et c'eût été dommage vraiment; il ne serait pas ce qu'il est (conseiller-d'état) aujour-d'hui, s'il eût cessé alors de servir les dynasties.

Paul-Louis, depuis ce temps, vécut à Rome tran-quille, n'entendant plus parler de préfet ni de minis-tre. Sa lettre fit du bruit, en Italie surtout. Les Lombards se réjouirent de voir Florence moquée, et traitée d'ignorante. Quelques écrits parurent en faveur de Paul-Louis : on voulut y répondre, mais le gou-vernement l'empêcha et imposa silence à tous. On re-doutait alors la moindre discussion dont le public eût été juge. Celle-ci, d'abord sotte et ridicule seulement eut des suites sérieuses, fâcheuses même, tragiques. Furia en fut malade, Puccini en mourut; car étant à dîner un jour chez la comtesse d'Albani, veuve du prétendant d'Angleterre, il se prit de querelle avec un des convives qui défendait Paul-Louis, et s'em-porta au point que de retour chez lui le soir, il écri-vit une lettre d'excuses à madame d'Albani, se mit au lit, et mourut, regretté d'un chacun, car il était bonhomme, à la colère près. Paul–Louis n'en fut pas cause, comme on le lui a reproché, mais s'il eût pu prévoir cette catastrophe, la crainte de tuer un chambellan ne l'eût pas empêché apparemment d'écrire, quand il crut le devoir faire, pour sa propre défense.

Ce qui, dans cette brochure, déplut, ce fut un ton libre, un air de mécontentement fort extraordinaire alors, la façon peu respectueuse dont on parlait des employés du gouvernement; mais plus que tout, ce fut qu'on y faisait connaître la haine de l'Italie pour ce gouvernement et pour le nom français. Bonaparte croyait être adoré partout, sa police le lui assurait chaque matin : une voix qui disait le contraire embarrassait fort la police, et pouvait attirer l'attention de Bonaparte, comme il arriva ; car un jour il en parla, voulut savoir ce que c'était qu'un officier retiré à Rome, qui faisait imprimer du grec. Sur ce qu'on lui en dit, il le laissa en repos.

LETTRE

A M. RENOUARD, LIBRAIRE,

SUR UNE TACHE FAITE A UN MANUSCRIT DE FLORENCE.

———

J'AI vu, Monsieur, votre notice d'un fragment de Longus nouvellement découvert, c'est-à-dire votre apologie au sujet de cette découverte, dans laquelle on vous accusait d'avoir trempé pour quelque chose. Il me semble que vous voilà pleinement justifié, et je m'en réjouirais avec vous, si je pouvais me réjouir. Mais cette affaire, dont vous sortez si heureusement, prend pour moi une autre tournure, et tandis que vous échappez à nos communs ennemis, je ne sais en vérité ce que je vais devenir.

On me mande de Florence que cette pauvre traduction dont vous avez appris l'existence au public, vient d'être saisie chez le libraire, qu'on cherche le traducteur, et qu'en attendant qu'il se trouve, on lui fait toujours son procès. On parle de poursuites, d'information, de témoins, *et l'on se tait du reste.* (1)

(1) Hémistiche de Corneille, allusion hardie à l'intervention de l'auguste princesse, au refus de la dédicace, et autres faits connus alors de tout le monde à Florence, et peut-être même dans les faubourgs.

Voyez, Monsieur, la belle affaire où vous m'avez engagé. Car ce fut vous, s'il vous en souvient, qui eûtes la première pensée de donner au public ce malheureux fragment. Moi, qui le connaissais depuis deux ans, quand je vous en parlais à Bologne, je n'avais pas songé seulement à le lire.

Sans ce fragment fatal au repos de ma vie,
Mes jours dans le loisir couleraient sans envie ;

je n'aurais eu rien à démêler avec les savants Florentins, jamais on ne se serait douté qu'ils sussent si peu leur métier, et l'ignorance de ces messieurs ne paraissant que dans leurs ouvrages, n'eût été connue de personne.

Car vous savez bien que c'est là tout le mal, et que cette tache dont on fait tant de bruit, personne ne s'en soucie. Vous n'avez pas voulu le dire parce que vous êtes sage. Vous vous renfermez dans les bornes strictes de votre justification, et par une modération dont il y a peu d'exemples, en répondant aux mensonges qu'on a publiés contre vous, vous taisez les vérités qui auraient pu faire quelque peine à vos calomniateurs. A quoi vous servait en effet, assuré de vous disculper, d'irriter des gens qui, tout méprisables qu'ils sont, ont une patente, des gages, une livrée ; qui, sans être grand chose, tiennent à quelque chose, et dont la haine peut nuire ? Et puis, ce que vous taisiez, vous saviez bien que je serais obligé de le dire, que vous seriez ainsi vengé sans coup férir, et que le diable, comme on dit, n'y perdrait rien.

Pour moi, tant que tout s'est borné à quelques articles insérés dans les journaux italiens, à quelques libelles obscurs signés par des pédants, j'en ai ri avec mes amis, sachant que, comme vous le dites très-bien, peu de gens s'intéressent à ces choses, et que ceux-là ne se méprendraient pas aux motifs de tant de rage et de si grossières calomnies. Depuis huit mois que ces messieurs nous honorent de leurs injures, vous savez en quels termes je vous en ai écrit: *c'était,* vous disais-je, *une canaille* (1) *qu'il fallait laisser aboyer.* J'avais raison de les mépriser; mais j'avais tort de ne pas les craindre, et, à présent que je voudrais me mettre en garde contre eux, il n'est peut-être plus temps.

Je fais cependant quelquefois une réflexion qui me rassure un peu: Colomb découvrit l'Amérique, et on ne le mit qu'au cachot; Galilée trouva le vrai système du monde, il en fut quitte pour la prison. Moi, j'ai trouvé cinq ou six pages dans lesquelles il s'agit de savoir qui baisera Chloé; me fera-t-on pis qu'à eux? Je devrais être tout au plus *blâmé par la Cour*. Mais la peine n'est pas toujours proportionnée au délit, et c'est là ce qui m'inquiète.

Vous dites que les faits sont notoires; votre récit et celui de M. Furia s'accordent peu néanmoins. Il y a dans le sien beaucoup de faussetés, beaucoup d'omissions dans le vôtre. Vous ne dites pas tout ce que vous savez, et

_____

(1) Canaille, des chambellans! Ceci parut un peu fort, et quelques personnes voulaient que l'auteur le supprimât.

peut-être aussi ne savez-vous pas tout : moi, qui suis moins circonspect, mieux instruit et d'aussi bonne foi, je vais suppléer à votre silence.

Passant à Florence, il y a environ trois ans, j'allai avec un de mes amis, M. Akerblad, membre de l'Institut, voir la bibliothèque de l'abbaye de cette ville. Là, entre autres manuscrits d'une haute antiquité, on nous en montra un de Longus. Je le feuilletai quelque temps, et le premier livre, que tout le monde sait être mutilé dans les éditions, me parut tout entier dans ce manuscrit. Je le rendis et n'y pensai plus. J'étais alors occupé d'objets fort différents de ceux-là. Depuis, ayant parcouru la France, l'Allemagne et la Suisse, je revins en Italie, et avec vous à Florence, où, me trouvant du loisir, je copiai de ce manuscrit ce qui manquait dans les imprimés. Je me fis aider dans ce travail par messieurs Furia et Bencini, employés tous deux à la bibliothèque de Saint-Laurent, où le manuscrit se trouvait alors. En travaillant avec eux, j'y fis, par étourderie, une tache d'encre qui couvrait une vingtaine de mots dans l'endroit inédit déjà transcrit par moi. Pour réparer en quelque sorte ce petit malheur, j'offris, sans qu'on me le demandât, ma copie, c'est-à-dire, celle que nous avions faite ensemble, moi, M. Furia et son aide, laquelle étant de trois mains, faite sur l'original même, et revue par trois personnes avant l'accident, avait une exactitude et une authenticité qui eût manqué à toute autre. On la dédaigna d'abord, comme ne pouvant tenir lieu de l'original, et ensuite on l'exigea ; mais alors j'avais des raisons pour la refuser. Je payai ces messieurs et m'en vins de Florence à Rome, où ayant trouvé, comme je l'espérais, d'autres manuscrits de Longus, je fis imprimer à mes frais le texte de cet auteur, avec les variantes de Rome et de Florence. Cette édition ne se vend point, je la donne à qui bon me semble; mais le fragment de Florence, imprimé séparément, se donne gratis à qui veut l'avoir.

Dans tout ceci, Monsieur, je n'invoquerai point votre témoignage, dont heureusement je puis me passer. Je vois votre prudence; j'entre dans tous vos ménagements, et ne veux point vous commettre avec les puissances en vous contraignant à vous expliquer sur d'aussi grands intérêts. Si on vous en parle, haussez les épaules, levez les yeux au ciel, faites un soupir, ou un sourire, et dites que le temps est au beau.

Mais avant d'aller plus loin, souffrez, Monsieur, que je me plaigne de la manière dont vous me faites connaître au public. Vous m'annoncez comme auteur d'une traduction de Longus parfaitement inconnue, brochure anonyme dont il n'y a que très peu d'exemplaires dans les mains de quelques amis; et, comme on ne me connaît pas plus que ma traduction, vous apprenez à vos lecteurs que je suis un *helléniste*, fort habile, dites–vous. On ne pouvait plus mal rencontrer. Si je suis habile, ce n'est pas dans cette occasion que j'en ai fait preuve: Ayant découvert cette bagatelle, qui complète un joli ouvrage mutilé depuis tant de siècles, vous voyez le parti que j'en ai su tirer. J'en fais cadeau au public, et je passe pour l'avoir non-seulement volée, mais anéantie. Vous-même, Monsieur, vous en déplorez la perte. Les journaux italiens me dénoncent comme destructeur d'un des plus beaux monuments de l'antiquité; M. Furia en prend le deuil; sa cabale crie vengeance, et, tandis que ce supplément est, par mes soins et à mes frais, dans les mains de ceux qui peuvent le lire, on répand partout contre moi un libelle avec ce titre : *Histoire de la découverte et de la perte subite d'un fragment de Longus.* Voilà mon habileté. Où tout autre aurait trouvé du moins quelque honneur; j'en suis pour mon argent et ma réputation; et je me tiendrai heureux s'il ne m'arrive pas pis. Croyez-moi, Monsieur, les habiles en littérature sont ceux qui, comme les jésuites de Pascal, *ne lisent point, écrivent peu, et intriguent beaucoup.*

Je ne suis point non plus *helléniste,* ou je ne me connais guères. Si j'entends bien ce mot, qui je vous l'avoue m'est nouveau, vous dites un *helléniste,* comme on dit un *dentiste,* un *droguiste,* un *ébéniste* ; et, suivant cette analogie, un *helléniste* serait un homme qui étale du grec, qui en vit, et qui en vend au public, aux libraires, au gouvernement. Il y a loin de là à ce que je fais. Vous n'ignorez pas, Monsieur, que je m'occupe de ces études uniquement par goût, ou pour mieux dire, par boutades, et quand je n'ai point d'autre fantaisie; que je n'y attache nulle importance, et n'en tire nul profit; que jamais on n'a vu mon nom en tête d'aucun livre; que je ne veux aucune des places où l'on parvient par ce moyen ; et que, sans les hasards qui m'ont engagé à donner au public un texte de quelques pages, jamais on n'aurait eu cette preuve de mon habileté ; qu'enfin même, après cela, si vous ne m'eussiez démasqué, contre toute bienséance et sans nulle nécessité, cette habileté qu'il vous plaît de me supposer, ou ne m'eût point été attribuée, ou serait encore un secret entre quelques personnes capables d'en juger.

Qu'est-ce, s'il vous plaît, Monsieur, qu'une notice d'un livre qui ne se vend point, qu'on donne à peu de personnes et que même on ne peut plus donner ? et qu'importe à qui vous lit que ce livre soit bon ou mauvais, si on ne saurait l'avoir ? Que vous vous défendiez du mal qu'on vous impute en nommant celui qui l'a fait, cela est tout simple ; mais personne ne vous accusait d'avoir fait cette traduction. Je ne veux point trop vous pousser là-dessus, ni paraître plus fâché que je ne le suis en effet. Vous avez cru la chose de peu de conséquence, et pensé fort sagement qu'un tel ouvrage ne me pouvait faire ni grand honneur ni grand tort. Mais enfin vous eussiez pu vous dispenser de me nommer, du moins comme traducteur, et en y pensant mieux, vous n'eussiez pas dit que j'étais ni habile, ni helléniste.

Vous n'êtes pas plus exact, en parlant de M. Furia. Sans autre explication, vous le désignez seulement comme bibliothécaire, gardien d'un dépôt littéraire célèbre dans toute l'Europe ? Y pensez-vous, Monsieur ? Vous écrivez à Paris, vous parlez à des Français, qui voyant dans ces emplois des gens d'un mérite reconnu, dont quelques-uns même sont Italiens (1), ne manqueront pas de croire que le seigneur Furia est un homme considérable par son savoir et par sa place. Je comprends que cette erreur peut vous être indifférente, et qu'ayant apparemment plus de raisons de le ménager que de vous plaindre de lui, vous lui laissez volontiers la considération attachée à son titre dans le pays où vous êtes. Mais moi qu'il attaque, soutenu d'une cabale de pédants, il m'importe qu'on l'apprécie à sa juste valeur, et je ne puis souffrir non plus qu'on le confonde avec des gens dont l'érudition et le goût font honneur à l'Italie.

Si vous eussiez voulu, Monsieur, donner une juste idée des personnages peu connus dont vous aviez à parler, après avoir dit que j'étais *ancien militaire, helléniste,* puisque vous le voulez, *fort habile,* il fallait ajouter: *M. Furia est un cuistre, ancien cordonnier comme son père, garde d'une bibliothèque qu'il devrait encore balayer, qui fait aujourd'hui de mauvais livres n'ayant pu faire de bons souliers, helléniste fort peu habile, à huit cents francs d'appointements; copiant du grec pour ceux qui le paient; élève et successeur du seigneur Bandini, dont l'ignorance est célèbre.* Et il ne fallait pas dire seulement, comme vous faites, que cet homme *cherche des torts dans les accidents les plus simples,* mais qu'il est intéressé à en trouver, parce qu'il est cuistre en colère, dont la rage

(1) Visconti, Marini et d'autres.

et la vanité cruellement blessée servent d'instrument à
des haines (1) qui n'osent éclater d'une autre manière.
Ce sont là de ces choses sur lesquelles vous gardez un
silence prudent. *Fontenelle,* dit quelque part Voltaire,
*était tout plein de ces ménagements. Il n'eût voulu pour
rien au monde dire seulement à l'oreille que F.... est un
polisson.* Voltaire cachait moins sa pensée. Mais il est
plus sûr d'imiter Fontenelle. Malheureusement le choix
n'est pas en mon pouvoir, et je suis obligé de tout dire.

Pour commencer par les raisons que peut avoir le seigneur Furia de n'être pas aussi désintéressé qu'on le croirait dans cette affaire, il faut savoir que la découverte du
précieux fragment de Longus s'est faite dans un manuscrit sur lequel, lui Furia, a travaillé longues années, et
qu'il regardait en quelque sorte comme sa propriété ; qu'on
y a fait cette trouvaille au moment précisément où le seigneur Furia venait de donner au public une notice très
ample et *très exacte*, selon lui, de ce même manuscrit,
dans laquelle est indiqué, page par page, et fort au long,
tout ce que le sieur Furia y a pu remarquer ; que son travail sur ce petit volume, annoncé long-temps d'avance,
a duré six ans, pendant lesquels il n'a cessé de le feuilleter et de le décrire avec une patience peu commune ;
qu'il en a même, à ce qu'il dit, extrait beaucoup de va-

(1) Les Français alors de-là les monts étaient détestés comme
le sont maintenant les Allemands. Le gouvernement n'en savait
rien et ne voulait en rien savoir. Ce passage et d'autres pareils
ci-dessous, firent en Italie une très-vive sensation, et déplurent à
l'autorité, qui redoute surtout qu'on imprime ce que chacun pense.

riantes des prétendues Fables d'Esope, par lui réimpri-
mées à la fin de sa notice; car ces sottises de quelque moine,
par où l'on commence au collége l'étude de la langue
grecque, se trouvent dans ce manuscrit à la suite du roman de Longus, et le sieur Furia n'a pas manqué d'en
faire son profit; qu'enfin, à peine achevé, son ouvrage,
qu'il vendait lui-même, et où il pensait avoir épuisé tout
ce qu'on pouvait dire du divin manuscrit, arrive par hasard quelqu'un qui, tout au premier coup-d'œil, voit et
désigne au public la seule chose qui fût vraiment intéressante dans ce manuscrit, et la seule aussi que le sieur
Furia n'y eût pas aperçue.

On écrit aujourd'hui assez ordinairement sur les choses
qu'on entend le moins. Il n'y a si petit écolier qui ne s'é-
rige en docteur. A voir ce qui s'imprime tous les jours,
on dirait que chacun se croit obligé de faire preuve d'i-
gnorance. Mais des preuves de cette force ne sont pas
communes, et le seigneur Bandini lui-même, maître et
prédécesseur du seigneur Furia, fameux par des bévues
de ce genre, n'a rien fait qui approche de cela.

Nous avons des relations de voyages dont les auteurs
sont soupçonnés de n'être jamais sortis de leur cabinet;
et, dans un autre genre,

> Combien de gens ont fait des récits de batailles
> Dont ils s'étaient tenus loin !

mais une notice d'un livre par quelqu'un qui ne l'a point

lu est une bouffonnerie toute neuve, et dont le public doit savoir gré au seigneur Furia.

Je ne prétends pas dire par-là qu'il ne l'ait examiné avec beaucoup d'attention. J'admire au contraire qu'il ait pu entrer dans tous ces détails et en faire deux volumes. Son ouvrage, que je n'ai point lu (car j'en parle à-peu-près comme lui du manuscrit), sera quelque jour utile au relieur pour éviter toute erreur dans la position des feuillets. En un mot, dans le compte qu'il rend de ce livre, selon lui, si intéressant, qui l'a occupé six années, il a pensé à tout, excepté à le lire.

Il est fâcheux pour vous, Monsieur, de n'avoir pas été témoin de l'effet que produisit sur lui la première vue de cette lacune dans le livre imprimé, et du morceau inédit qui la remplissait dans le manuscrit. Sa surprise fut extrême, et quand il eut reconnu que ce morceau n'était pas seulement de quelques lignes, mais de plusieurs pages, il me fit pitié, je vous assure. D'abord *il demeura stupide:* vous en auriez peut-être ri; mais bientôt vous auriez eu peur, car en un instant il devint furieux. Je n'avais jamais vu un pédant enragé; vous ne sauriez croire ce que c'est.

> Le quadrupède écume et son œil étincelle.

Si des regards il eût pu mordre, j'aurais mal passé mon temps.

Dès-lors le seigneur Furia se crut un homme dés-honoré. Vous savez que Vatel se tua parce que le rôt

manquait au souper de son maître. Il avait, comme dit le
Roi quand on lui apprit cette mort, de l'honneur à sa manière. M. Furia ne se tua point, parce que bientôt après
il conçut l'espérance de rétablir un peu sa réputation
aux dépens de la mienne; car ce fut, je crois, le surlen-
demain, que je fis au manuscrit cette tache, dont il
me sait, dans son âme, si bon gré, quoiqu'il s'en plaigne si haut. Après avoir copié tout le morceau inédit,
j'achevai la collation du reste avec ces messieurs. Pour
marquer dans le volume l'endroit du supplément, j'y
mis une feuille de papier, sans m'apercevoir qu'elle était
barbouillée d'encre en dessous. Ce papier s'étant collé
au feuillet, y fit une tache qui couvrait quelques mots
de quelques lignes. M. Furia a écrit en prose poétique
l'histoire de cet événement. C'est, à ce qu'on dit, son
meilleur ouvrage; c'est du moins le seul qu'on ait lu.
Il y a mis beaucoup du sien, tant dans les choses que
dans le style; mais le fond en est pris de la Pharsale et
des tragédies de Sénèque.

J'avoue que ce malheur me parut fort petit. Je ne savais pas que ce livre fût le Palladium de Florence, que
le destin de cette ville fût attaché aux mots que je venais
d'effacer : j'aurais dû cependant me douter que ces objets
étaient sacrés pour les Florentins, car ils n'y touchent
jamais. Mais enfin, je ne sentis point mon sang se glacer, ni mes cheveux se hérisser sur mon front; je ne
demeurai pas un instant sans voix, sans pouls et sans
haleine. M. Furia prétend que tout cela lui arriva : mais

moi, je le regardai bien et je ne vis en lui , je vous jure, aucun de ces signes alarmants d'une défaillance prochaine , si ce n'est quand je lui mis, comme on dit, le nez sur ce morceau de grec qu'il n'avait pu voir sans moi.

Les expressions de M. Furia pour peindre son saisissement à la vue de cette tache, qui couvrait, comme je vous ai dit, une vingtaine de mots , sont du plus haut style et d'un pathétique rare , même en Italie. Vous en avez été frappé , Monsieur, et vous les avez cités , mais sans oser les traduire. Peut-être avez-vous pensé que la faiblesse de notre langue ne pourrait atteindre à cette hauteur : je suis plus hardi , et je crois , quoi qu'en dise Horace, qu'on peut essayer de traduire Pindare et M. Furia ; c'est tout un. Voici ma version littérale :

A un si horrible spectacle (il parle de ce pâté que je fis sur son bouquin), *mon sang se gela dans mes veines, et durant plusieurs instants , voulant crier, voulant parler, ma voix s'arrêta dans mon gosier : un frisson glacé s'empara de tous mes membres stupides........* Voyez-vous, Monsieur? ce pâté, c'est pour lui la tête de Méduse. Le voilà stupide ; il l'assure , et c'est la seule assertion qui soit prouvée par son livre. Mais il y a dans cet aveu autant de malice que d'ingénuité ; car il veut faire croire que c'est moi qui l'ai rendu tel , au grand détriment de la littérature. Moi je soutiens que long-temps avant d'avoir vu cette affreuse tache , *dont le seul souvenir le remplit d'horreur et d'indignation*, il était déjà stupide, ou certes bien peu s'en fallait, puisqu'il a tenu, feuilleté , examiné , décrit et noté par le menu chaque page de ce petit volume , sans se douter seulement de ce qu'il contenait.

Lorsque son directeur , ou son conservateur, comme il l'appelle quelquefois , le seigneur Thomas Puzzini (1), *apprit cet étrange accident par la trompette sonore de la renommée , qui, toujours infatigable........, fit à son oreille....;* bref, quand on lui conta l'aventure du pâté, *il fut saisi d'horreur; il frémit au récit d'une action si atroce.* En effet , il y a de plus grands crimes, mais il n'y en a point de plus noir. Ailleurs, M. Furia représente *Florence désolée : toute une ville en pleurs , les citoyens consternés :* pour lui , dans ce deuil public, quand tout le monde pleurait, vous imaginez bien qu'il ne s'épargnait pas. Depuis que sa voix s'était *arrêtée dans son gosier* , il ne disait mot, et sans doute il n'en pensait pas davantage, car il était *devenu stupide.* Mais *la nuit, dans ses songes, cette image cruelle* (il n'a osé dire sanglante), *s'offrait à ses yeux.* Et il déclare dans son début, que l'obligation où il est de raconter ce fait *lui pèse , est pour lui un fardeau excessivement à charge, parce qu'elle lui rappelle* (cette obligation) *la mémoire plus vive de*

_____

(1) Son vrai nom était *Puccini.* L'auteur , se voulant divertir , en a fait *Puzzini,* sobriquet italien qui signifie *putois , puant, puantini,* et s'appliquait au personnage ; car , comme dit Regnier , *il sentait bien plus fort, mais non pas mieux que roses.* Le nom lui demeura. Il n'y a si mauvaise plaisanterie qui ne réussisse contre la cour , les chambellans , la garde-robe.

l'acerbité d'un événement qui, bien qu'aucun temps ne puisse pour lui le couvrir d'oubli, ce nonobstant il ne peut y repenser sans se sentir compris tout entier d'horreur. Je traduis mot à mot. Ici c'est Virgile amplifié à proportion du sujet ; car ce que le poëte avait dit du massacre de tout un peuple, a paru trop faible à M. Furia pour un pâté d'encre.

N'admirez-vous point, Monsieur, qu'un homme écrivant de ce style, attache tant d'importance au texte de Longus, qui est la simplicité même ? c'est le zèle des bouquins qui enflamme M. Furia et le fait parler comme un prophète. Au reste, l'hyperbole lui est familière, et c'est où il réussit le mieux. En voulez-vous un bel exemple ? Quelqu'un de ses protecteurs (car il en a beaucoup, tous brûlants du même zèle et acharnés contre moi), se charge, au refus des libraires, de l'impression d'un de ses livres : aussitôt M. Furia le proclame dans sa dédicace le premier homme du siècle, et l'assure *qu'aucun âge à venir ne se taira sur ses louanges.* Cicéron en disait autant jadis aux conquérants du monde (1). Or, si un homme qui dépense cinquante écus pour imprimer les sottises du seigneur Furia mérite des autels, il est clair que celui qui fait, quoique involontairement, voir et palper à un chacun l'ignorance dudit seigneur, est digne de tous les supplices : c'est la substance du libelle qu'il a publié contre moi.

(1) *Nulla œtas de tuis laudibus conticescet.* (Cicéron).

Nous sommes d'accord sur les faits, et les circonstances qu'il raconte, la plupart, de son invention, sont indifférentes au fond. Qu'importe, en effet, qu'il se soit le premier aperçu de cette tache, ainsi qu'il le dit, ou que je la lui aie montrée dès que je la vis moi-même, comme c'est la vérité? que ce soit lui qui m'ait indiqué ce manuscrit de Longus, ou que je le connusse long-temps auparavant, comme vous, monsieur, le savez, et tant d'autres personnes à qui j'en avais écrit et parlé? que j'aie copié, selon ce qu'il dit, tout le supplément sous sa dictée, ou que je lui aie déchiffré et expliqué les endroits qu'il n'avait pu lire, faute d'entendre le sens, comme le prouve cette copie même; tout cela ne fait rien à l'affaire.

J'ai fait la tache, *l'horrible tache*, et j'en ai donné à M. Furia ma déclaration, sans qu'il songeât, quoi qu'il en dise, à me la demander. Après lui avoir offert ma copie, qu'il me demandait tout aussi peu, je la lui ai depuis refusée. Je suis loin de m'en repentir, et vous allez voir pourquoi.

J'offris d'abord, comme je l'ai dit, de mon propre mouvement, cette copie à M. Furia, et il accepta mon offre sans paraître en faire beaucoup de cas, observant très judicieusement qu'aucune copie ne pouvait réparer le mal fait au manuscrit. Je continuai mon travail; vous arrivâtes deux jours après, et vous vîtes *le désastre*, comme l'appelle M. Furia. Ce jour-là, autant qu'il m'en souvient, il pensait encore fort peu à la copie promise;

cependant je vois, par votre notice, qu'il en fut question,
et sans doute je la promis encore. Ce ne fut que le lendemain, quand vous n'étiez plus à Florence, que M.
Furia me demanda cette copie avec beaucoup de vivacité.
Je lui dis que le temps me manquait pour en faire un
double, qui me devait rester, mais qu'aussitôt achevée
la collation du manuscrit, je songerais à le satisfaire.
Ce même jour, regardant la tache dans le manuscrit,
elle me parut augmentée, et je conçus des soupçons. Le
soir, au sortir de la bibliothèque, M. Furia me pressa
fort de passer avec lui chez moi, pour lui donner la copie.
Il la voulait sur-le-champ, parce que, disait-il, chez moi
elle se pouvait perdre. Son empressement ajoutant aux
défiances que j'avais déjà, je lui répondis que, toutes
réflexions faites, je serais bien aise de garder par devers
moi cette copie, qui, étant écrite de trois mains, était la
seule authentique et l'unique preuve que je pusse donner du texte que je publierais, quant aux endroits effacés.
Par cette raison même, me dit-il, c'était la seule qui
convînt à la bibliothèque, où, d'ailleurs, demeurant dans
ses mains, elle ne courait aucun risque. Je ne lui dis pas
ce que j'en pensais, mais je le refusai nettement. Il se
fâcha, je m'emportai, et l'envoyai promener en termes
qui ne se peuvent écrire.

Ne vous prévins-je pas, Monsieur, quand vous vou-
lûtes enlever ce papier collé au manuscrit? Ne vous criai-je
pas: *Prenez garde; ne touchez rien; vous ne savez pas
à quelles gens vous avez affaire.* J'employai peut-être d'au-

tres mots que l'occasion et le mépris que j'avais pour eux me dictaient; mais, en gros, c'était là le sens, et vous vous en souvenez. Ne craignez rien, Monsieur; ceci ne peut vous compromettre. Vous ne m'écoutâtes point; vous portâtes la main sur la fatale tache: mal vous en a pris; mais enfin votre conduite prouva que vous pensez toujours-bien des *gens en place*, quelle que soit leur place. Vous pouvez donc convenir, sans vous brouiller avec personne, que je vous avertis de ce qui vous arriverait, et vous en conviendrez, car on aime la vérité quand elle ne. peut nous nuire.

Vous voyez, Monsieur, que dès-lors j'avais deviné leur malin vouloir; j'ignorais encore ce qu'ils méditaient; mais je le savais quand je refusai ma copie à M. Furia.

Pour comprendre l'importance que nous y attachions l'un et l'autre, il faut savoir comment cette copie fut faite. Le caractère du manuscrit m'était tout nouveau: MM. Furia et Bandini l'ayant tenu assez long-temps pour en avoir quelque habitude, me dictaient d'abord, et j'écrivais, et en écrivant, je laissais aux endroits qu'ils n'avaient pu lire dans l'original, parce que les traits en étaient ou effacés ou confus, des espaces en blanc. Quand j'eus ainsi achevé d'écrire tout ce qui manquait dans l'imprimé, je pris à mon tour le manuscrit, et guidé par le sens, que j'entendais mieux qu'eux, je lus ou devinai partout les mots que ces messieurs n'avaient pu déchiffrer, et eux qui tenaient alors la plume, écrivant ce que je leur dictais, remplissaient dans ma copie les blancs que j'avais laissés. De plus, dans ce que j'avais écrit sous leur dictée, il se trouvait des fautes que je leur fis corriger d'après le manuscrit ; ce qui produisit beaucoup de ratures. Ainsi, dans chaque page, et presque à chaque ligne, parmi les mots écrits de ma main, se trouvent des mots écrits par l'un deux. et c'est là ce qui constate l'authenticité du tout ; aussi voyez-vous que M. Furia, dans sa diatribe contre moi, atteste l'exactitude de cette copie, qu'il ne pourrait nier sans se faire tort à lui-même.

Plusieurs personnes à Florence, me parlant alors de la tache faite au manuscrit, me parurent persuadées que c'était de ma part une invention pour pouvoir altérer le texte dans quelque passage obscur et en éluder ainsi les difficultés. Ces bruits étaient semés par M. Furia, qui, à toute force, voulait discréditer l'édition que vous aviez annoncée, et sur laquelle il pensait que nous fondions, vous et moi, une spéculation des plus lucratives ; car il ne pouvait ni croire ni comprendre que je fisse tout cela gratuitement, et forcé de le croire à présent, il ne le comprend pas davantage.

En ce temps-là même, vous avez pu lire dans la *Gazette de Milan* un article fait par quelqu'un de la cabale de M. Furia, où l'on avertissait le public *de n'ajouter aucune foi à un supplément de Longus qui allait paraître à Paris, attendu la destruction du manuscrit original,* etc. Vous concevez, Monsieur, que, dans cet état de choses, M. Furia était le dernier à qui j'eusse confié le dépôt qu'il exigeait. Comment pouvais-je réparer le mal fait au manuscrit, si ce n'est en donnant au public le texte imprimé d'après une copie authentique ? et cette preuve unique du texte que j'allais publier, pouvais-je la remettre à l'homme qui m'accusait de vouloir falsifier ce texte ?

Notez que cette pièce, à moi si nécessaire, est, pour la bibliothèque, parfaitement inutile ; elle ne peut avoir, aux yeux des savants, l'autorité du manuscrit, ni par conséquent en tenir lieu. S'il y a quelque erreur dans mon édition, c'est que j'ai mal lu l'original, et ma copie ne saurait servir à la corriger. Elle est inutile à ceux qui pourraient douter de la fidélité du texte imprimé, dont elle n'est pas la source ; mais elle m'est utile à moi contre l'infidélité et la mauvaise foi du seigneur Furia, qui, s'il l'avait dans les mains, en altérant un seul mot, rendrait tout le reste suspect, au lieu que sa propre écriture le contraint maintenant d'avouer l'authenticité de ce texte, qu'il nierait assurément s'il y avait moyen.

Si M. Furia eût eu cette copie en son pouvoir, il aurait d'abord publié de longues dissertations sur les ratures dont elle est pleine. Sa conclusion se devine assez, et la sottise de ses raisonnements n'eût été connue que des habiles, qui sont toujours en petit nombre et ne décident de rien ; aussi, loin de la lui confier, j'ai refusé même de la lui montrer ; car s'il eût pu seulement savoir quels étaient les mots écrits de sa main , cela lui aurait suffi pour remplir les gazettes de nouvelles impertinences. En un mot , toute demande de sa part devait être suspecte , et son empressement fut le premier motif de mon refus.

Certes, la rage de ces messieurs se manifestait trop publiquement pour que je pusse me méprendre sur leurs intentions. Peu de jours après votre départ, les directeurs, inspecteurs , conservateurs du sieur Furia s'assemblèrent avec lui chez le sieur Puzzini, chambellan , garde du Musée : on y transporta en cérémonie le saint manuscrit, *suivi des quatre facultés.* Là , les chimistes, convoqués pour opiner sur le pâté, déclarèrent tout d'une voix qu'ils n'y connaissaient rien : que cette tache était d'une encre tout extraordinaire , dont la composition, imaginée par moi exprès pour ce grand dessein , passait leur capacité, résistait à toute analyse, et ne se pouvait détruire par aucun des moyens connus. Procès verbal fut fait du tout, et publié dans les journaux. M. Furia a écrit au long tout ce qui se passa dans cette mémorable séance : c'est le plus bel épisode de sa grande histoire du pâté d'encre, et une pièce achevée dans le style de *Diafoirus* ou de *Chiampot-la-perruque*. Pour moi , je ne puis m'empêcher de le dire, dussé-je m'attirer de nouveaux ennemis : cela prouve seulement que les professeurs de Florence ne sont pas plus habiles en chimie qu'en littérature, car le premier relieur de Paris leur eût montré que c'était de l'encre *de la petite vertu ,* et l'eût enlevée à leurs yeux par les procédés qu'on emploie , comme vous savez, tous les jours.

Mais que vous semble, Monsieur, de cette dévotion aux bouquins? A voir l'importance que ces Messieurs attachent à leurs manuscrits, ne dirait-on pas qu'ils les lisent? Vous penserez qu'étant payés pour diriger, inspecter, conserver à Florence les lettres et les arts, ils soignent, sans trop savoir ce que c'est, le dépôt qui leur est confié, et se font de leurs soins un mérite, le seul qu'ils puissent avoir. Mais ce zèle de la maison du Seigneur est, je vous assure, bien nouveau chez eux; il n'a jamais pu s'émouvoir dans une occasion toute récente, et bien plus importante, comme vous allez voir.

L'abbaye de Florence, d'où vient dans l'origine ce texte de Longus, était connue dans toute l'Europe comme contenant les manuscrits les plus précieux qui existassent. Peu de gens les avaient vus; car, pendant plusieurs siècles, cette bibliothèque resta inaccessible. il n'y pouvait entrer que des moines, c'est-à-dire qu'il n'y entrait personne. La collection qu'elle renfermait, d'autant plus intéressante qu'on la connaissait moins, était une mine toute neuve à exploiter pour les savants ; c'était là qu'on eût pu trouver, non pas seulement un Longus, mais un Plutarque, un Diodore, un Polybe plus complets que nous ne les avons. J'y pénétrai enfin, comme je vous l'ai dit, avec M. Akerblad, quand le gouvernement français prit possession de la Toscane, et en une heure nous y vîmes de quoi ravir en extase tous les *hellénistes* du monde, pour me servir de vos termes, quatre-vingts manuscrits des neuvième et dixième siècles. Nous y remarquâmes surtout ce Plutarque dont je vous ai si souvent parlé. Ce que nous en pûmes lire me parut appartenir à la vie d'Épaminondas, qui manque dans les imprimés. Quelques mois après, ce livre disparut, et avec lui tout ce qu'il y avait de meilleur et de plus beau dans la bibliothèque, excepté le Longus, trop connu par la notice récente de M. Furia, pour qu'on eût osé le vendre. Sur les plaintes que nous fîmes, M. Akerblad et moi, la Junte donna des ordres pour recouvrer ces manuscrits. On savait où ils étaient, qui les avait vendus, qui les avait achetés; rien n'était plus facile que de les retrouver : c'était matière à exercer le zèle des conservateurs, et nous pressâmes fort ces messieurs d'agir pour cela ; mais *ils ne voulaient*, nous dirent-ils, *faire de la peine à personne.* La chose en demeura là. J'ai gardé la minute d'une lettre que j'écrivis à ce sujet à M. Chaban, membre de la Junte.

Livourne, le 30 septembre 1808.

» Monsieur,

» Les ordres que j'ai reçus m'ont obligé de partir si
» précipitamment, que j'eus à peine le temps de porter
» chez vous ma carte à une heure où je pouvais espérer
» de vous parler ; manière de prendre congé de vous
» bien contraire à mes projets ; car après les marques de
» bonté que vous m'avez données, Monsieur, j'avais des-

» sein de vous faire ma cour, et de profiter des dispo-
» sitions favorables où je vous voyais pour rassembler
» et sauver ce qui se peut encore trouver de précieux
» dans vos bibliothèques de moines. Mais puisque mon
» service m'empêche de partager cette bonne œuvre, je
» veux au moins y contribuer par mes prières. Je vous
» conjure donc de vouloir bien ordonner que tous les
» manuscrits de l'abbaye soient transportés à la bibliothè-
» que de Saint-Laurent, et qu'on cherche ceux qui man-
» quent d'après le catalogue existant. J'ai reconnu der-
» nièrement que déjà quelques-uns des plus importants
» ont disparu; mais il sera facile d'en trouver des traces,
» et d'empêcher que ces monuments ne passent à l'étran-
» ger, qui en est avide, ou même ne périssent dans les
» mains de ceux qui les recèlent, comme il est arrivé
» souvent, etc. »

On donna de nouveaux ordres pour la recherche des
manuscrits. Je fus même nommé par la junte, avec
M. Akerblad, commissaire à cet effet, honneur que
nous refusâmes, lui comme étranger, moi comme occupé ailleurs. Ce soin demeura donc confié à MM. Puzzini
et Furia, que rien ne put engager à y penser le moins
du monde; *ils ne voulaient alors faire de la peine à
personne.* Ceux qui avaient les manuscrits les gardèrent,
et les ont encore.

Or, ces gens si indifférents à la perte d'une collection
de tous les auteurs classiques, croirait-on que ce sont
eux qui aujourd'hui, pour quatre mots d'une page d'un

roman, quatre mots que, sans moi, ils n'eussent jamais déchiffrés, quatre mots qui sont imprimés, et qu'ils liraient s'ils savaient lire, travaillent avec tant d'ardeur à soulever contre moi le public et le gouvernement, remplissent les gazettes d'injures et de calomnies ridicules, et, par des circulaires, promettent à la canaille littéraire d'Italie le plaisir de me voir bientôt traité en criminel d'état. M. Puzzini en répond ; il sait sans doute ce qu'il dit, *et, ma foi, je commence à le croire un petit,* comme dit Sosie.

Ce qui vous surprendra, Monsieur, c'est qu'aucun d'eux ne me connaît. Jamais aucun d'eux, excepté le seigneur Furia, n'a eu avec moi ni liaison ni querelle, ni rapport d'aucune espèce. J'ai parlé un quart-d'heure à M. Pulcini (1), et ne me rappelle pas même sa figure ; ainsi leur haine contre moi ne peut être personnelle. Pour me faire une guerre si cruelle, et sur si peu de chose, eux qui *naturellement ne veulent faire de mal à personne,* leur motif est tout autre qu'une animosité, si cela se peut dire, individuelle. L'offense que j'ai faite très involontairement au seigneur Furia lui est particulière ; la rage de toute sa clique a une cause plus générale.

Vous vous rappelez le mot des Espagnols : *Non comme*

---

(1) C'est son nom encore estropié, mais d'une autre façon. *Pulcini* veut dire poussin, petit poulet, en italien : on en a fait *Pulcinella,* polichinelle chez nous. Ces *lazzi,* qui ne demandaient pas assurément beaucoup d'esprit, chagrinèrent plus que tout le reste le pauvre chambellan.

Français , mais comme hérétiques (1). Ces messieurs disent bien ici quelque chose d'approchant ; mais je vous assure qu'ils déguisent fort peu les vrais motifs de leur haine ; tout le monde en est instruit. Mon premier crime a été de découvrir leur ignorance , mais cela seul n'eût été rien ; car s'ils persécutaient tous ceux qui en savent plus qu'eux *à qui pourraient-ils pardonner ?* le second , qui me rend indigne de toute grâce , c'est que je ne prononce pas comme eux le mot *ciceri* (2). C'est là une sorte de péché originel que rien ne peut effacer.

Si j'avais le moindre crédit , le moindre petit emploi , quelque gain à leur promettre , quelques bribes à leur jeter , ils seraient tous à mes pieds et imagineraient autant de bassesses pour me faire la cour , qu'ils inventent aujourd'hui de calomnies pour me nuire. Soyez assuré , Monsieur , qu'avant de se décider à *m'entreprendre* , comme on dit , ils se sont bien informés si je n'avais point quelque appui , et comme ils ont appris que je ne tenais à rien , que je vivais seul avec quelques amis aussi obscurs que moi , que je me tenais

(1) Les Espagnols , dans la Floride , firent pendre et brûler les Français protestants , avec cet écriteau : *Non comme Français , mais comme hérétiques ;* à quoi les flibustiers , depuis , répondirent en massacrant les Espagnols : *Non comme Espagnols , mais comme assassins.*

(2) Ceci fait allusion aux Vêpres Siciliennes , où , pour connaître les Français , on les obligeait de dire ce mot. Ceux qui ne le prononçaient pas bien étaient massacrés.

loin des grands , et qu'aucun homme en place ne s'in-
téressait à moi , ils m'ont déclaré la guerre. Avouez
que ce sont d'habiles gens; car que ces bons Espagnols fissent un *auto-da-fé* des Français dans la Floride , c'était quelque chose assurément , il y avait là de
quoi louer Dieu ; mais si on pouvait faire brûler un
Français par les Français mêmes , quel triomphe ,
quelle allégresse ! Je vois ici des gens qui lisent cette
triste rapsodie de Furia contre moi : *Son style est mauvais* , disent-ils , *son intention est bonne*.

La découverte que j'ai faite dans le manuscrit n'est
rien , au dire de ces messieurs; c'est la plus petite
chose qu'on pût jamais trouver; mais le mal que j'ai
fait est *immense*. Entendez bien ceci , Monsieur : le
fragment tout entier n'est rien , mais quelques mots de
ce fragment , effacés par malheur , font une perte immense , même alors que tout est imprimé. M. Furia a
étendu cette perte le plus qu'il a pu , puisque la tache
est aujourd'hui double au moins de celle que j'ai faite,
si le dessin qu'en a publié M. Furia est exact. Il l'a
augmentée à ce point, afin de pouvoir dire qu'elle
était immense ; car il accommode non l'épithète à la
chose, mais la chose à l'épithète qu'il veut employer.
Avec tout cela, il s'en faut que le dommage soit immense , et quand j'aurais noyé dans l'encre tous ses
vieux bouquins et lui , le mal serait encore petit.

Cependant cette découverte , toute méprisable qu'elle
est , M. Furia entend qu'elle nous soit commune , ou ,

pour mieux dire, il y consent; car on voit bien d'ailleurs qu'elle lui appartient toute, puisque c'est lui, dit-
il, qui m'a fait connaître, montré, déchiffré ce manuscrit, que sans lui apparemment je n'aurais pu ni
trouver ni lire. C'est là, au vrai, le but principal de
son libelle, et à quoi tendent tous les détails par lui
inventés, dont son récit est rempli. Sans y mettre
beaucoup d'art, il a trouvé ses lecteurs disposés à le
croire et à lui adjuger la moitié de cet honneur; car
tout pour un seul, ce serait trop.

Que de haines accompagnent la renommée! qu'il est
difficile d'échapper à l'oubli et à l'envie! De tous les
chemins qui mènent au temple de Mémoire, j'ai suivi
le plus obscur: huit pages de grec font toute ma gloire,
et voilà qu'on me les dispute! M. Furia en veut sa part;
il crie dans les gazettes, il arrange, il imprime un tissu
de mensonges pour arriver à ce mot: *Notre commune
découverte.* Vous, Monsieur, vous voyez la fourbe, et
bien loin de la découvrir, vous tâchez d'en profiter
pour vous glisser entre nous deux. Vous semblez dire à
chacun de nous: *Souffre qu'au moins je sois ton ombre.*
Furia y consentirait; mais moi, je suis intraitable: je
veux aller tout seul à la postérité.

La gloire aujourd'hui est très-rare: on ne le croirait
jamais; dans ce siècle de lumières et de triomphes,
il n'y a pas deux hommes assurés de laisser un nom.
Quant à moi, si j'ai complété le texte de Longus, tant
qu'on lira du grec, il y aura toujours quatre ou cinq

hellénistes qui sauront que j'ai existé. Dans mille ans d'ici, quelque savant prouvera, par une dissertation, que je m'appelais Paul-Louis, né en tel lieu, telle année, mort tel jour de l'an de grâce..... sans qu'on en ait jamais rien su, et pour cette belle découverte, il sera de l'académie. Tâchons donc de montrer que je suis le vrai, le seul restaurateur du livre mutilé de Longus : la chose en vaut la peine ; il n'y va de rien moins que de l'immortalité.

Vous savez, Monsieur, ce qui en est, quoique vous n'en disiez rien, et M. Clavier le sait aussi, à qui j'écrivis de Milan ces propres paroles :

Milan, le 13 octobre 1809.

« Envoyez-moi vite, Monsieur, vos commissions
» grecques ; je serai à Florence un mois, à Rome tout
» l'hiver, et je vous rendrai bon compte des manuscrits
» de Pausanias. Il n'y a bouquin en Italie où je ne
» veuille perdre la vue pour l'amour de vous et du grec.
» Je fouillerai aussi pour mon compte dans les manus-
» crits de l'abbaye de Florence. Il y avait là du bon
» pour vous et pour moi, dans une centaine de volu-
» mes du neuvième et du dixième siècles ; il en reste ce
» qui n'a pas été vendu par les moines : peut-être y
» trouverai-je votre affaire. Avec le Chariton de Dorville
» est un Longus que je crois entier ; du moins n'y ai-je
» point vu de lacune quand je l'examinai ; mais, en vé-
» rité, il faut être sorcier pour le lire. J'espère pourtant

» en venir à bout, *à grand renfort de bésicles*, comme
» dit maître François. C'est vraiment dommage que ce
» petit roman d'une si jolie invention, qui , traduit dans
» toutes les langues, plaît à toutes les nations, soit dans
» l'état où nous le voyons. Si je pouvais vous l'offrir com-
» plet, je croirais mes courses bien employées , et mon
» nom assez recommandé aux Grecs présents et futurs.
» Il me faut peu de gloire; c'est assez pour moi qu'on
» sache quelque jour que j'ai partagé vos études et votre
» amitié.... »

M. Lamberti lut cette lettre, où il était question de lui ,
et me promit dès-lors de traduire le supplément, comme
il pouvait faire mieux que personne. Il se rappelle très
bien toutes ces circonstances, et voici ce qu'il m'en écrit :

Della speranza che avevate di scoprire nel codice Fio-
rentino il frammento di Longo Sofista, voi mi parlaste sino
dai primi momenti del vostro arrivo in Milano. Questa
cosa fu me in quel tempo ancor detta ad alcuni amici,
che non possono averne la rimenbranza. Si parlò ancora
della traduzione italiana che sarebbe stato bene di farne,
quando non fossero riuscite vone le sparanze della sco-
perta; ed io, per l'infinita amicizia chi vi professo, mi
vi obligai con solenne promessa per un tale lavoro. A gran
ragione adunque mi dovettero sorprendere le ciancie del
signor Furia, che nel suo scritto si voleva far credere
come cooperatore e partecipe di quello scoprimento... (1).

_____

(1) C'est-à-dire en français : « L'espoir que vous aviez de trouver

Enfin, voici une lettre de M. Akerblad, qui montre assez en quel temps je vis ce manuscrit pour la première fois :

« ..... Je me rappelle effectivement qu'il y a trois ans
» nous allâmes ensemble voir la bibliothèque de l'ab-
» baye de Florence, où, entre autres manuscrits, on
» nous montra celui qui contient le roman de Longus,
» avec plusieurs autres érotiques grecs. Je me souviens
» très-bien aussi que, pendant que j'étais occupé à
» parcourir le catalogue de ces manuscrits, dont les
» plus beaux ont disparu depuis, vous vous arrêtâtes as-
» sez long-temps à feuilleter celui de Longus, le même
» qui vous a fourni l'intéressant fragment que vous ve-
» nez de publier. »

Ainsi bien avant que ce manuscrit passât dans la bibliothèque de Saint-Laurent de Florence, je l'avais vu
à l'abbaye ; je savais qu'il était complet, je l'avais dit
ou écrit à tous ceux que cela pouvait intéresser. Depuis,
dans la bibliothèque, M. Furia me *montra* ce livre que
je lui demandais, et que je connaissais mieux que lui,
sans l'avoir tenu si long-temps, et moi je lui *montrai*

» dans les manuscrits de Florence un texte complet de Longus, me
» fut annoncé par vous dès les premiers moments de votre arrivée
» ici, et j'en parlai à quelques amis qui n'en peuvent avoir perdu
» le souvenir. Nous parlâmes aussi de traduire le supplément en
» italien ; à quoi je m'obligeai envers vous par une promesse fondée
» sur l'amitié qui nous unit tous deux. Ainsi, ce ne fut pas sans
» beaucoup d'étonnement que je vis depuis l'étrange folie et le ba-
» vardage de M. Furia, qui, dans sa brochure, prétendait avoir
» part à cette découverte. »

dans ce livre ce qu'il n'avait pas vu en six ans qu'il a pas-
-sés à le décrire et en extraire des sottises. On voit par
là clairement que tout le récit de M. Furia, et les petites
circonstances dont il l'a chargé pour montrer que le hasard nous fit faire à tous deux ensemble cette découverte,
qu'il appelle *commune*, sont autant de faussetés. Or, si,
dans un fait si notoire, M. Furia en impose avec cette ef-
fronterie, qu'on juge de sa bonne foi dans les choses qu'il
affirme comme unique témoin; car, à ce mensonge,
assez indifférent en lui-même, il joint d'autres impos-
tures, dont assurément la plus innocente mériterait cent
coups de bâton. C'était bien sur quoi il comptait pour
être *un peu à son aise*, comme l'huissier des plaideurs.
J'aurais pu donner dans ce piége il y a vingt ans; mais aujourd'hui je connais ces ruses, et je lui conseille de s'a-
dresser ailleurs. J'ai très-bien pu, par distraction, faire
choir sur le bouquin la bouteille à l'encre; mais frap-
pant sur le pédant, je n'aurais pas la même excuse, et
je sais ce qu'il m'en coûterait.

Depuis l'article inséré dans la gazette de Florence,
par lequel vous annonciez une édition du supplément et
de l'ouvrage entier, j'étais en pleine possession de ma
découverte, et plus intéressé que personne à sa conservation. Tout le monde savait que j'avais trouvé ce fragment de Longus, que j'allais le traduire et l'imprimer;
ainsi mon privilége, mon droit de découverte étaient assurés: on ne saurait imaginer que j'aie fait exprès la tache
au manuscrit, pour m'approprier ce morceau inédit qui

était à moi. C'est néanmoins ce que prétend M. Furia :
cette tache fut faite, dit-il, pour le priver de sa part à
la petite trouvaille (vous voyez, par ce qui précède, à quoi
cette part se réduit), et afin de l'empêcher, lui ou quelqu'autre aussi capable, d'en donner une édition. Cela est
prouvé, selon lui, par le refus de la copie.

Ce discours ne peut trouver de créance qu'auprès de
ceux qui n'ont nulle idée d'un pareil travail; car qui eût
pu l'entreprendre à Florence, quand même votre annonce
n'eût pas appris au public et la découverte et à qui elle
appartenait? Ne m'en croyez pas, Monsieur; consultez
les savants de votre connaissance, et tous vous diront
qu'il n'y avait personne à Florence en état de donner une
édition supportable de ce texte d'après un seul manuscrit.
Il faut pour cela une connaissance de la langue grecque,
non pas fort extraordinaire, mais fort supérieure à ce
qu'en savent les professeurs Florentins.

En effet, concevez, Monsieur, huit pages sans points
ni virgules, partout des mots estropiés, transposés, omis,
ajoutés, les gloses confondues avec le texte, des phrases
entières altérées par l'ignorance, et plus souvent par les
impertinentes corrections du copiste. Pour débrouiller ce
chaos, *Schrevelius* donne peu de lumière à qui ne connaît
que les *Fables d'Ésope*. Je ne puis me flatter d'y avoir
complètement réussi, manquant de tous les secours nécessaires; mais hors un ou deux endroits, que ceux qui
ont des livres corrigeront aisément, j'ai mis le tout au
point que M. Furia lui-même, avec ma traduction et son

Schrevelius, suivrait maintenant sans peine le sens de l'auteur d'un bout à l'autre. Tout cela se pouvait faire par d'autres que moi, et mieux, à Venise ou à Milan, mais non à Florence.

Les Florentins ont de l'esprit, mais ils savent peu de grec : et je crois qu'il ne s'en soucient guère : il y a parmi eux beaucoup de gens de mérite, fort instruits et fort aimables ; ils parlent admirablement la plus belle des langues vivantes : avec cela on se passe aisément du grec.

Quelle préface aurait pu, je vous prie, mettre à ce fragment M. Furia, s'il en eût été l'éditeur? il aurait fallu qu'il dît : Dans le long travail que j'ai fait sur ce manuscrit, dont j'ai extrait des choses si peu intéressantes, j'ai oublié de dire que l'ouvrage de Longus s'y trouvait complet ; on vient de m'en faire apercevoir. Et là dessus, il aurait cité votre article de la gazette. Vous voyez, Monsieur, par combien de raisons j'avais peu à craindre que ni lui ni personne songeât à me troubler dans la possession du bienheureux fragment. J'en ai refusé à M. Furia, non une copie quelconque, qui lui était inutile comme bibliothécaire, mais une certaine copie dont il voulait abuser comme mon ennemi déclaré ; et l'abus qu'il en voulait faire n'était pas de la publier, car il ne le pouvait en aucune façon ; mais de l'altérer, pour jeter du doute sur ce que j'allais publier. Tout cela est, je pense, assez clair.

Mais si l'on veut absolument que, contre mon intérêt visible, j'aie mutilé ce morceau, que je venais de détenir et dont j'étais maître, pour consoler apparemment M. Furia du petit chagrin que lui causait cette découverte, encore faudrait-il avouer que les adorateurs de Longus me doivent bien moins de reproches que de remerciements. Si ce texte est si sacré, pour l'avoir complété je mérite des statues. La tache qui en détruit quelques mots dans le manuscrit ne saurait être un crime d'état, que la restauration du tout dans les imprimés ne soit un bienfait public : mais si tout l'ouvrage, comme le pensent des gens bien sensés, n'est en soi qu'une fadaise, qu'est-ce donc que ce pâté, dont on fait tant de bruit? En bonne foi, le procès de Figaro, qui roulait aussi sur un pâté d'encre, et la cause de l'Intimé, sont, au prix de ceci, des affaires graves.

> Et quand il serait vrai, que par pure folie,
> J'aurais exprès gâté le tout ou bien partie
> Dudit fragment, qu'on mette en compensation
> Ce que nous avons fait depuis cette action,

et l'édition du supplément qui se distribue gratis, et celle du livre entier *donnée* aux savants, et enfin cette traduction dont vous rendez compte, qui certes éclaircit plus le texte que la tache ne l'obscurcit. On ne vous soupçonnera pas, Monsieur, de partialité pour moi. Vous trouvez que j'ai complété la version d'Amyot *si habilement,* dites-vous, qu'on *n'aperçoit point trop de disparate* entre ce qui est de lui et ce que j'y ai ajouté, et vous avouez que *cette tache était difficile.* Je ne suis pas ici en termes de

pouvoir faire le modeste : un accusé sur la sellette, qui
voit que son affaire va mal, se recommande par où il peut,
et tire parti de tout. Cette traduction d'Amyot est généralement admirée, et passe pour un des plus beaux ouvrages qu'il y ait en notre langue. On ferait un volume
des louanges qui lui ont été données seulement depuis
trois ou quatre ans, tant dans les journaux que dans les
différens livres. L'un la regarde comme *le chef-d'œuvre du
genre naïf;* l'autre appelle Amyot *le créateur d'un style
qui n'a pu être imité ;* un troisième déclare aussi cette traduction *inimitable*, et va jusqu'à lui attribuer la grande
réputation du roman de Longus. Or, ce chef-d'œuvre
inimitable, ce modèle que personne n'a pu suivre dans le
plus difficile de tous les genres, je l'ai non seulement
imité, selon vous, assez *habilement*, mais je l'ai corrigé
partout, et vous n'osez dire, Monsieur, qu'il y ait rien
perdu. L'entreprise était telle qu'avant l'exécution, tout
le monde s'en serait moqué, parce qu'en effet il y avait
très-peu de personnes capables de l'exécuter. Les gens qui
savent le grec sont cinq ou six en Europe; ceux qui savent le français sont en bien plus petit nombre. Mais ce
n'est pas seulement le grec et le français qui m'ont servi à
terminer cette belle copie, après avoir si heureusement
rétabli l'original ; ce sont encore plus les bons auteurs
italiens, d'où j'ai tiré plus que des nôtres, et qui sont
la vraie source des beautés d'Amyot; car il fallait, pour
retoucher et finir le travail d'Amyot, la réunion assez
rare des trois langues qu'il possédait et qui ont formé

son style. Ainsi cette bagatelle , toute bagatelle qu'elle est , et des plus petites assurément , peu de gens la pouvaient faire.

Je comprends , Monsieur , que votre jugement n'est pas celui de tout le monde , et que ce qui vous a plu, semblera ridicule à d'autres ; mais l'ouvrage n'étant connu que par votre rapport, la prévention du public doit, pour le moment , m'être favorable , et si cette prévention en faveur de ma traduction peut me faire absoudre du crime de lèse-manuscrit , je me moque fort qu'après cela on la trouve bonne ou mauvaise.

Qu'on examine donc si le mérite d'avoir complété , corrigé , perfectionné cette version que tout le monde lit avec délices , et donné aux savants un texte qui sera bientôt traduit dans toutes les langues , peut récompenser le crime d'avoir effacé involontairement quelques mots dans un bouquin que personne avant moi n'a lu , et que jamais personne ne lira. Si j'avais l'éloquence de M. Furia , j'évoquerais ici l'ombre de Longus , et lui contant l'aventure , je gage qu'il en rirait et qu'il m'embrasserait pour avoir enfin *remis en lumière son œuvre amoureuse*. Vous pouvez penser la mine qu'il ferait à M. Furia , qui le laissait manger aux vers dans le vénérable bouquin.

J'ai l'honneur d'être, Monsieur, etc.

Tivoli , le 20 septembre 1810.

P. S. Est-ce la peine de vous dire, Monsieur, pourquoi je ne vous envoyai ni le texte , ni la traduction que je vous avais promise? Accusé de spéculer avec vous sur ce fragment, dont je vous faisais présent, comme vous en convenez, le seul parti que j'eusse à prendre, n'était-ce pas de le *donner* moi-même au public? Je vous avoue aussi que votre ambition m'alarmait. Si, pour m'avoir accompagné dans une bibliothèque, vous disiez et vous imprimiez à Milan: *Nous avons trouvé, et nous allons donner un Longus complet*, n'était-il pas clair qu'une fois maître et éditeur de ce texte, vous auriez dit, comme Archimède: *Je l'ai trouvé*. Vous et M. Furia, vous alliez vous parer de mes plus belles plumes, et je restais avec la tache d'encre que personne ne me contestait. J'avais pensé faire deux parts; le profit pour vous, l'honneur pour moi: vous vouliez avoir l'un et l'autre, et ne me laisser que le pâté. Une pareille prétention rompait tous nos arrangements.

LETTRE

A MESSIEURS

DE L'ACADÉMIE DES INSCRIPTIONS

ET BELLES-LETTRES.

LETTRE

A MESSIEURS

DE L'ACADÉMIE DES INSCRIPTIONS

ET BELLES-LETTRES.

MESSIEURS,

C'EST avec grand chagrin, avec une douleur extrême, que je me vois exclus de votre Académie, puisqu'enfin vous ne voulez point de moi. Je ne m'en plains pas toutefois. Vous pouvez avoir, pour cela, d'aussi bonnes raisons que pour refuser Coraï et d'autres qui me valent bien. En me mettant avec eux, vous ne me faites nul tort; mais d'un autre côté, on se moque de moi. Un auteur de journal, heureusement peu lu, imprime : « Monsieur Courier s'est présenté, se présente et se présentera aux élections de l'Académie des Inscriptions et Belles-Lettres, qui le rejette unanimement. Il faut, pour être admis dans cet illustre corps, autre chose que du grec. On vient d'y recevoir le vicomte Prevost d'Irai, gentilhomme de la chambre, le sieur Jomard, le chevalier Dureau de La Malle; gens qui, à dire vrai,

I.   5

, » ne savent point de grec, mais dont les principes sont
» connus. »

Voilà les plaisanteries qu'il me faut essuyer. Je saurais
bien que répondre; mais ce qui me fâche le plus, c'est
que je vois s'accomplir cette prédiction que me fit autrefois mon père : *Tu ne seras jamais rien*. Jusqu'à présent
je doutais (comme il y a toujours quelque chose d'obscur
dans les oracles), je pensais qu'il pouvait avoir dit : *Tu ne
feras jamais rien ;* ce qui m'accommodait assez, et me
semblait même d'un bon augure pour mon avancement
dans le monde ; car en ne faisant rien, je pouvais parvenir à tout, et singulièrement à être de l'Académie ; je m'a-
busais. Le bonhomme sans doute avait dit, et rarement
il se trompa : *Tu ne seras jamais rien*, c'est-à-dire, tu
ne seras ni gendarme, ni rat-de-cave, ni espion, ni duc, ni
laquais, ni académicien. Tu seras Paul-Louis pour tout
potage, *id est*, rien. Terrible mot !

C'est folie de lutter contre sa destinée. Il y avait trois
places vacantes à l'Académie, quand je me présentai pour
en obtenir une. J'avais le mérite requis ; on me l'assurait,
et je le croyais, je vous l'avoue. Trois places vacantes,
Messieurs ! et notez ceci, je vous prie, personne pour les
remplir. Vous aviez rebuté tous ceux qui en eussent été
capables. Coraï, Thurot, Haase, repoussés une fois, ne
se présentaient plus. Le pauvre Chardon de la Rochette
qui, toute sa vie, fut si simple de croire obtenir, par la
science, une place de savant, à peine désabusé, mourut.
J'étais donc sans rivaux que je dusse redouter. Les candi-

dats manquant, vous paraissiez en peine, et aviez ajourné déjà deux élections *faute de sujets recevables*. Les uns vous semblaient trop habiles; les autres trop ignorants; car sans doute vous n'avez pas cru qu'il n'y eût en France personne digne de s'asseoir auprès de Gail. Vous cherchiez cette médiocrité justement vantée par les sages. Que vous dirai-je enfin? Tout me favorisait, tout m'appelait au fauteuil. Visconti me poussait, Millin m'encourageait, Letronne me tendait la main; chacun semblait me dire : *Dignus es intrare.* Je n'avais qu'à me présenter, je me présentai donc, et n'eus pas une voix.

Non, Messieurs, non, je le sais, ce ne fut point votre faute. Vous me vouliez du bien, j'en suis sûr. Il y parut dans les visites que j'eus l'honneur de vous faire alors. Vous m'accueillîtes d'une façon qui ne pouvait être trompeuse. Car pourquoi m'auriez-vous flatté? Vous me reconnûtes des droits. La plupart même d'entre vous se moquèrent un peu avec moi de mes nobles concurrents; car, tout en les nommant de préférence à moi, vous les savez bien apprécier, et n'êtes pas assez peu instruits pour me confondre avec messieurs de l'Œil-de-Bœuf. Enfin, vous me rendîtes justice, en convenant que j'étais ce qu'il fallait pour une des trois places à remplir dans l'Académie. Mais quoi? mon sort est de n'être rien. Vous eûtes beau vouloir faire de moi quelque chose, mon étoile l'emporta toujours, et vos suffrages, détournés par cet ascendant, tombèrent, Dieu sans doute le voulant, sur le gentilhomme ordinaire.

La noblesse, Messieurs, *n'est pas une chimère*, mais quelque chose de très réel, très solide, très bon, dont on sait tout le prix. Chacun en veut tâter; et ceux qui autrefois firent les dégoûtés, ont bien changé d'avis depuis un certain temps. Il n'est vilain qui, pour se faire un peu décrasser, n'aille du Roi à l'usurpateur et de l'usurpateur au Roi, ou qui, faute de mieux, ne mette du moins un *de* à son nom, avec grande raison vraiment. Car, voyez ce que c'est, et la différence qu'on fait du gentilhomme au roturier, dans le pays même de l'égalité, dans la république des lettres. Chardon de la Rochette (vous l'avez tous connu), paysan comme moi, malgré ce nom pompeux, n'ayant que du savoir, de la probité, des mœurs, enfin, un homme de rien, abîmé dans l'étude, dépense son patrimoine en livres, en voyages, visite les monuments de la Grèce et de Rome, les bibliothèques, les savants, et devenu lui-même un des hommes les plus savants de l'Europe, connu pour tel par ses ouvrages, se présente à l'Académie, qui tout d'une voix le refuse. Non, c'est mal dire; on ne fit nulle attention à lui, on ne l'écouta pas. Il en mourut, grande sottise. Le vicomte Prevost passe sa vie dans ses terres, *où foulant le parfum de ses plantes fleuries,* il compose un couplet *afin d'entretenir ses douces rêveries.* L'Académie qui apprend cela (non pas l'Académie française, où deux vers se comptent pour un ouvrage; mais la vôtre, Messieurs, l'Académie en *us*, celle des Barthélemi, des Dacier, des Saumaise), offre timidement à M. le vicomte une place dans son sein; il fait signe qu'il acceptera, et le voilà nommé tout d'une voix. Rien n'est plus simple que cela : un gentilhomme de nom et d'armes, un homme comme M. le vicomte, est militaire sans faire la guerre, de l'Académie sans savoir lire. *La coutume de France ne veut pas*, dit Molière, *qu'un gentilhomme sache rien faire*, et la même coutume veut que toute place lui soit dévolue, même celle de l'Académie.

Napoléon, génie, dieu tutélaire des races antiques et nouvelles, restaurateur des titres, sauveur des parchemins; sans toi la France perdait l'étiquette et le blason, sans toi...... Oui, Messieurs, ce grand homme aimait comme vous la noblesse, prenait des gentilshommes pour en faire ses soldats, ou bien de ses soldats faisait des gentilshommes. Sans lui, les vicomtes que seraient-ils? pas même académiciens.

Vous voyez bien, Messieurs, que je ne vous en veux point. Je cause avec vous; et de fait, si j'avais à me plaindre, ce serait de moi, non pas de vous. Qui diantre me poussait à vouloir être de l'Académie, et qu'avais-je besoin d'une patente d'érudit, moi, qui *sachant du grec autant qu'homme de France*, étais connu et célébré par tous les doctes de l'Allemagne, sous les noms de *Correrius, Courierus, Hemerodromus, Cursor*, avec les éphitètes de *vir ingeniosus, vir acutissimus, vir præstantissimus*, c'est-à-dire, *homme d'érudition, homme de capacité*, comme le docteur Pancrace. J'avais étudié pour savoir, et j'y étais parvenu, au jugement des experts. Que me fallait-il davantage? Quelle bizarre fantaisie à moi, qui m'é-

tais moqué quarante ans des cotteries littéraires , et vivais
en repos loin de toute cabale , de m'aller jeter au milieu
de ces méprisables intrigues?

A vous parler franchement , Messieurs , c'est là le point
embarrassant de mon apologie ; c'est là *l'endroit que je
sens faible et que je me voudrais cacher*. De raisons , je
n'en ai point pour plâtrer cette sottise , ni même d'excuse
valable. Alléguer des exemples , ce n'est pas se laver, c'est
montrer les taches des autres. Assez de gens , pourrais-je
dire , plus sages que moi , plus habiles , plus philosophes
(Messieurs , ne vous effrayez pas), ont fait la même faute
et bronché en même chemin aussi lourdement. Que
prouve cela? quel avantage en puis-je tirer , sinon de
donner à penser que par-là seulement je leur ressemble !
Mais, pourtant, Coraï , Messieurs.... parmi ceux qui ont
pris pour objet de leur étude les monuments écrits de
l'antiquité grecque, Coraï tient le premier rang, nul ne
s'est rendu plus célèbre; ses ouvrages nombreux, sans
être exempts de fautes , font l'admiration de tous ceux qui
sont capables d'en juger ; Coraï heureux et tranquille à la
tête des hellénistes, patriarche , en un mot, de la Grèce
savante , et partout révéré de tout ce qui sait lire *alpha* et
oméga ; Coraï une fois a voulu être de l'Académie. Ne me
dites point , mon cher maître, ce que je sais comme tout
le monde, que vous l'avez bien peu voulu, que jamais
cette pensée ne vous fût venue sans les instances de quelques amis moins zélés pour vous, peut-être que pour l'A-
cadémie, et qui croyaient de son honneur que votre nom

parût sur la liste, que vous cédâtes avec peine, et ne fûtes prompt qu'à vous retirer. Tout cela est vrai et vous est commun avec moi, aussi bien que le succès. Vous avez voulu comme moi, votre indigne disciple, être de l'Académie. C'était sans contredit *aspirer à descendre*. Il vous en a pris comme à moi. C'est-à-dire qu'on se moque de nous deux. Et plus que moi, vous avez, pour faire cette demande, écrit à l'Académie qui a votre lettre, et la garde. Rendez-la-lui, Messieurs, de grâce, ou ne la montrez pas du moins. Une coquette montre les billets de l'amant rebuté, mais elle ne va pas se prostituer à Jomard.

Jomard à la place de Visconti! M. Prevost d'Irai succédant à Clavier! voilà de furieux arguments contre le progrès des lumières, et les frères ignorantins, s'il ne vous ont eux-mêmes dicté ces nominations, vous en doivent savoir bon gré.

Jomard dans le fauteuil de Visconti! je crois bien qu'à présent, Messieurs, vous y êtes accoutumés; on se fait à tout, et les plus bizarres contrastes, avec le temps, cessent d'amuser. Mais avouez que la première fois cette bouffonnerie vous a réjouis. Ce fut une chose à voir, je m'imagine, que sa réception. Il n'y eût rien manqué de celle de Diafoirus, si le récipiendaire eût su autant de latin. Maintenant, essayez (*nature se plaît en diversité*)(1) de mettre à la place d'un âne un savant, un helléniste. A la première vacance, peut-être, vous en auriez le passe-

(1) Mot de Louis XI.

temps ; nommez un de ceux que vous avez refusés jusqu'à présent.

Mais ce M. Jomard, dessinateur, graveur, ou quelque chose d'approchant, que je ne connais point d'ailleurs, et que peu de gens, je crois, connaissent, pour se placer ainsi entre deux gentilshommes, le chevalier et le vicomte, quel homme est-ce donc, je vous prie? Est-ce un gentilhomme qui déroge en faisant quelque chose, ou bien un artiste ennobli comme le marquis de Canova? ou serait-ce seulement un vilain qui pense bien? les vilains bien pensants fréquentent la noblesse, ils ne parlent jamais de leur père, mais on leur en parle souvent.

M. Jomard, toutefois, sait quelque chose; il sait graver, diriger au moins des graveurs, et les planches d'un livre font foi qu'il est bon prote en taille-douce. Mais le vicomte, que sait-il? sa généalogie; et quels titres a-t-il? des titres de noblesse pour remplacer Clavier dans une Académie? Chose admirable que parmi quarante que vous étiez, Messieurs, savants ou censés tels, assemblés pour nommer à une place de savant, d'érudit, d'helléniste, pas un ne s'avise de proposer un helléniste, un érudit, un savant; pas un seul ne songe à Coraï, nul ne pense à M. Thurot, à M. Haase, à moi, qui en valais un autre pour votre Académie; tous d'un commun accord, *parmi tant de héros, vont choisir Childebrand;* tous veulent le vicomte. Les compagnies, en général, on le sait, ne rougissent point, et les académies!.... ah! Messieurs, s'il y avait une académie de danse, et que les grands en voulussent être, nous verrions quelque jour, à la place de Vestris, M. de Talleyrand, que l'Académie en corps complimenterait, louerait, et dès le lendemain, rayerait de sa liste pour peu qu'il parût se brouiller avec les puissances.

Vous faites de ces choses-là. M. Prevost d'Irai n'est pas si grand seigneur, mais il est propre à vos études comme l'autre à danser la gavotte. Et que de Childebrands, bons dieux ! choisis par vous, et proclamés unanimement, à l'exclusion de toute espèce d'instruction : Prevost d'Irai, Jomard, Dureau de La Malle, Saint-Martin, non pas tous gentilshommes. Aux vicomtes, aux chevaliers, vous mêlez de la roture. L'égalité académique n'en souffre point, pourvu que l'un ne soit pas plus savant que l'autre, et la noblesse n'est pas *de rigueur* pour entrer à l'Académie ; l'ignorance, bien prouvée, suffit.

Cela est naturel, quoi qu'on en puisse dire. Dans une compagnie de gens faisant profession d'esprit ou de savoir, nul ne veut près de soi un plus habile que soi, mais bien un plus noble, un plus riche ; et généralement, dans les corps à talent, nulle distinction ne fait ombrage, si ce n'est celle du talent. Un duc et pair honore l'Académie française qui ne veut point de Boileau, refuse Labruyère, fait attendre Voltaire, mais reçoit tout d'abord Chapelain et Conrad. De même, nous voyons à l'Académie grecque le vicomte invité, Coraï repoussé, lorsque Jomard y entre comme dans un moulin.

Mais ce qu'il y a de plus merveilleux, c'est cette prudence de l'Académie, qui, après la mort de Clavier et celle de Visconti arrivée presqu'en même temps, songe à réparer de telles pertes, et d'abord, afin de mieux choisir, diffère ses élections, prend du temps, remet le tout à six mois, précaution remarquable et infiniment sage. Ce n'était pas une chose à faire sans réflexion, que de nommer des successeurs à deux hommes aussi savants, aussi célèbres que ceux-là. Il y fallait regarder, élire entre les doctes, sans faire tort aux autres, les deux plus doctes ; il fallait contenter le public, montrer aux étrangers que tout savoir n'est pas mort chez nous avec Clavier et Visconti, mais que le goût des arts antiques, l'étude de l'histoire et des langues, des monuments de l'esprit humain vivent en France comme en Allemagne et en Angleterre. Tout cela demandait qu'on y pensât mûrement. Vous y pensâtes six mois, Messieurs, et au bout de six mois, ayant suffisamment considéré, pesé le mérite, les droits de chacun des prétendants, à la fin vous nommez.... Si je le redisais, nulle gravité n'y tiendrait, et je n'écris pas pour faire rire. Vous savez bien qui vous nommâtes à la place de Visconti. Ce ne fut ni Coraï, ni moi, ni aucun de ceux qu'on connaît pour avoir cultivé quelque genre de littérature. Ce fut un noble, un vicomte, un gentilhomme de la chambre. Celui-là pourra dire qui l'emporte en bassesse de la cour ou de l'Académie, étant de l'une et de l'autre, question curieuse qui a paru, dans ces derniers temps, décidée en votre faveur, Messieurs, quand vous ne faisiez réellement que maintenir vos priviléges et conserver les avantages acquis par vos prédécesseurs. Les Académiés sont en possession de tout temps de remporter le prix de toute sorte de bassesses, et jamais Cour ne proscrivit un abbé de St.-Pierre, pour avoir parlé sous Louis XV un peu librement de Louis XIV, ni ne s'avisa d'examiner laquelle des vertus du Roi méritait les plus fades éloges.

Enfin voilà les hellénistes exclus de cette Académie dont ils ont fait toute la gloire, et où ils tenaient le premier rang; Coraï, La Rochette, moi, Haase, Thurot, nous voilà cinq, si je compte bien, qui ne laissions guères d'espoir à d'autres que des gens de Cour ou suivant la Cour. Ce n'est pas là, Messieurs, ce que craignit votre fondateur, le ministre Colbert. Il n'attacha point de traitement aux places de votre Académie, *de peur*, disent les mémoires du temps, *que les courtisans n'y voulussent mettre leurs valets*. Hélas! ils font bien pis, ils s'y mettent eux-mêmes, et après eux y mettent encore leurs protégés, valets sans gages, de sorte que tout le monde bientôt sera de l'Académie, excepté les savants : comme on conte d'un grand d'autrefois, que tous les gens de sa maison avaient des bénéfices, excepté l'aumônier.

Mais avant de proscrire le grec, y avez-vous pensé, Messieurs? Car enfin que ferez-vous sans grec? voulez-vous avec du chinois, une bible copte ou syriaque, vous passer d'Homère et de Platon? Quitterez-vous le Parthénon pour la Pagode et Jagrenat, la Vénus de Praxitèle pour les magots de Fo-hi-Can? et que deviendront vos mémoires, quand au lieu de l'histoire des arts chez ce peuple ingénieux, ils ne présenteront plus que les incarnations de

Visnou, la légende des Faquirs, le rituel du Lamisme, ou l'ennuyeux *bulletin* des conquérants Tartares? Non, je vois votre pensée; l'érudition, les recherches sur les mœurs et les lois des peuples, l'étude des chefs-d'œuvre antiques et de cette chaîne de monuments qui remontent aux premiers âges, tout cela vous détournait du but de votre institution. Colbert fonda l'Académie des Inscriptions et Belles-Lettres *pour faire des devises aux tapisseries du Roi*, et en un besoin, je m'imagine, aux bonbons de la Reine. C'est là votre destination à laquelle vous voulez revenir et vous consacrer uniquement; c'est pour cela que vous renoncez au grec; pour cela, il faut l'avouer, le vicomte vaut mieux que Coraï.

D'ailleurs, à le bien prendre, Messieurs, vous ne faites point tant de tort aux savants. Les savants voudraient être seuls de l'Académie, et n'y souffrir que ceux qui entendent un peu *le latin d'A Kempis*. Cela chagrine, inquiète d'honnêtes gens parmi vous, qui ne se piquent pas d'avoir su autrefois *leur rudiment par cœur*; que ceux-ci excluent ceux qui veulent les exclure, où est le mal, où sera l'injustice? Si on les écoutait, ils prétendraient encore à être seuls professeurs, sous prétexte qu'il faut savoir pour enseigner, proposition au moins téméraire, mal sonnante, en ce qu'elle ôte au clergé l'éducation publique; et sait-on où cela s'arrêterait? Bientôt ceux qui prêchent l'Évangile seraient obligés de l'entendre. Enfin si les savants veulent être quelque chose, veulent avoir des places, qu'ils fassent comme on fait, c'est une mar-

che réglée : les moyens pour cela sont connus et à la portée d'un chacun. Des visites, des révérences, un habit
d'une certaine façon, des recommandations de quelques
gens considérés. On sait, par exemple, que pour être de
votre Académie, il ne faut que plaire à deux hommes,
M. de Sacy et M. Quatremere de Quincy, et je crois encore à un troisième dont le nom me reviendra ; mais ordinairement le suffrage d'un des trois suffit, parce qu'ils
s'accommodent entre eux. Pourvu qu'on soit ami d'un de
ces trois messieurs, et cela est aisé, car ils sont bonnes
gens, vous voilà dispensé de toute espèce de mérite, de
science, de talents ; y a-t-il rien de plus commode, et
saurait-on en être quitte à meilleur marché ? que serait-
ce, au prix de cela, s'il fallait gagner tout le public, se
faire un nom, une réputation ? Puis une fois de l'Académie, à votre aise vous pouvez marcher en suivant le même
chemin, les places et les honneurs vous pleuvent. Tous
vos devoirs sont renfermés dans deux préceptes d'une
pratique également facile et sûre, que les moines, premiers auteurs de toute discipline réglementaire, expri-
maient ainsi en leur latin : *Bene dicere de Priore, facere
officium suum taliter qualiter*, le reste s'ensuit nécessairement : *Sinere mundum ire quomodo vadit*.

Oh ! l'heureuse pensée qu'eut le grand Napoléon, d'en-
régimenter les beaux-arts, d'organiser les sciences,
comme les droits-réunis ; *pensée vraiment royale*, disait M. de Fontanes, de changer en appointements ce que
promettent les muses, *un nom et des lauriers*. Par-là,

tout s'aplanit dans la littérature ; par-là, cette carrière autrefois si pénible est devenue facile et unie. Un jeune homme, dans les lettres, avance, fait son chemin comme dans les sels ou les tabacs. Avec de la conduite, un caractère doux, une mise décente, il est sûr de parvenir et d'avoir à son tour des places, des traitements, des pensions, des logements, pourvu qu'il n'aille pas faire autrement que tout le monde, se distinguer, étudier. Les jeunes gens quelquefois se passionnent pour l'étude ; c'est la perte assurée de quiconque aspire aux emplois de la littérature ; c'est la mort à tout avancement. L'étude rend paresseux : on s'enterre dans ses livres ; on devient rêveur, distrait, on oublie ses devoirs, visites, assemblées, repas, cérémonies ; mais ce qu'il y a de pis, l'étude rend orgueilleux ; celui qui étudie s'imagine bientôt en savoir plus qu'un autre, prétend à des succès, méprise ses égaux, manque à ses supérieurs, néglige ses protecteurs et ne fera jamais rien *dans la partie des lettres.*

Si Gail eût étudié, s'il eût appris le grec, serait-il aujourd'hui professeur de langue grecque, académicien de l'Académie grecque, enfin *le mieux renté de tous les érudits ?* Haase a fait cette sottise. Il s'est rendu savant, et le voilà capable de remplir toutes les places destinées aux savants, mais non pas de les obtenir. Bien plus avisé fut M. Raoul Rochette, ce galant défenseur de l'Église, ce jeune champion du temps passé. Il pouvait, comme un autre, apprendre en étudiant, mais il vit que cela ne le menait à rien, et il aima bien mieux se produire que s'instruire,

avoir dix emplois de savant, que d'être en état d'en remplir un qu'il n'eût pas eu, s'il se fût mis dans l'esprit de
le mériter, comme a fait ce pauvre Haase, homme, à
mon jugement, docte mais non habile, qui s'en va pâlir
sur les livres, perd son temps et son grec, ayant devant
les yeux ce qui l'eût dû préserver d'une semblable faute,
Gail, modèle de conduite, littérateur parfait. Gail ne sait
aucune science, n'entend aucune langue :

> Mais s'il est par la brigue un rang à disputer,
> Sur le plus savant homme on le voit l'emporter.

L'emploi de garde des manuscrits, d'habiles gens le
demandaient ; on le donne à Gail qui ne lit pas même *la
lettre moulée*. Une chaire de grec vient à vaquer, la seule
qu'il y eût alors en France, on y nomme Gail, dont l'i-
gnorance en grec est devenue proverbe (1) ; un fauteuil à
l'Académie des Inscriptions et Belles-Lettres, on place
Gail qui se trouve ainsi, sans se douter seulement du
grec, avoir remporté tous les prix de l'érudition grecque,
réunir à lui seul toutes les récompenses avant lui parta-
gées aux plus excellents hommes en ce genre. Haase n'o-
serait prétendre à rien de tout cela, parce qu'il étudie le
grec, parce qu'il déchiffre, explique, imprime les manuscrits grecs, parce qu'il fait des livres pour ceux qui
lisent le grec, parce qu'enfin il sait tout, hors ce qu'il
faut savoir pour être savant patenté du gouvernement.

(1) *Tu t'y entends comme Gail au grec*, proverbe d'écolier.

Oh ! que Gail l'entend bien mieux ! il ne s'est jamais trompé, jamais fourvoyé de la sorte, jamais n'eut la pensée d'apprendre ce qu'il est chargé d'enseigner. Certes un homme comme Gail doit rire dans sa barbe, quand il touche cinq ou six traitements de savants, et voit les savants se morfondre.

Messieurs, voilà ce que c'est que l'esprit de conduite. Aussi, avoir donné le fouet jadis à un duc et pair, il faut en convenir, cela aide bien un homme, cela vous pousse furieusement, et comme dit le poète,

Ce chemin aux honneurs a conduit de tout temps.

Le pédant de Charles-Quint devint pape ; celui de Charles-Neuf fut grand aumônier de France. Mais tous deux savaient lire ; au lieu que Gail ne sait rien, et même est connu de tout le monde pour ne rien savoir, d'autant plus admirable dans les succès qu'il a obtenus comme savant.

Vous n'ignorez pas combien sont désintéressés les éloges que je lui donne. Je n'ai nulle raison de le flatter, et suis tout-à-fait étranger à ce doux commerce de louanges que vous pratiquez entre vous. M. Gail ne m'est rien, ni ami, ni ennemi, ne me sera jamais rien, et ne peut de sa vie me servir ni me nuire. Ainsi *le pur amour du grec* m'engage à célébrer en lui le premier de nos hellénistes, j'entends le plus considérable par ses grades littéraires. Le public, je le sais, lui rend assez de justice ; mais on ne le connaît pas encore. Moi, je le juge sans prévention, *et je vois peu de gens qui soient de son mérite*, même parmi vous, Messieurs. En Allemagne, où vous savez que tout genre d'érudition fleurit, je ne vois rien de pareil, rien même d'approchant. Là, les places académiques sont toutes données à des hommes qui ont fait preuve de savoir. Là, Coraï serait président de l'Académie des ins-criptions, Haase garde des manuscrits, quelque autre aurait la chaire de grec, et Gail... qu'en ferait-on? Je ne sais, tant l'industrie qui le distingue est peu prisée en ce pays-là. Ces gens, à ce qu'il paraît, grossiers, ne recon-naissent qu'un droit aux emplois littéraires, la capacité de les remplir, qui chez nous est une exclusion.

Ce que j'en dis toutefois ne se rapporte qu'à votre Aca-démie, Messieurs, celle des Inscriptions et Belles-Lettres. Les autres peuvent avoir des maximes différentes. Et je n'ai garde d'assurer qu'à l'Académie des Sciences un can-didat fût refusé, uniquement parce qu'il serait bon na-turaliste ou mathématicien profond. J'entends dire qu'on y est peu sévère sur les billets de confession, et un de mes amis y fut reçu l'an passé, sans même qu'on lui demandât s'il avait fait ses Pâques, scandales qui n'ont point lieu chez vous.

Mais, Messieurs, me voilà bien loin du sujet de ma lettre. *J'oublie, en vous parlant, ce que je viens vous dire*, et le plaisir de vous entretenir me détourne de mon objet. Je vou-lais répondre aux méchantes plaisanteries de ce journal qui dit *que je me suis présenté, que je me présente actuelle-ment, et que je me présenterai* encore pour être reçu parmi

1. 6

vous. Dans ces trois assertions, il y a une vérité, c'est que
je me suis présenté, mais une fois sans plus, Messieurs.
Je n'ai fait, pour être des vôtres, que quarante visites
seulement, et quatre-vingts révérences, à raison de deux
par visite. Ce n'est rien pour un aspirant aux emplois
académiques; mais c'est beaucoup pour moi, naturellement peu souple et neuf à cet exercice. Je n'en suis pas
encore bien remis. Mais je suis guéri de l'ambition, et je
vous proteste, Messieurs, que même assuré de réussir,
je ne recommencerais pas.

Quant à ce qu'il ajoute touchant les principes de ceux
que vous avez élus, principes qu'il dit être connus, cette
phrase tendant à insinuer que les miens ne sont pas connus, me cause de l'inquiétude. Si jamais vous réussissez
à établir en France la Sainte-Inquisition, comme on dit
que vous y pensez, je ne voudrais pas que l'on pût me
reprocher quelque jour d'avoir laissé sans réponse un
propos de cette nature. Sur cela donc j'ai à vous dire que
mes principes sont connus de ceux qui me connaissent,
et j'en pourrais demeurer là. Mais, afin qu'on ne m'en
parle plus, je vais les exposer en peu de mots.

Mes principes sont, *qu'entre deux points la ligne droite
est la plus courte, que le tout est plus grand que sa partie,
que deux quantités, égales chacune à une troisième, sont
égales entre elles.*

Je tiens aussi *que deux et deux font quatre;* mais je
n'en suis pas sûr.

Voilà mes principes, *Messieurs,* dans lesquels j'ai été

élevé, grâce à Dieu, et dans lesquels je veux vivre et mourir. Si vous me demandez d'autres éclaircissements (car on peut dire qu'il y a différents principes en différentes matières, comme principes de grammaire ; il ne s'agit pas de ceux-là, ces Messieurs ne sachant, dit-on, ni grec, ni latin ; principes de religion, de morale, de politique), je vous satisferai là-dessus avec la même sincérité.

Mes principes religieux sont ceux de ma nourrice, morte chrétienne et catholique, sans aucun soupçon d'hérésie. La foi du centenier, la foi du charbonnier sont passées en proverbe. Je suis soldat et bûcheron, c'est comme charbonnier. Si quelqu'un me chicane sur mon orthodoxie, j'en appelle au futur Concile.

Mes principes de morale sont tous renfermés dans cette règle : Ne point faire à autrui ce que je ne voudrais pas qui me fût fait.

Quant à mes principes politiques, c'est un symbole dont les articles sont sujets à controverse. Si j'entreprenais de les déduire, je pourrais mal m'en acquitter, et vous donner lieu de me confondre avec des gens qui ne sont pas dans mes sentiments. J'aime mieux vous dire en un mot ce qui me distingue, me sépare de tous les partis, et fait de moi un homme rare dans le siècle où nous sommes ; c'est que je ne veux point être roi, et que j'évite soigneusement tout ce qui pourrait me mener là.

Ces explications sont tardives et peuvent paraître superflues, puisque je renonce à l'honneur d'être admis parmi vous, Messieurs, et que sans doute vous n'avez pas plus d'envie de me recevoir que je n'en ai d'être reçu dans aucun corps littéraire. Cependant je ne suis pas fâché de désabuser quelques personnes qui auraient pu croire, sur la foi de ce journaliste, que je m'obstinais, comme tant d'autres, à vouloir vaincre vos refus par mes importunités. Il n'en est rien, je vous assure. Je reconnais ingénument que Dieu ne m'a point fait pour être de l'Académie, et que je fus mal conseillé de m'y présenter une fois.

Paris, le 20 mars 1819.

PÉTITION

AUX

DEUX CHAMBRES.

PÉTITION

AUX

DEUX CHAMBRES.

———

MESSIEURS,

JE suis Tourangeau ; j'habite Luynes , sur la rive droite
de la Loire , lieu autrefois considérable, que la révocation
de l'édit de Nantes a réduit à mille habitants , et que l'on
va réduire à rien par de nouvelles persécutions , si votre
prudence n'y met ordre.

J'imagine bien que la plupart d'entre vous, Messieurs ,
ne savent guères ce qui s'est passé à Luynes depuis quelques mois. Les nouvelles de ce pays font peu de bruit en
France et à Paris surtout. Ainsi je dois, pour la clarté du
récit que j'ai à faire, prendre les choses d'un peu haut.

Il y a eu un an environ, à la Saint-Martin, qu'on commença chez nous à parler de bons sujets et de mauvais
sujets. Ce qu'on entendait par-là, je ne le sais pas bien,
et si je le savais, peut-être ne le dirais-je pas, de peur de
me brouiller avec trop de gens. En ce temps, François

Fouquet, allant au grand moulin, rencontra le curé qui conduisait un mort au cimetière de Luynes. Le passage était étroit ; le curé voyant venir Fouquet sur son cheval lui crie de s'arrêter ; il ne s'arrête point ; d'ôter son chapeau ; il le garde ; il passe, il trotte, il éclabousse le curé en surplis. Ce ne fut pas tout : aucuns disent, et je n'ai pas peine à le croire, qu'en passant il jura, et dit qu'il se moquait (vous m'entendez assez) du curé et de son mort. Voilà le fait, Messieurs ; je n'y ajoute ni n'en ôte ; je ne prends point, Dieu m'en garde, le parti de Fouquet, ni ne cherche à diminuer ses torts. Il fit mal ; je le blâme, et le blâmai dès-lors. Or, écoutez ce qui en advint.

Trois jours après, quatre gendarmes entrent chez Fouquet, le saisissent, l'emmènent aux prisons de Langeais, lié, garoté, pieds nus, les menottes aux mains, et pour surcroît d'ignominie, entre deux voleurs de grand chemin. Tous trois, on les jeta dans le même cachot : Fouquet y fut deux mois, pendant ce temps sa famille n'eut, pour subsister, d'autre ressource que la compassion des bonnes gens, qui, dans notre pays, heureusement ne sont pas rares. Il y a chez nous plus de charité que de dévotion. Fouquet donc étant en prison, ses enfants ne moururent pas de faim, en cela il fut plus heureux que d'autres.

On arrêta, vers le même temps, et pour une cause aussi grave, Georges Mauclair, qui fut détenu cinq à six semaines. Celui-là avait mal parlé, disait-on, du gouvernement. Dans le fait, la chose est possible ; peu de gens chez nous savent ce que c'est que le gouvernement ; nos connaissances sur ce point sont assez bornées ; ce n'est pas le sujet ordinaire de nos méditations ; et si Georges Mauclair en a voulu parler, je ne m'étonne pas qu'il en ait mal parlé ; mais je m'étonne qu'on l'ait mis en prison pour cela. C'est être un peu sévère, ce me semble. J'approuve bien plus l'indulgence qu'on a eue pour un autre, connu de tout le monde à Luynes, qui dit en plein marché, au sortir de la messe, hautement, publiquement, qu'il gardait son vin pour le vendre au retour de Bonaparte, ajoutant qu'il n'attendrait guère, et d'autres sottises pareilles. Vous jugerez là-dessus, Messieurs, qu'il ne vendait ni ne gardait son vin, mais qu'il le buvait. Ce fut mon opinion dans le temps. On ne pouvait plus mal parler. Mauclair n'en avait pas tant dit pour être emprisonné ; celui-là cependant on l'a laissé en repos ; pourquoi ? c'est qu'il est bon sujet : et l'autre ? il est mauvais sujet ; il a déplu à ceux qui font marcher les gendarmes : voilà le point, Messieurs. Châteaubriand a dit dans le livre défendu, que tout le monde lit : *Vous avez deux poids et deux mesures ; pour le même fait, l'un est condamné, l'autre absous.* Il entendait parler, je crois, de ce qui se passe à Paris ; mais à Luynes, Messieurs, c'est toute la même chose. Êtes-vous bien avec tels ou tels ? bon sujet, on vous laisse vivre. Avez-vous soutenu quelque procès contre un tel, manqué à le saluer, querellé sa servante, ou jeté une pierre à son chien ? vous êtes mauvais sujet, partant séditieux ; on vous applique la loi, et quelquefois ou vous l'applique un peu rudement, comme on fit dernièrement à dix de nos plus paisibles habitants, gens craignant Dieu et monsieur le maire, pères de famille la plupart, viguerons, laboureurs, artisans, de qui nul n'avait à se plaindre, bons voisins, amis officieux, serviables à tous, sans reproche dans leur état, dans leurs mœurs, leur conduite, mais mauvais sujets. C'est une histoire singulière, qui a fait et fera long-temps grand bruit au pays; car nous autres, gens de village, nous ne sommes pas accoutumés à ces coups d'état. L'affaire de Mauclair, et de l'autre mis en prison pour n'avoir pas ôté son chapeau, en passant, au curé, au mort, n'importe; tout cela n'est rien au prix.

Ce fut le jour de la mi-carême, le 25 mars, à une heure du matin; tout dormait; quarante gendarmes entrent dans la ville; là, de l'auberge où ils étaient descendus d'abord, ayant fait leurs dispositions, pris toutes leurs mesures et les indications dont ils avaient besoin; dès la première aube du jour, ils se répandent dans les maisons. Luynes, Messieurs, est, en grandeur, la moitié du Palais-Royal; l'épouvante fut bientôt partout; chacun fuit ou se cache; quelques-uns, surpris au lit, sont arrachés des bras de leurs femmes et de leurs enfants; mais la plupart, nus, dans les rues, ou fuyant dans la campagne, tombent aux mains de ceux qui les attendaient dehors. Après une longue scène de tumulte et de cris, dix personnes demeurent arrêtées; c'était tout ce qu'on avait pu prendre. On les emmène; leurs parents, leurs enfants les auraient suivis, si l'autorité l'eût permis.

L'autorité, Messieurs, voilà le grand mot en France.
Ailleurs on dit la loi, ici l'autorité. Oh! que le père Canaye (1) serait content de nous, s'il pouvait revivre un
moment! il trouverait partout écrit : *Point de raison ;
l'autorité.* Il est vrai que cette autorité n'est pas celle des
Conciles, ni des Pères de l'Église, moins encore des juris-
consultes; mais c'est celle des gendarmes, qui en vaut
bien une autre.

On enleva donc ces malheureux, sans leur dire de quoi
ils étaient accusés, ni le sort qui les attendait, et on dé-
fendit à leur proches de les conduire, de les soutenir jusqu'aux portes des prisons. On repoussa des enfants qui
demandaient encore un regard de leur père, et voulaient
savoir en quel lieu il allait être enseveli. Des dix arrêtés
cette fois, il n'y en avait point qui ne laissât une famille
à l'abandon. Brulon et sa femme, tous deux dans les cachots six mois entiers, leurs enfants, autant de temps,
sont demeurés orphelins. Pierre Aubert, veuf, avait
un garçon et une fille; celle-ci de onze ans, l'autre plus
jeune encore, mais dont à cet âge la douceur et l'intelligence intéressaient déjà tout le monde. A cela se joignant
alors la pitié qu'inspirait leur malheur, chacun de
son mieux les secourut. Rien ne leur eût manqué, si les
soins paternels se pouvaient remplacer; mais la petite
bientôt tomba dans une mélancolie dont on ne la put dis-

(1) Voyez la Conversation du père Canaye et du maréchal d'Hocquincourt, dans Saint-Évremont.

traire. Cette nuit, ces gendarmes , et son père enchaîné , ne s'effaçaient point de sa mémoire. L'impression de terreur qu'elle avait conservée d'un si affreux réveil, ne lui laissèrent jamais reprendre la gaîté ni les jeux de son âge ; elle n'a fait que languir depuis , et se consumer peu à peu. Refusant toute nourriture, sans cesse elle appelait son père. On crut, en le lui faisant voir , adoucir son chagrin, et peut-être la rappeler à la vie ; elle obtint , mais trop tard, l'entrée de la prison.... Il l'a vue, il l'a embrassée , il se flatte de l'embrasser encore ; il ne sait pas tout son malheur , que frémissent de lui apprendre les gardiens mêmes de ces lieux. Au fond de ces terribles demeures , il vit de l'espérance d'être enfin quelque jour rendu à la lumière , et de retrouver sa fille ; depuis quinze jours elle est morte.

Justice , équité , providence ! vains mots dont on nous abuse ! quelque part que je tourne les yeux, je ne vois que le crime triomphant, et l'innocence opprimée. Je sais tel qui , à force de trahisons , de parjures et de sottises tout ensemble , n'a pu consommer sa ruine ; une famille qui laboure le champ de ses pères est plongée dans les cachots, et disparaît pour toujours. Détournons nos regards de ces tristes exemples , qui feraient renoncer au bien et douter même de la vertu.

Tous ces pauvres gens, arrêtés comme je viens de vous raconter, furent conduits à Tours , et là mis en prison. Au bout de quelques jours , on leur apprit qu'ils étaient bonapartistes ; mais on ne voulut pas les condamner sur

cela, ni même leur faire leur procès ; on les renvoya ailleurs, avec grande raison ; car il est bon de vous dire,
Messieurs, qu'entre ceux qui les accusaient et ceux qui
devaient les juger comme bonapartistes, ils se trouvaient
les seuls peut-être qui n'eussent point juré fidélité à Bonaparte, point recherché sa faveur, ni protesté de leur
dévouement à sa personne sacrée. Le magistrat qui les
poursuit avec tant de rigueur aujourd'hui, sous prétexte
de bonapartisme, traitait de même leurs enfants il y a peu
d'années, mais pour un tout autre motif, pour avoir refusé de servir Bonaparte. Il faisait, par les mêmes suppôts,
saisir le conscrit réfractaire, et conduire aux galères
l'enfant qui préférait son père à Bonaparte. Que dis-je ?
au défaut de l'enfant, il saisissait le père même, faisait
vendre le champ, les bœufs et la charrue du malheureux
dont le fils avait manqué deux fois à l'appel de Bonaparte.
Voilà les gens qui nous accusent de bonapartisme !

Pour moi je n'accuse ni ne dénonce ; car je n'ai de
haine pour qui que ce soit. Mais je soutiens qu'en aucun
cas, on ne peut avoir de raison d'arrêter à Luynes dix
personnes, ou à Paris cent mille ; car c'est la même chose.
Il n'y saurait avoir à Luynes dix voleurs reconnus par les
habitants, dix assassins domiciliés ; cela est si clair qu'il
me semble aussitôt prouvé que dit. Ce sont donc dix ennemis du roi qu'on prive de leur liberté, dix hommes
dangereux à l'état ? Oui, Messieurs, à cent lieues de Paris, dans un bourg écarté, ignoré, qui n'est pas même
lieu de passage, où l'on n'arrive que par des chemins

impraticables, il y a là dix conspirateurs, dix ennemis de l'état et du Roi, dix hommes dont il faut s'assurer, avec précaution toutefois. Le secret est l'âme de toute opération militaire. A minuit on monte à cheval ; on part ; on arrive sans bruit aux portes de Luynes ; point de sentinelles à égorger, point de postes à surprendre ; on entre, et, au moyen de mesures si bien prises, on parvient à saisir une femme, un barbier, un sabotier, quatre ou cinq laboureurs ou vignerons, et la monarchie est sauvée.

Le dirai-je ? les vrais séditieux sont ceux qui en trouvent partout, ceux qui armés de pouvoir, voient toujours dans leurs ennemis les ennemis du Roi, et tâchent de les rendre tels à force de vexations ; ceux enfin qui trouvent dans Luynes dix hommes à arrêter, dix familles à désoler, à ruiner de par le Roi ; voilà les ennemis du Roi. Les faits parlent, Messieurs. Les auteurs de ces violences ont assurément des motifs autres que l'intérêt public. Je n'entre point dans cet examen ; j'ai voulu seulement vous faire connaître nos maux, et par vous, s'il se peut, en obtenir la fin. Mais je ne vous ai pas encore tout dit, Messieurs.

Nos dix détenus, soupçonnés d'avoir mal parlé, le tribunal de Tours déclarant qu'il n'était pas juge des paroles, furent transférés à Orléans. Pendant qu'on les traînait de prison en prison, d'autres scènes se passaient à Luynes. Une nuit, on met le feu à la maison du maire. Il s'en fallut peu que cette famille respectable, à beaucoup d'égards, ne pérît dans les flammes. Toutefois les secours arrivèrent à temps. Là-dessus gendarmes de marcher ; on arrête, on emmène, on emprisonne tous ceux qui pouvaient paraître coupables. La justice cette fois semblait du côté du maire ; il soupçonnait tout le monde, peut-être avec raison. Je ne vous fatiguerai point, Messieurs, des détails de ce procès que je ne connais pas bien, et qui dure encore. J'ajouterai seulement que des dix premiers arrêtés, on en condamna deux à la déportation (car il ne fallait pas que l'autorité eût tort) ; deux sont en prison ; six, renvoyés sans jugement, revinrent au pays, ruinés pour la plupart, infirmes, hors d'état de reprendre leurs travaux. Ceux-là, il est permis de croire qu'ils n'avaient pas même mal parlé. Dieu veuille qu'ils ne trouvent jamais l'occasion d'agir !

Mais vous allez croire Luynes un repaire de brigands, de malfaiteurs incorrigibles, un foyer de révolte, de complots contre l'état. Il vous semblera que ce bourg, bloqué en pleine paix, surpris par les gendarmes à la faveur de la nuit, dont on emmène dix prisonniers, et où de pareilles expéditions se renouvellent souvent, ne saurait être peuplé que d'une engeance ennemie de toute société. Pour en pouvoir juger, Messieurs, il vous faut remarquer d'abord que la Touraine est, de toutes les provinces du royaume, non seulement la plus paisible, mais la seule peut-être paisible depuis vingt-cinq ans. En effet, où trouverez-vous, je ne dis pas en France, mais dans l'Europe entière, un coin de terre habitée, où il n'y ait eu, durant ce période, ni guerre, ni proscriptions , ni troubles d'aucune espèce ? C'est ce qu'on peut dire de la Touraine , qui , exempte à la fois des discordes civiles et des invasions étrangères , sembla réservée par le ciel , pour être , dans ces temps d'orage , l'unique asile de la paix. Nous avons connu par ouï-dire les désastres de Lyon , les horreurs de la Vendée , et les hécatombes humaines du grand-prêtre de la raison , et les massacres calculés de ce génie qui inventa la grande guerre et la haute police ; mais alors , de tant de fléaux nous ne ressentions que le bruit , calmes au milieu des tourmentes , comme ces Oasis entourés des sables mouvants du désert.

Que si vous remontez à des temps plus anciens , après les funestes revers de Poitiers et d'Azincourt , quand le royaume était en proie aux armées ennemies , la Touraine , intacte , vierge , préservée de toute violence , fut le refuge de nos rois. Ces troubles qui , s'étendant partout comme un incendie , couvrirent la France de ruines , durant la prison du roi Jean , s'arrêtèrent aux campagnes qu'arrosent le Cher et la Loire. Car tel est l'avantage de notre position ; éloignés des frontières et de la capitale , nous sentons les derniers les mouvements populaires et les secousses de la guerre. Jamais les femmes de Tours n'ont vu la fumée d'un camp.

Or, dans cette province , de tout temps si heureuse , si pacifique , si calme , il n'y a point de canton plus paisible que Luynes. Là , on ne sait ce que c'est que vols, meurtres , violences ; et les plus anciens de ce pays , où l'on vit long-temps, n'y avaient vu ni prévôts ni archers, avant ceux qui vinrent, l'an passé, pour apprendre à vivre à Fouquet. Là, on ignore jusqu'aux noms de factions et de partis ; on cultive ses champs ; on ne se mêle d'autre chose. Les haines qu'a semées partout la révolution n'ont point germé chez nous, où la révolution n'avait fait ni victimes, ni fortunes nouvelles. Nous pratiquons surtout le précepte divin d'obéir aux puissances ; mais, avertis tard des changements, de peur de ne pas crier à propos, Vive le Roi ! Vive la Ligue ! nous ne crions rien du tout, et cette politique nous avait réussi jusqu'au jour où Fouquet passa devant le mort sans ôter son chapeau. A présent même, je m'étonne qu'on ait pris ce prétexte de cris séditieux pour nous persécuter : tout autre eût été plus plausible ; et je trouve qu'on eût aussi bien fait de nous brûler comme entachés de l'hérésie de nos ancêtres, que de nous déporter ou nous emprisonner comme séditieux.

Toutefois vous voyez que Luynes n'est point, Messieurs, comme vous l'auriez pu croire, un centre de rébellion, un de ces repaires qu'on livre à la vengeance publique ; mais le lieu le plus tranquille de la plus soumise province qui soit dans tout le royaume. Il était tel du moins, avant qu'on n'y eût allumé, par de criantes iniquités, des ressentiments et des haines qui ne s'éteindront de long-temps. Car, je dois vous le dire, Messieurs, ce pays n'est plus ce qu'il était ; s'il fut calme pendant des siècles, il ne l'est plus maintenant. La terreur à présent y règne et ne cessera que pour faire place à la vengeance. Le feu mis à la maison du maire, il y a quelques mois, vous prouve à

7

quel degré la rage était alors montée ; elle est augmentée depuis , et cela chez des gens qui , jusqu'à ce moment , n'avaient montré que douceur , patience , soumission à tout régime supportable. L'injustice les a révoltés. Réduits au désespoir par ces magistrats mêmes , leurs naturels appuis , opprimés au nom des lois qui doivent les protéger , ils ne connaissent plus de frein , parce que ceux qui les gouvernent n'ont point connu de mesure. Si le devoir des législateurs est de prévenir les crimes , hâtez-vous, Messieurs , de mettre un terme à ces dissensions. Il faut que votre sagesse et la bonté du Roi rendent à ce malheureux pays le calme qu'il a perdu.

Paris , le 10 décembre 1816.

PROCÈS

DE

PIERRE CLAVIER-BLONDEAU,

POUR

PRÉTENDUS OUTRAGES

FAITS A M. LE MAIRE DE VÉRETZ,

DÉPARTEMENT D'INDRE-ET-LOIRE.

PLACET

A SON EXCELLENCE

MONSEIGNEUR LE MINISTRE.

————

MONSEIGNEUR ,

LES persécutions que j'éprouve, dans le département d'Indre-et-Loire, seraient longues à raconter. En voici les principaux traits.

Le 12 décembre dernier, on coupa et enleva, dans ma forêt de Larçai, quatre gros chênes baliveaux de quatre-vingts ans. Mon garde fit sa plainte légale, et requit le maire de Véretz, de permettre, suivant la loi, la recherche des bois volés. On savait où ils étaient. Le maire s'y refusa malgré la lecture qu'on lui fit de la loi qui l'oblige, sous peine de destitution, d'accompagner lui-même le garde dans cette recherche. Tout cela est constaté par des procès-verbaux.

Quelque temps après, les mêmes gens coupèrent, dans la même forêt, dix-neuf chênes les plus gros et les plus beaux de tous. Procès-verbal fut fait, plainte portée au

maire et au procureur du Roi, qui menaça *de sa surveil-*
lance, non les voleurs, mais le garde et moi.

Dernièrement, on a encore coupé, dans la même forêt,
un seul gros baliveau de soixante et quinze ans. On a tenté
de mettre le feu en différents endroits. Les auteurs de ces
délits sont connus, et non-seulement nulle poursuite n'a
été faite contre eux, mais on s'oppose constamment à la
recherche légale des bois enlevés.

Le nommé Blondeau, l'un de mes gardes, est chargé
par moi, cette année, de différentes exploitations que je
fais faire par nettoyement. On l'a laissé abattre et façon-
ner tout le bois, mais au moment de la vente, on le
fait condamner, sous les plus absurdes prétextes, à un
mois de prison, sans grâce ni délai. Le voilà ruiné totalement, et moi, en partie. On l'accuse dans le procès-
verbal fait contre lui, en apparence, mais réellement
contre moi, d'avoir dit à M. le maire (dont il a une peur
mortelle), *Allez vous faire f.....* C'est là le crime qu'on
lui suppose, et pour lequel on va détruire toute l'existence
et la fortune d'un père de famille de soixante ans, qui a
toujours vécu sans reproche.

Je ne vous parle point, Monseigneur, des procès risi-
bles qu'on me fait, dans lesquels je succombe toujours.
Chaque fois que je suis volé, je paie des dommages et intérêts. Si on me battait, je paierais l'amende. On menace
maintenant de me brûler. Si cela arrive, je serai condamné à la peine des incendiaires.

Ce n'est pas qu'on me haïsse dans le pays. Je vis

seul et n'ai de rapports ni de démêlés avec personne. Tout cela se fait pour faire plaisir à M. le maire et à MM. les juges, à M. le procureur du Roi et à M. le préfet, gens que je n'ai jamais vus et dont j'ignore les noms.

Enfin il est notoire, dans le département, qu'on peut me voler, me courir sus, et chaque jour on use de cette permission. Je suis hors de la loi pour avoir défendu avec succès des gens qu'on voulait faire périr, il y a deux ou trois ans. Voilà, disent quelques-uns, le vrai motif du mal qu'on me fait à présent.

Je supplie votre Excellence d'ordonner que tous ceux qui me pillent, ou m'ont pillé, soient légalement poursuivis, et qu'on me laisse en repos à l'avenir. C'est malgré moi que j'ai recours à l'autorité quand les lois devraient me protéger. Mais la chose presse, et je crains que mes bois ne soient bientôt brûlés.

Je suis avec respect, Monseigneur,

de votre Excellence,

Le très humble et obéissant serviteur.

Paris, le 30 mars 1819.

PIERRE CLAVIER,

DIT BLONDEAU,

A MESSIEURS LES JUGES

DE POLICE CORRECTIONNELLE

A BLOIS.

MESSIEURS ,

J'AI fait de grandes fautes; mais j'en suis trop puni déjà par tout ce que j'ai souffert, et si vous regardez ma conduite, vous verrez qu'il y en a moi , pauvre et simple homme de village , plus de bêtise que de méchanceté.

Ma première faute fut d'entrer au service de M. de Beaune, le maire de notre commune. Je le connaissais. M. de Beaune est un jeune homme vif, emporté, violent dans ses vengeances. Je savais cela, j'aurais dû fuir M. de Beaune et prévoir ce qui m'arrive; mais quoi? il fallait vivre; je n'avais point d'autre ressource , et il n'était pas maire encore; il ne faisait point de procès-verbaux; en le servant, on ne risquait que d'être assommé. J'entrai chez lui, et me conduisis avec tant de prudence, qu'au bout de deux ans, j'en sortis sans contusion ni blessure. En cela, je ne fus pas bête.

Mais malheureusement, il était maire alors. En me renvoyant, M. le maire ne me payait pas mes gages de trois mois, cinquante francs qu'il me devait; je les lui demandai. Ce fut ma seconde faute, pire que la première: pour moi, dans le besoin, sans place, sans travail, cinquante francs, c'était beaucoup; ce n'était rien pour M. de Beaune. Et que pensez-vous qu'il me dit, quand je lui demandai mon argent? *Tu me le paieras,* me dit-il, et jamais, Messieurs, je n'en pus tirer autre chose.

Moi, Messieurs, voyant cela, je le fis assigner. Ah! faute irréparable! mon supérieur, mon maire, le plus riche propriétaire de toute la commune, l'attaquer en justice! moi pauvre paysan, domestique renvoyé, lui demander mon dû! Je fis cette folie dont je me repens bien, et vous jure que de ma vie, dussé-je mourir de faim, jamais plus ne m'arrivera de faire assigner un maire. Aussi bien que sert-il? M. de Beaune comparut devant le juge de paix, fit serment, leva la main qu'il ne me devait rien, et je perdis mes cinquante francs, et toujours: *Tu me le paieras.* Il m'a tenu parole; je lui paie bien l'argent qu'il me devait.

Dès-lors, on me conseilla de quitter le pays. Va-t'en, Blondeau, va-t'en, me dit un de nos voisins. Que veux-tu faire ici ayant fâché le maire? le maire est plus maître ici que le roi à Paris. Procès, amende, prison, voilà ce qui t'attend. Plus de repos pour toi, plus de travail pai-

sible. Tu ne mangeras plus morceau qui te profite, ayant
fâché le maire. Va-t'en, pauvre Blondeau.

Il n'avait que trop de raison de me parler ainsi. Je devais le croire, partir, vendre mon quartier de terre,
emmener ma famille. Mais environ ce temps, je trouvai
à me placer fort avantageusement, à ce qu'il me semblait.
Monsieur Courier me prit pour garde de ses bois, et je
me crus heureux d'entrer à son service. Je pensais qu'é-
tant chez lui, qui passe pour bon homme, quoique peu
de gens l'aient vu, et que personne ne le connaisse, je
pourrais vivre tranquille. En cela, je me trompais, comme
vous allez voir.

Je fus accusé, peu après, d'avoir dit à M. le maire,
causant avec lui dans son parc : *Allez vous promener.*
C'est la déposition de quelques-uns des témoins que vous
avez entendus. D'autres disent que j'ai dit: *Allez vous
faire f.....;* d'autres enfin prétendent que je n'ai rien dit du
tout. L'affaire était sérieuse. J'avais tout à redouter, vu
le nombre et le crédit de ceux qui m'attaquaient, car
chacun s'en mêlait. Le maire portait plainte, le procureur du roi me poursuivait à outrance; le domaine me
menaçait de m'ôter mon état de garde particulier. Le
préfet même daigna, et plus d'une fois, écrire aux juges
contre moi. Les puissances de Tours étaient coalisées
pour écraser Blondeau.

Et l'occasion de tout cela, c'est qu'en effet j'avais parlé
à M. le maire; grande imprudence assurément. Si j'eusse
pu m'en dispenser! Mais le moyen? On avait volé quatre

gros arbres dans nos bois, et ces arbres, pour les saisir
chez les voleurs assez connus, il me fallait non-seulement l'autorisation de M. le maire, mais sa présence,
suivant la loi. Je fus le trouver et le requis, mon procès-
verbal à la main, de m'accompagner, et je lui fis lecture
de la loi, le tout en vain; il refusa, et fut cause que huit
jours après on nous coupa vingt autres arbres choisis
dans toute la forêt, les plus grands de tous, les plus
beaux, et avec le même succès: et depuis, une autre fois
encore...., mais ce n'est pas de quoi il s'agit. Il refusa de
m'accompagner, sans autre raison que son plaisir, et
de-là même, prit prétexte de me faire un procès, de se
plaindre, disant que je l'avais insulté. Quelle apparence?
je n'en fis que rire. Mais me voyant tant d'ennemis,
et que tous ceux qui pouvaient me nuire, s'y employaient
avec chaleur, j'eus recours à M. Courier. Je lui dis: Aidez-
moi; la chose vous regarde. Parlez; faites agir vos amis.
Mais il me répondit: Mes amis sont à Rome, à Naples,
à Paris, à Constantinople, à Moscou. Mes amis s'occu-
pent beaucoup de que l'on faisait il y a deux mille ans,
peu de ce qu'on fait à présent. S'il est ainsi, lui dis-je,
qui me protégera? qui prendra ma défense? j'ai contre
moi tout le monde.

Alors il me répond: Blondeau, que vous êtes simple.
Mettez le feu à mes bois, au lieu de les garder, et vous
ne manquerez pas de protecteurs. Vous aurez pour appui
tout ce qui pense bien dans le département. L'homme
le plus méprisé, le plus vil, le plus abject de la province

entière, a trouvé des amis, des parents, même parmi les
magistrats de Tours, dès qu'il m'a voulu faire quelque
mal ; et pour avoir chassé ma femme de chez elle, il va
recevoir de moi deux mille francs à titre de dommages
et intérêts. Le fripon qui me vola, l'an passé, la moitié
d'une coupe de bois, obtient de l'équité des juges un léger
encouragement de huit cents francs, que je lui paie comme
indemnité. Ces gens-ci aujourd'hui, sous la sauve-garde
de toutes les autorités, coupent mes plus beaux arbres,
les serrent paisiblement chez eux; défense de les troubler.
Demain, ils me plaideront sur le vol qu'ils m'ont fait, et
gagneront assurément. Faites comme eux; vous serez favorisé de même. Si, au lieu de me piller, vous défendez
mon bien, vous irez en prison ; attendez-vous à cela.

Tout comme il l'avait dit, la chose est arrivée. Je fus
jugé, ou, pour parler exactement, je fus condamné à un
mois de prison, sans preuves, sans audition de témoins.
Les témoins, vous le savez, n'ont été entendus que depuis, ici, devant vous, Messieurs, après mon appel de la
sentence rendue à Tours contre moi. A Tours, les juges
n'ont pas voulu, sans doute de peur de scandale, examiner
si j'avais dit : Allez vous promener, ou allez vous faire f.....;
question délicate qui roulait sur la différence de *promener*
à l'autre mot. Il fut décidé, sur le seul procès-verbal de
M. le maire, que je l'avais outragé; en conséquence on
me condamne à un mois de prison. Mes amis trouvent
que j'en suis quitte à bon marché. Car il eût pu tout aussi
bien mettre sur son procès-verbal que je l'avais volé ou

tué, et vous voyez ce qui s'ensuivait, puisque sa parole fait foi, sans qu'il soit tenu de rien prouver.

Mais moi, je ne m'en crois pas quitte : ce qu'il n'a pas fait, il le fera. Déjà il répand le bruit que je l'ai menacé. Déjà il l'a écrit de sa main, sur le registre de la commune. Bien plus, il l'a fait publier au prône de la paroisse. Oui, Messieurs, au prône, un dimanche, par la voix du curé en chaire, tout le monde a été informé que Blondeau menaçait M. le maire. Cela vous étonne, Messieurs. C'est que vous connaissez les lois : mais moi, je connais M. le maire, et je sais qu'un mois de prison, mes travaux d'une année perdus, ma famille désolée, un procès qui me ruine, ce n'est pas vengeance pour lui. Ce qui m'étonne, moi, c'est de le voir agir avec tant de mesure, user de prévoyance, et même avant la fin de cette affaire-ci, se ménager des preuves pour une accusation plus grave, comme s'il n'avait pas toujours ses procès-verbaux, qui sont parole d'Evangile pour messieurs les juges de Tours. Sitôt qu'il lui plaira d'avoir été frappé ou même assassiné, qui le contredira dans ses déclarations? Craint-il qu'on ne s'avise d'examiner les faits? que le procureur du roi, le préfet, ne lui manquent au besoin, et qu'un jour, ces messieurs ne pensant plus aussi bien, ne se fassent scrupule de perdre un malheureux, parce qu'il sert M. Courier! et puis, si l'on voulait des preuves, des témoins, n'a-t-il pas ses fermiers, que vous l'avez vu, Messieurs, amener ici dans sa voiture, gens de bien comme lui, auxquels il coûte peu de lever la main, jurer devant les magistrats? Enfin les signatures peuvent-elles jamais manquer à l'auteur d'un écrit qu'on va vous lire, Messieurs? C'est l'original même de la publication faite en chaire contre moi par M. le curé.

Par jugement rendu le 5 mars dernier, au tribunal de police correctionnelle de Tours, Clavier-Blondeau, garde particulier, a été condamné à 3o francs d'amende, à la confiscation de son fusil à deux coups, et aux frais du procès, pour avoir porté des armes de chasse et chassé sans permis de port-d'armes.

Plus à un mois d'emprisonnement, pour avoir menacé et injurié M. le maire de Véretz.

Pour extrait conforme au jugement,

Signé BOURRASSÉ, *commis-greffier.*

Pour copie conforme,

DE BEAUNE, *maire.*

Je soussigné, certifie avoir publié au prône de ma messe paroissiale, le dimanche 21 mars de la présente année 1819, les copies du jugement de l'autre part, d'après l'invitation qui m'en a été faite par M. DE BEAUNE, *maire de cette commune.*

MARCHANDEAU, *curé desservant de Véretz.*

Voilà, Messieurs, ce qu'a publié M. le curé, dans la chaire de vérité, ce qu'il a notifié comme un acte authentique aux habitants de la paroisse. Il n'y a de vrai néanmoins dans cette pièce écrite toute entière de la main de

M. de Beaune, que sa seule signature. Le reste se peut
dire imaginé par lui ou arrangé selon ses vues. Il n'est
point du tout vrai que l'on m'ait condamné pour avoir
menacé et injurié le maire. Il n'est point vrai non plus
que ce soit là un extrait du jugement rendu contre moi.
Il est encore moins vrai que ce prétendu extrait ait été
délivré par le commis-greffier. Enfin il est faux que ce
commis ait jamais signé rien de pareil, et son nom mis là
est une pure invention de M. le maire. Le greffier n'a pu
délivrer un extrait qui n'est pas conforme au jugement,
aussi s'en défend-il et le nie à tous ceux qui lui en ont parlé.
Le jugement ne dit point que j'ai menacé ni injurié personne; je suis condamné pour avoir *outragé en paroles*
M. le maire de Véretz. Les juges ont trouvé un outrage
dans ces mots: *Allez vous faire f*.....; mais quelque envie
qu'ils eussent d'obliger M. le Maire, ils n'y pouvaient trouver de menaces, quand même M. le préfet le leur eût en-
joint par vingt lettres. Si le maire voulait des menaces,
s'il entrait dans son plan d'avoir été menacé, il fallait
qu'il le mît dans son procès-verbal, et cela n'eût pas fait
plus de difficulté. Mais alors il n'y pensa pas. Pour réparer cette omission, il entreprit depuis de me faire signer
à moi-même et avouer ces menaces en présence de témoins, employant pour cela une ruse qui devait lui réussir
si on ne m'eût averti. C'est encore ici un des traits de
l'esprit inventif de M. le maire, et je vous prie d'y faire
attention, Messieurs.

Au milieu du procès, dans la plus grande rage de ses

persécutions, quand son garde-champêtre, ses cédu-les, ses huissiers ne me donnaient point de relâche, tout d'un coup, il feint de s'adoucir, d'avoir pitié de moi, de vouloir me laisser vivre : on m'apprend, de sa part, qu'il se contentera d'une légère satisfaction, que si je veux lui faire quelques excuses, toute poursuite contre moi cessera. Moi je me crus hors de l'enfer, au premier mot qui m'en fut dit ; je rendis grâces à Dieu, et promis de me trouver le dimanche suivant, après la messe, chez M. le maire, pour lui faire toutes les excuses, toutes les soumissions qu'il voudrait. Le dimanche venu, j'arrive à l'heure dite ; je trouve à la mairie le conseil as-semblé, beaucoup de gens et M. le maire, auquel je fis excuse (de quoi, grand Dieu !) le plus humblement que je sus, lui demandant pardon de l'avoir offensé, sans dire où ni comment, de peur de mentir, et promettant de ne le faire plus à l'avenir. Il paraisait content, tout al-lait le mieux du monde. Pour conclure, on ouvre devant moi le gros registre de la commune, on lit un long narré où je ne compris mot ; on me dit de signer ; j'allais si-gner, n'ayant soupçon de quoi que ce fût, quand quel-qu'un me retint : Prends garde, me dit-il, tu vas signer que tu as insulté M. le maire, que tu l'as menacé, vio-lemment menacé, tel jour, en tel lieu, à telle heure, tu vas signer.... que sais-tu encore ? Ces mots me donnèrent à penser ; je refusai ; demandai à me consulter, et là-dessus M. le maire : *Tu iras en prison.* Je n'entendis pas le reste, car on me fit sortir ; mes excuses ainsi sont restées sur le registre de la commune , et mes menaces et d'autres choses, non signées de moi , dieu merci.

Voilà les finesses de M. de Beaune, dont je suis bien aise , Messieurs , que vous soyez avertis , afin de vous en garder , car il est homme à vous faire dire tout ce qu'il voudra. Si votre sentence ne lui agrée , telle que vous l'aurez prononcée, il l'arrangera le lendemain, au prône de la paroisse ; et quant aux signatures, vous pensez bien , Messieurs , qu'il ne s'en fera faute, non plus que de celle du commis-greffier Bourrassé.

Au reste, de même qu'il sait accommoder à son plaisir les sentences des tribunaux , il sait s'en passer, les prévenir. Remarquez bien ceci, Messieurs : le jugement contre moi est du 5 ; j'en appelle le 10, et onze jours après , le 21, avant même que mon appel vous fût parvenu , M. de Beaune fait publier ma condamnation. Vous voilà bien surpris , Messieurs ; vous pensiez que votre jugement pouvait faire quelque chose à l'affaire, mais songez-y , de grâce ; M. de Beaune est maire, et M. de Beaune avait fait son procès-verbal. Or jamais rien n'a résisté au procès-verbal de M. le maire, appuyé surtout comme il l'est d'une lettre du préfet. Votre sentence après cela n'est qu'une pure formalité, d'ailleurs assez indifférente , qu'il n'a pas cru devoir attendre , ou qu'il attendait , pour mieux dire , dans une parfaite assurance, n'ayant nul doute à cet égard.

Le cas que fait M. de Beaune de l'autorité judiciaire a mieux paru encore dans cette affaire-ci , quand les juges

de Tours, pour quelque information, le firent appeler.
Sa réponse fut simple : *Il n'avait pas le temps. M. le maire
n'a pas le temps.* Voilà ce qu'il leur fit dire par son garde-
champêtre, qui est l'homme du maire, comme le maire
est l'homme du préfet. Quelle dignité dans ce peu de mots
à un tribunal assemblé ! *M. le maire n'a pas le temps.*
C'était comme s'il eût dit : M. le maire est à la chasse, ou
M. le maire est maintenant dans l'antichambre du préfet ;
M. le maire fait sa cour : il n'a pas le loisir de comparaître
devant les tribunaux. Qu'un maire est grand dans son
village ! Tout s'empresse à lui plaire ; tout tremble à sa parole. Il poursuit, il accable quiconque a le malheur d'attirer son courroux. Il le frappe de son procès-verbal ; et si
les juges lui demandent des explications, il répond *qu'il
n'a pas le temps.* Après cela, Messieurs, devez-vous être
surpris que M. le maire de Véretz n'ait pas attendu votre
arrêt pour me déclarer condamné ! Il y a plutôt de quoi s'é-
tonner qu'il n'ait pas commencé par me mettre en prison.

J'eusse aimé mieux cela que de m'entendre lire à l'é-
glise, au prône, ma sentence d'emprisonnement, flétris-
sure nouvelle et inouie, espèce de carcan inventé pour moi
seul, exprès par M. le maire, qui, de sa propre autorité,
ajoute cette peine à la peine portée contre moi. J'eusse
mieux aimé qu'il doublât la durée de ma détention, et
me tînt, puisqu'il fait ainsi tout ce qu'il veut, six mois
en prison au lieu d'un. Père de famille de soixante ans,
me voir diffamé, moi présent, en pleine assemblée, devant tous mes amis, mes voisins, mes parents, tous les

regards sur moi ; me voir noté, par le doigt du pasteur,
quel affront ! quelle honte ! J'eusse voulu être mort, et
quand je sus que cet affront n'était qu'un plaisir de M. le
maire ; que les juges n'avaient pu l'ordonner, je ne vous
dirai point, Messieurs, ce qui me vint à l'esprit. J'ai soutenu les cruelles épreuves où m'a mis la haine de M. de
Beaune, sans que, jusqu'à présent, grâces à Dieu, la
prudence m'ait abandonné. Heureusement pour lui, les
années m'ont fait sage ; il le sait et compte là-dessus :
veuille le ciel qu'il ne se trompe pas, et que ma patience
dure autant que ses persécutions !

Tous les gens de loi consultés, déclarent cet acte du
maire illégal et contraire, non-seulement aux lois, mais
aux plus communes notions de police et d'administration,
au bon sens. Voilà ce qu'en pensent les gens de loi généralement. Leur chef et le vôtre, Messieurs, dont l'autorité serait grande en cette matière, indépendamment de
sa place, Monseigneur le Garde-des-Sceaux, informé de
ce fait, sur le simple récit, refusa de le croire, en disant :
Cela est impossible; et depuis, convaincu par des preuves de la vérité de ce que d'abord il jugeait impossible,
il a dit : *Cela est incroyable.* J'ose vous citer ces paroles
et m'en prévaloir devant vous, parce que ces paroles sont
mon bien, dans le malheur où je me trouve, et ont un
grand poids, montrant mieux que je ne sauraisfaire, avec
quelle audace M. de Beaune a foulé aux pieds toute justice, dans sa conduite à mon égard. Sa conduite, dans
cette affaire, a été de tout point incroyable.

Passons sur le serment qui me coûte cinquante francs. Mais son refus d'autoriser la recherche des bois volés à M. Courier, que vous en semble , Messieurs ? Un maire , la seule autorité à laquelle on puisse , loin des villes , recourir contre les voleurs , se faire ouvertement leur protec-.teur , le fauteur , le recéleur , en quelque sorte , d'un vol public et manifeste , d'une suite continuelle de vols , cela est-il croyable ? y voyez-vous , Messieurs , la moindre vraisemblance ? Puis , cette fantaisie de se dire insulté , quand je vais malgré moi (je ne le voulais pas , on m'y força) , lui faire une réquisition légale , nécessaire , sur un objet pressant : cela encore se peut-il croire ? et cette rage ensuite , cette guerre acharnée , ce soin d'ameuter contre moi tout ce qui peut avoir ombre d'autorité dans le département , ce piége préparé d'une feinte douceur , pour me faire souscrire des aveux propres à me perdre ; cette publication , cette amplification du jugement qui me condamne , cette signature du greffier , cet extrait prétendu conforme , tout cela , non , Messieurs , ne paraît pas possible , et n'est croyable que pour ceux qui en ont été les témoins , ou qui habitent les campagnes et savent ce que c'est qu'un maire.

Mais la plainte même , qui fait le fond de ce procès , a-t-elle apparence de sens ? et se peut-il qu'un homme , je ne dis plus un maire , mais un homme en âge de raison , hors des faiblesses de l'enfance , se tienne offensé pour un mot (car j'accorde , je veux que je l'aie dit ce mot) , pour un mot , tout au plus grossier , qui n'attaque ni l'honneur ni la réputation , ni la probité ni les mœurs de celui auquel il s'adresse, et ne peut faire tort qu'à celui qui le prononce ? que , pour ce mot , il veuille poursuivre , exterminer un pauvre domestique , qu'il fatigue les juges, entasse des écritures , amène des témoins , remue des gens en place , abuse des actes publics , afin d'obtenir quoi? que ce malheureux , ruiné , malade , diffamé après six mois de chagrins , d'angoisses , languisse un mois dans les prisons.

Un mois, Messieurs ! Avant de confirmer cet arrêt , vous y penserez, je l'espère. Qu'un soldat l'eût dit à son chef, ce mot dont se plaint M. de Beaune, on eût mis peut-être ce soldat en prison deux jours ; et pour le même mot , du paysan au maire , vous ordonnerez un mois , non de la même peine. Le soldat deux jours en prison, y voit des soldats comme lui, en sort sans déshonneur , et n'a point de famille dont le sort l'inquiète. Moi, je serais un mois avec des malfaiteurs (on le croira du moins), laissant ma maison désolée et mes enfants à l'abandon ; je les re-joindrais couvert de honte ! Quelle différence, Messieurs. Est-ce à vous, juges, d'établir cette différence en faveur de l'homme armé ? La loi civile est-elle plus dure que la discipline des camps ?

Mais non , Messieurs, non , je n'ai point outragé M. le maire. Même, selon sa déclaration, je ne lui ai rien dit où l'on puisse trouver une injure. Qu'il amasse des preu-ves , qu'il produise, à l'appui de son procès-verbal , ses fermiers pour témoins , ses débiteurs , ses gens; je ne l'ai

point outragé. Je l'eusse outragé en l'appelant menteur,
faussaire, parjure, lâche persécuteur du faible ; et j'ou-
tragerais qui que ce soit en lui reprochant la moitié de ce
que m'a fait M. de Beaune. Mais le mot dont il m'accuse
n'est un outrage pour personne. Avec lui, n'user que
de ce mot, c'eût été le ménager, c'eût été de ma part
une rare prudence, et pourtant, ce mot même, il est
vrai que je ne l'ai pas dit.

Ne craignez point d'ailleurs, Messieurs, si vous me
renvoyez absous, que l'autorité de M. le maire en soit af-
faiblie, qu'on le respecte moins pour cela, qu'on ait
moins peur de l'offenser. Il n'y a personne dans le pays
que mon exemple n'épouvante, et qui ne tremble de gagner un pareil procès. Je n'ai eu, six mois durant, de
repos ni jour ni nuit. Je paie des frais énormes, et perds
mon travail d'un an. Une coupe de bois dans laquelle j'ai
quelqu'intérêt, à peine en ai-je pu faire le quart. N'en
doutez point, quoi qu'il arrive, quelque arrêt que vous
prononciez, je serai toujours assez puni d'avoir fâché
M. de Beaune, et, de long-temps, ceux qui le servent,
ne lui demanderont en justice leur salaire, s'ils veulent
habiter la commune de Véretz.

A MESSIEURS LES JUGES

DU TRIBUNAL CIVIL

A TOURS.

A MESSIEURS LES JUGES

DU TRIBUNAL CIVIL

A TOURS.

Messieurs,

Dans le procès que je soutiens contre Claude Bourgeau (malgré moi, car j'ai tout tenté pour en sortir à l'amiable), ma cause est si claire et si simple, que, sans le secours des gens de loi, je puis vous l'expliquer moi-même, quelque novice que je sois, comme bientôt vous l'allez voir, en toute sorte d'affaires.

Je vends à Bourgeau deux coupes de ma forêt de Larçai. Cette forêt, de temps immémorial, est divisée en vingt-cinq coupes, une desquelles s'abat tous les ans; mais en 1816, j'en avais deux à vendre à cause que je n'avais point coupé l'année précédente. Bourgeau me les achète, et en exploitant la dernière, celle de 1816, il m'abat la moitié de la coupe suivante, que je ne lui avais point vendue, et qui ne devait l'être qu'en 1817. C'est de quoi je me plains, Messieurs.

Bourgeau convient de tous ces faits qu'il n'est pas possible de nier , et notez, je vous prie, que de sa part il ne saurait y avoir eu d'erreur , les limites de chaque coupe étant marquées sur le terrain de manière à ne s'y pouvoir méprendre. Aussi n'est-ce pas ce qu'il allègue pour se justifier. Il dit qu'ayant acheté de moi ces deux coupes pour trente arpents, il s'y en est trouvé cinq de moins, lesquels cinq arpents il a pris dans la coupe suivante, afin de compléter sa mesure.

Moi, je ne tombai pas d'accord sur ce défaut de mesure, et puis je ne me croyais pas teuu de lui faire ses trente arpents, s'il y eût manqué quelque chose. C'étaient là deux points à débattre. Mais, comme vous voyez, il tranche la question. Ayant à compter avec moi, il règle le compte lui tout seul, et me jugeant son débiteur d'une valeur de cinq arpents, il me condamne, de son autorité privée, à lui fournir cette valeur en nature, non en argent; car il eût pu tout aussi bien me faire cette retenue sur le prix de la vente, prix qu'il avait entre les mains; mais non; mon bois lui convient mieux; il décide en conséquence, et sa sentence portée, il l'exécute lui-même. Je connais peu les lois; mais je doute qu'il y en ait qui autorisent ce procédé.

A vrai dire, il fait bien de se payer ainsi, et de me prendre du bois plutôt que de l'argent; car que m'aurait-il pu retenir sur le prix de la vente? A raison de 400 fr. l'arpent, comme il m'achetait ces deux coupes, cela lui eût fait, pour cinq arpents, 2000 fr. seulement; au lieu qu'en prenant cinq arpents de la coupe suivante, dont on m'offrait alors 750 francs l'arpent, il se faisait 3,750 fr., à ne calculer qu'au prix qu'on me donnait de ce bois, et sans doute il l'a mieux vendu. Vous voyez, Messieurs, qu'ayant le choix et disposant, comme il faisait, de mon bien à sa fantaisie, il n'y avait pas à balancer.

Cette différence de valeur, entre le bois qu'il me prenait et celui que je lui ai vendu, serait facile à vérifier s'il était question de cela, mais ce n'est pas de quoi il s'agit; le point à discuter entre nous n'est pas de savoir si je lui devais, ni ce que je lui devais, ni s'il m'a pris plus ou moins. Il me prend mon bien, voilà le fait, et puis il dit que je lui dois. Il me prend mon bien en mon absence, puis il entre en compte avec moi. Et où en serais-je, je vous prie, si chacun de ceux à qui je puis devoir s'en venait abattre mon bois, cueillir, avant le temps, mes fruits ou ma vendange, et couper mon blé en herbe? Car ces cinq arpents n'avaient pas l'âge d'être exploités. Bourgeau coupe, en 1816, ce qui ne devait l'être qu'en 1817; il m'ôte d'avance mon revenu, me prive d'avance de ma subsistance. Il me prend mon bien, non-seulement sans aucun droit, sans aucun titre (car je ne lui vendis jamais la coupe de 1817), mais remarquez ceci, Messieurs, il me prend ce qu'il avait promis de ne pas prendre, promis par écrit, et signé. C'est ce que vous pouvez voir, Messieurs, dans l'acte même fait entre nous, et dont voici les propres termes:

L'adjudication sera faite avec toute garantie de fait et de droit, mais sans perfection de mesure, en totalité

*ou par coupe, sans pouvoir anticiper sur la coupe de
l'année prochaine, M. Courier n'entendant vendre que
les deux coupes ci-dessus désignées.*

Cette dernière clause vous paraîtra bizarre, et elle l'est
en effet. Je ne crois pas qu'on ait jamais mis rien de
pareil dans aucun acte. Qui jamais s'est avisé de dire : Je
vends tel pré, à condition qu'on ne fauchera pas le pré
voisin ; ou bien tel champ, à condition qu'on ne mois-
sonnera pas hors des limites de ce champ ? Ayant désigné ce que je vendais, tout le reste n'était-il pas réservé de droit ? et à quoi bon faire mention de ce que je
ne vendais pas ? Vous reconnaîtrez là, Messieurs, mon
peu de science en affaire. J'avais envie de vendre mes
deux coupes à Bourgeau, que je connaissais pour un des
bons marchands du pays, fort exact, payant bien ; mais
d'autre part je le craignais, à cause de quelques procès
qu'il avait eus, tout récemment, pour délits par lui commis dans les bois qu'il exploitait, et voyant près de ces
deux coupes, que je mettais en vente, mes plus beaux
et meilleurs taillis, j'avais peur que la tentation ne fût
trop forte pour lui. Là-dessus donc j'imaginai, comme
un expédient admirable, une sûre garantie, la clause que
vous venez d'entendre, par laquelle Bourgeau s'engageait
à ne toucher, sous aucun prétexte, à ma coupe de 1817,
en abattant les deux autres.

Il le promit bien et signa ; et moi qui me fiais à cela,
je m'en allai, je voyageai, me croyant à l'abri de toute
usurpation de sa part, et persuadé qu'il n'oserait couper

une seule hart au-delà de ce qui lui revenait, tant je
pensais l'avoir bien lié par cette convention écrite,
qui me paraissait inviolable; mais à mon retour, je trouvai qu'il n'en avait tenu compte, et qu'il avait abattu tout
au travers de mes bois ce qui lui avait paru à sa bienséance, c'est-à-dire, dans ma meilleure coupe, tout le
meilleur et le plus beau, à son choix, sans suivre aucune
ligne, prenant ceci et laissant cela, selon qu'il lui convenait ou non. Car, en tel endroit, il s'enfonce de cinquante pas dans cette coupe, ailleurs il s'en tient aux
limites. Il en use comme j'aurais pu faire, moi propriétaire, si j'eusse voulu me défaire du plus beau bois de
ma forêt, sans égard à l'ordre des coupes, et gâter mon
bien par plaisir.

Je n'ai jamais plaidé, quoique possesseur de terre,
et ne sais guères ce que c'est qu'on appelle procès et chicane; mais j'ai ouï dire des merveilles de l'habileté des
avocats à obscurcir ce qui est clair, et à donner au tort
l'apparence du droit. Ici, Messieurs, je vous l'avoue,
je suis curieux de voir, comment on s'y prendra pour
montrer que Bourgeau a pu, avec justice, user et abuser
de ma propriété, couper dans mes bois cinq arpents non
vendus à lui, ni cédés en aucune façon; mais, au contraire, comme vous voyez, très-expressément réservés,
et, de la sorte, enfreindre la principale clause du contrat
fait entre nous. J'ai souvent cherché en moi-même ce
qu'il pourrait alléguer pour se justifier là-dessus. D'erreur, il n'y en saurait avoir, comme je l'ai dit en com-

mençant, chaque coupe formant un carré dont les quatre angles sont marqués par des fossés de brisées (c'est ainsi qu'on les appelle), dans toute l'étendue de la forêt. De dire que ses trente arpents, mesure exprimée dans l'acte, lui devaient être complétés, j'ai déjà répondu à cela. Voudra-t-il arguer de ce qu'on n'a point fait de brisées d'un angle à l'autre de chacune des coupes vendues, pour en achever le tracé et déterminer les côtés ? Mais cela même est contre lui ; car c'était à lui d'exiger que ces brisées fussent faites, d'autant plus que, s'étant engagé à ne point anticiper sur la coupe contiguë à celles qu'il exploitait, il lui importait que cette coupe fût séparée des autres dans toute sa longueur par une ligne invariable. Cette raison d'ailleurs se pourrait écouter, s'il s'agissait entre nous de quelques arbres seulement ; et d'une fausse direction dans la ligne d'exploitation, qui, après tout, n'emporterait au plus que quelques pieds ; mais c'est précisément aux angles de la dernière coupe, là où les limites sont marquées par ces fossés de brisées, qu'il les a passées, non de quelques pieds, mais de cinquante pas. Tout cela est facile à voir sur le terrain.

Je ne puis donc imaginer ce qu'il dira pour sa défense, et je ne conçois pas davantage comment une réserve si juste, et qui n'avait pas besoin d'être exprimée, une clause si solennelle de l'acte de vente, est tellement nulle à ses yeux, qu'il n'hésite pas à l'enfreindre. Que pense-t-il ? comment a-t-il pu se flatter que cette usurpation, pour ne pas dire le mot, n'aurait aucune suite, si ce n'est qu'il me connaissait bon homme, ignorant les affaires et craignant surtout les procès. Il a cru, me prenant mon bien, ou que je n'en verrais rien, ou que je ne m'en plaindrais pas, ou que, me plaignant, je n'aurais pas la patience de suivre l'affaire; et il était fondé à le croire. Car, depuis vingt-cinq ans que je suis, après mon père, propriétaire dans cette province, plusieurs m'ont fait tort dans mes biens en diverses manières, quelques-uns même m'ont volé, tout ouvertement, sans que jamais j'en aie fait aucune poursuite, aimant mieux perdre du mien que de gagner un procès. Voilà sur quoi il comptait, et il ne se fût pas trompé dans son calcul. Je lui aurais tout abandonné plutôt que de plaider si mes amis ne m'eussent fait sentir que, me laissant ainsi dépouiller, il me fallait renoncer à toute propriété. En effet, si j'endure de la part de Bourgeau un tort si manifeste, à qui désormais pourrais-je vendre qui ne m'en fasse autant ou pis? et quelles garanties pourront assurer mes coupes annuelles contre de telles usurpations, si les réserves les plus claires, les plus formellement exprimées, n'y servent de rien?

Qu'importe, après tout, ce qu'il dira? Son dire contre les faits ne peut rien. Il a promis de ne point toucher à ma onzième coupe. C'est de quoi l'acte fait foi. Il en a coupé cinq arpents. C'est ce qu'on voit sur le terrain. Peut-il, par ses raisons, faire qu'un fait ne soit pas fait, ou qu'il ait eu le droit d'enfreindre les clauses d'un contrat? A proprement parler, il n'y a pas ici matière à discussion. Si je lui eusse vendu trente arpents à choisir dans

I.   9

mes bois à son gré, on pourrait, par un arpentage, voir
s'il a coupé plus ou moins. Ce point serait bientôt éclairci. Mais je lui vends un espace désigné, limité, avec in-
jonction de ma part et promesse de la sienne de ne point
couper au-delà. Il est contrevenu à cette clause ; l'ins-
pection du terrain le prouve ; lui-même il en tombe d'accord. Où est la question, où est le doute qu'on puisse
élever là-dessus ?

C'est pour cela que plusieurs personnes qui entendent
ces sortes d'affaires, croyant qu'il s'agissait d'un vol, me
conseillaient de citer Bourgeau à la police correctionnelle.
Moi, sans trop savoir ce que c'était que cette police correctionnelle, je préférai l'action civile, non que j'en
eusse une idée plus claire ; mais on m'avait persuadé que
par-là je pourrais me ménager des voies à un accommo-
dement dont je me flattais toujours. Je m'imaginais que
plus son tort était évident, et plus il me serait facile, en
relâchant de mon droit, et lui laissant bonne part de ce
qu'il m'avait pris, d'entrer en quelque espèce d'arrange-
ment avec lui. Mais je ne le connaissais pas, ou plutôt il
me connaissait. Car il est bon de vous dire, Messieurs,
qu'ayant conçu le projet, chimérique peut-être, d'avoir
terre sans procès, je suivais pour cela un plan qui me
paraissait infaillible. C'était quand je me voyais volé
(comme à un chacun il arrive d'avoir affaire à des fripons),
prendre patience et ne dire mot. Cela m'a réussi long-
temps, et maintes gens au pays en sauraient bien que
dire. Mais un homme s'est rencontré, qui, après m'avoir

pris mon bien, m'a demandé encore des dédommagements. Le fait n'est pas croyable ; il est vrai néanmoins. Tout le monde sait, chez nous, à Véretz, à Larçai, que quand je proposai à Bourgeau, devant témoins, de lui laisser ce qu'il m'avait pris et de finir toute contestation, il balança d'abord, puis il me déclara qu'il voulait de moi 1200 francs de dommages et intérêts, comme n'ayant pas coupé assez de bois pour sa vente. Que voulait-il dire? Je ne sais. Je pense, Messieurs, qu'il a regret de m'en avoir laisé. Il ne me croyait pas, sans doute, si accommodant. Toutefois, c'est ainsi qu'il a trouvé le secret de me faire plaider et renoncer à mon système de paix perpétuelle.

Je lui vends, aux termes de l'acte, la neuvième et la dixième coupes, sans autre désignation, et de fait, il n'en fallait point d'autre, chaque coupe de ma forêt étant par son seul numéro, suffisamment indiquée. De ces deux coupes, mises d'abord aux enchères séparément, l'une, c'est la neuvième, supposée de neuf hectares, ne fut portée qu'à 3000 fr., ce qui fait un peu moins de 300 francs l'hectare. L'autre, de dix hectares, monta jusqu'à 9300 francs. C'est 900 francs l'hectare, et plus. De la coupe suivante, la onzième, on m'offrait 1100 francs l'hectare. Remarquez, Messieurs, cette progression et la valeur croissante du bois depuis 300 francs jusqu'à 1100. Ceci vous explique le motif qui a déterminé Bourgeau à ne se pas contenter des deux coupes à lui vendues, motif ordinaire en tel cas, et prévu par les ordonnances. *L'ou*—

tre-passé, c'est le nom qu'on donne à cette espèce de délit, en termes d'eaux et forêts, *l'outre-passe est punie d'une amende du quadruple, à raison du prix de la vente, en supposant,* notez, je vous prie, *que le bois où elle est faite soit de même essence et qualité que celui de la vente. Cette sévérité,* disent les jurisconsultes, *a paru nécessaire pour empêcher les marchands de ne plus faire d'outre-passe, à quoi ils sont volontiers sujets, quand ils voient quelque belle touffe d'arbres de grand prix attenant à leur vente.* C'est là précisément ce qui a tenté Bourgeau. Il voit près de sa vente de beaux arbres, il les abat, non une touffe, mais cinq arpents, non de même qualité que la vente, mais d'une valeur plus que triple, enfin, le quart de ma plus belle coupe.

Mais, Messieurs, le tort qu'il me fait ne se borne pas à cela, et pour en avoir une idée, il ne suffit pas d'évaluer le bois induement abattu. Le dommage est moins dans ce qu'il me prend que dans ce qu'il m'empêche de vendre. En effet, cette coupe dont il m'enlève le quart, cette même coupe dont on m'offrait jusqu'à 12000 francs, l'an passé, personne n'en veut maintenant, parce que Bourgeau en a, me dit-on, pris le plus beau et le meilleur. Ainsi, elle reste sur pied, telle que Bourgeau l'a laissée, c'est-à-dire, diminuée du quart en superficie, et de plus de moitié en valeur ; et moi, qui me fais de mes bois un revenu annuel, ce revenu me manquant, j'emprunte d'un côté pour vivre, je perds de l'autre une feuille sur cette coupe non vendue, je perds le produit d'une année, l'ordre de mes coupes est perverti ; toute l'économie de ma fortune est troublée. C'est à quoi je vous supplie, Messieurs, d'avoir égard dans l'évaluation des dommages et interêts qui me sont dus en toute justice.

Si j'entrais dans la discussion du défaut de mesure qu'on m'objecte, et qui est le seul argument de mon adversaire, je dirais que j'ai vendu de bonne foi, comme il le sait bien, d'après d'anciennes mesures qui peuvent se trouver inexactes ; que s'il y manque quelque chose, c'est un ou deux arpents, non cinq, chose facile à vérifier ; que ces deux arpents environ vaudraient, au prix de la vente, 800 francs, tandis qu'on m'abat dans la coupe réservée, pour 4000 francs de bois ; qu'enfin, je ne dois point tenir compte à Bourgeau de ce qui peut manquer à la superficie, puisque je vends *sans garantie ni perfection de mesure*, et que la loi ne lui donne une action contre moi, à raison du défaut de mesure, qu'autant qu'il n'y point dans l'acte de stipulation contraire ; ainsi parle le Code civil, à l'article 1619. Une stipulation contraire, n'est-ce pas cette clause *sans perfection de mesure*, qui est d'usage, et marque assez que les parties renoncent réciproquement à toute diminution ou supplément de prix à raison de la mesure. Voilà ce que je pourrais répondre ; mais comme j'ai dit, ce n'est pas de quoi il s'agit. Toute la question, s'il y en a, roule sur un simple fait. Bourgeau a-t-il coupé dans ma onzième coupe, dans la coupe réservée ? Ce fait, un regard sur le terrain suffit pour le vérifier.

A MESSIEURS

DU CONSEIL DE PRÉFECTURE

A TOURS.

A MESSIEURS

DU CONSEIL DE PRÉFECTURE

A TOURS.

MESSIEURS,

JE paie dans ce département 1314 francs d'impôts, et ne puis obtenir d'être inscrit sur la liste des électeurs. A la préfecture, on me dit que mon domicile est à Paris, que je ne dois pas voter ici, et l'on me renvoie à l'article 104 du Code civil, ainsi conçu :

« Le domicile est au lieu du principal établissement.

» Le changement de domicile s'opérera par le fait » d'une habitation réelle dans un autre lieu, joint à l'in-» tention d'y fixer son principal établissement.

» La preuve de l'intention résultera d'une déclaration » expresse faite tant à la municipalité du lieu que l'on » quittera qu'à celle du lieu où l'on aura transféré son » domicile. »

Cette déclaration , je ne l'ai faite nulle part , ni à Paris ,
ni ailleurs ; mon principal établissement est la maison
de mon père , à Luynes ; là est le champ que je cultive ,
et dont je vis avec ma famille ; là mon toit paternel , la
cendre de mes pères , l'héritage qu'ils m'ont transmis et
que je n'ai quitté que quand il a fallu le défendre à la
frontière. N'ayant rempli , en aucun lieu , aucune des
formalités qui constituent , suivant la loi , le changement
de domicile , je suis à cet égard comme si jamais je n'eusse
bougé de ma maison de Luynes. C'est l'opinion des gens
de loi que j'ai consultés là-dessus , et j'en ai consulté
plusieurs qui , de contraire avis en tout le reste (car ils
suivent différents partis dans nos malheureuses dissensions), sur ce point seul n'ont qu'une voix. En résumé
voici ce qu'ils disent :

Mon domicile de droit est , selon le Code , à Luynes.
Mon domicile de fait à Véretz , où j'ai depuis deux ans ,
maison , femme et enfants. Ces deux communes étant dans
le même arrondissement du département d'Indre-et-
Loire , mon domicile est , de toute façon , dans ce département , où je dois voter comme électeur. Si je nommais
les jurisconsultes de qui je tiens cette décision , vous seriez étonnés , Messieurs , vous admireriez , j'en suis sûr ,
qu'entre des hommes de sentiments si opposés , surtout
en matière d'élétions , il ait pu se trouver un point sur
lequel tous fussent d'accord , et c'est ce qui donne d'autant plus de poids à leur avis.

Mais que dire après cela d'une note qu'on me produit

comme pièce convaincante, et d'une autorité irréfraga-
ble, décisive ? Cette note du maire de Véretz, adressée
au préfet de Tours, porte en termes clairs et précis :
Courier, propriétaire domicilié à Paris. Dans ce peu de
mots, je trouve, Messieurs, deux choses à remarquer :
l'une que le maire de Véretz qui me voit depuis deux ans
établi à sa porte, dans cette commune dont il est le premier magistrat, et où lui-même m'a adressé des citations
à domicile, ne veut pas néanmoins que j'y sois domicilié.
L'autre, chose fort remarquable, est qu'en même temps
il me déclare domicilié à Paris. Le préfet, prenant acte
de cette déclaration, part de là. Mon affaire est faite,
ou la sienne peut-être, j'entends celle du préfet. Il refuse, quelque réclamation que je lui puisse adresser, de
m'admettre au rang des électeurs, et me voilà déchu
de mon droit.

Que signifie cependant cette assertion du maire ? sur
quoi l'a-t-il fondée ? il pouvait nier mon domicile dans
la commune de Véretz, si je n'en avais fait aucune déclaration légale. Mais avancer et affirmer que mon domicile est à Paris, où je n'ai pas une chambre, pas un
lit, pas un meuble, c'est être un peu hardi, ce me
semble. De quelque part qu'aient pu lui venir ces instructions, fût-ce même de Paris, il est mal informé.
Aussi mal informé est le préfet, qui, sur ce point,
eût mieux fait de s'en rapporter à la notoriété publique,
recommandée par les ministres comme un bon moyen
de compléter les listes électorales. Cette notoriété lui

eût appris d'abord que nul n'est mieux que moi établi et domicilié dans ce département, et que je n'eus de ma vie domicile à Paris, non plus qu'à Vienne, à Rome, à Naples, et dans les autres capitales, où tour à tour me conduisirent les chances de la guerre et l'étude des arts, et où j'ai résidé plus long-temps qu'à Paris, sans perdre pour cela mon domicile au lieu de mon unique établissement dans le département d'Indre-et-Loire.

Certes, quand je bivouaquais sur les bords du Danube, mon domicile n'était pas là. Quand je retrouvais, dans la poussière des bibliothèques d'Italie, les chefs-d'œuvre perdus de l'antiquité grecque, je n'étais pas à demeure dans ces bibliothèques. Et depuis, lorsque seul, au temps de 1815, je rompis le silence de la France opprimée, j'étais bien à Paris, mais non domicilié. Mon domicile était à Luynes, dans le pays malheureux alors dont j'osai prendre la défense.

Si je me présentais pour voter à Paris, où on me dit domicilié, le préfet de Paris, sans doute aussi scrupuleux que celui-ci, ne manquerait pas de me dire: Vous êtes Tourangeau, allez voter à Tours. Vous n'avez point ici de domicile élu, votre établissement est à Luynes. Et si je contestais, il me présenterait une pièce imprimée, signée de moi, connue de tout le monde à Paris. C'est la pétition que j'adressai en 1816 aux deux Chambres, en faveur de la commune de Luynes, et qui commence par ces mots: Je suis Tourangeau, j'habite Luynes. Vous voyez bien, me dirait-il, que quand

vous parliez de la sorte pour les habitants de Luynes,
persécutés alors et traités en ennemis par les autorités
de ce temps, vous vous regardiez comme ayant parmi
eux votre domicile. Montrez-moi que depuis vous avez
transporté ce domicile à Paris et je vous y laisse voter.
Le préfet de Paris me tenant ce langage, aurait quelque
raison. Les ministres l'approuveraient indubitablement,
et le public ne pourrait le blâmer. Mais ici le cas est
différent, j'en ai donné ci-dessus la preuve et n'ai pas
besoin d'y revenir. J'y ajouterai seulement que, pour
m'ôter mon domicile et le droit de voter dans ce département où est mon manoir paternel, il faudrait me
prouver que j'ai fait élection de domicile ailleurs, et
non le dire simplement; au lieu que ma négative suffit
quand on n'y oppose aucune preuve, et ce n'est pas à
moi de prouver cette négative, ce qui ne se peut hu-
mainement; c'est à ceux qui veulent m'ôter l'usage de
mon droit de faire voir que je l'ai perdu, sans quoi mon
droit subsiste et ne peut m'être enlevé par la seule
parole du préfet.

Un mot encore là-dessus, Messieurs. Je prouve mon
domicile ici, non-seulement par le fait de mon établissement héréditaire à Luynes, mais par une infinité d'actes, de citations, de jugements, acquisitions et ventes
de propriétés foncières faites en différents temps par
moi, dans ce département. Il faudrait, pour détruire
ces preuves, m'opposer un acte formel d'élection de
domicile ailleurs. Ce sont là des choses connues de

tout le monde et de moi-même, qui ne sais rien en pareille matière.

Vous êtes bien surpris, Messieurs; ceux d'entre vous qui ont pu voir et connaître, dans ce pays, mon père, ma mère et mon grand-père, et qui m'ont vu leur succéder; qui savent que non-seulement j'ai conservé les biens de mon père dans ce département, mais qu'ailleurs je ne possède rien et ne puis être chez moi qu'ici, dans la maison de mon père, à Luynes, où je n'ai jamais cessé d'avoir, je ne dis pas mon principal, mais mon unique établissement, connu de tous ceux qui me connaissent; les personnes qui savent tout cela, penseront que ce qui m'arrive a quelque chose d'extraordinaire, et ne concevront sûrement pas qu'on puisse nier, parlant à vous, mon domicile parmi vous; car autant vaudrait, moi présent, nier mon existence. Oui, de pareilles chicanes sont extraordinaires. Cela est nouveau, surprenant, et je pardonne à ceux qui refusent d'y ajouter foi, l'ayant seulement entendu dire. Voici cependant une chose encore plus, dirai-je, incroyable? non, plus bizarre, plus singulière.

Quand je serais domicilié (comme il est clair que je ne le suis pas, puisque le maire l'assure au préfet), quand même je serais domicilié dans ce département, payant 1300 fr. d'impôts, cela ne suffirait pas encore, il me faudrait, pour exercer mes droits d'électeur, prouver à M. le préfet et le convaincre, qui plus est, que je n'ai voté nulle part ailleurs, nulle part depuis quatre ans. Entendez bien ceci, Messieurs; je vais le répéter. Pour qu'on me laisse user de mes droits de citoyen dans ce département, il faut que je fasse voir clairement au préfet, par des documents positifs, par des preuves irrécusables, que je n'ai pas voté comme électeur à Lyon, que je n'ai pas voté à Rouen, point voté à Bordeaux, ni à Nantes, ni à Lille, ni...; mais prenez la liste de tous les départements, c'est celle des preuves de non vote et de non exercice de mes droits que je dois fournir au préfet; sans compter que quand j'aurai prouvé que je n'ai point voté cette année, il me faudra faire la même preuve pour l'an passé pour l'autre année, enfin pour toutes les années, tous les chefs-lieux de départements où j'ai pu voter depuis qu'on vote. Comprenez-vous maintenant, Messieurs? si vous refusez de m'en croire, lisez la circulaire imprimée du préfet, en date du 16 septembre, vous y trouverez ce paragraphe:

Dans le cas où vous n'auriez pas encore joui de vos droits d'électeur dans le département (c'est, Messieurs, le cas où je me trouve), *il est nécessaire que vous vouliez bien m'envoyer un acte qui constate que depuis quatre ans vous n'avez pas exercé ces droits dans un autre département.*

Que vous en semble, Messieurs? Pour moi, lisant cela, je me crus déchu sans retour du droit que la Charte m'octroie, et sans pouvoir m'en plaindre, puisque c'était la loi. Ainsi l'avait réglé la loi que le préfet

citait exactement. Car à ce même paragraphe, la circulaire ajoute : *Comme le prescrit la loi du 5 février*
1817. Le moyen, je vous prie, Messieurs, de fournir
la preuve qu'on demandait ? Comment démontrer au
préfet de manière à le satisfaire, que depuis quatre
ans je n'ai voté dans aucun des quatre-vingt-quatre
départements qui, avec celui-ci, composent toute la
France. Il m'eût fallu pour cela non un acte seulement, mais quatre-vingt-quatre actes d'autant de préfets aussi sincères et d'aussi bonne foi que celui de
Tours; encore ne pourrais-je, avec toutes leurs attesta-
tions, montrer que je n'ai point voté. Quelque absurde en
soi que me parût la demande d'une telle preuve, de la
preuve d'un fait négatif, je croyais bonnement, je
l'avoue, cette demande autorisée par la loi qu'on me
citait, et n'avais aucun doute sur cette allégation,
tant je connaissais peu les ruses, les profondeurs.....
J'admirais qu'il pût y avoir des lois si contraires au
bon sens. Or, on me l'a fait voir cette loi où j'ai lu
ce qui suit à l'article cité :

« Le domicile politique de tout Français est dans le
» département où il a son domicile réel. Néanmoins
» il pourra le transférer dans tout autre département
» où il paiera des contributions directes, à la charge
» par lui d'en faire, six mois d'avance, une déclaration
» expresse devant le préfet du département où il aura
» son domicile politique actuel, et devant le préfet du
» département où il voudra le transférer.

» La translation du domicile réel ou politique ne don-
» nera l'exercice du droit politique , relativement à l'é-
» lection des députés , qu'à celui qui , dans les quatre
» ans antérieurs , ne l'aura point exercé dans un autre
» département. »

Tout cela paraît fort raisonnable , mais s'y trouverait-il
un seul mot qui autorise le préfet à demander un acte tel
que celui dont il est question dans la circulaire, et qui
m'oblige à le produire? il ne s'agit là d'autre chose que
de translation de domicile , et l'on m'applique cet article
à moi, cultivant l'héritage de mon père et de mon grand-
père, et de cette application résulte la demande d'une
preuve négative qu'aucune loi ne peut exiger.

Il faut cependant m'y résoudre et montrer à la préfecture que je n'ai voté nulle part. Sans cela je ne puis voter
ici. Sans cela je perds mon droit, et le pis de l'affaire,
c'est que ce sera ma faute. La même circulaire le dit ex-
pressément et finit par ces mots :

*J'ai lieu de croire que vous vous empresserez de m'en-
voyer la pièce dont la loi réclame la remise* (quoique la
loi n'en dise rien), *afin de ne pas vous priver de l'avantage de concourir à des choix utiles et honorables. On
aurait droit de vous reprocher votre négligence , si vous
en apportiez dans cette circonstance.*

Belle conclusion ! Si je néglige de prouver que je n'ai
voté nulle part, si je ne produis une pièce impossible
à produire , je suis déchu de mon droit, et de plus ce
sera ma faute. Ciel , donnez-nous patience ! C'est-là ce

qu'on appelle ici administrer, et ailleurs gouverner.

Je ne m'arrêterai pas davantage, Messieurs, à vous faire sentir le ridicule de ce qu'on exige de moi. La chose parle d'elle-même. Je n'ai vu personne qui ne fût choqué de l'absurdité de telles demandes, et affligé en même temps de la figure que font faire au gouvernement ceux qui emploient, en son nom, de si pitoyables finesses, en le servant, à ce qu'ils disent. Dieu nous préserve, vous et moi, d'être jamais servis de la sorte! Non, parmi tant d'individus qui dans les choses de cette nature diffèrent d'opinion presque tous, et desquels on peut dire avec juste raison, autant de têtes, autant d'avis et de façons de voir toutes diverses, je n'en ai pas trouvé un seul qui pût rien comprendre aux prétextes dont on se sert pour m'écarter de l'assemblée électorale. Et par quelle raison veut-on m'en éloigner? Que craint-on de moi qui, depuis trente ans, ayant vu tant de pouvoirs nouveaux, tant de gouvernements se succéder, me suis accommodé à tous et n'en ai blamé que les abus, partisan déclaré de tout ordre établi, de tout état de choses supportable, ami de tout gouvernement, sans rien demander à aucun? D'où peut venir, Messieurs, ce système d'exclusion dirigé contre moi, contre moi seul? car je ne crois pas qu'on ait fait à personne les mêmes difficultés, et j'ai lieu de penser que des lettres imprimées, et en apparence adressées à tous les électeurs de ce département, ont été composées pour moi. Par où ai-je pu m'attirer cette attention, cette distinction? Je l'ignore, et ne vois rien dans ma vie, dans ma conduite,

jusqu'à ce jour, qui puisse être suspect de mauvaise intention, de cabale, d'intrigue, de vue particulière ou
d'esprit de parti, ni faire ombrage à qui que ce soit.
Est-ce haine personnelle de M. le préfet? me croit-il
son ennemi, parce qu'il m'est arrivé de lui parler librement? Il se tromperait fort. Ce n'est pas d'aujour-
d'hui, ni avec lui seulement, que j'en use de cette façon. J'ai bien d'autres griefs, moi Courier, contre lui
qui cherche à me ravir le plus beau, le plus cher, le
plus précieux de mes droits, et pourtant je ne lui en
veux point. Je sais à quoi oblige une place, ou je m'en
doute, pour mieux dire, et plains les gens qui ne peuvent ni parler ni agir d'après leur sentiment, s'ils ont
un sentiment.

Mon droit est évident, palpable, incontestable. Tout
le monde en convient, et nul n'y contredit, excepté le
préfet. Je vous prie donc, Messieurs, de m'inscrire sur
les listes où mon nom doit paraître et n'a pu être omis
que par la plus insigne mauvaise foi. Je suis électeur, je
veux l'être et en exercer tous les droits. Je n'y renoncerai
jamais, et je déclare ici, Messieurs, devant vous, devant tous ceux qui peuvent entendre ma voix, je les
prends à témoin que je proteste ici contre toute opération que pourrait faire, sans moi, le collége électoral, et
regarde comme nulle toute nomination qui en résulte-
rait, à moins qu'une décision légale n'ait statué sur la
requête que j'ai l'honneur de vous adresser.

SIMPLE DISCOURS

DE PAUL-LOUIS,

VIGNERON DE LA CHAVONNIÈRE,

AUX MEMBRES DU CONSEIL DE LA COMMUNE DE VÉRETZ,

DÉPARTEMENT D'INDRE-ET-LOIRE ;

A L'OCCASION D'UNE SOUSCRIPTION

PROPOSÉE PAR SON EXCELLENCE LE MINISTRE DE L'INTÉRIEUR,

POUR L'ACQUISITION DE CHAMBORD.

SIMPLE DISCOURS.

Si nous avions de l'argent à n'en savoir que faire, toutes nos dettes payées, nos chemins réparés, nos pauvres
soulagés, notre église d'abord (car Dieu passe avant tout),
pavée, recouverte et vitrée, s'il nous restait quelque somme
à pouvoir dépenser hors de cette commune, je crois, mes
amis, qu'il faudrait contribuer, avec nos voisins, à refaire
le pont de Saint-Avertin, qui, nous abrégeant d'une
grande lieue le transport d'ici à Tours, par le prompt débit de nos denrées, augmenterait le prix et le produit des
terres dans tous ces environs; c'est là, je crois, le meilleur
emploi à faire de notre superflu, lorsque nous en aurons.
Mais d'acheter Chambord pour le duc de Bordeaux, je
n'en suis pas d'avis et ne le voudrais pas quand nous au-
rions de quoi, l'affaire étant, selon moi, mauvaise pour
lui, pour nous et pour Chambord. Vous l'allez comprendre, j'espère, si vous m'écoutez; il est fête, et nous avons
le temps de causer.

Douze mille arpents de terre enclos que contient le parc
de Chambord, c'est un joli cadeau à faire à qui les saurait
labourer. Vous et moi connaissons des gens qui n'en seraient pas embarrassés, à qui cela viendrait fort bien;

mais lui, que voulez-vous qu'il en fasse? Son métier, c'est de régner un jour, s'il plaît à Dieu, et un château de plus ne l'aidera de rien. Nous allons nous gêner et augmenter nos dettes, remettre à d'autres temps nos dépenses pressées, pour lui donner une chose dont il n'a pas besoin, qui ne lui peut servir et servirait à d'autres. Ce qu'il lui faut pour régner, ce ne sont pas des châteaux, c'est notre affection; car il n'est sans cela couronne qui ne pèse. Voilà le bien dont il a besoin et qu'il ne peut avoir en même temps que notre argent. Assez de gens là-bas lui diront le contraire, nos députés tous les premiers, et sa cour lui répétera que plus nous payons, plus nous sommes sujets amoureux et fidèles; que notre dévouement croît avec le budget. Mais, s'il en veut savoir le vrai, qu'il vienne ici, et il verra, sur ce point-là et sur bien d'autres, nos sentiments fort différents de ceux des courtisans. Ils aiment le prince en raison de ce qu'on leur donne, nous, en raison de ce qu'on nous laisse; ils veulent Chambord pour en être, l'un gouverneur, l'autre concierge, bien gagé, bien logé, bien nourri, sans faire œuvre, et peu leur importe du reste. L'affaire sera toujours bonne pour eux, quand elle serait mauvaise pour le prince, comme elle l'est, je le soutiens; acquérant de nos deniers pour un million de terres, il perd pour cent millions au moins de notre amitié; Chambord, ainsi payé, lui coûtera trop cher; de telles acquisitions le ruineraient bientôt, s'il est vrai, ce qu'on dit, que les rois ne sont riches que de l'amour des peuples. Le marché paraît d'or pour lui, car nous donnons et il reçoit : il n'a que la peine de prendre ; mais lui, sans débourser de fait, y met beaucoup du sien, et trop, s'il diminue son capital dans le cœur de ses sujets : c'est spéculer fort mal et se faire grand tort. Qui le conseille ainsi n'est pas de ses amis, ou, comme dit l'autre, mieux vaudrait un sage ennemi.

Mais quoi ! je vous le dis, ce sont les gens de cour dont l'imaginative enfante chaque jour ces merveilleux conseils ; ils ont plutôt inventé cela que le semoir de Fehlemberg, ou bien le bateau à vapeur. On a eu l'idée, dit le ministre, de faire acheter Chambord par les communes de France, pour le duc de Bordeaux. On a eu cette pensée ! qui donc ? Est-ce le ministre ? il ne s'en cacherait pas, ne se contenterait pas de l'honneur d'approuver en pareille occasion. Le prince ? à Dieu ne plaise que sa première idée ait été celle-là, que cette envie lui soit venue avant celle des bonbons et des petits moulins ! Les communes donc apparemment ? non pas les nôtres, que je sache, de ce côté-ci de la Loire, mais celles-là peut-être qui ont logé deux fois les Cosaques du Don. Ici nous nous sentons assez des bienfaits de la Sainte-Alliance : mais c'est toute autre chose là où on a joui de sa présence, possédé Saken et Platow, là naturellement on s'avise d'acheter des châteaux pour les princes, et puis on songe à refaire son toit et ses foyers.

Du temps du bon roi Henri IV, le roi du peuple, le seul roi dont il ait gardé la mémoire, pareils dons furent offerts à son fils nouveau-né ; on eut l'idée de faire contribuer toutes les communes de France en l'honneur du royal enfant, et, de la seule ville de La Rochelle, des députés vinrent apportant cent mille écus en or, somme énorme alors. Mais le roi : C'est trop, mes amis, leur dit-il, c'est trop pour de la bouillie ; gardez cela, et l'employez à rebâtir chez vous ce que la guerre a détruit, et n'écoutez jamais ceux qui vous parleront de me faire des présents, car telles gens ne sont vos amis ni les miens. Ainsi pensait ce roi protecteur déclaré de la petite propriété, qui toute sa vie fut brouillé avec les puissances étrangères, et qui faisait couper la tête aux courtisans, aux favoris, quand il les surprenait à faire des notes secrètes.

Ceci soit dit, et revenant à l'idée d'acheter Chambord, avouons-le, ce n'est pas nous, pauvres gens de village, que le Ciel favorise de ces inspirations. Mais qu'importe, après tout ? Un homme s'est rencontré, dans les hautes classes de la société, doué d'assez d'esprit pour avoir cette heureuse idée : que ce soit un courtisan fidèle, jadis pensionnaire de Fouché, ou un gentilhomme de Bonaparte employé à la garderobe, c'est la même chose pour nous qui n'y saurions avoir jamais d'autre mérite que celui de payer. Laissons aux gens de cour, en fait de flatterie, l'honneur des inventions, et nous, exécutons ; les frais seuls nous regardent ; il saura bien se nommer l'auteur de celle-ci, demander son brevet, et nous suffise à nous, habitants de Véretz, qu'il ne soit pas du pays.

Elle est nouvelle assurément l'idée que le ministre admire et nous charge d'exécuter. On avait vu de tels dons payer de grands services, des actions éclatantes ; Eugène, Marlboroug, à la fin d'une vie toute pleine de gloire, obtinrent des nations qu'ils avaient su défendre ces témoignages de la reconnaissance publique ; et Chambord même, sans chercher si loin des exemples, qu'on veut donner au prince pour sa layette, fut au comte de Saxe le prix d'une victoire qui sauva la France à Fontenoi. La France par lui libre, je veux dire indépendante, délivrée de l'étranger, au-dedans florissante, respectée au-dehors, fit présent de cette terre à son libérateur, qui s'y vint reposer de trente ans de combats. Monseigneur n'a encore que six mois de nourrice, et, il faut en convenir, de Maurice vainqueur au prince à la bavette, il y a quelque différence, à moins qu'on ne veuille dire peut-être que, commençant sa vie où l'autre a fini la sienne, il finira par où Maurice a commencé, par nous débarrasser des puissances étrangères. Je le souhaite et l'espère du sang de ce Henri qui chassa l'Espagne de France ; mais le payer déjà, je crois que c'est folie ; et n'approuve aucunement qu'il ait ses invalides avant de sortir du maillot. Récompenser l'enfant d'être venu au monde, comme le capitaine qui gagna des batailles, et par d'heureux exploits, acquit à ce pays et la paix et la gloire, c'est ce qu'on n'a point vu, c'est là l'idée nouvelle, qui ne nous fût pas venue sans l'avis officiel. Pour inventer cela, et mettre à la place des bulans du comte de Saxe les dames du berceau, il faut avoir non pas l'esprit, mais le génie de l'adulation, qui ne se trouve que là où ce genre d'industrie est puissamment encouragé ; ce trait sort des bassesses communes, et met son auteur, quel qu'il soit, hors du gros des flatteurs de cour. Il se moque fort apparemment de ses camarades qui, marchant dans la route battue des vieilles flagorneries usées, ne savent rien imaginer ; on va l'imiter maintenant jusqu'à ce qu'un autre aille au-delà.

Quand le gouverneur d'un roi enfant dit à son élève jadis : Maître, tout est à vous ; ce peuple vous appartient, corps et biens, bêtes et gens ; faites-en ce que vous voudrez; cela fut remarqué. La chambre, l'antichambre et la galerie répétèrent : Maître, tout est à vous, qui, dans la langue des courtisans, voulait dire tout est pour nous, car la cour donne tout aux princes, comme les prêtres tout à Dieu ; et ces domaines, ces apanages, ces listes civiles, ces budgets ne sont guères autrement pour le roi que le revenu des abbayes n'est pour Jésus-Christ. Achetez, donnez Chambord, c'est la cour qui le mangera ; le le prince n'en sera ni pis ni mieux. Aussi ces belles idées de nous faire contribuer en tant de façons, viennent toujours de gens de cour, qui savent très-bien ce qu'ils font en offrant au prince notre argent. L'offrande n'est jamais pour le saint, ni nos épargnes pour les rois ; mais pour cet essaim dévorant qui sans cesse bourdonne autour d'eux depuis leur berceau jusqu'à Saint-Denis.

Car, après la leçon du sage gouverneur, au temps dont je vous parle, bon temps, comme vous savez, les princes ayant appris une fois et compris que tout était à eux, on

leur enseignait à donner; un précepteur, abbé de cour,
en lisant avec eux l'histoire, leur faisait admirer cet empereur Titus, qui, dit-on, donnait à toutes mains,
croyant perdu le jour qu'il n'avait rien donné, *qu'on
n'alla jamais voir sans revenir heureux,* avec une pension, quelque gratification ou des coupons de rente;
prince adoré de tout ce qui avait les grandes entrées ou
qui montait dans les carrosses. La cour l'idolâtrait, mais
le peuple? le peuple? il n'y en avait pas: l'histoire n'en
dit mot. Il n'y avait alors que les honnêtes gens, c'est-
à-dire les gens présentés: c'était là le monde, tout le
monde, et le monde était heureux. Faites ainsi, mon
maître, vous serez adoré, comme ce bon empereur; la
cour vous bénira, les poètes vous loueront, et la postérité en croira les poètes. Voilà les éléments d'histoire
qu'on enseignait alors aux princes. Peu de mention d'ailleurs de ces rois tels que Louis XII et Henri IV, en leur
temps maudits de la cour, pour n'avoir su donner comme d'autres faisaient si généreusement, si magnifiquement, avec choix néanmoins. Donner au riche, aider
le fort; c'est la maxime du bon temps, de ce bon temps
qui va revenir tout à l'heure, sans aucun doute, à moins
que jeunesse ne grandisse et vieillesse ne périsse.

Mais la jeunesse croît chez nous, et voit croître avec
elle ses princes; je dis avec elle, et je m'entends. Nos enfants, plus heureux que nous, vont connaître leurs princes élevés avec eux, et en seront connus. Déjà voilà le fils
aîné du duc d'Orléans, je sais cela de bonne part et vous

le garantis plus sûr que si les gazettes le disaient, voilà le
duc de Chartres au collége, à Paris. Chose assez simple,
direz-vous , s'il est en âge d'étudier ; simple sans doute,
mais nouvelle pour les personnes de ce rang. On n'a point
encore vu de prince au collége : celui-ci, depuis qu'il y a
des colléges et des princes, est le premier qu'on ait élevé
de la sorte, et qui profite du bienfait de l'instruction publique et commune ; et de tant de nouveautés écloses de
nos jours, ce n'est pas la moindre faite pour surprendre.
Un prince étudier, aller en classe ! un prince avoir des camarades ! Les princes jusqu'ici ont eu des serviteurs, et jamais d'autre école que celle de l'adversité , dont les rudes
leçons étaient perdues souvent. Isolés à tout âge, loin de
toute vérité, ignorant les choses et les hommes , ils nais-
saient, ils mouraient dans les liens de l'étiquette et du cérémonial , n'ayant vu que le fard et les fausses couleurs éta-
lées devant eux ; ils marchaient sur nos têtes , et ne nous
apercevaient que quand par hasard ils tombaient. Aujourd'hui, connaissant l'erreur qui les séparait des nations, comme si la clef d'une voûte , pour user de cette
comparaison , pouvait en être hors et ne tenir à rien ; ils
veulent voir des hommes, savoir ce que l'on sait, et n'a-
voir plus besoin des malheurs pour s'instruire ; tardive
résolution, qui, plus tôt prise, leur eût épargné combien
de fautes, et à nous combien de maux ! Le duc de Chartres au collége , élevé chrétiennement et monarchique-
ment , mais , je pense, aussi un peu constitutionnelle-
ment, aura bientôt appris ce qu'à notre grand dommage

ignoraient ses aïeux, et ce n'est pas le latin que je veux
dire, mais ces simples notions de vérités communes que
la cour tait aux princes, et qui les garderaient de faillir
à nos dépens. Jamais de Dragonnades ni de Saint-Barthélemy, quand les rois, élevés au milieu de leurs peuples,
parleront la même langue, s'entendront avec eux sans
truchement ni intermédiaire ; de Jacquerie non plus, de
Ligues, de Barricades. L'exemple ainsi donné par le jeune
duc de Chartres aux héritiers des trônes, ils en profiteront sans doute. Exemple heureux autant qu'il est nouveau ! que de changements il a fallu, de bouleversements
dans le monde pour amener là cet enfant ! Et que dirait
le grand roi, le roi des honnêtes gens, Louis-le-Superbe,
qui ne put souffrir confondus avec la noblesse du royaume,
ses bâtards même, ses bâtards ! tant il redoutait d'avilir
la moindre parcelle de son sang ! Que dirait ce parangon
de l'orgueil monarchique, s'il voyait aux écoles, avec tous
les enfants de la race sujette, un de ses arrière-neveux,
sans pages ni jésuites, suivre des exercices et disputer des
prix ; tantôt vainqueur, tantôt vaincu ; jamais, dit-on,
favorisé ni flatté en aucune sorte, chose admirable au collége même (car où n'entre pas cette peste de l'adulation ?)
croyable pourtant si l'on pense que la publicité des cours
rend l'injustice difficile, qu'entre eux les écoliers usent
peu de complaisance, peu volontiers cèdent l'honneur,
non encore exercés aux feintes qu'ailleurs on nomme dé-
férences, égards, ménagements, et qu'a produits l'horreur du vrai. Là, au contraire, tout se dit, toutes choses

ont leur vrai nom et le même nom pour tous; là, tout est matière d'instruction, et les meilleures leçons ne sont pas celles des maîtres. Point d'abbé Dubois, point de Menins : personne qui dise au jeune prince : tout est à vous, vous pouvez tout; il est l'heure que vous voulez. En un mot, c'est le bruit commun qu'on élève là le duc de Chartres comme tous les enfants de son âge; nulle distinction, nulle différence, et les fils de banquiers, de juges, de négociants, n'ont aucun avantage sur lui; mais il en aura lui beaucoup, sorti de là, sur tous ceux qui n'auront pas reçu cette éducation. Il n'est, vous le savez, meilleure éducation que celle des écoles publiques, ni pire que celle de la cour. Ah! si au lieu de Chambord pour le duc de Bordeaux, on nous parlait de payer sa pension au collége (et plût à Dieu qu'il fût en âge, que je l'y pusse voir de mes yeux), s'il était question de cela, de bon cœur j'y consentirais et voterais ce qu'on voudrait, dût-il m'en coûter ma meilleure coupe de sain-foin : il ne nous faudrait pas plaindre cette dépense; il y va de tout pour nous. Un roi ainsi élevé ne nous regarderait pas comme sa propriété, jamais ne penserait nous tenir à cheptel de Dieu ni d'aucune puissance.

Mais à Chambord, qu'apprendra-t-il? ce que peuvent enseigner et Chambord et la cour. Là, tout est plein de ses aïeux. Pour cela précisément je ne l'y trouve pas bien, et j'aimerais mieux qu'il vécût avec nous qu'avec ses ancêtres. Là, il verra partout les chiffres d'une Diane, d'une Châteaubriant, dont les noms souillent encore ces

parois infectées jadis de leur présence. Les interprètes,
pour expliquer de pareils emblèmes, ne lui manqueront
pas, on peut le croire ; et quelles instructions pour un
adolescent destiné à régner ! Ici, Louis, le modèle des
rois, vivait (c'est le mot à la cour) avec la femme Mon-
tespan, avec la fille Lavalière, avec toutes les femmes et
les filles que son bon plaisir fut d'ôter à leurs maris, à
leurs parents. C'était le temps alors des mœurs, de la
religion ; et il communiait tous les jours. Par cette porte
entrait sa maîtresse le soir, et le matin son confesseur.
Là, Henri faisait pénitence entre ses mignons et ses moines ; mœurs et religion du bon temps ! Voici l'endroit
où vint une fille éplorée demander la vie de son père,
et l'obtint (à quel prix !) de François, qui, là, mourut
de ses bonnes mœurs. En cette chambre, un autre
Louis.....; en celle-ci, Philippe.... sa fille....., oh mœurs !
oh religion ! perdues depuis que chacun travaille et vit
avec ses enfants. Chevalerie, cagoterie, qu'êtes-vous de-
venues ? Que de souvenirs à conserver dans ce monument,
où tout respire l'innocence des temps monarchiques ! et
quel dommage c'eût été d'abandonner à l'industrie ce
temple des vieilles mœurs, de la vieille galanterie (autre mot de cour qui ne se peut honnêtement traduire),
de laisser s'établir des familles laborieuses et d'ignobles
ménages sous ces lambris témoins de tant d'augustes
débauches ! Voilà ce que dira Chambord au jeune prince,
logé là d'ailleurs comme l'était le roi François Ier, et
comme aucun de nous ne voudrait l'être. Dieu préserve tout

honnête homme de jamais habiter une maison bâtie par
le Primatticcio. Les demeures de nos pères ne nous conviennent non plus aujourd'hui que leurs lois, et comme
nous valons mieux qu'eux, à tous égards, sans nous vanter trop, ce me semble, et à n'en juger seulement que
par la conduite des princes, qui n'étaient pas, je crois,
pires que leurs sujets; vivant mieux de toute manière,
nous voulons être et sommes en effet mieux logés.

Que si l'acquisition de Chambord ne vaut rien pour
celui à qui on le donne, je vous laisse à penser pour nous
qui le payons. J'y vois plus d'un mal, dont le moindre
n'est pas le voisinage de la cour. La cour, à six lieues
de nous, ne me plaît point. Rendons aux grands ce qui
leur est dû; mais tenons-nous-en loin le plus que nous
pourrons, et ne nous approchant jamais d'eux, tâchons
qu'ils ne s'approchent point de nous, parce qu'ils peuvent nous faire du mal et ne nous sauraient faire de bien.
A la cour tout est grand, jusques aux marmitons. Ce
ne sont là que grands officiers, grands seigneurs, grands
propriétaires. Ces gens qui ne peuvent souffrir qu'on
dise mon champ, ma maison; qui veulent que tout soit
terre, parc, château, et tout le monde seigneurs ou
laquais ou mendiants; ces gens ne sont pas tous à la
cour. Nous en avons ici, et même c'est de ceux-là qu'on
fait nos députés; à la cour il n'y en a point d'autres. Vous
savez de quel air ils nous traitent, et le bon voisinage
que c'est. Jeunes, ils chassent à travers nos blés avec
leurs chiens et leurs chevaux, ouvrent nos haies, gâtent

nos fossés, nous font mille maux, mille sottises; et plaignez-vous un peu; adressez-vous au maire, ayez recours, pour voir, aux juges, au préfet, puis vous m'en direz des nouvelles quand vous serez sortis de prison. Vieux, c'est encore pis ; ils nous plaident, nous dépouillent, nous ruinent juridiquement, par arrêt de *Messieurs,* qui dînent avec eux, honnêtes gens comme eux, incapables de manger viande le vendredi ou de manquer la messe le dimanche; qui, leur adjugeant votre bien, pensent faire œuvre méritoire et recomposer l'ancien régime. Or, dites, si un seul près de vous de ces honnêtes éligibles suffit pour vous faire enrager et souvent quitter le pays, que sera-ce d'une cour à Chambord, lorsque vous aurez là tous les grands réunis autour d'un plus grand qu'eux ? Croyez-moi, mes amis, quelque part que vous alliez, quelque affaire que vous ayez, ne passez point par-là; détournez-vous plutôt, prenez un autre chemin : car, en marchant, s'il vous arrive d'éveiller un lièvre, je vous plains. Voilà les gardes qui accourent. Chez les princes, tout est gardé : autour d'eux, au loin et au large, rien ne dort qu'au bruit des tambours et à l'ombre des baïonnettes ; védettes, sentinelles, observent, font le guet; infanterie, cavalerie, artillerie en bataille, rondes, patrouilles, jour et nuit; armée terrible à tout ce qui n'est pas étranger. Le voilà : qui vive ? Wellington ; ou bien laissez-vous prendre et mener en prison. Heureux si on ne trouve dans vos poches un pétard! Ce sont là, mes amis, quelques inconvénients du voisinage

des grands. Y passer est fâcheux, y demeurer est impossible, à qui du moins ne veut être ni valet ni mendiant.
Vous seriez bientôt l'un et l'autre. Habitant près d'eux,
vous feriez comme tous ceux qui les entourent. Là,
tout le monde sert ou veut servir. L'un présente la ser-
viette, l'autre le vase à boire. Chacun reçoit ou demande
salaire, tend la main, se recommande, supplie. Mendier
n'est pas honte à la cour : c'est toute la vie du courtisan. Dès l'enfance, appris à cela, voué à cet état par
honneur, il s'en acquitte bien autrement que ceux qui
mendient par paresse ou nécessité. Il y apporte un soin,
un art, une patience, une persévérance, et aussi des
avances, une mise de fond; c'est tout, en tout genre
d'industrie. Gueux à la besace, que peut-on faire? Le
courtisan mendie en carrosse à six chevaux, et attrape
plus tôt un million que l'autre un morceau de pain noir.
Actif, infatigable, il ne s'endort jamais; il veille la nuit
et le jour, guette le temps de demander, comme vous celui de semer, et mieux. Aucun refus, aucun mauvais succès ne lui fait perdre courage. Si nous mettions dans nos
travaux la moitié de cette constance, nos greniers chaque
année rompraient. Il n'est affront, dédain, outrage ni
mépris qui le puissent rebuter. Éconduit, il insiste; repoussé, il tient bon; qu'on le chasse, il revient; qu'on
le batte, il se couche à terre. *Frappe, mais écoute* et
donne. Du reste, prêt à tout. On est encore à inventer
un service assez vil, une action assez lâche, pour que
l'homme de cour, je ne dis pas s'y refuse, chose inouïe,

impossible , mais n'en fasse point gloire et preuve de dévoùement. Le dévouement est grand à la personne d'un maître. C'est à la personne qu'on se dévoue , au corps, au contenu du pourpoint , et même quelquefois à certaines parties de la personne , ce qui a lieu surtout quand les princes sont jeunes.

La vertu semble avoir des bornes. Cette grande hauteur qu'ont atteinte certaines âmes , paraît en quelque sorte mesurée. Caton et Washington montrent où peut s'élever le plus beau , le plus noble de tous les sentiments, c'est l'amour du pays et de la liberté. Au—dessus on ne voit rien. Mais le dernier degré de bassesse n'est pas connu : et ne me citez point ceux qui proposent d'acheter des châteaux pour les princes, d'ajouter à leur garde une nouvelle garde ; car on ira plus bas, et eux—mêmes demain vont trouver d'autres inventions qui feront oublier celles-là.

Vous , quand vous aurez vu les riches demander , chacun recevoir des aumônes proportionnées à sa fortune , tous les honnêtes gens abhorrer le travail et ne fuir rien tant que d'être soupçonnés de la moindre relation avec quiconque a jamais pu faire quelque chose en sa vie , vous rougirez de la charrue, vous renierez la terre votre mère, et l'abandonnerez, ou vos fils vous abandonneront, s'en iront valets de valets à la cour , et vos filles pour avoir seulement ouï parler de ce qui s'y passe , n'en vaudront guères mieux au logis.

Car , imaginez ce que c'est. La cour.... il n'y a ici ni

femmes ni enfants. Écoutez. La cour est un lieu honnête,
si l'on veut, cependant bien étrange. De celle d'aujour-
d'hui, j'en sais peu de nouvelles ; mais je connais, et
qui ne connaît celle du grand roi Louis XIV, le modèle
de toutes, la cour par excellence, dont il nous reste tant
de Mémoires, qu'à présent on n'ignore rien de ce qui s'y
fit jour par jour. C'est quelque chose de merveilleux ; par
exemple, leur façon de vivre avec les femmes... Je ne
sais trop comment vous dire. On se prenait, on se quit-
tait, ou, se convenant, on s'arrangeait. Les femmes n'é-
taient pas toutes communes à tous ; ils ne vivaient pas
pêle-mêle. Chacun avait la sienne, et même ils se mariaient. Cela est hors de doute. Ainsi je trouve qu'un jour,
dans le salon d'une princesse, deux femmes au jeu s'étant
piquées, comme il arrive, l'une dit à l'autre : Bon Dieu,
que d'argent vous jouez ! combien donc vous donnent vos
amants ? Autant, repartit celle-ci, sans s'émouvoir, autant que vous donnez aux vôtres. Et la chronique ajoute :
les maris étaient là. Elles étaient mariées ; ce qui s'explique peut-être en disant que chacune était la femme d'un
homme, et la maîtresse de tous. Il y a de pareils traits
une foule. Ce roi eut un ministre, entre autres, qui, aimant fort les femmes, les voulut avoir toutes ; j'entends
celles de la cour qui en valaient la peine : il paya et les eut.
Il lui en coûta. Quelques-unes se mirent à haut prix, connaissant sa manie. Mais enfin il les eut toutes comme il
voulut. Tant que, voulant avoir aussi celle du roi, c'est-à-
dire, sa maîtresse d'alors, il la fit marchander, dont le roi

se fâcha et le mit en prison. S'il fit bien, c'est un point que je laisse à juger : mais on en murmura. Les courtisans se plaignirent. Le roi veut, disaient-ils, entretenir nos femmes, c... avec nos sœurs, et nous interdire ses... ; je ne vous dis pas le mot ; mais ceci est historique, et si j'avais mes livres, je vous le ferais lire. Voilà ce qui fut dit, et prouve qu'il y avait du moins quelque espèce de communauté, nonobstant les mariages et autres arrangements.

Une telle vie, mes amis, vous paraît impossible à croire. Vous n'imaginez pas que, dans de pareils désordres, une famille, une maison subsistent, encore moins qu'il y eût jamais un lieu où tout le monde se conduisît de la sorte. Mais quoi ? ce sont des faits et m'est avis aussi que vous raisonnez mal. Vos maisons périraient, dites-vous, si les choses s'y passaient ainsi. Je le crois. Chez vous, on vit de travail, d'économie ; mais à la cour, on vit de faveur. Chez vous, l'industrie du mari amène tous biens à la maison, où la femme dispose, ordonne, règle chaque chose. Dans le ménage de cour, au contraire, la femme au-dehors s'évertue. C'est elle qui fait les bonnes affaires. Il lui faut des liaisons, des rapports, des amis, beaucoup d'amis. Sachez qu'il n'y a pas en France une seule famille noble, mais je dis noble de race et d'antique origine, qui ne doive sa fortune aux femmes ; vous m'entendez. Les femmes ont fait les grandes maisons ; ce n'est pas, comme vous croyez bien, en cousant les chemises de leurs époux, ni en allaitant leurs enfants. Ce que nous appelons, nous autres, honnête femme, mère de famille, à quoi

nous attachons tant de prix , trésor pour nous , serait la
ruine du courtisan. Que voudriez-vous qu'il fît d'une dame
honesta , sans amants, sans intrigues , qui , sous prétexte
de vertu , claquemurée dans son ménage , s'attacherait à
son mari ? Le pauvre homme verrait pleuvoir des graces
autour de lui , et n'attraperait jamais rien. De la fortune
des familles nobles il en paraît bien d'autres causes , telles que le pillage , les concussions , l'assassinat, les proscriptions , et sourtout les confiscations. Mais qu'on y regarde , et on vera qu'aucun de ces moyens n'eût pu être
mis en œuvre sans la faveur d'un grand , obtenue par quelque femme. Car , pour piller , il faut avoir commandements , gouvernements , qui ne s'obtiennent que par les
femmes ; et ce n'était pas tout d'assassiner Jacques Cœur
ou le maréchal d'Ancre , il fallait, pour avoir leurs biens ,
le bon plaisir , l'agrément du roi, c'est-à-dire , des femmes qui gouvernaient alors le roi ou son ministre. Les
dépouilles des huguenots, des frondeurs, des traitants ,
autres faveurs , bienfaits qui coulaient, se répandaient
par les mêmes canaux aussi purs que la source. Bref,
comme il n'est , ne fut , ni ne sera jamais , pour nous autres vilains , qu'un moyen de fortune, c'est le travail ;
pour la noblesse non plus il n'y en a qu'un , et c'est.......
c'est la prostitution , puisqu'il faut , mes amis , l'appeler
par son nom. Le vilain s'en aide par fois , quand il se fait
homme de cour , mais non avec tant de succès.

C'en est assez sur cette matière , et trop peut-être. Ne
dites mot de tout cela dans vos familles ; ce ne sont pas

des contes à faire à la veillée, devant vos enfants. Histoires
de cour et des courtissans, mauvais récits pour la jeunesse, qui ne doit pas de nous apprendre jusqu'à quel
point on peut mal vivre, ni même soupçonner au monde
de pareilles mœurs. Voilà pourquoi je redoute une cour
à Chambord. Qu'une fois ils entendent parler de cette
honnête vie et d'un lieu, non loin d'ici, où l'on gagne
gros à se divertir et à ne rien faire, où, pour être riche
à jamais, il ne faut que plaire un moment, chose que
chacun croit facile, en n'épargnant aucun moyen ; à ces
nouvelles, je vous demande qui les pourra tenir qu'ils
n'aillent d'abord voir ce que c'est, et, l'ayant vu, adieu
parents, adieu le champ qui paie si mal un labeur sans
fin, rendant quelques gerbes au bout de l'an pour tant
de fatigues, de sueurs. On veut chaque mois toucher des
gages, et non s'attendre à des moissons; on veut servir,
non travailler. De là, mes amis, tout ce qu'engendre l'oisiveté, plus féconde encore quand elle est compagne de
servitude. La cour, centre de corruption, étend partout
son influence ; il n'est nul qui ne s'en ressente, selon la
distance où il se trouve. Les plus gâtés sont les plus proches ; et nous que la bonté du Ciel fit naître à cent lieues
de cette fange, nous irions payer pour l'avoir à notre porte !
A Dieu ne plaise !

C'est ce que me disait un bonhomme du pays de Chambord même, que je vis dernièrement à Blois, car, comme
je lui demandai ce qu'on pensait chez lui de cette affaire,
et que désiraient les habitants : Nous voudrions bien,

me dit–il, avoir le prince, mais non la cour. Les princes, en général, sont bons, et n'était ce qui les entoure, il y aurait plaisir à demeurer près deux ; ce seraient les voisins du monde les meilleurs ; charitables, humains, secourables à tous, exempts des vices et des passions que produit l'envie de parvenir, comme ils n'ont point de fortune à faire. J'entends les princes qui sont nés princes ; quant aux autres, sans eux eût–on jamais deviné jusqu'où peut aller l'insolence ? Nous en pouvons parler, habitants de Chambord. Mais ces princes enfin, quels qu'ils soient, d'ancienne ou de nouvelle date, par la grace de Dieu ou de quelqu'un, affables ou brutaux, nous ne les voyons guères ; nous voyons leurs valets, gentils-hommes ou vilains, les uns pires que les autres ; leurs carrosses qui nous écrasent, et leur gibier qui nous dévore. De tout temps le gibier nous fit la guerre. Une seule fois il fut vaincu, en mil sept cent quatre–vingt–neuf : nous le mangeâmes à notre tour. Maîtres alors de nos héritages, nous commencions à semer pour nous, quand le héros parut et fit venir d'Allemagne des parents ou alliés de nos ennemis morts dans la campagne de quatre-vingt–neuf. Vingt couples de cerfs arrivèrent, destinés à repeupler les bois et ravager les champs pour le plaisir d'un homme, et la guerre ainsi rallumée continue. Depuis lors, nous sommes sur le qui vive, menacés chaque jour d'une nouvelle invasion des bêtes fauves, ayant à leur tête Marcellus ou Marcassus. Paris en saura des nouvelles, et devrait y penser au moins autant que nous.

Paris fut bloqué huit cents ans par les bêtes fauves, et sa banlieue, si riche, si féconde aujourd'hui, ne produisait pas de quoi nourrir les gardes-de-chasse. Pour moi, je vous l'avoue, en de pareilles circonstances, songeant à tout cela, considérant mûrement, rappelant à ma mémoire ce que j'ai vu dans mon jeune âge ; et qu'on parle de rétablir, je fais des vœux pour la bande noire, qui, selon moi, vaut bien la bande blanche, servant mieux l'état et le roi. Je prie Dieu qu'elle achète Chambord.

En effet, qu'elle l'achète six millions ; c'est le moins à cinq cents francs l'arpent : tel arpent de la futaie vaut dix fois plus ; que le tout soit revendu à huit millions à trois ou quatre mille familles, comme nous avons vu dépecer tant de terres ici, et ailleurs. Je trouve à cela beaucoup et de grands avantages pour le public et pour un nombre infini de particuliers. Premièrement, acheteurs et vendeurs s'enrichissent, travaillent, cultivent au profit de tous et de chacun. L'état, le trésor ou le roi, ou enfin qui vous voudrez, reçoit, tant en impôts que droits de mutation, la valeur du fonds en vingt ans : huit millions, c'est par an quatre cent mille francs qu'on diminuera du budget, quand le budget se pourra diminuer ; nous, voisins de Chambord, nous y gagnons sur tous. Plus de gibier qui détruise nos blés, plus de gardes qui nous tourmentent, plus de valetaille près de nous, fainéante, corrompue, corruptrice, insolente ; au lieu de tout cela, une colonie heureuse, active, laborieuse, dont l'exemple autant que les travaux nous profiteront pour bien vivre ;

colonie qui ne coûte rien, ni transport, ni expédition, ni flotte, ni garnison; point de frais d'état-major ni de gouvernement; point de permission ni de protection à obtenir de l'Angleterre; c'est autre chose que le Sénégal. Et de fait, remarquez, me dit-il, que l'on envoie ici des missionnaires chez nous, et en Afrique des gens qui ont besoin de terre; double erreur : en Afrique, il faut des missionnaires; en France, des colonies. Là doivent aller ces bons pères, où ils auront à convertir païens, musulmans, idolâtres; ici doivent rester les colons, où il y a tant à défricher, et où les domaines de la couronne sont encore tels que les trouva le roi Pharamond.

Cette pensée me plut; mais les gens de Chambord, comme vous voyez, ont peu d'envie de faire partie d'un apanage, croyant peut-être qu'il vaut mieux être à soi qu'au meilleur des princes, à part l'intérêt que chacun y peut avoir personnellement; car il n'en est pas un, je crois, qui n'achetât plus volontiers pour lui-même un morceau de Chambord que le tout pour les courtisans; ils aiment mieux d'ailleurs pour voisins de bons paysans comme eux, laboureurs, petits propriétaires, qu'un grand, un protecteur, un prince; et en tant qu'il nous touche, je suis de cet avis. Je prie Dieu, pour la bande noire, qui d'elle-même doit avoir Dieu favorable, car elle aide à l'accomplissement de sa parole. Dieu dit : Croissez, multipliez, remplissez la terre, c'est-à-dire, cultivez-la bien; car, sans cela, comment peupler? et la partagez; sans cela, comment cultiver? Or, c'est à faire ce

partage d'accord, amiablement, sans noise, que s'emploie la bande noire, bonne œuvre et sainte, s'il en est.

Mais il y a des gens qui l'entendent autrement. La
terre, selon eux, n'est pas pour tous, et surtout elle
n'est pas pour les cultivateurs, appartenant de droit divin
à ceux qui ne la voient jamais et demeurent à la cour. Ne
vous y trompez pas : le monde fut fait pour les nobles.
La part qu'on nous en laisse est pure concession, émanée de lieu haut, et partant révocable. La petite propriété, octroyée seulement, comme telle, peut être
suspendue et le sera bientôt, car nous en abusons ainsi
que de la Charte. D'ailleurs, et c'est le point, la grande
propriété est la seule qui produise. On ne recueillera
plus, on va mourir de faim, si la terre se partage, et que
chacun en ait ce qu'il peut labourer. Au laboureur aussi
cultivant pour soi seul, sans ferme ni censive, la terre
ne rend rien ; il la paie bien cher; il achète l'arpent huit
ou dix fois plus cher que le gros éligible qui place à deux
et demi; c'est qu'il n'en tire rien. Si tant est qu'il laboure, le petit propriétaire, la bêche, l'ignoble bêche,
disent nos députés, déshonore le sol, bonne tout au plus
à nourrir une famille, et quelle famille! en blouse, en
guêtres, en sabots. Le pis, c'est que la terre morcelée,
une fois dans les mains de la gent corvéable, n'en sort
plus. Le paysan achète du monsieur, non celui-ci de
l'autre, qui ayant payé cher, vendrait plus cher encore.
L'honnête homme, bloqué chez lui par la petite propriété, ne peut acquérir aux environs, s'étendre, s'arron-

dir (il en coûterait trop), ni le château ravoir les champs qu'il a perdus. La grande propriété, une fois décomposée, ne se recompose plus. Un fief, une abbaye sont malaisés à refaire ; et comme chaque jour les gens les mieux pensants, les plus mortels ennemis de la petite propriété, vendent pourtant leurs terres, alléchés par le prix, à l'arpent, à la perche, et en font les morceaux les plus petits qu'ils peuvent, la bêche gagne du terrain, la rustique famille bâtit et s'établit sans aller pour cela en Amérique, aux Indes ; les grandes terres disparaissent, et le capitaliste, las d'espérer, de craindre ou la hausse ou la baisse, ne sait comment placer. Il y aurait moyen de se faire un domaine sans acheter en détail ; ce serait de défricher. Mais, diantre, il ne faut pas, et les lois s'y opposent, afin de conserver ; on en viendra là cependant, si le morcellement continue : les landes, les bruyères périront. Quelle pitié ! quel dommage ! O vous, législateurs nommés par les préfets, prévenez ce malheur, faites des lois, empêchez que tout le monde ne vive ! Otez la terre au laboureur, et le travail à l'artisan, par de bons priviléges, de bonnes corporations ; hâtez-vous, l'industrie, aux champs comme à la ville, envahit tout, chasse partout l'antique et noble barbarie ; on vous le dit, on vous le crie : que tardez-vous encore ? qui vous peut retenir ? peuple, patrie, honneur ? lorsque vous voyez là emplois, argent, cordons, et le baron de Frimont.

AUX

AMES DÉVOTES

DE LA PAROISSE DE VÉRETZ,

DÉPARTEMENT D'INDRE-ET-LOIRE.

AMES DÉVOTES

DE LA PAROISSE DE VÉRETZ,

DÉPARTEMENT D'INDRE-ET-LOIRE.

———

On recommande à vos prières le nommé Paul-Louis, vigneron de la Chavonnière, bien connu dans cette paroisse. Le pauvre homme est en grande peine, ayant eu le malheur d'irriter contre lui tout ce qui s'appelle en France courtisans, serviteurs, flatteurs, adulateurs, complaisants, flagorneurs et autres gens vivant de bassesses et d'intrigues, lesquels sont au nombre, dit-on, de quatre ou cinq cent mille, tous enrégimentés sous diverses enseignes et déterminés à lui faire un mauvais parti; car ils l'accusent d'avoir dit, en taillant sa vigne:

Qu'eux, gens de cour, sont à nous autres, gens de travail et d'industrie, cause de tous maux ;

Qu'ils nous dépouillent, nous dévorent au nom du Roi, qui n'en peut mais (1);

Que les sauterelles, la grêle, les chenilles, le charençon ne nous pillent pas tous les ans, au lieu que lesdits courtisans des hautes classes s'abattent sur nous chaque année, au temps du budget, enlèvent du produit de nos champs le plus clair, le plus net, le meilleur et le plus beau, dont bien fâche audit seigneur Roi, qui n'y peut apporter remède (2);

Que tous ces impôts qu'on lève sur nous en tant de façons, vont dans leur poche et non pas dans celle du Roi (3), étant par eux seuls inventés, accrus, multipliés chaque jour à leur profit comme au dommage du Roi non moins que des sujets (4);

Que lesdits courtisans veulent manger Chambord et le royaume et nous, et le peuple et le Roi devant lequel ils se prosternent, se disant dévoués à sa personne (5);

Que les princes sont bons, charitables, humains, secourables à tous et bien intentionnés (6), mais qu'ils vivent entourés d'une mauvaise valetaille (7) qui les sépare de nous et travaille sans cesse à corrompre eux et nous;

(1) Voyez la page 153.
(2) Voyez page 156.
(3) Même page.
(4) Voyez page 157.
(5) Même page.
(6) Voyez page 169.
(7) Voyez pages 170 et suiv.

Que c'est là un grand mal, et que pour y remédier, il serait bon d'élever les princes au collége, loin desdits courtisans (1), comme on voit à Paris le jeune duc de Chartres, enfant qui promet d'être quelque jour un homme
de bien, et dont on espère beaucoup;

Que par ce moyen lesdits princes, instruits à l'égal
de leurs sujets, élevés au milieu d'eux, parlant la même langue, s'entendraient avec eux contre lesdits gens
de cour, et peut-être parviendraient à délivrer le monde
de cette engeance perverse, détestable, maudite;

Qu'ainsi, on ne verrait plus ni Saint-Barthélemy, ni
frondes, ni dragonnades, ni révolutions, contre-révo-
lutions (2), qui, après force coups et grand massacre
de gens, tournent toutes au profit de la susdite valé-
taille;

Qu'un tel amendement aux choses de ce monde, bien
loin d'être impossible (3), comme quelques-uns le croient,
se fait quasi de soi, sans qu'on y prenne garde; que le
temps d'à-présent vaut mieux que le passé, que princes
et sujets sont meilleurs qu'autrefois (4); qu'il y a parmi
nous moins de vice, plus de vertu; ce qui tend à insinuer calomnieusement, contre toute vérité, que même les
courtisans, exerçant près des rois l'art de la flagornerie,

(1) Voyez page 160.
(2) Voyez page 159.
(3) Même page.
(4) Voyez page 161.

sont maintenant moins vils, moins lâches, moins dévoués, moins fidèles au trésor que ne furent leurs devanciers.

Et pour conclusion, que les princes nés princes, sont les seuls bons, aimables, avec qui l'on puisse vivre. Que les autres, connus sous les noms de héros ou princes d'aventure ne valent rien du tout. Que nous en avons vu (1) montrer une insolence à nulle autre pareille, et que ceux qui les flattaient valaient encore moins, aujourd'hui apôtres de la légitimité, prêts à verser pour elle leur sang, etc.

Lesquelles propositions scandaleuses, impies et révolutionnaires, auraient été par lui recueillies, mises en lumière dans un pamphlet intitulé : *Simple Discours*, espèce de *factum* pour les princes contre les courtisans, saisi par la police comme contraire aux pensions, gratifications et dilapidations de la fortune publique, poursuivi par M. le procureur du Roi, comme propre à éclairer lesdits princes et rois sur leurs vrais intérêts.

Tels sont les principaux griefs articulés contre Paul-Louis par les syndics du corps de la flagornerie, Siméon, Jaquinot de Pampelune et autres, poursuivant en leur nom, et comme fondés de pouvoir de la corporation.

Et ajoutent lesdits syndics, aux charges ci-dessus énoncées, qu'en outre Paul-Louis, voulant porter atteinte à la bonne renommée dont jouissent dans le monde lesdites gens de cour, aurait mal-à-propos, sans en être prié, conté à tout venant les histoires oubliées de leurs

(1) Voyez page 170.

pères et grands-pères, rappelé les aventures de leurs chastes grand'-mères, en donnant à entendre que tous chiens chassent de race, et autres discours pleins de malice et d'imposture.

Et que, par maints propos plus coupables encore, subversifs de tout ordre et de toute morale, comme de toute religion, il aurait essayé de troubler aucunement lesdites gens de cour dans l'antique, légitime et juste possession où ils sont de tous temps, de partager entre eux les revenus publics, le produit des impôts, dont l'objet principal, ainsi que chacun le sait, est d'entretenir la paresse et d'encourager la bassesse de tous les fainéants du royaume.

A raison de quoi ils ont cité et personnellement ajourné ledit Paul-Louis à comparoir devant les assises de Paris, comme ayant *offensé la morale publique*, en racontant tout haut ce qui se passe chez eux, *et la personne du Roi* (1) dans celle des courtisans; le tout conformément à l'article connu du titre.... de la loi.... du Code des gens de cour, commençant par ces mots: *Qui n'aime pas Cottin, n'estime point son Roi, etc.*

Et doit en conséquence ledit Paul, ci-devant canonnier à cheval, aujourd'hui vigneron, laboureur, bûcheron, etc., etc., comparoir en personne aux assises de Paris, le 27 du présent mois, pour s'ouïr condamner à faire aux courtisans, fainéants, intrigants, réparation

(1) Voyez le réquisitoire signé Jaquinot Pampelune.

publique et amende honorable , déclarant qu'il les tient
pour valets aussi bons , aussi bas , aussi vils , aussi ram-
pants que furent oncques leurs pères et prédécesseurs ;
qu'à tort et méchamment il a dit le contraire ; et en même temps confesser , la hart au col , la torche au poing ,
que le passé seul est bon , que le présent ne vaut rien ,
n'a jamais rien valu , ne vaudra jamais rien ; qu'autrefois il y eut d'honnêtes gens et des mœurs ; mais qu'aujourd'hui les femmes sont toutes débauchées , les enfants
tous fils de coquettes , garnements tous nos jeunes gens ,
et nous marauds à pendre tous , si Bellart faisait son
devoir.

Après quoi ledit Paul sera détenu et conduit ès-prisons
de Paris , pour y apprendre à vivre et faire pénitence ,
sous la garde d'un geôlier gentilhomme de nom et d'armes , qui répondra de sa personne aussi long-temps qu'il
conviendra pour l'entière satisfaction desdits courtisans ,
gens de cour , flatteurs , flagorneurs , flagornant partout
le royaume , etc. , etc.

Voilà , mes chers amis , en quelle extrémité se trouve
réduit le bonhomme Paul que nous avons vu faire tant et
de si bons fagots dans son bois de Larçai , tant de beau
sainfoin dans son champ de la Chavonnière ; sage s'il
n'eût fait autre chose ! On l'avait maintes fois averti que
sa langue lui attirerait quelque méchante affaire ; mais il
n'en a tenu compte , Dieu sans doute le voulant châtier ,
afin d'instruire ses pareils qui ne se peuvent empêcher
de crier quand on les écorche. Le voilà mis en juge-

ment et condamné, ou autant vaut. Car vous savez tous comme il est chanceux en procès. Chaque fois qu'on le volait ici, c'était lui qui payait l'amende. Et de fait, se peut-il autrement? Il ne va pas même voir les juges! Prions Dieu pour lui, mes amis, et que son exemple nous apprenne à ne jamais dire ce que nous pensons des gens qui vivent à nos dépens.

PROCÈS

DE PAUL-LOUIS COURIER.

PROCÈS

DE PAUL-LOUIS COURIER.

•

ASSEZ de gens connaissent la brochure intitulée : *Simple discours*. Lorsqu'elle parut, on la lut ; et déjà on n'y pensait plus, quand le gouvernement s'avisa de réveiller l'attention publique sur cette bagatelle oubliée, en persécutant son auteur qui vivait aux champs, loin de Paris. Le pauvre homme, étant à labourer un jour, reçut un long papier signé *Jacquinot Pampelune*, dans lequel on l'accusait d'avoir offensé la morale publique, en disant que la cour autrefois ne vivait pas exemplairement ; d'avoir en même temps offensé la personne du Roi, et de ce non content, provoqué à offenser ladite personne. A raison de quoi Jacquinot proposait de le mettre en prison et l'y retenir douze années, savoir : deux ans pour la morale, cinq ans pour la personne du Roi, et cinq pour la provocation. Si jamais homme tomba des nues, ce fut Paul-Louis, à la lecture de ce papier timbré. Il quitte ses bœufs, sa charrue, et s'en vient courant à Paris, où il trouva tous ses amis non moins surpris de la colère de ce monsieur de Pampelune, et en grand émoi la plupart. Il n'alla point voir Jacquinot,

comme lui conseillaient quelques-uns , ni le substitut
de Jacquinot, qu'on lui recommandait de voir aussi , ni
le président , ni les juges, ni leurs suppléants , ni leurs
clercs, non qu'il ne les crût honnêtes gens et de fort
bonne compagnie , mais c'est qu'il n'avait point envie
de nouvelles connaissances. Il se tint coi ; il attendit, et
bientôt il sut que Jacquinot, ayant dû premièrement faire
approuver son accusation par un tribunal, ne sais quel,
les juges lui avaient rayé l'offense à la personne du Roi et
la provocation d'offense. C'était le meilleur et le plus beau
de son papier *réquisitoire ;* chose fâcheuse pour Pampelune ; bonne affaire pour Paul-Louis, qui en eut la joie
qu'on peut croire, se voyant acquitté par-là de dix ans de
prison sur douze, et néanmoins encore inquiet de ces
deux qui restaient, se fût accommodé à un an avec Jacquinot pour n'en entendre plus parler, s'il n'eût trouvé
Maître Berville, jeune avocat déjà célèbre, qui lui défen-
dit de transiger, se faisant fort de le tirer de là. Votre
cause, lui disait-il, est imperdable de tout point ; il n'y
en eut jamais de pareille, et je défie M. Réglet de faire un
jury qui vous condamne. Où M. Réglet trouvera-t-il
douze individus qui déclarent que vous offensez la morale
en copiant les prédicateurs ? que vous corrompez les
mœurs publiques en blâmant les mœurs corrompues et
la dépravation des cours ? Réglet n'aura jamais douze hommes qui fassent cette déclaration, qui se chargent de cet
opprobre. Allez, bonhomme, laissez-moi faire, et si l'on
vous condamne, je me mets en prison pour vous.

Paul–Louis toutefois doutait un peu. Maître Berville, se disait-il, est dans l'âge où l'on s'imagine que le bon sens et l'équité ont quelque part aux affaires du monde, où l'on ne saurait croire encore

Les hommes assez vils , scélérats et pervers
Pour faire une injustice aux yeux de l'univers. (1)

Or, comme dans cette opinion qu'il a du monde en général, il se trompe visiblement , il pourrait bien se tromper aussi dans son opinion sur le cas particulier dont il s'agit. Ainsi raisonnait Paul-Louis ; et cependant écoutait le jeune homme bien disant, auquel à la fin il s'en remet, lui confiant sa cause imperdable. Il la perdit , comme on va le voir ; il fut condamné tout d'une voix , déclaré coupable du fait et des circonstances par les jurés , choisis , triés , tous gens de bien , propriétaires, ayant, dit-on , *pignon sur rue,* et de probité non suspecte. Mais , par la clémence des juges, il n'a que pour deux mois de prison : cela est un peu différent des douze ans de maître Jacquinot, qui, à ce que l'on dit, en est piqué au vif, et promet de s'en venger sur le premier auteur, ayant quelque talent, qui lui tombera entre les mains. De fait, pour un écrit tel que le *Simple Discours,* goûté aussi généralement et approuvé de tout le monde , on ne pouvait guères en être quitte à meilleur marché aujourd'hui.

(1) Molière.

Ce fut le 28 août dernier, au lieu ordinaire des séances de la Cour d'assises, que la cause appelée, comme on dit au barreau, l'accusé comparut. La salle était pleine. On jugea d'abord un jeune homme qui avait fait quelques sottises, à ce qu'il paraissait du moins, ayant perdu tout son argent dans une maison privilégiée du Gouvernement, avec des femmes protégées, taxées par le Gouvernement, après quoi le Gouvernement accusa Paul-Louis, vigneron, d'offense à la morale publique, pour avoir écrit un discours contre la débauche. Mais il faut conter tout par ordre. On lut l'acte d'accusation, puis le président prit la parole et interrogea Paul-Louis.

Le président. Votre nom ?

Courier. Paul-Louis Courier.

Le président. Votre état ?

Courier. Vigneron.

Le président. Votre âge ?

Courier. Quarante-neuf ans.

Le président. Comment avez-vous pu dire que la noblesse ne devait sa grandeur et son illustration qu'à l'assassinat, la débauche, la prostitution ?

Courier. Voici ce que j'ai dit : Il n'y a pour les nobles qu'un moyen de fortune, et de même pour tous ceux qui ne veulent rien faire ; ce moyen, c'est la prostitution. La cour l'appelle galanterie. J'ai voulu me servir du mot propre, et nommer la chose par son nom.

Le président. Jamais le mot de galanterie n'a eu cette signification. Au reste, si l'histoire a fait quelques reproches à des familles nobles, ils peuvent également s'appliquer aux familles qui n'étaient pas nobles.

Courier. Qu'appelez-vous reproches, M. le président ? Tous les Mémoires du temps vantent cette galanterie, et la noblesse en était fière comme de son plus beau privilége. La noblesse prétendait devoir seule fournir des maîtresses aux princes, et quand Louis XV prit les siennes dans la roture, les femmes titrées se plaignirent.

Le président. Jamais l'histoire n'a fait l'éloge de la prostitution.

Courier. De la galanterie, M. le président, de la galanterie.

Le président. Vous avez employé le mot de prostitution. Vous savez ce que vous dites. Vous êtes un homme instruit. On rend justice à vos talents, à vos rares connaissances.

Courier. J'ai employé ce mot faute d'autre plus précis. Il en faudrait un autre. Car, à dire vrai, cette espèce de prostitution n'est pas celle des femmes publiques. Elle est différente et infiniment pire.

Le président. Comment la souscription pour S. A. R. Mgr. le duc de Bordeaux ne vous a-t-elle inspiré que de pareilles idées ?

Courier. Dans ce que j'ai écrit, il n'y a rien contre la Famille Royale.

Le président. Aussi n'est-ce pas de quoi l'on vous accuse ici.

Courier. C'est qu'on ne l'a pas pu, M. le président. On

eût bien voulu faire admettre cette accusation. Mais il n'y a pas eu moyen. On cherchait un délit plus grave ; on n'a trouvé que ce prétexte d'offense à la morale publique.

Le président. Vous insultez une classe, une partie de la nation.

Courier. Je n'insulte personne. J'ai parlé des ancêtres de la noblesse actuelle, dans laquelle je connais de fort honnêtes gens qui ne vont point à la cour. J'en ai vu à l'armée faire comme les vilains, défendre leur pays. Serait-ce insulter les Romains de dire que leurs aïeux furent des voleurs, des brigands ? Ferais-je tort aux Américains si je les déclarais descendus de malfaiteurs et de gens condamnés à la déportation ? J'ai voulu montrer l'origine des grandes fortunes dans la noblesse, et de la grande propriété.

Le président. Vous avez outragé tout le corps de la noblesse, l'ancienne et la nouvelle, et vous ne respectez pas plus l'une que l'autre.

Courier. Sans m'expliquer là-dessus, je vous ferai remarquer, M. le président, que j'ai spécifié, particularisé la noblesse de race et d'antique origine.

Le président. Eh bien, dans l'ancienne noblesse, il y a des familles sans tache, qui ne doivent rien aux femmes : les Noailles, les Richelieu.....

Courier. Les Richelieu ! Tout le monde sait l'histoire du pavillon d'Hanovre, et de la guerre d'Allemagne. Madame de Pompadour étant premier ministre.....

Le président. Assez; point de personnalités.

Courier. Je réponds à vos questions, M. le président. Sans madame de Maintenon, les Noailles...

Le président. On ne vous demande pas ces détails historiques.

Courier. La prostitution, M. le président; toujours la prostitution.

Le président. Les faveurs de la cour s'obtiennent sur le champ de bataille, par des services....

Courier. Par les femmes, M. le président.

Le président. Votre décoration de la Légion d'Honneur, l'avez-vous donc eue par les femmes?

Courier. Ce n'est pas une faveur, et je n'ai pas fait fortune : il s'agit des fortunes. Je n'ai jamais eu rien de commun avec la cour, et puis je ne suis pas noble.

Le président. Vous avez la noblesse personnelle, vous êtes noble.

Courier. J'en doute, M. le président, permettez-moi de vous le dire; je doute fort que je sois noble. Mais enfin, je veux bien m'en rapporter à vous.

(A chaque réponse de l'accusé il s'élevait dans l'assemblée un murmure qui peu à peu se changeait en applaudissements. L'avocat-général crut devoir mettre ordre à cela, M. le président, dit-il, ce bruit est contraire à la loi.)

Le président. Messieurs, point d'applaudissements. Vous n'êtes pas au spectacle. Je ferai sortir d'ici tous les perturbateurs. — Prévenu, vous avez dit que la cour mangerait Chambord.

Courier. Oui. Qu'y a-t-il en cela qui offense la morale?

Le président. Mais, qu'entendez-vous par la cour ?

Courier. La définir serait difficile. Toutefois je dirai que la cour est composée des courtisans, des gens qui n'ont point d'autre état que de faire valoir leur dévouement, leur soumission respectueuse, leur fidélité inviolable.

Le président. Il n'y a point chez nous de courtisans en titre. La cour, ce sont les généraux, les maréchaux, les hommes qui entourent le roi. Et que veut dire encore : Les prêtres donnent tout à Dieu ? Cela est contre la religion.

Courier. Contre les prêtres tout au plus. Ne confondons point les prêtres avec la religion, comme on veut toujours faire.

Le président. Les prêtres sont désintéressés; ils ne veulent rien que pour les pauvres.

Courier. Oui, le Pape se dit propriétaire de la terre entière. C'est donc pour la donner aux pauvres. Au reste, ce que j'ai écrit n'offense pas même les prêtres ; car il signifie simplement : Les prêtres voudraient que tout fût consacré à Dieu.

Après cet interrogatoire, où le public ne parut pas un seul moment indifférent, l'avocat-général, maître Jean de Broë, prit la parole, ou, pour mieux dire, prit son papier, car il lisait. C'est un homme de petite taille, qui parle des grands magistrats, et assure que la noblesse leur appartient de droit avec ce qui s'ensuit, honneurs et priviléges, d'où l'on peut sans faute conclure que, dans cette affaire, croyant plaider sa propre cause et combattre pour ses foyers, il y aura mis tout son savoir. Il prononça un discours long, et que peu de gens auront lu imprimé dans le *Moniteur*, mais que personne ne comprendrait si on le rapportait ici, tant les pensées en sont obscures, le langage impropre. C'est vraiment une chose étrange à concevoir que cette barbarie d'expression dans les apôtres du grand siècle. Les amis de Louis XIV ne parlent pas sa langue. On entend célébrer Bossuet, Racine, Fénélon en style de Marat, et la cour polie en jargon des antichambres de Fouché. Il y en a chez qui cette bizarrerie passe toute créance; et si je citais une phrase comme celle-ci, par exemple : *Qui profitera d'un bon coup ? Les honnêtes gens ? Laissez donc. Ils sont si bêtes !* vous la croiriez de quelque valet, et des moins *éduqués.* Elle est du marquis de Castelbajac, imprimée sous son nom, dans le *Conservateur.* Ainsi parlent ces gens nés autrement que nous, c'est-à-dire bien nés, qui se rangent à part, avec quelque raison; classe privilégiée, supérieure, distinguée. Voilà leur langage familier. Veulent-ils s'exprimer noblement ? ce ne sont qu'altesses, majestés, excellences, éminences. Ils croient que le style noble est celui du blason. Malheur des courtisans, ne point connaître le peuple, qui est la source de tout bon sens. Ils ne voient en leur vie que des grands et des laquais, leur être se compose de manières et de bassesses.

Je dis donc, revenant à maître de Broë, que pour ceux qui l'emploient,

C'est un homme impayable , et qui par son adresse ,
Eût fait mettre en prison les sept sages de Grèce

comme mauvais sujets , perturbateurs. Sa prose est bonne
pour les jurés, s'ils sont amis de M. Réglet. Mais à moins
de cela , on ne saurait y prendre plaisir. Son discours,
qui d'abord ennuie dans la *Gazette officielle*, assomme
au second paragraphe ; et par cette considération, je renonce à le placer ici, comme je voulais, si je n'eusse
craint d'arrêter tout court mes lecteurs. Car, qui pourrait tenir à ce style : *Un exécrable forfait avait privé la
France d'un de ses meilleurs princes. Un espoir restait
toutefois. Un prodige, une royale naissance, bien plus
miraculeuse que celle dont nos aïeux furent témoins, se
renouvela. Un cri de reconnaissance et d'admiration se
fit entendre. Une antique et auguste habitation avait
fait partie des apanages de la couronne. Une pensée noble se présenta tout à coup, et elle fut répétée ; elle fut
suivie de l'exécution, ce fut à l'amour qu'un appel fut
adressé.*

Ouf! demeurons-en là sur l'appel à l'amour. Si vous ne
dormez pas, cherchez-moi, je vous prie, par plaisir inven-
tez, imaginez quelque chose de plus lourd, de plus maus-
sade et de plus monotone que cette psalmodie de maître
de Broë, par laquelle il exprime pourtant son alégresse.
L'auteur de la brochure n'y a point mis d'alégresse, dit
maître de Broë, qui, pour cette omission, le condamne
à la prison. Lui, de peur d'y manquer, il commence par
là, et d'abord se réjouit.

D'aise on entend sauter la pesante baleine (1).

Mais il a un peu l'air de se réjouir par ordre, par devoir, par état, et on lui dirait presque comme le président disait à Paul–Louis : Sont–ce là les pensées qu'a pu
vous inspirer la royale naissance? Est–ce ainsi que le
cœur parle? une si triste joie, un hymne si lugubre, sont
plus suspects que le silence. Ne poussons pas trop cet
argument, de peur d'embarrasser le pauvre magistrat.
Car il ne faudrait rien pour faire de son alégresse une
belle et bonne offense à la morale publique, et même à
la personne du prince, s'il est vrai

> .... qu'un froid panégyrique
> Déshonore à-la-fois le héros et l'auteur.

Abrégeons son discours, au risque de donner quelque
force à ses raisons, en les présentant réunies. Voici ce
notable discours, brièvement, compendieusement traduit de *baragoin* en français, comme dit Panurge.

Il commence par son commencement. Car on assure
qu'il n'en a qu'un pour toutes les causes de ce genre: le
duc de Berry est mort; le duc de Bordeaux est né. On a
voulu offrir Chambord au jeune prince. Éloge de Chambord et de la souscription.

A cet exorde déjà long, et qui remplirait plusieurs pages, il en fait succéder un autre non moins long, pour
fixer, dit-il, *le terrain*, c'est-à-dire le point de la question, comme on parle communément.

(1) Homère.

Il ne s'agit pas d'un impôt dans la souscription proposée pour l'acquisition de Chambord, et le mot même
indique un acte volontaire. De quoi donc s'avise Paul-
Louis de contrarier la souscription, qui ne l'oblige point,
ne lui coûtera rien? C'est fort mal fait à lui. Cela le
déshonore. *Vous ne voulez pas souscrire? eh bien, ne
souscrivez pas. Qui vous force?* Un moment, de grâce
entendons-nous, M. l'avocat-général. Je ne souscrirai pas,
sans doute, si je ne veux; car je n'ai point d'emploi,
de place qu'on me puisse ôter. Je ne cours aucun risque,
en ne souscrivant pas, d'être *destitué.* Mais je paierai
pourtant, si ma commune souscrit; je paierai malgré
moi, si mon maire veut faire sa cour à mes dépens. Et
quand je dis *doucement: je ne veux pas payer*, vous,
monsieur de Broë, vous criez: *en prison*, ajoutant que je
suis maître, qu'il dépend bien de moi, que la souscription est toute volontaire, que ce n'est pas un impôt.
Comment l'entendez-vous?

Or, cette *pensée noble*, cette *récompense noble*, cette
souscription noble et *libre*, comme on voit, l'auteur entre-
prend de l'arrêter. Il veut empêcher de souscrire les gens
qui en seraient tentés, *paralyser l'élan, glacer l'élan des
cœurs un peu plus généreux que le sien*, tandis que maître
Jean, par de nobles discours, chauffe l'élan des cœurs.
Mais ne le copions pas; j'ai promis de le traduire, et de
l'abréger surtout, afin qu'on puisse le lire.

Voilà l'objet de la brochure. Elle est écrite contre l'*é-
lan,* et on ne saurait s'y méprendre. Puis il y a des ac-

cessoires , des diatribes contre les rois , les prêtres et les
nobles.

Il est vrai que l'auteur ne parle pas des prêtres , ou
n'en dit qu'un seul mot bien simple , et que partout il
loue les princes. Mais ce sont des *parachutes*. Il ne pense
pas ce qu'il dit des princes , et pense ce qu'il ne dit pas
des prêtres.

Deux remarques ensuite : 1°. L'auteur ne s'afflige point
de la mort du duc de Berry , ne se réjouit point de la
naissance du duc de Bordeaux. Il n'a pas dit un mot de
mort ni de naissance. Il n'y a *ni alégresse ni désolation*
dans sa brochure. 2°. L'auteur parle du jeune prince
comme d'un enfant à la mamelle. Il dit *le maillot*, simplement, sans dire l'*auguste maillot*; la *bavette*, et non
pas la *royale bavette*. Il dit, chose horrible, de ce prince ,
qu'un jour *son métier sera de régner*.

Après s'être étendu beaucoup sur tous ces points , maître de Broë déclare enfin qu'il ne s'agit pas de tout cela.
Ce n'est pas là-dessus que porte l'accusation, dit-il. On
n'attaque pas le fond de la brochure, ni même les acces-
soires dont nous venons de parler, mais des propositions
incidentes seulement. Là-dessus il s'écrie: *Voilà le terrain fixé.*

Puis il entame un autre exorde.

Dans les affaires de cette nature , on n'examine que les
passages déterminés suivant la loi par l'acte même d'accusation. Or, il y en a quatre ici.

La loi est fort insuffisante. *Les écrivains sont si adroits,* qu'ils échappent souvent au procureur du roi. Il faut *leur appliquer, d'une manière frappante, la loi* (style de Broë). *La liberté d'écrire jouit de tous ses droits;* elle est libre (Broë tout pur), bien qu'elle aille en prison quelquefois. *Elle enjambe sur la licence* (Broë! Broë!) par l'excessive indulgence des magistrats.

On avait d'abord essayé, dans le premier réquisitoire, d'accuser l'auteur de cet écrit d'offense à la personne du roi. On y a renoncé par réflexion.

Vient enfin l'examen des passages inculpés, dont le premier est celui-ci :

« Car la cour donne tout au prince, comme les prê-
» tres tout à Dieu, et ces domaines, ces apanages,
» ces listes civiles, ces budgets ne sont guères autre-
» ment pour le roi que le revenu des abbayes n'est pour
» Jésus-Christ. Achetez, donnez Chambord, c'est la
» cour qui le mangera, le prince n'en sera ni pis ni
» mieux. »

Les prêtres tout à Dieu! Ah? oui, demandez aux pauvres. Tirade d'éloquence. Les abbayes! Oh! non. Il n'y a plus d'abbayes. Tirade de haut style sur la révolution. De morale, pas un mot, ni des phrases inculpées.

Le second passage est celui-ci :

« Mais à Chambord, qu'apprendra-t-il? Ce que peu-
» vent enseigner et Chambord et la cour. Là, tout est
» plein de ses aïeux. Pour cela précisément je ne l'y
» trouve pas bien ; et j'aimerais mieux qu'il vécût avec
» nous qu'avec ses ancêtres.....»

Maître de Broë n'examine point non plus ce passage, ni ce qu'il peut avoir de contraire à la morale. Il le cite et le laisse là, sans autrement s'en occuper. Mais, dit-il, ensuite de ces phrases, il y en a d'autres horribles. Il ne les lira pas, parce qu'il n'en est point parlé dans l'acte d'accusation. Cependant elles sont horribles. Beau mouvement d'éloquence à propos de ces phrases, dont il n'est pas question et qu'on n'accuse pas. L'auteur, dit maître Jean, représente nos rois, ou du moins quelques-uns, comme ayant mal vécu et donné en leur temps de fort mauvais exemples. Il les peint corrompus, dissolus, pleins de vices, et condamne *leurs déportements* sans avoir égard *aux convenances*. Les tableaux qu'il en fait (non de sa fantaisie, mais d'après les histoires) sont scandaleux d'abord, et en outre *immoraux, licencieux, déshonnêtes*. Le scandale abonde de nos jours, et la brochure y ajoute encore, mettant les vieux scandales à côté des nouveaux. Chapitre le plus long de tous et le meilleur par conséquent, sur la différence qu'il y a de l'historien au pamphlétaire, qu'il appelle aussi libelliste. L'un peut dire la vérité, parce qu'il fait de gros volumes qu'on ne lit pas. L'autre ne doit pas dire vrai, parce qu'on le lit en petit volume. L'auteur de la brochure va vous conter qu'il a copié les historiens, *mensonge, Messieurs, mensonge odieux, aussi dangereux que coupable*. Car l'histoire n'est pas toute dans sa brochure. Il devait copier tout ou rien. Il montre le laid, cache le beau. Louis eut des bâtards, mensonge. Car ce n'est pas le beau de son histoire. Il y

avait bien d'autres choses à vous dire de Louis-le-Grand.
Ne les pas dire toutes, selon maître de Broë, c'est mentir, et de plus, insulter la nation. Qui ne sent, dit-il ?
qui ne sent... Il croit que tout le monde sent cela. Vengez, Messieurs, vengez la nation, la morale.

Outre les historiens, Paul-Louis cite les pères et les
prédicateurs, morts il y a long-temps ; maître de Broë lui
répond par une autorité vivante ; c'est celle de Monseigneur le garde-des-sceaux actuel, dont il rapporte (en
s'inclinant) les propres paroles extraites d'un de ses discours, page 40, sans songer que peut-être ailleurs Monseigneur a dit le contraire.

Et puis l'Écriture et les pères et les sermons de Massillon appartiennent aux honnêtes gens. Les écrivains ne
doivent pas s'en servir pour se justifier. Développement
de cette proposition appliquée à l'auteur d'un roman
condamné, qui osa dernièrement alléguer l'Evangile.

Nota. Que cet épisode sur les horribles phrases dont on
ne parle pas, occupe deux colonnes entières du *Moniteur.*

Troisième passage.

« Sachez qu'il n'y a pas en France une seule famille
» noble, mais je dis noble de race et d'antique origine,
» qui ne doive sa fortune aux femmes ; vous m'entendez.
» Les femmes ont fait les grandes maisons ; ce n'est pas,
» comme vous croyez bien, en cousant les chemises de
» leurs époux, ni en allaitant leurs enfants. Ce que nous
» appelons, nous autres, honnête femme, mère de fa-
» mille, à quoi nous attachons tant de prix, trésor pour

» nous, serait la ruine du courtisan. Que voudriez-vous
» qu'il fît d'une dame *honesta*, sans amant, sans intri-
» gue, qui, sous prétexte de vertu, claquemurée dans
» son ménage, s'attacherait à son mari? Le pauvre homme
» verrait pleuvoir les grâces autour de lui, et n'attrape-
» rait jamais rien. De la fortune des familles nobles, il
» en paraît bien d'autres causes, telles que le pillage,
» les concussions, l'assassinat, les proscriptions, et sur-
» tout les confiscations. Mais qu'on y regarde, et on
» verra qu'aucun de ces moyens n'eût pu être mis en
» œuvre sans la faveur d'un grand, obtenue par quelque
» femme; car, pour piller, il faut avoir commandements,
» gouvernements, qui ne s'obtiennent que par les fem-
» mes; et ce n'était pas tout d'assassiner Jacques Cœur
» ou le maréchal d'Ancre, il fallait, pour avoir leurs
» biens, le bon plaisir, l'agrément du roi, c'est-à-dire
» des femmes qui gouvernaient alors le roi ou son mi-
» nistre. Les dépouilles des huguenots, des frondeurs,
» des traitants, autres faveurs, bienfaits qui coulaient,
» se répandaient par les mêmes canaux aussi purs que
» la source. Bref, comme il n'est, ne fut, ni ne sera
» jamais, pour nous autres vilains, qu'un moyen de for-
» tune, c'est le travail; pour la noblesse non plus il n'y
» en a qu'un, et c'est........, c'est la prostitution, puis-
» qu'il faut, mes amis, l'appeler par son nom. »

Quatrième exorde pour fixer encore le *terrain*.

La charte fait des nobles qui descendent de leurs pères, et d'autres nobles qui ne descendent de personne, et

puis de grands magistrats qui sont nobles aussi. Longue dissertation à la fin de laquelle il déclare qu'il ne s'agit pas de la noblesse, qu'il ne la défend pas.

Mais l'auteur outrage une classe, *une généralité d'individus*. Il offense la morale évidemment. *L'honneur de certaines familles fait partie de la morale*, et l'auteur blesse ces familles, quand il répète mot à mot ce que l'histoire en dit, et qui est imprimé partout. Il blesse la morale ; et le pis c'est qu'il empêche toutes les autres familles d'imiter celles-là, de vivre noblement. Réprimez, Messieurs, réprimez. Oui, punissons, punissons. Ne souffrons pas, ne permettons pas, etc.

Maître Jean, qui appelle toujours l'auteur de la brochure libelliste, et l'associe dans sa réplique, aux écrivains les plus déshonorés en ce genre, ajoute que c'est l'*avidité* qui a fait écrire Paul-Louis, qu'il écrit par *spéculation*, qu'il est fabricant et marchand de libelles diffamatoires ; et quand il disait cela, maître Jean de Broë venait de lire à haute voix une déclaration de l'imprimeur Bobée portant que jamais Paul-Louis n'a tiré nulle rétribution des ouvrages par lui publiés. N'importe, c'est un compte à régler du libelliste à l'imprimeur. Et quoi ? maître Jean, selon vous, rien ne se fait gratis au monde, rien par amour ? tout est payé ? Je vous crois, même les réquisitoires, même le zèle et le dévouement.

Quatrième passage inculpé :

« O vous législateurs nommés par les préfets, pré-
» venez ce malheur (celui du morcellement des grandes

» propriétés) ; faites des lois, empêchez que tout le monde
» ne vive ! ôtez la terre au laboureur et le travail à l'arti-
» san, par de bons priviléges, de bonnes corporations.
» Hâtez-vous ; l'industrie, aux champs comme à la ville,
» envahit tout, chasse partout l'antique et noble bar-
» barie. On vous le dit, on vous le crie : que tardez-vous
» encore ? Qui vous peut retenir ? peuple, patrie, hon-
» neur, lorsque vous voyez là emplois, argent, cordons
» et le baron de Frimont ? »

Il y a ici injure à la nation entière. Car on l'accuse
de se laisser mener par les préfets, et ceux-ci de mener
la nation. Quelle insigne fausseté ! Voyez la médisance !
Accuser la nation d'une si lâche faiblesse, les préfets
d'une telle audace, n'est-ce pas outrager à la fois et la
morale publique et celle des préfets ? Il faut donc venger
la morale, qui est, dit maître de Broë, le patrimoine du
peuple. Oui, que le peuple ait la morale ; c'est son vrai
patrimoine. Cela vaut mieux que des terres ; et vengeons,
punissons. Variations sur cet air : oui, punissons, vengeons.

Pour conclure, maître de Broë prie, dans son patois,
les jurés de réprimer vigoureusement tous ceux qui écrivent en français, et se font lire avec plaisir. Sûr de son
affaire, il s'écrie : *La société* sera satisfaite ! (C'est *la société de Jésus.*)

Tel fut, en substance, le dire de M. l'avocat-général ;
et toutes ses raisons, si longuement déduites que personne, hors les intéressés, n'eut la patience de l'écouter,

furent encore étendues , développées , amplifiées dans le résumé très-prolixe qu'en fit M. le président , où même il ajouta du sien, disant que l'auteur de la brochure écrivait pour encourager la prostitution , et gâter , par ce vilain mot, l'innocence des courtisans. Mais ceci vint ensuite; il s'agit à présent de la belle harangue de maître de Broë.

Ce discours , m'a-t-on dit, n'est pas extraordinaire au barreau, où l'on entend des choses pareilles, chaque jour, en plein tribunal , prononcées avec l'assurance que n'avaient pas les Daguesseau. Nous en sommes surpris , nous à qui cela est nouveau , et concevons malaisément qu'un homme , siégeant, comme on dit, sur les fleurs de lis, sachant lire , un homme ayant reçu l'éducation commune, puisse manquer assez de sens, d'instruction, de goût, pour ne trouver dans ces paroles d'un paysan à un grand prince, *ton métier sera de régner*, qu'une injure, et ne pas sentir que ce mot vulgaire de *métier*, relève , ennoblit l'expression , par cela même qu'il est vulgaire , tellement qu'elle ne serait pas déplacée dans un poème, une composition du genre le plus élevé , une ode à la louange du prince. Si on n'en saurait dire autant des autres termes employés par l'auteur , dans le même endroit, ils ont tous du moins le ton de simplicité naïve convenable au personnage qui parle, et le public ne s'y est pas trompé, souverain juge en ces matières. Personne ayant le sens commun n'a vu là-dedans rien d'offensant pour le jeune prince, auquel il serait à souhaiter qu'on fît entendre ce langage de bonne heure , et toute sa vie. Mais il

ne faut pas l'espérer. Car tous les courtisans sont des Jean
de Broë qui croient ou font semblant de croire qu'on outrage un grand, quand d'abord pour lui parler on ne
se met pas la face dans la boue. Ils ont leurs bonnes
raisons, comme dit la brochure, pour prétendre cela, et
trouvent leur compte à empêcher que jamais front
d'homme n'apparaisse à ceux qu'ils obsèdent. Cependant, il faut l'avouer, quelques-uns peuvent être de
bonne foi, qui, habitués comme tous le sont aux sot-
tes exagérations de la plus épaisse flagornerie, finissent
par croire insultant, tout ce qui est simple et uni ; insolent, tout ce qui n'est pas vil. C'est par là, je crois,
qu'on pourrait excuser maître de Broë. Car il n'était pas
né peut-être avec cette bassesse de sentiments. Mais une
place, une cour à faire.....

> Le même jour qui met un homme libre aux fers
> Lui ravit la moitié de sa vertu première.

Et voilà comme généralement on explique la persécution élevée contre cette brochure, au grand étonnement
des gens les plus sensés du parti même qu'elle attaque.
Répandue dans le public, elle est venue aux mains de
quelques personnages comme Jean de Broë, mais placés
au-dessus et en pouvoir de nuire, qui, aux seuls mots de
métier, de *layette*, de *bavette*, sans examiner autre chose,
aussi incapables d'ailleurs de goût et de discernement,
que d'aucune pensée tant soit peu généreuse, crurent
l'occasion belle pour déployer du zèle, et crièrent outrage
aux personnes sacrées. Mais on se moqua d'eux, il fallut

renoncer à cette accusation. Un duc, homme d'esprit, quoiqu'infatué de son nom, trouva ce pamphlet piquant, le relut plus d'une fois, et dit : Voilà un écrivain qui ne nous flatte point du tout. Mais d'autres ducs ou comtes, et le sieur Siméon, qui ne sont pas gens à rien lire, ayant ouï parler seulement du peu d'étiquette observée dans cette brochure, prirent feu là-dessus, tonnèrent contre l'auteur, comme ce président qui jadis voulut faire pendre un poète pour avoir tutoyé le prince dans ses vers. Si maître Jean a des aïeux, s'il descend de quelqu'un, c'est de ce bon président, *et si vous n'en sortez, vous en devez sortir* (1), maître Jean Broë. Mais qu'est-ce donc que la cour, où des mots comme ceux-là soulèvent, font explosion ? et quelle condition que celle des souverains entourés, dès le berceau, de pareilles gens! Pauvre enfant! O mon fils, né le même jour, que ton sort est plus heureux. Tu entendras le vrai, vivras avec les hommes, tu connaîtras qui t'aime ; ni fourbes, ni flatteurs n'approcheront de toi.

Après l'avocat-général, Me Berville parla pour son client, et dit :

MESSIEURS LES JURÉS,

Si, revêtus du ministère de la parole sacrée, vous veniez annoncer aux hommes les vérités de la morale, on ne vous verrait point, sans doute, timides censeurs, faciles moralistes, composer avec la corruption et dégrader; par des ménagements prévaricateurs, votre auguste ca-

(1) Boileau.

ractère. Vous sauriez vous armer, pour remplir vos devoirs, d'indépendance et d'austérité. La haine du vice ne
se cacherait point sous les frivoles délicatesses d'un langage adulateur; vos paroles, animées d'une vertueuse
énergie, lanceraient tour à tour sur les hommes dépra-
vés les foudres de l'indignation et les traits pénétrants du
sarcasme. Vous n'iriez point contrister le pauvre, alarmer
la conscience du faible, et baisser, devant le vice puissant, un œil indignement respectueux; mais votre voix
généreuse autant que sévère, flétrirait jusque sous la
pourpre, les bassesses de la flatterie et de la corruption des cours. Faudrait-il vous applaudir ou vous plaindre? Je sais quel prix vous serait dû : sais-je quel prix
vous serait réservé! Seriez-vous offerts à l'estime publique
en apôtres des mœurs, de la vérité? Seriez-vous traduits
en criminels devant la cour d'assises?

Qu'a fait de plus l'auteur que je défends? A l'exemple des écrivains les plus austères, il a opposé aux vices
brillants des cours la simplicité des vertus rustiques; on
a pris contre lui la défense des cours : il s'est indigné
contre des scandales; on s'est scandalisé de son indignation : il a plaidé la cause de la morale publiquement outragée; on l'accuse d'avoir outragé la morale publique.

Je ne dois point vous dissimuler, Messieurs les Jurés,
l'embarras extrême que j'ai éprouvé lorsqu'il s'est agi de
préparer la défense de cette cause. Ordinairement, l'expérience des doctrines du ministère public, que nous
partageons rarement, mais que du moins nous avons ap-

I.   14

pris à connaître, nous permet de prévoir, en quelque façon, le système de l'accusation, d'en démêler l'erreur et
de méditer nos réponses. Ici, je l'avoue, j'ai vainement
cherché à deviner le système du ministère accusateur; il
m'a été impossible de concevoir par quels arguments, je
ne dis pas raisonnables, mais du moins soutenables, on
pourrait trouver dans les pages incriminées un délit *d'outrage à la morale publique ;* et l'accusation doit à l'excès
même de son absurdité, l'avantage de surprendre son adversaire et de le trouver désarmé.

Soyons juste, toutefois, et, après avoir écouté l'orateur du ministère public, reconnaissons que l'embarras
de l'accusation a dû surpasser encore l'embarras de la défense. Vous en pouvez juger par le soin avec lequel on a
constamment évité d'aborder la question. Vous aviez imaginé, sans doute, que, dans une accusation *d'outrage à la
morale publique,* on allait commencer par définir *la
morale publique ;* et puis expliquer comment l'auteur l'a-
vait outragée. Point du tout. Vous avez entendu de nombreux mouvements oratoires ; d'éloquentes amplifications
sur le clergé, sur la noblesse, sur François Ier, sur
Louis XIV, sur le duc de Bordeaux, sur Chambord ; des
personnalités amères (et beaucoup trop amères) contre
l'écrivain inculpé.... mais de la *morale publique ,* pas un
mot : tout se trouve traité dans le réquisitoire du ministère accusateur, hormis l'accusation.

Ainsi, je me félicitais d'avoir enfin à défendre, en matière de délits de la presse, une cause étrangère à la poli-

tique.«Du moins, me disais-je, je ne serai plus condamné à traiter ces questions si délicates, que l'on n'aborde qu'avec inquiétude, que l'on ne discute jamais avec une entière liberté. Je n'aurai plus à redouter dans mes juges la dissidence des opinions, l'influence des préventions politiques. Tout le monde est d'accord sur les principes de la morale; nous parlerons, le ministère public et moi, un langage commun, que toutes les opinions pourront comprendre et juger......

Et voilà qu'on nous fait une morale politique! Voilà qu'on s'efforce encore, dans une cause où la politique n'a rien à démêler, de parler aux passions politiques! On commence par reprocher à M. Courier d'avoir dit irrespectueusement, en parlant du duc de Bordeaux, que *son* MÉTIER *est de régner un jour* , et d'avoir employé d'autres expressions également familières, sans songer que c'est un villageois que l'auteur a mis en scène, et que le langage d'un villageois ne peut pas être celui d'un académicien! On lui impute à crime d'*avoir traité un pareil sujet sans dire un seul mot de l'auguste naissance du jeune prince;* de sorte que désormais les écrivains devront répondre à la justice, non-seulement de ce qu'ils auront dit, mais encore de ce qu'ils n'auront pas dit! Enfin, par une réflexion un peu tardive, on reconnaît que ce n'est pas là l'objet de l'accusation; et cependant on a cru pouvoir se permettre d'en faire un sujet d'accusation!

Vous le voyez, Messieurs les Jurés, la marche incertaine de l'accusation trahit à chaque pas sa faiblesse et sa nullité. Aux définitions, qu'on n'ose donner, on substitue les lieux-communs oratoires ; à défaut de la raison qu'on ne peut convaincre, on cherche à soulever les passions ; au délit de la loi, qu'on ne peut établir, on s'efforce de substituer le délit d'opinion.

Ce n'est point ainsi que procédera la défense ; tout, chez elle, sera clair et précis. Mais avant d'aborder la discussion relative à l'écrit, qu'il nous soit permis de rappeler les considérations personnelles à l'écrivain. Ces considérations ne sont pas indifférentes. Dans les délits purement politiques, la criminalité peut, jusqu'à certain point, être indépendante du caractère de l'auteur : la passion, l'erreur, le préjugé peuvent faire d'un honnête homme, un citoyen coupable : mais l'auteur d'un *outrage à la morale publique* est nécessairement un homme immoral : il y a incompatibilité entre la moralité de la conduite et l'immoralité des principes, et justifier l'auteur, c'est déjà justifier l'ouvrage.

Paul-Louis Courier, l'un de nos savants les plus estimés et de nos plus spirituels écrivains, entra, au sortir de ses études, dans le corps du génie militaire. Officier d'artillerie, distingué par ses talents, il pouvait fournir une carrière brillante ; mais lorsqu'il vit le chef de l'armée envahir le pouvoir et dévorer la liberté, il refusa de servir la tyrannie, il s'éloigna. Retiré à la campagne, il partagea ses journées entre les utiles travaux de l'agriculture et les nobles travaux des lettres et des arts. Gendre d'un helléniste célèbre (1), il marcha sur ses traces avec honneur ; nous devons à ses recherches le complément de l'un des précieux monuments de la littérature ancienne : l'ouvrage de Longus offrait une lacune importante. M. Courier, dans un manuscrit vainement exploré par d'autres mains, découvrit le passage jusqu'alors inconnu, et donna un nouveau prix à sa découverte par l'habileté avec laquelle, imitant le vieux style et les grâces naïves d'Amyot, il compléta la traduction en même temps que l'original. Ce succès eut pour lui des suites assez fâcheuses : par un bizarre effet de la fatalité qui semble le poursuivre, l'auteur qu'on accuse aujourd'hui pour un écrit moral, fut alors persécuté à l'occasion d'un *roman pastoral*. Sa fermeté triompha de la persécution. Depuis ce temps, retiré à la campagne, cultivateur laborieux, père, époux, citoyen estimable, il a constamment vécu loin de la capitale, étranger aux partis, quelquefois persécuté, jamais persécuteur ; refusant, pour garder son indépendance, les places qu'on lui offrit plus d'une fois ; se délassant, par l'étude des lettres, de ses travaux agricoles, et ne tirant aucun profit de ses ouvrages, que les applaudissements du public et l'estime des juges éclairés. C'est là qu'il s'occupait encore d'un nouveau travail, honorable pour sa patrie, lorsqu'une accusation, bien imprévue sans doute, est venue l'arracher à ses études, à ses champs, à sa famille : étrange récompense des hommes qui font la gloire de leur pays !

(1) M. Clavier, de l'institut.

Voilà l'écrivain *immoral* que l'on traduit devant vous !
voilà le *libelliste* qu'on signale à votre indignation ! Certes,
il conviendrait que l'accusation y regardât à deux fois ,
avant de s'attaquer à de tels hommes.

Par quelle inconcevable fatalité tout ce qu'il y a de plus
honorable dans la littérature française, semble-t-il successivement appelé à siéger sur le banc des accusés ? Tour-
à-tour le spirituel rédacteur de la correspondance admi-
nistrative et l'ingénieux *Ermite de la Chaussée-d'Antin,*
l'auteur des *deux Gendres* et l'auteur des *Délateurs ,* ont
porté sur ce banc leurs lauriers ; les Bergasse et les La-
cretelle leurs cheveux blancs , l'archevêque de Malines
sa toge épiscopale, le peintre de Marius ses longues in-
fortunes. La Cour d'assises semble être devenue une suc-
cursale de l'Académie française....... Messieurs , cette
exhubérance de poursuites, cette succession d'attaques ,
non pas contre d'obscurs pamphlétaires , mais contre les
plus distingués de nos écrivains ; cette guerre déclarée
par le ministère public à la partie la plus éclairée de la
nation française, révèle nécessairement une erreur fondamentale dans les doctrines de l'accusation. Lorsqu'en
dépit des persécutions, des emprisonnements , des amen-
des , les meilleurs esprits s'obstinent à comprendre la loi ,
à user de la loi dans un sens opposé au pouvoir qui les
accuse, il est évident que ce pouvoir entend mal la loi ,
et se fait illusion par un faux système. Cette erreur,
involontaire sans doute , le ministère public nous saura
gré de la lui signaler. Elle consiste à considérer comme

coupable, non ce qui est qualifié délit par la loi, mais ce qui déplaît aux organes de l'accusation ; sans réfléchir que la liberté de la presse n'est pas la liberté de dire ce qui plaît au pouvoir, mais ce qui peut lui déplaire. Une proposition nous blesse ; nous commençons par poser en principe qu'il faut mettre l'auteur en jugement. En-suite, comme pour mettre un homme en jugement, il faut bien s'appuyer sur un texte de loi, nous cherchons dans la loi pénale quelque texte qui puisse, tant bien que mal, s'ajuster à l'écrit en question. Les uns sont trop précis ; il n'y a pas moyen d'en faire usage : d'autres sont rédigés d'une manière plus vague, et par conséquent plus élasti-que ; on s'en empare, et c'est ainsi que, dans les procès de la presse, nous voyons revenir sans cesse ces accusa-tions banales *d'attaque contre l'autorité constitution-nelle du Roi et des Chambres, de provocation à la déso-béissance aux lois, d'outrages à la morale publique.*

Voilà précisément ce qui est arrivé dans le procès de M. Courier. On ne l'accusait pas seulement, dans le prin-cipe, *d'outrage à la morale publique :* d'autres textes avaient été essayés : mais leur rédaction, trop précise, n'a pas permis de s'en servir ; il a fallu les abandonner. L'*ou-trage à la morale publique* est resté seul, parce que le sens de ces termes, fixé, à la vérité, aux yeux des juris-consultes, offre pourtant, aux personnes qui n'ont point étudié la législation, une sorte de latitude et d'arbitraire dont l'accusation peut profiter.

Aussi, remarquez avec quel soin l'accusation a évité

de définir la *morale publique*. En bonne logique, pourtant, c'est par cette définition qu'elle aurait dû commencer : la première chose à faire, quand on signale un délit, c'est d'expliquer en quoi consiste ce délit: et c'est la première chose que l'accusation ait oubliée ! Cela s'explique facilement: son intérêt est d'éluder les définitions, afin que le vague qui peut exister dans les termes de la loi favorise l'extension illimitée qu'elle cherche à leur donner. Nous, dont l'intérêt, au contraire, est de tout éclaircir, nous suivrons une marche opposée, et nous nous demanderons, avant d'entrer dans la discussion, ce que la loi entend par le délit d'*outrage à la morale publique*.

Pourquoi lisons-nous dans la loi ces mots : *outrage à la morale* PUBLIQUE? Pourquoi le législateur n'a-t-il pas dit simplement : *les outrages à la morale?* Que signifie cette épithète (*publique*) qu'il a cru devoir ajouter?

Messieurs, il faut le reconnaître : ces expressions sont un avertissement donné par le législateur aux fonctionnaires chargés de poursuivre les délits; un avertissement de ne point intenter d'accusations téméraires, de ne point faire du code pénal, le vengeur de leurs doctrines personnelles, de ne point voir une infraction dans ce qui pourrait contrarier leurs opinions *particulières*. La morale du législateur n'est point la morale d'un homme, d'une secte, d'une école : c'est cette morale absolue, universelle, immuable, contemporaine de la société elle-même, toujours constante au milieu des vicissitudes so-

ciales, émanée de la Divinité, et supérieure à toutes
les opinons humaines; qui n'est point de réflexion mais
de sentiment, point de raisonnement mais d'inspiration;
qu'on ne trouve point autre à Paris, autre à Philadelphie.
C'est cette morale qui sanctionne la foi des engagements,
consacre la couche conjugale, unit par un lien sacré
les pères et les enfants; c'est elle qui flétrit le mensonge,
le larcin, le meurtre, l'impudicité : c'est celle-là seule
qui prend le nom de morale *publique,* parce que, fondée
sur l'assentiment de tous les hommes, elle a son témoignage, sa garantie dans la conscience *publique.*

Quel est donc l'écrivain qui outrage la morale publique ? C'est celui qui ose mentir à l'honnêteté naturelle, à
la conscience universelle; celui dont le langage soulève
dans tous les cœurs le mépris et l'indignation. N'allez
point chercher ailleurs les caractères d'un tel délit. Ici,
toute argumentation est vaine : le cri de la conscience outragée, voilà le témoignage que l'accusation doit invo-
quer; c'est la voix du genre humain qui doit prononcer la
condamnation.

Si l'écrit qui vous est déféré outrageait en effet la morale publique, vous n'eussiez point supporté de sang-froid
la lecture des passages inculpés. Vos murmures auraient
à l'instant même révélé votre horreur et votre indignation :
un cri de réprobation se serait élevé parmi vous : vos regards se seraient détournés avec dégoût de l'auteur immoral, et votre conscience n'aurait pas attendu pour se
soulever les syllogismes d'un orateur.

Est-ce là, j'ose vous le demander, l'impression qu'a produite sur vos esprits la lecture de l'ouvrage? Avez-vous ressenti du dégoût, de l'indignation? de l'horreur excitée par l'écrit, avez-vous passé au mépris pour l'auteur? Non, je ne crains pas de le proclamer devant vous-mêmes; non, telle n'est point l'impression que vous avez éprouvée. Je pose en fait qu'il n'est point dans cette enceinte un seul homme, je n'en excepte pas même l'orateur de l'accusation, qui, au sortir de cette audience, refusât de se trouver dans le même salon avec l'écrivain qu'on accuse; qui n'y conduisît ses enfants; qui ne s'honorât d'une telle société. Condamnez maintenant l'écrivain immoral et scandaleux!

Non, ce n'est pas contre des écrits tels que celui qui nous occupe qu'est dirigée la sévérité des lois. Les lois ont voulu frapper ces auteurs infâmes qui se jouent de ce qu'il y a de plus sacré, et dont les pages révoltantes font frémir à-la-fois la pudeur et la nature. C'est contre ces écrits monstrueux que le législateur s'est armé d'une juste rigueur; c'est contre eux qu'il a voulu donner des garanties à la société; et qu'il me soit permis de m'étonner que ses intentions aient pu être méconnues au point de traduire un père de famille estimable, un écrivain distingué, un citoyen honorable, sur le banc préparé pour les de Sades et pour les Arétins.

C'est en vain que dans un discours travaillé avec un art digne d'une meilleure cause, on a cherché à vous faire illusion sur vos propres impressions, à déguiser sous l'é-

clat des ornements oratoires, la nullité de l'accusation.
Que signifient, dans une accusation d'*outrage à la morale
publique,* ces argumentations, ces insinuations artifi-
cieuses, ces inductions subtiles, ces déclamations éloquentes? Quoi! la morale publique est outragée, et il
faut que le ministère public vous en fasse apercevoir !
Quoi! la morale publique est outragée, et il faut que
l'élégante indignation d'un orateur vienne vous avertir de
vous indigner! Ah! la discussion du ministère public
prouve du moins une chose, c'est que, puisqu'il est besoin de discuter pour établir l'outrage à la morale publique, il n'existe point d'outrage à la morale publique.

Toutefois, examinons cette discussion elle-même, et
puisqu'on vous a parlé du caractère général de l'ouvrage
et du caractère particulier des passages attaqués, suivons
l'accusation dans la double carrière qu'elle s'est tracée.

Considéré dans son caractère-général, l'écrit de M.
Courier est, je ne crains pas d'en convenir, une critique
de la souscription de Chambord. L'acquisition de ce domaine lui paraît *une mauvaise affaire* pour le prince,
pour le pays, pour Chambord même.

Pour le prince : Ce n'est pas lui qui en profitera ; ce
seront les courtisans : ce sacrifice imposé aux communes,
en son nom, affaiblira l'affection dont il a besoin pour
régner : enfin, le séjour de Chambord, plein de souvenirs funestes pour les mœurs, pourra corrompre sa jeunesse.

Pour le pays : La cour viendra l'habiter ; les fortunes

des habitants, leur innocence, pourront souffrir de ce
dangereux voisinage.

Pour Chambord : Douze mille arpents de terre rendus
à la culture, vaudraient mieux que douze mille arpents
consacrés à un parc de luxe.

Certes, il serait difficile de trouver dans ces idées géné-
rales rien de contraire à la morale publique. La dernière
est une vue d'économie politique, que je crois très-juste,
et qui, dans tous les cas, n'a rien à démêler avec la morale ; les deux premières, sont, au contraire, conformes
aux principes de la morale la plus pure.

En conséquence de ses réflexions, M. Courier blâme
l'opération de Chambord : il la croit inspirée moins par
l'amour du prince et de son auguste famille, que par la
flatterie et par des vues d'intérêt personnel. A cette occasion, il s'élève, au nom de la morale, contre l'esprit d'a-
dulation et contre la licence des cours.

Et ce qu'il y a de remarquable, c'est que les considérations présentées par M. Courier contre la souscription
de Chambord se retrouvent, en grande partie, dans le
rapport soumis à S. M. par le ministre de l'intérieur (1).

M. Courier craint que ce présent ne soit plus onéreux
que profitable au jeune prince. — Le ministre avait dit
« qu'on a exprimé le désir de la conservation de Cham-
» bord *sans songer à ce qu'elle coûtera de réparations*
» *foncières et d'entretien, à toutes les dépenses* qu'exige-
» ront son ameublement et son habitation. »

(1) Voir le *Journal de Paris*, du 31 décembre 1820.

M. Courier se demande si ce sont les communes qui ont conçu la pensée d'acheter Chambord pour le prince. « Non pas, répond-il, les nôtres, que je sache, de ce » côté-ci de la Loire; mais celles-là peut-être qui ont » logé deux fois les cosaques.... Là, naturellement, on » s'occupe d'acheter des châteaux pour les princes, et » puis on songe à refaire son toit et ses foyers. » Le ministre avait dit, presque dans les mêmes termes : « Les » conseils qui ont voté l'acquisition de Chambord n'ont » point été arrêtés *par les embarras de finances qu'é-* » *prouvent* PRESQUE TOUTES *les communes*, les unes » *épuisées* par la suite DES GUERRES , PAR L'INVASION » ET LONG SÉJOUR DES ÉTRANGERS; les autres apauvries » par *les fléaux du ciel, la grêle, les gelées, les inonda-* » *tions, les incendies;* obligées *la plupart* de recourir *à* » *des impositions extraordinaires* pour acquitter LES » CHARGES COURANTES DE LEURS DETTES. Dans d'autres » circonstances, l'administration devrait examiner pour » chaque commune *si les moyens répondent à son* » *zèle.* »

« Nous allons, dit M. Courier, nous gêner et augmen- » ter nos dettes pour lui donner (au prince) une chose » DONT IL N'A PAS BESOIN. »

» Il n'appartiendrait qu'à V. M. , avait dit le ministre, » de refuser, au nom de son auguste pupille , un présent » DONT IL N'A PAS BESOIN. *Assez de châteaux seront un* » *jour à sa disposition*, et ce sont les Chambres qui au- » ront à composer, au nom de la nation, son apanage. »

M. Courier paraît craindre que les offrandes ne soient pas toujours suffisamment libres et spontanées. Le ministre avait conçu les mêmes craintes : « Le don du pauvre, » avait-il dit, mérite d'être accueilli comme le tribut du » riche, *mais il ne faut pas le demander*. IL SERAIT A » CRAINDRE qu'on ne vît une sorte de CONTRAINTE dans » une invitation solennelle venue de si haut, AU NOM » D'UNE RÉUNION DE PERSONNAGES IMPORTANTS qui s'oc- » cuperaient à donner une si vive impulsion à tous les » administrés. Des dons qui ne sont acceptables que parce » qu'ils sont spontanés, *paraîtraient peut-être comman-* » *dés par des considérations* qui doivent être étrangères » à des sentiments dont l'expression n'aura plus de mé- » rite, si elle n'est entièrement libre. »

En critiquant l'acquisition de Chambord, M. Courier n'a donc rien dit qui ne soit permis, qui ne soit plausible, qui ne soit conforme aux observations du ministre lui-même.

— *N'importe : il a voulu arrêter l'élan généreux des Français ; il a voulu s'opposer à l'alégresse publique...*

Quoi donc, blâmer un témoignage d'alégresse inconvenant ou intéressé, est-ce blâmer l'alégresse elle-même? Parce qu'un nom sacré aura servi de voile à un acte imprudent ou blâmable, cet acte deviendra-t-il également sacré? Pour moi, s'il faut le dire, je crois qu'il était beaucoup d'autres manières plus convenables d'honorer la naissance du duc de Bordeaux. Je ne parle point ici de ces bruits trop fâcheux qui se sont repandus sur l'origine de cette souscription et sur les moyens employés pour faire souscrire : je ne veux ni les écouter, ni les répéter. Mais ces dons d'argent, de terres, de châteaux, adressés à l'héritier d'un trône, ces présents qu'on fait offrir au riche par le pauvre, par des communes épuisées, au neveu d'un roi de France, s'accordent mal dans mon esprit avec la délicatesse qui doit présider aux hommages rendus par des Français à leurs princes. Je ne puis, d'ailleurs, oublier que naguères on faisait offrir aussi, par les communes, des adresses, des chevaux, des soldats, à l'homme qui avait usurpé la liberté publique, et j'aurais désiré, je l'avoue, que l'héritier d'un pouvoir légitime fût honoré d'une autre manière que le ravisseur d'un pouvoir absolu.

Croyez-moi, Messieurs, il est pour les princes des hommages plus délicats et plus purs, que l'adulation ne saurait contrefaire, et que la tyrannie ne saurait usurper. Ce sont ces pleurs d'alégresse qu'on verse à leur aspect, ces vœux d'un peuple accouru sur leur passage; ce sont les joies du pauvre, les actions de grâces du laboureur, les bénédictions des mères de famille. Voilà les hommages que le peuple français rendait à Henri IV; voilà ceux que ses descendants vous demandent, et non ces tributs mendiés, qu'on ne refusa jamais à la puissance. Les princes français ne ressemblent point à ces despotes de l'Orient que la prière n'ose aborder qu'un présent à la main, et loin d'obliger la pauvreté à doter leur opulence, ils consacrent leur opulence à soulager la pauvreté.

M. Courier a donc pu , non seulement sans être coupable , mais sans manquer aux convenances les plus sévères , voir, dans la souscripition de Chambord , un acte
de flatterie ou une spéculation intéressée. Il a pu blâmer
cet hommage indiscret et suspect , qui compromet , sous
prétexte de l'honorer , tout ce qu'il y a de plus élevé et de
plus respectable ; et celui-là peut-être avait quelque droit
de s'élever contre la flatterie , qui , sous aucun pouvoir,
ne fut aperçu parmi les flatteurs.

Si l'esprit général de l'ouvrage est irréprochable , les
détails en sont-ils criminels ? Examinons les passages sur
lesquels le ministère public a fondé son accusation.

Maintenant que nous avons fait connaître l'idée que la
loi attache à l'expression *de morale publique* , vous aurez
peine peut-être à vous empêcher de sourire, en écoutant
la lecture de ces passages. La plupart ont si peu de rap-
.port à la morale publique , qu'on se demande par quel
étrange renversement des notions les plus communes ,
l'accusation a pu rapprocher deux idées d'une nature si
différente.

Ainsi , M. Courier veut prouver que le don de Chambord ne profitera pas au prince , mais aux courtisans.
Après une sortie assez vive contre les flatteurs, il cite le trait
de ce courtisan qui disait au prince , son élève, *tout ce
peuple est à vous ;* puis il ajoute: « Ce qui , dans la langue
» des courtisans , voulait dire : tout est pour nous. *Car la
» cour donne tout aux prince comme les prêtres donnent
» tout à Dieu ; et ces domaines , ces apanages , ces listes*

» *civiles, ces budgets, ne sont guères autrement pour le*
» *Roi que le revenu des abbayes n'est pour Jésus-Christ.*
» *Achetez, donnez Chambord: c'est la cour qui le man-*
» *gera; le prince n'en sera ni pis ni mieux.* »

N'est-il pas déplorable que l'on soit réduit à justifier devant les tribunaux un pareil langage! Quoi désormais on ne pourra plus dire, sans se faire une affaire avec la justice, que les courtisans font souvent servir l'auguste nom du prince, les prêtres le nom sacré de Dieu à leur intérêt personnel! Quoi! cette vérité de morale, devenue triviale à force d'application, va devenir un délit digne de la prison! *Mais vous outragez les prêtres!* Mais il ne s'agit point d'outrages aux prêtres; vous m'accusez d'outrages à la morale publique; prouvez que j'ai outragé la morale publique. *Mais outrager une généralité d'individus, c'est outrager la morale publique.* Vraiment? A ce compte, je plains nos auteurs comiques. Désormais il ne leur sera plus permis de dire, sous peine d'amende, que les médecins tuent leurs malades, que les cabaretiers sont fripons, que les femmes sont indiscrètes, et (puisqu'enfin il faut s'exécuter) que les avocats sont bavards. Au surplus, qu'a dit l'auteur à l'égard du clergé, que le respectable abbé Fleury, que Massillon, que tant d'autres écrivains non moins graves, n'aient dit avant lui et n'aient dit quelquefois d'une manière beaucoup plus sévère? - *Mais c'est calomnier le malheur.* Le malheur? Vous oubliez que le clergé figure pour vingt-cinq millions au budget de l'état. Ce sont sans doute, des fonds très bien

I.   15

employés ; nous ne le contestons pas: mais lorsque cet emploi existe , ne venez donc pas nous parler de *malheur*, même pour en tirer un effet d'éloquence. Laissons-là les lieux-communs oratoires , et revenons toujours à l'unique question du procès : ai-je outragé la morale publique ? ai-je fait l'apologie du vice? ai-je attaqué les bases de nos devoirs ?

Je viens au second passage : « Ah! dit M. Courier, si
» au lieu de Chambord pour le duc de Bordeaux, on
» nous parlait de payer sa pension au collége (et plût à
» Dieu qu'il fût en âge et que je pusse l'y voir de mes
» yeux), s'il était question de cela, de bon cœur j'y
» consentirais et voterais ce qu'on voudrait , dût-il m'en
» coûter ma meilleure coupe de sainfoin..... *Mais à*
» *Chambord , qu'apprendra-t-il ? Ce que peuvent en-*
» *seigner Chambord et la cour. Là, tout est plein de ses*
» *aïeux ; pour cela précisément , je ne l'y trouve pas*
» *bien, et j'aimerais mieux qu'il vécût avec nous qu'avec*
» *ses ancêtres.* »

Il faut assurément être doué d'une admirable sagacité pour découvrir dans ces paroles un outrage à la morale publique. Pour moi, je l'avoue, j'aurais cru , dans ma simplicité, qu'ici l'auteur, loin d'offenser la morale , parlait en bon et sage moraliste. Oh ! s'il était venu nous vanter les mœurs des cours, nous les offrir en exemple, nous inviter à les imiter, je conçois qu'alors on pourrait l'accuser d'avoir outragé la morale; mais il a fait précisément le contraire. Ces mœurs dissolues, scandaleuses, il les a

censurées; ll a voulu arracher un jeune prince à leur contagion; et c'est lui, c'est le défenseur des mœurs, que vous
accusez d'avoir offensé les mœurs ! et c'est au censeur des
cours que vous venez reprocher l'immoralité de ses doctrines !

Ah ! si c'est un crime à vos yeux de médire de la cour,
faites donc le procès à tout ce que la France compte d'é-
crivains célèbres. Condamnez l'immortel auteur de l'*Esprit des lois*. Que direz-vous en effet des couleurs dont il
ose tracer le tableau des cours ? « L'ambition dans l'oisi-
» veté, la bassesse dans l'orgueil, *le désir de s'enrichir*
» *sans travail*, l'aversion pour la vérité; *la flatterie*, la
» trahison, la perfidie, l'abandon de tous ses engage-
» ments, le mépris des devoirs du citoyen, *la crainte de*
» *la vertu du prince*, l'ESPÉRANCE DE SES FAIBLESSES, et
» plus que tout cela *le ridicule perpétuel jeté sur la vertu*,
» forment, je crois, le caractère du plus grand nombre
» des courtisans, marqué *dans tous les lieux* et *dans*
» *tous les temps*. »

Mais peut-être récusera-t-on l'autorité de Montesquieu,
c'est un auteur profane, c'est un philosophe..... Eh bien!
écoutons un père de l'église; écoutons Massillon : « Que
» de bassesses pour parvenir! Il faut paraître, non pas
» tel qu'on est, mais tel qu'on nous souhaite. Bassesse
» d'adulation, on encense et on adore l'idole qu'on mé-
» prise: bassesse de lâcheté, il faut savoir essuyer des
» dégoûts, dévorer des rebuts, et les recevoir presque
» comme des grâces; bassesse de dissimulation, point

» de sentiments à soi, et ne penser que d'après les autres ;
» bassesse *de déréglement, devenir les complices et peut-*
» *être les* MINISTRES *des passions de ceux de qui nous dé-*
» *pendons.....* Ce n'est point là une peinture imaginée ;
» *ce sont les mœurs des Cours*, ET L'HISTOIRE DE LA PLU-
» PART DE CEUX QUI Y VIVENT..... »

«..... Le peuple regarde comme un bon air de marcher
» sur vos traces ; la ville croit se faire honneur en prenant
» tout le mauvais de la cour ; *vos mœurs forment un poi-*
» *son* qui gagne les peuples et les provinces, qui infecte
» tous les états, *qui change les mœurs publiques*, qui
» donne *à la licence* un air de noblesse et de bon goût,
» et qui substitue à la simplicité de nos pères et à l'inno-
» cence des mœurs anciennes la nouveauté de vos plai-
» sirs, de votre luxe, de vos profusions *et de vos indé-*
» *cences profanes.* (C'est-là précisément ce qu'a dit M.
» Courier.) Ainsi, c'est de vous que passent jusque dans
» le peuple les modes immodestes, la vanité des parures,
» les artifices qui déshonorent un visage où la pudeur
» toute seule devait être peinte, la fureur des jeux, *la fa-*
» *cilité des mœurs, la licence des entretiens, la liberté*
» *des passions* ET TOUTE LA CORRUPTION DE NOS SIÈCLES. »

Messieurs, c'était aussi pour conserver l'innocence d'un
prince enfant, du dernier rejeton d'une race royale, que
Massillon élevait sa voix éloquente. Il est triste de penser
que si Massillon vivait encore, il se verrait probablement
traduit sur les bancs d'une cour d'assises !....

Au surplus, ce n'est point une assertion sèche et dé-

nuée de preuves que l'auteur vous présente. Il ne s'est pas
borné à censurer les mœurs de la cour : il a justifié sa
censure par des faits ; sa critique n'est que la conséquence
forcée de ces faits ; avant d'attaquer la conséquence ,
prouvez que les faits sont controuvés.

Voici la triple alternative que je présente à l'accusation.
Ou vous niez , lui dirai–je , les faits rapportés dans l'écrit ;
et alors , les monuments historiques sont là pour vous
confondre : ou vous les avouez , mais vous en faites l'apologie ; et alors, c'est vous-même qui outragez la morale
publique : ou vous les avouez et les condamnez , et vous
prétendez cependant que j'aurais dû les taire , parce que
les coupables ont siégé sur le trône ou près du trône ; et
alors, c'est encore au nom de la morale publique que je
repousse cette doctrine honteuse. Quoi ! des désordres
coupables auront été commis, et l'histoire , l'institutrice
des peuples et des rois, devra garder le silence ! Quoi l'a-
dultère aura souillé les palais , et vous commanderez,
au nom des mœurs, respect pour l'adultère ! il y aura
des vices privilégiés ! Des scandales auront un brevet
d'impunité , et si , à l'aspect des mœurs outragées , je
laisse éclater mon indignation , c'est mon indignation
qui sera criminelle ; c'est moi qui aurai outragé les mœurs !

Messieurs, l'Egypte honorait ses rois, mais elle jugeait leur cendre , et le jugement des morts était la leçon
des vivants et de la postérité.

Que signifie cette distinction qu'on s'est efforcé d'établir entre l'histoire et d'autres écrits ! La vérité a-t-elle ,

pour se montrer, des formes privilégiées! Existe-t-il un genre d'ouvrages dans lesquels la vérité soit criminelle?

C'est, il faut le dire, c'est la première fois qu'on voit un écrivain traduit devant les tribunaux pour avoir rapporté des faits dont on ne conteste point la sincérité! C'est la première fois que l'accusation vient nous tenir cet étrange langage : *Cela est vrai; mais vous ne deviez pas le dire.* Nous avons vu incriminer des doctrines, condamner des opinions; il nous restait à voir accuser des souvenirs historiques; il nous manquait de voir traîner la vérité devant la cour d'assises!

C'est, dites-vous, *attenter à la gloire nationale, c'est dépouiller la nation de son plus riche patrimoine.*

Ce ne serait plus alors qu'une simple question d'amour propre national, et non plus une question de morale publique.

Mais est-ce donc flétrir la nation que de flétrir les vices de quelques hommes dont les noms figurent dans son histoire? Une nation est-elle solidaire pour tous les individus qui la composent? Le patrimoine de l'honneur national se compose-t-il des vices ou des crimes dont elle a été le témoin? Vous nous reprochez d'avoir attenté à la gloire nationale? Ai-je donc essayé d'avilir les trophées de Fontenoi, les vertus de Sully, les lauriers de Racine! Voilà le patrimoine de l'honneur national; la France peut revendiquer la solidarité de la gloire; elle ne revendiquera jamais la solidarité de la honte.

· On a plus vivement encore insisté sur le 3me chef d'accusation. Suivons le ministère public sur ce nouveau terrain.

M. Courier s'attache à prouver, comme nous l'avons
vu, que le voisinage de la cour est dangerenx pour les
simples habitants de la campagne. Une des chosés qu'il
redoute le plus dans ce voisinage, c'est la contagion des
mauvaises mœurs. Voici, à cet égard, comme il s'exprime :

« Sachez qu'il n'y a pas en France une seule famille
» noble, mais je dis noble de race et d'antique origine,
» qui ne doive sa fortune aux femmes; vous m'entendez.
» Les femmes ont fait les grandes maisons; ce n'est pas,
» comme vous croyez bien, en cousant les chemises de
» leurs époux, ni en allaitant leurs enfants. Ce que nous
» appelons, nous autres, honnête femme, mère de fa-
» mille, à quoi nous attachons tant de prix, trésor pour
» nous, serait la ruine du courtisan. Que voudriez-vous
» qu'il fît d'une dame *honesta*, sans amants, sans in-
» trigues, qui, sous prétexte de vertus, claquemurée
» dans son ménage, s'attacherait à son mari? Le pauvre
» homme verrait pleuvoir les grâces autour de lui, et
» n'attrapperait jamais rien. De la fortune des familles
» nobles, il en paraît bien d'autres causes, telles que le
» pillage; les concussions, l'assassinat, les proscrip-
» tions, et surtout les confiscations. Mais qu'on y re-
» garde, et on verra qu'aucun de ces moyens n'eût pu être
» mis en œuvre sans la faveur d'un grand, obtenue par
» quelque femme; car pour piller, il faut avoir com-

» mandements, gouvernements, qui ne s'obtiennent que
» par les femmes; et ce n'était pas tout d'assassiner
» Jacques Cœur ou le maréchal d'Ancre, il fallait, pour
» avoir leurs biens, le bon plaisir, l'agrément du roi,
» c'est-à-dire des femmes qui gouvernaient alors le roi
» ou son ministre. Les dépouilles des huguenots, des
» frondeurs, des traitants, autres faveurs, bienfaits qui
» coulaient, se répandaient par les mêmes canaux, aussi
» purs que la source. Bref, comme il n'est, ne fut, ne
» sera jamais, pour nous autres vilains, qu'un moyen de
» fortune, c'est le travail; pour la noblesse non plus il
» n'y en a qu'un; et c'est...., c'est la prostitution, puis-
» qu'il faut, mes amis, l'appeler par son nom. »

Laissant de côté tous les commentaires plus ou moins
infidèles qu'on a faits sur ce passage, et le réduisant à son
expression la plus simple, qu'y découvrons-nous ? Cette
proposition fondamentale, et dont le passage entier n'est
qu'un développement : « Que les mœurs des courtisans
» sont corrompues. » J'aurais difficilement imaginé que
cette proposition fût outrageante pour la morale publique, et que les mœurs des cours dussent être pour nous
un objet de vénération. Depuis quand n'est-il donc plus
permis de dire, d'une manière générale, que tel vice,
tel défaut, tel genre de dépravation règne dans telle classe
de la société?

Ici, j'interpelle encore l'accusation. Niez-vous les faits?
J'offre de les prouver. Les avouez-vous? J'ai donc eu raison d'avancer ce que j'ai avancé.

Expliquez-vous enfin d'une manière catégorique. Est-ce pour avoir controuvé des faits que vous m'accusez? Ce n'est plus qu'une question de vérité historique ; nous pouvons la décider avec des autorités. M'accusez-vous pour avoir dit des vérités fâcheuses à quelques amours propres? Alors, je vous demande où est la loi qui condamne la vérité et qui fait du mensonge un devoir de morale publique. Mais du moins expliquez-vous: parlez; qu'on sache ce que vous voulez, ce que vous prétendez. Niez franchement les faits, ou bien avouez-les franchement, sans vous perdre en vaines déclamations qui ne prouvent rien, si ce n'est votre embarras et votre faiblesse.

Pour moi, je vous dirai que, de tout temps, l'historien, le moraliste, l'écrivain satirique, ont été en possession de censurer les vices généraux, et surtout les vices des cours. Je vous dirai que l'auteur que vous accusez n'a fait que redire, avec moins de force peut-être, ce que mille auteurs estimés avaient dit avant lui. On vous a cité Massillon et Montesquieu; écoutez maintenant Mézeray et Bassompierre.

Mézeray parle de l'introduction des femmes à la cour. « Du commencement, dit-il, cela eut de fort bons effets, » cet aimable sexe y ayant amené la politesse et la cour- » toisie, en donnant de vives pointes de générosité aux » âmes bien faites. Mais depuis que l'*impureté* s'y fut » mêlée, et que *l'exemple des plus grands eût autorisé* » *la corruption*, ce qui était auparavant une belle source

» d'honneur et de vertu, ADVINT UN SALE BOURBIER
» DE TOUS LES VICES; *le déshonneur* SE MIT EN CRÉDIT,
» LA PROSTITUTION SE SAISIT DE LA' FAVEUR, on *y en-*
» *trait* on *s'y maintenait par ce moyen;* bref, les char-
» ges et les emplois se distribuaient à la fantaisie des
» femmes, et parce que d'ordinaire, quand elles sont une
» fois déréglées, elles se portent à l'injustice, aux four-
» beries, à la vengeance et à la malice avec bien plus d'ef-
» fronterie que les hommes mêmes, elles furent cause
» qu'il s'introduisit de très-méchantes maximes dans le
» gouvernement, et que l'ancienne candeur gauloise fut
» rejetée *encore plus loin que la chasteté. Cette corrup-*
» *tion commença sous le règne de François I*er*, se ren-*
» *dit presqu'universelle sous celui de Henri II, et se*
» DÉBORDA ENFIN JUSQU'AU DERNIER PÉRIODE sous *Char-*
» *les IX et Henri III.* » Mézeray, Hist. de Fr. Henri III,
tome 3, pag. 446-447.

Voyons maintenant comment Bassompierre s'exprime
sur le compte d'un courtisan. « C'était un homme assez
» mal fait, et il y a lieu de s'étonner qu'il ait réussi en
» ce temps-là, *où l'on ne parvenait à rien que par les*
» *femmes, comme je pense qu'il en a été* DE TOUT TEMPS,
» *dans* TOUTES *les cours,* et crois que qui voudrait y
» regarder de bien près, TROUVERAIT PLUS DE MAISONS
» QUI SE SONT FAIT GRANDES PAR CETTE VOIE QU'AU-
» TREMENT. »

Je pourrais multiplier ces citations à l'infini, il faut
se borner; passons à un autre point.

Le dernier chef d'accusation a été soutenu avec moins d'insistance, et si quelque chose m'étonne encore, c'est qu'on ne l'ait pas entièrement abandonné. Vous penserez comme moi, sans doute, quand je l'aurai remis sous vos yeux.

· « O vous, législateurs nommés par les préfets, prévenez
» ce malheur (le morcellement des grandes propriétés);
» faites des lois, empêchez que tout le monde ne vive!
» ôtez la terre au laboureur et le travail à l'artisan, par
» de bons priviléges, de bonnes corporations. Hâtez-vous;
» l'industrie, aux champs comme à la ville, envahit tout,
» chasse partout l'antique et noble barbarie. On vous le
» dit, on vous le crie; que tardez-vous encore? qui vous
» peut retenir? peuple, patrie, honneur? lorsque vous
» voyez là emplois, argent, cordons et le baron de Frimont.»

Je dois vous le confesser; dans ma simplicité, j'avais imaginé que, par une méprise étrange, mais qui n'est pas plus étrange que le reste de l'accusation, le ministère public avait pris au sérieux les conseils ironiques de l'auteur, et qu'il allait lui reprocher d'avoir engagé les pouvoirs législateurs à faire des lois pour empêcher que tout le monde ne vive, etc., etc.... C'est ainsi seulement que je concevais la possibilité d'une accusation d'outrage à la morale publique, et je me promettais de vous désabuser facilement.

Je m'étais trompé: l'accusation a pris une autre marche; et ici, je ne la comprends plus.

S'il s'agissait d'une accusation politique, je la trou-

verais seulement très-mal fondée ; mais enfin, je la con-
cevrais, puisque le passage a trait à la politique : mais
c'est une accusation de morale publique qu'on vous présente ; or, qu'ont de commun avec la morale publique,
le mode d'élection des députés, et la recomposition de
la grande propiété ?

*C'est insulter la nation que de prétendre qu'elle aban-
donne à ses préfets le choix de ses législateurs ?* Toujours
des reproches étrangers à la question ! Mais qu'a donc
écrit ici M. Courier, que le gouvernement lui-même n'ait
dit cent fois à la tribune ? Les ministres ne nous ont–ils
pas souvent entretenus de la nécessité de donner au gouvernement de l'influence dans les élections ? Et comment
le gouvernement exerce–t–il cette influence ? Par ses
agents, apparemment ? Et ces agents, qui sont–ils, dans
les départements ? Les préfets. Qu'a donc dit M. Courier.

*Vous offensez les Chambres, en les supposant dispo-
sées à faire des lois pour ôter le pain au laboureur.* Encore une accusation étrangère au procès, car nous ne
sommes point accusés d'offense envers les Chambres,
mais d'outrage à la morale publique.

Je répondrai d'un seul mot : si les Chambres se croyaient
offensées, elles avaient droit de rendre plainte et de pro-
voquer des poursuites. Elles ne l'ont pas fait ; elles ne se
sont donc pas jugées offensées ; et vous, vous n'avez pas
droit, quand elles gardent le silence, de devancer leur
plainte et d'agir sans leur provocation.

Avant de quitter cette discussion, je veux, Messieurs

les jurés, vous proposer une épreuve irrécusable pour discerner la vérité de l'erreur, et pour apprécier les charges de l'accusation. Vous n'ignorez pas, et c'est un des plus simples axiomes de la logique, que le contraire d'une proposition fausse est nécessairement une proposition vraie : par la même raison, toute proposition qui outragera la morale publique, aura nécessairement pour contraire une vérité fondamentale de morale publique. Ainsi qu'un auteur fasse l'apologie du larcin ou du mensonge, vous n'aurez qu'à renverser sa proposition, et vous trouverez que le mensonge, que le larcin sont des actions répréhensibles : ce sont là, en effet, des principes de morale incontestables.

Si, au contraire, la proposition ainsi renversée ne nous donne qu'un sens insignifiant, indifférent ou ridicule, il est évident que la proposition primitive ne renfermait pas d'outrage à la morale publique.

Appliquons aux propositions incriminées cette méthode d'appréciation.

La cour donne tout aux princes;

Les prêtres donnent tout à Dieu;

Les apanages, les listes civiles ne sont pas pour les princes;

Le revenu des abbayes n'est pas pour Jésus-Christ;

Le prince, à Chambord, apprendra ce que peuvent enseigner Chambord et la cour;

J'aimerais mieux qu'il vécût avec nous qu'avec ses ancêtres;

Les courtisans s'enrichissent par la prostitution ;

Les préfets ont beaucoup d'influence dans la nomination des députés...

Prenons les propositions inverses, et voyons quel est le cathéchisme de morale publique que le ministère accusateur voudrait nous faire adopter :

La cour ne donne rien aux princes ;

Les prêtres ne donnent rien à Dieu ;

Les apanages, les listes civiles sont exclusivement pour les princes ;

Le revenu des abbayes est exclusivement pour Jésus-Christ ;

Le prince n'apprendra pas à Chambord ce que peut enseigner Chambord ;

J'aimerais mieux qu'il vécût avec ses ancêtres qu'avec nous ;

Les courtisans ne s'enrichissent pas par la prostitution ;

Les préfets n'ont aucune influence sur la nomination des députés.

Voilà ces hautes vérités morales que le ministère public veut nous contraindre d'observer à peine d'amende et de prison ! Messieurs, il n'en faut pas davantage. Il n'est point de subtilité, point de sophisme qui puissent résister à cette épreuve, aussi simple qu'infaillible ; vous en avez vu les résultats ; l'accusation est jugée.

Si, après cette épreuve, vous condamnez l'écrit qui vous est déféré, plus de loi qui puisse rassurer les citoyens, plus d'écrit qui ne puisse être condamné, plus d'écrivain qui soit assuré de conserver sa fortune et sa liberté. L'accusation d'*outrage à la morale publique* va devenir pour la France ce que fut, pour Rome dégénérée, l'accusation de lèze-majesté.

C'est à vous de conserver à la loi son empire, à la liberté ses garanties ; c'est à vous d'empêcher que ce glaive de la justice ne s'égare, et, par un abus déplorable, ne devienne l'instrument des amours-propres offensés. Il est, vous le savez, deux sortes de jugements : les uns, fruits de l'erreur, des préventions ou des ressentiments, sont l'effroi de la société ; l'opinion publique les dénonce à l'histoire, et l'inexorable histoire les inscrit sur ses tables vengeresses : les autres dictés par l'équité, rassurent le corps social, affermissent les états, et sont transmis par la reconnaissance publique à l'estime de la postérité. Voilà quel jugement nous attendons de vous : j'ose croire que cette attente ne sera point trompée.

Ainsi parla M⁰ Berville, avec beaucoup de facilité, de netteté dans l'expression, et assez de force parfois. A ce discours Paul-Louis voulait ajouter quelques mots ; mais ses amis l'en empêchèrent, en lui remontrant qu'il n'avait de sa vie parlé en public, et que ce serait un vrai miracle qu'il pût soutenir les regards de toute une assemblée ; qu'ignorant entièrement les convenances du barreau, où s'est établie une sorte de cérémonial, d'étiquette gênante, impossible à deviner, il ferait des fautes dont ses ennemis ne manqueraient pas de profiter, et

demeurerait étonné à la moindre contradiction; qu'il
n'avait là pour lui que le public, auquel on imposait
silence, dont même il risquait de diminuer à son égard
la bienveillance, par une harangue mal dite, peu entendue, interrompue, que les gens de lettres qui avaient
tenté cette épreuve avec moins de désavantage, s'en étaient
rarement bien tirés; qu'il ne devait pas se flatter, pour
avoir su écrire quelques brochures passables, de pouvoir
aussi bien se faire entendre de vive voix : ces deux arts
n'étant pas seulement fort différents en plusieurs points,
mais contraires autant que l'est la concision, qui fait le
mérite des écrits, au langage diffus de la tribune ; qu'enfin, piqué comme il l'était, et de l'absurdité de l'affaire
en elle-même, et du choix des jurés, et de la mauvaise
foi du procureur du roi, et de la partialité servile du
président, il ne pouvait manquer de s'exprimer vivement,
avec peu de mesure, et de gâter sa cause aux yeux de tout
le monde. Il se rendit à ces raisons, et prit patience en
enrageant de ne pouvoir au moins répondre, et confondre
le mauvais sens de ses accusateurs, chose facile assurément: car, s'il n'eût mieux aimé déférer en cela aux conseils de gens sages qui lui veulent du bien, soit par at-
tachement personnel, ou conformité de principes, il eût
prononcé ce discours, ou quelque chose d'approchant:

MESSIEURS,

Dans ce que vous a dit M. l'avocat-général, je comprends ceci clairement ; il désapprouve les termes dont

je me suis servi pour désigner la source, respectable selon lui, très-impure, selon moi, des fortunes de cour,
et la manière aussi dont j'ai parlé des grands dans l'imprimé qu'il vous dénonce comme contraire à la morale,
scandaleux, licencieux, horrible. Pour moi, aux premières nouvelles d'une pareille accusation, à laquelle je
m'attendais peu, sûr de mon intention, n'ayant à me
reprocher aucune pensée qui méritât ce degré de blâme,
je crus d'abord qu'aisément j'avais pu me méprendre sur
le sens de quelques mots, et donner à entendre une chose
pour une autre, en expliquant mal mes idées. Car, comme savent assez ceux qui se mêlent un peu de parler
ou d'écrire, rien n'est si rare que l'expression juste; on
dit presque toujours plus ou moins qu'on ne veut dire,
et par l'exemple même de M. l'avocat du roi qui me
nomme ici libelliste, homme avide de gain, spéculateur
d'injure et de diffamation, vous avez pu juger combien
il est plus facile d'accumuler dans un discours ces traits
de la haute éloquence, que d'appliquer à chaque chose le
ton, le style, le langage qui conviennent exactement.

Je crus donc avoir failli, Messieurs, et ne m'en éton-
nais en aucune façon. Il m'est rarement arrivé, dans ma
vie, de lire une page dont je fusse satisfait, bien moins
encore d'écrire sans faute. Mais en examinant ceci atten-
tivement, avec des gens qui n'ont nulle envie de me flatter, considérant le tout, et chaque phrase à part, chaque
mot, chaque syllabe, je vous dis la pure vérité : nous n'y
avons trouvé à reprendre qu'une seule chose, mais grave

et fâcheuse vraiment pour l'auteur, une chose dont M. le procureur du roi ne s'est point avisé; c'est que cet écrit n'apprend rien : dans les passages inculpés, ni dans le reste de l'ouvrage, il n'y a rien de nouveau, rien qui n'ait été dit et redit mille fois. En effet, qu'y voit-on? les vices de la cour, les bassesses, la lâcheté, l'hypocrisie, l'avidité, la corruption des courtisans. A proprement parler, l'auteur de ce pamphlet est un homme qui crie : Venez, accourez, voyez la malice des singes, le venin des reptiles, et la rapacité des animaux de proie : j'ai découvert tout cela. Que sa naïveté vous amuse un moment; riez-en, si vous voulez; mais le condamner après, comme ayant outragé ces classes distinguées de malfaisantes bêtes, l'envoyer en prison; ah! ce serait conscience.

Pas un mot, Messieurs, pas un mot ne se trouve dans cet imprimé qui ne soit partout dans les livres que chacun a entre les mains et que vous approuvez comme bons. Mon avocat vous l'a fait voir par de nombreuses citations; non seulement les orateurs, les historiens, les moralistes, mais les prédicateurs et les pères de l'Église ont dit ces mêmes choses, déjà dites avant eux et connues de tout temps. Tellement qu'il paraîtrait bien que l'auteur d'un pareil écrit, si ce n'est ignorance à lui, et simplicité villageoise, d'avoir cru digne de l'impression des observations si vulgaires, s'est un peu moqué du public, en lui débitant pour nouveau ce que les moindres enfants savent. Mais quelle loi du Code a prévu ce délit?

Quant aux expressions qui déplaisent à vous, Monsieur

le président, à M. l'avocat du roi, débauche, prostitution, et autres que je ne feindrais non plus de répéter, c'est une grande question entre les philosophes, de savoir si l'on peut pécher par les paroles, quand le sens du discours en soi n'a rien de mauvais, comme lorsqu'on blâme certains vices en les appelant par leur nom. La dispute est ancienne, et ce sont, notez bien, ce sont les sectes rigides qui croient les mots indifférents. Nous autres paysans, tenons cette opinion de nos maîtres stoïques, gens de travail jadis. Nous regardons aux actes surtout; au langage peu; le sens dans le discours, non les termes, nous touche. Mais d'autres pensent autrement, et les sages suivant la cour, parmi lesquels on peut compter messieurs les procureurs du roi, sont farouches sur les paroles. La morale est toute dans les mots, selon eux, plus sévères que ceux qui la mettent toute dans les grimaces. Ainsi, qu'on joue sur vos théâtres Georges Dandin et d'autres pièces où l'adultère est en action, mais où le mot ne se prononce pas, ils n'y voient rien à redire, rien contre la morale publique, et applaudissent à la peinture des vieilles mœurs qu'on veut nous rendre. Moi, que je me trouve là par hasard, homme des champs, dont les paroles vous scandalisent, Monsieur l'avocat-général, je rougis en voyant représentée, figurée, en public admirée, la dégoûtante débauche, la corruption infecte; je murmure, et c'est moi qui offense la morale. On me le prouvera bien. Autre exemple, en tous lieux, et même dans les églises, j'entends chanter ici : *Charmante Gabrielle,* au grand

contentement de tous les magistrats conservateurs des
mœurs. Apprenant ce que c'est que cette Gabrielle, je
m'écrie aussitôt : infame créature, débauchée, prosti-
tuée. Là-dessus, réquisitoire, mandat de comparoir. Pour
venger la morale, le procureur du roi conclut à la prison.
Est-ce le fait? Oui, Messieurs, j'ai parlé des vieilles mœurs
qu'on nous prêche aujourd'hui, de la vieille galanterie des
cours que l'on nous vante; sans cacher ma pensée, ni voi-
ler mes paroles, j'ai dit sale débauche, infame prostitution, et me voilà devant vous, Messieurs.

Mais je suis du peuple; je ne suis pas des hautes classes,
quoique vous en disiez, M. le président; j'ignore leur langage, et n'ai pas pu l'apprendre. Soldat pendant long-
temps, aujourd'hui paysan, n'ayant vu que les camps et les
champs, comment saurais-je donner aux vices des noms
aimables et polis. Peut-être aussi ne le voudrais-je pas,
s'il était en moi de quitter nos rustiques façons de dire
pour vos expressions, vos formules. Dans cet écrit, d'ailleurs, je parle à des gens comme moi, villageois, laboureurs, habitant des campagnes ; et si l'on m'imprime à
Paris, vous savez bien pourquoi, Messieurs, c'est qu'ailleurs il y a des préfets qui ne laissent pas publier autre
chose que leur éloge. Les gens pour qui j'écris n'entendent point à demi-mot, ne savent ce que c'est que finesse,
délicatesse, et veulent à chaque chose le nom, le nom
français. Leur ayant dit mainte fois, nous valons mieux
que nos pères (proposition qui m'a toujours paru sans
danger, car elle n'offense que les morts), pour le prouver,

il m'a fallu leur dire les mœurs du temps passé. J'ai cru faire merveille d'user des termes mêmes de tant d'auteurs qui nous ont laissé des mémoires; puis il se trouve que ces termes choquent le procureur du roi, qui les approuve dans mes auteurs, et les poursuit partout ailleurs. Pouvais-je deviner cela, prévoir, me douter seulement que des traits délicieux, divins, venant d'une marquise de Sévigné, d'une mademoiselle de Montpensier, ou d'une princesse de Conti, répétés par moi, feraient horreur, et que les propres mots de ces femmes célèbres, loués, admirés dans leurs écrits, dans les miens seraient des attentats contre la décence publique.

Oh! que vous serez bien surpris, bonnes gens du pays, mes voisins, mes amis, quand vous saurez que notre morale, à Paris, passe pour *déshonnête*, que ces mêmes discours qui là-bas vous semblaient austères, ici alarment la pudeur et scandalisent les magistrats! Quelle idée n'allez-vous pas prendre de la sévérité, de la pureté des mœurs dans cette capitale, où l'on met au rang des vauriens, on interroge sur la sellette l'homme qui, chez vous, parut juste, et dont la vie fut au village exemple de simplicité, de paix, de régularité. Tout de bon, Messieurs, peut-on croire que cette accusation soit sérieuse? Le moyen de se l'imaginer? Où trouver la moindre apparence, le moindre soupçon d'offense à la morale publique, dans un écrit dont le public, non seulement approuve la morale, mais la juge même trop rigide pour le train ordinaire du monde, et dont plusieurs se moqueraient comme d'un sermon de Janséniste, s'il n'était appuyé, soutenu de la pratique et de la vie tout entière de celui qui parle. En bonne foi, je commence à croire qu'il y a du vrai dans ce qu'on m'a dit. Ce sont des gens instruits de vos façons d'agir, Messieurs les procureurs du roi, qui m'ont averti de cela. Dans les écrits, vous attaquez rarement ce qui vous déplaît. Quand vous criez à la morale, ce n'est pas la morale qui vous blesse. Ici, après beaucoup d'hésitation, de doute, pour fonder une accusation, vous prenez quelques passages, les plus abominables, les plus épouvantables que vous ayez pu découvrir; et ces passages, les voïci : écoutez, de grâce, Messieurs; juges et jurés, écoutez, si vous le pouvez sans frémir, ces horreurs que l'on vous dénonce : *les prêtres donnent tout à Dieu; les leçons de la cour ne sont pas les meilleures; les préfets quelquefois font des législateurs; nos princes avec nous seraient mieux qu'avec leurs ancêtres.* C'est là ce qui vous émeut, avocats-généraux et procureurs du roi! pour cela vous faites tant de bruit? Votre zèle s'enflamme, et la fidélité.... Non, vous avez beau dire, il y a quelque autre chose; si tout était de ce ton dans le pamphlet que l'on poursuit au nom de la décence et des mœurs, si tout eût ressemblé à ces phrases coupables, on n'y eut pas pris garde, et la morale publique ne serait pas offensée. Prenez, Messieurs, ouvrez ce scandaleux pamphlet aux passages inculpés, calomnieux, horribles, pleins de noirceur, atroces. Vous êtes étonnés, vous ne comprenez pas; mais tournez le feuillet, vous comprendrez alors, vous entendrez l'affaire; vous devinerez bientôt et pourquoi l'on se fâche, et d'où vient qu'on ne veut pas pourtant dire ce qui fâche. Feuilletez, Messieurs, lisez : *Un prince...* Vous y voilà; *Un jeune prince, au collége...* C'est cela même. Que dis-je? il s'agit de morale, de la morale publique ou de la mienne, je crois, ou de celle du pamphlet, n'importe; la morale est l'unique souci de ceux qui me font cette affaire; ils n'ont point d'autre objet, ne voient autre chose, ils chérissent la morale et la cour tout ensemble, l'un et l'autre en même temps. Pourquoi non? Des gens ont aimé la liberté et Bonaparte à la fois *indivis.*

Mais que vous fait cela, vous, Messieurs les jurés? vous n'êtes pas de la cour, j'imagine. Étrangers à ses momeries, vous devez vouloir dans vos familles la véritable honnêteté, non pas un jargon, des manières. Conterez-vous, sortant d'ici, à vos femmes, à vos filles : un homme a osé dire que les dames d'autrefois, ces grandes dames qui vivaient avec tout le monde, excepté avec leurs maris, étaient d'indignes créatures; il les appelle des prostituées. J'ai puni cet homme-là; je l'ai déclaré coupable; on va le mettre en prison pour la morale. Jurés, si vous leur contez cela, ne manquez pas après de leur faire chanter : *Charmante Gabrielle,* et d'ajouter encore : oui, mes filles, ma femme, cette Gabrielle était une charmante personne. Elle quitta son mari pour vivre avec le roi, et, sans quitter le roi, elle vivait avec d'autres. Aimable friponnerie, fine galanterie, coquetterie du beau monde !

Il y a des gens, mes filles, qui appellent cela débauche ;
ils offensent la morale, et ce sont des coquins qu'il faut
mettre en prison. Evitez, sur toutes choses, les mots, mes
filles, les mots de débauche, d'adultère ; et tant que vous
vivrez, gardez-vous des paroles qui blessent la décence,
le bon ton ; ainsi faisait la charmante Gabrielle.

Voilà ce qu'il vous faudra dire dans vos familles, si
vous me condamnez ici ; et non seulement à vos familles
mais à toutes, vous recommanderez de tels exemples, de
telles mœurs. Autant qu'il est en vous, de la France in-
dustrieuse, savante et sage qu'elle est, vous ferez la France
galante d'autrefois ; chez vous, dans vos maisons, vous
prêcherez le vice, en me punissant, moi, de l'avoir blâmé
ailleurs. Femmes, quittez ces habitudes d'ordre, de sagesse, d'économie ; tout cela sent le siècle présent. Vivez
à la mode des vieilles cours, non comme ces Ninon de
l'Enclos, qui restaient filles, ne se mariaient point pour
pouvoir disposer d'elles-mêmes, redoutaient le nœud
conjugal ; mais comme celles qui le bravaient, moins timides, s'engageaient exprès, afin de n'avoir aucun frein,
se faisaient épouses pour être libres ; qui..... prenons
garde d'offenser encore la morale ! comme ces belles
dames enfin, dont la conduite est naïvement représentée
dans l'écrit coupable. Il y aura cela de curieux dans votre
arrêt, s'il m'est contraire, que ne pouvant nier la vérité
de cette peinture des anciennes mœurs (car qu'opposer
au témoignage des contemporains ?), tout en avouant
qu'elles étaient telles, vous me condamneriez seulement

pour les avoir appelées maüvaises. Ainsi vous les trou-
veriez bonnes, et engageriez un chacun à les imiter ; chose
peu croyable de vous, jurés, à moins que vous n'ayez des
grâces à demander, des faveurs et vos profits particuliers
sur la dépravation commune.

Il serait aussi bien étrange qu'ayant loué le présent
aux dépens du passé, je n'en pusse être absous par vous,
gens d'à présent, par vous, magistrats, qui vivez de
notre temps, ce me semble ; que vous me fissiez repentir
de vous avoir jugés meilleurs que vos devanciers, et d'a-
voir osé le publier ; car cela même est exprimé ou sous-
entendu dans l'imprimé qu'on vous dénonce, et où je
soutiens, bien ou mal, que le monde actuel vaut au moins
celui d'autrefois, ce qui suppose que je vous préfère aux
conseillers de chambre ardente, aux juges d'Urbain
Grandier, de Fargue, aux Laubardemont, aux d'Oppède,
vous croyant plus instruits, plus justes, et même......
oui, Messieurs, moins esclaves du pouvoir. Est-ce donc
à vous de m'en dédire, de me prouver que je m'abusais ?
et serais-je, par vous, puni de vous avoir estimé trop ?
J'aurais meilleur marché, je crois, des morts dont j'ai
médit, si les morts me jugeaient, que des vivants loués
par moi. Tous les écoliers de Ramus, revenant au monde
aujourd'hui, conviendraient sans peine que les nôtres en
savent plus qu'eux, et sont plus sages ; car au moins ils
ne tuent pas leurs professeurs. Les dames galantes de
Brantôme, en avouant la vérité, de ce que j'ai dit d'elles,
s'étonneraient du soin qu'on prend de leur réputation. Si

j'osais évoquer ici, par un privilége d'orateur, l'ombre du grand Laubardemont, de ce zélé, de ce dévoué procureur du roi en son temps, il prendrait mon parti contre son successeur; il serait avec moi contre vous, Monsieur l'avocat-général, et vous soutiendrait que vous et nous, en tout vivons mieux que nos anciens, comme je l'ai dit, le redis, et le dirai, dussiez-vous, Messieurs, pour ce délit, me condamner au maximum de la peine. Mais n'en faites rien, et plutôt écoutez ce que j'ajouté ici. J'ai employé beaucoup d'étude à connaître le temps passé, à comparer les hommes et les choses d'autrefois avec ce qui est aujourd'hui, et j'ai trouvé, foi de paysan, j'ai trouvé que tout va mieux maintenant, ou moins mal. Si quelques-uns vous disent le contraire, ils n'ont pas, comme moi, compulsé tous les registres de l'histoire, pour savoir à quoi s'en tenir. Ceux qui louent le passé ne connaissent que le présent.

Ainsi de la morale, Messieurs : c'est moi qu'il en faut croire là-dessus, et non pas le procureur du roi. J'en sais plus que lui, sans nul doute, et mon autorité prévaut sur la sienne en cette matière. Pourquoi? Par la même raison que je viens de vous dire, l'étude, qui fait que j'en ai plus appris, et par d'autres raisons encore : car la morale a deux parties, la théorie et la pratique. Dans la théorie, je suis plus fort que messieurs les procureurs du roi, ayant eu plus qu'eux le loisir et la volonté de méditer ce que les sages en ont écrit depuis trois mille ans jusqu'à nos jours. Mes principes.... fiez-vous-en, Messieurs, à un homme qui chaque jour lit Aristote, Plutarque, Montaigne, et l'Évangile dans la langue même de Jésus-Christ. Le procureur de roi en dirait-il autant? lui, occupé de tout autre chose : car enfin les devoirs de sa charge, les soins toujours assez nombreux d'une louable ambition, sans laquelle on n'accepte point de tels emplois, et d'autres devoirs qu'impose la société à ceux qui veulent y tenir un rang; visites, assemblées, jeux, repas, cérémonies, tant de soucis, d'amusements, laissent peu de temps à l'homme en place pour s'appliquer à la morale que j'étudie sans distraction. Je dois la savoir, et la sais mieux, n'en doutez pas; et voilà pour la théorie. Quant à la pratique, ma vie laborieuse, studieuse, active, chose à noter, et contemplative en même temps, ma vie aux champs, libre de passions, d'intrigues, de plaisirs, de vanités, me donnerait trop d'avantages dans quelque parallèle que ce fût, et je puis, je dois même dire que je ferais honneur à ceux avec qui je me comparerais, fût-ce même avec vous, Monsieur le procureur du roi. Oui, sur ce banc où vous m'amenez, et où tant d'autres se sont vu condamner à des peines infames, sur ce banc même, je vous le dis, ma morale est au-dessus de la vôtre, à tous égards, sous quelque point de vue qu'il vous plaise de l'envisager, et si l'un de nous en devait faire des leçons à l'autre, ce ne serait pas vous qui auriez la parole ; par où j'entends montrer seulement, que je ne me tiens point avili de l'espèce d'injure que je reçois, et dont la honte, s'il y en a, est et demeurera toute à ceux qui s'imagineraient m'outrager.

En effet, le monde ne s'abuse point, et les sentences des magistrats ne sont flétrissantes qu'autant que le public les a confirmées. Caton fut condamné cinq fois ; Socrate mourut comme ayant offensé la morale. Je ne suis Caton, ni Socrate, et sais de combien il s'en faut. Toutefois me voilà dans le même chemin, poursuivi par les hypocrites et les flatteurs de la puissance. Quel que soit votre arrêt, Messieurs, et ceci, j'espère, ne sera point pris en mauvaise part; oui, Messieurs, je veux qu'on le sache, et regrette qu'il n'y ait ici plus de gens à m'écouter : en respectant votre jugement, je ne l'attends pas néanmoins pour connaître si j'ai bien fait. J'en aurais pu douter avant ce qui m'arrive, n'ayant encore que la conscience de mon intention. Mais par le mal que l'on me veut, je comprends que mon œuvre est bonne. Aussi n'aurais-je fâché personne, si personne ne m'eût applaudi. La voix publique se déclarant autant qu'elle le peut aujourd'hui, m'apprend ce que je dois penser, et ce que, sans doute, vous pensez avec tout le monde de l'écrit qu'on accuse devant vous. Parmi tant de gens qui l'ont lu, de tout âge, de toute condition, j'ajoute même encore, et de toute opinion, je n'ai vu nul qui ne m'en parût satisfait quant à la morale, et grâce au ciel, je suis d'un rang, d'une fortune qui ne m'exposent point à la flatterie. Une chose donc fort assurée, dont je ne puis faire aucun doute, c'est que le public m'approuve, me loue. Si cependant, Messieurs, vous me déclarez coupable, j'en souffrirai de plus d'une façon, outre le chagrin de n'avoir pu vous agréer, comme à tant d'autres ; mais j'aime mieux qu'il soit ainsi, que si le contraire arrivait, et que je fusse absous par vous, coupable aux yeux de tout le monde.

Voilà ce que Paul-Louis voulait dire. Ces paroles, et d'autres qu'il eût pu ajouter, n'eussent pas été perdues peut-être; car, en de tels débats, la voix de l'accusé a une grande force ; mais peut-être aussi n'eût-il pas empêché par-là les jurés de le condamner, comme ils ont fait, unaniment et quasi sans délibérer, tant le fait leur parut éclairci par la lumineuse harangue de M. l'avocat-général. Le président posa deux questions : Paul-Louis est-il coupable? Oui. Bobée est-il coupable? Non. La cour renvoie Bobée, condamne Paul-Louis à deux mois de prison et 200 francs d'amende. Appel en cassation. Si le pourvoi est admis, l'accusé parlera, et touchera des points qui sont encore intacts dans cette affaire vraiment cu- rieuse.

PÉTITION

A LA CHAMBRE DES DÉPUTÉS,

POUR LES VILLAGEOIS

QUE L'ON EMPÊCHE DE DANSER.

PÉTITION

A LA CHAMBRE DES DÉPUTÉS,

POUR LES VILLAGEOIS

QUE L'ON EMPÊCHE DE DANSER.

Messieurs,

L'objet de ma demande est plus important qu'il ne semble; car, bien qu'il ne s'agisse, au vrai, que de danse et d'amusements, comme d'une part ces amusements sont ceux du peuple, et que rien de ce qui le touche ne vous peut être indifférent; que d'autre part, la religion s'y trouve intéressée, ou compromise, pour mieux dire, par un zèle mal entendu, je pense, quelque division qu'il puisse y avoir entre vous, que tous vous jugerez ma requête digne de votre attention.

Je demande qu'il soit permis, comme par le passé, aux habitants d'Azai de danser le dimanche sur la place de leur commune, et que toutes les défenses faites, à cet égard, par le préfet, soient annulées.

Nous y sommes intéressés, nous, gens de Véretz, qui allons aux fêtes d'Azai, comme ceux d'Azai viennent aux nôtres. La distance des deux clochers n'est que d'une demi-lieue environ : nous n'avons point de plus proches

ni de meilleurs voisins. Eux ici, nous chez eux, on se
traite tour à tour, on se divertit le dimanche, on danse
sur la place, après midi, les jours d'été. Après midi viennent les violons et les gendarmes en même temps, sur
quoi j'ai deux remarques à faire.

Nous dansons au son du violon ; mais ce n'est que depuis
une certaine époque. Le violon était réservé jadis aux bals
des honnêtes gens. Car d'abord il fut rare en France. Le
grand roi fit venir des violons d'Italie, et en eut une compagnie pour faire danser sa cour gravement, noblement,
les cavaliers en perruque noire, les dames en vertuga-
din. Le peuple payait ces violons, mais ne s'en servait
pas, dansait peu, quelquefois au son de la musette ou
cornemuse, témoin ce refrain : *Voici le pèlerin jouant
de sa musette ; danse Guillot, saute Perrette.* Nous, les
neveux de ces Guillots et de ces Perrettes, quittant les façons de nos pères, nous dansons au son du violon, comme
la cour de Louis-le-Grand. Quand je dis comme, je m'entends ; nous ne dansons pas gravement ni ne menons,
avec nos femmes, nos maîtresses et nos bâtards. C'est là
ma première remarque ; l'autre, la voici.

Les gendarmes se sont multipliés en France, bien plus
encore que les violons, quoique moins nécessaires pour
la danse. Nous nous en passerions aux fêtes du village, et
à dire vrai, ce n'est pas nous qui les demandons : mais
le gouvernement est partout aujourd'hui, et cette *ubiquité*
s'étend jusqu'à nos danses, où il ne se fait pas un pas
dont le préfet ne veuille être informé, pour en rendre

compte au ministre ; de savoir à qui tant de soins sont plus déplaisants , plus à charge, et qui en souffre davantage , des gouvernants ou des gouvernés , surveillés , c'est une grande question et curieuse , mais que je laisse à part, de peur de me brouiller avec les classes ou de dire quelque mot tendant à je ne sais quoi.

Outre ces danses ordinaires les dimanches et fêtes, il y a ce qu'on nomme l'assemblée une fois l'an , dans chaque commune , qui reçoit à son tour les autres. Grande affluence ce jour-là , grande joie pour les jeunes gens. Les violons n'y font faute , comme vous pouvez croire. Au premier coup d'archet, on se place, et chacun mène sa prétendue. Autre part on joue à des jeux que n'afferme point le gouvernement : au palet , à la boule , aux quilles. Plusieurs, cependant, parlent d'affaires, des marchés se concluent ; mainte vache est vendue qui n'avait pu l'être à la foire. Ainsi ces assemblées ne sont pas des rendez-vous de plaisir seulement, mais touchent les intérêts du public et de chacun , et le lieu où elles se tiennent n'est pas non plus indifférent. La place d'Azai semble faite exprès pour cela ; située au centre de la commune , en terrain battu , non pavé, par là, propre à toutes sortes de jeux et d'exercices, entourée de boutiques, à portée des hôtelleries, des cabarets ; car peu de marchés se font sans boire ; peu de contredanses se terminent sans vider quelque pot de bière ; nul désordre, jamais l'ombre d'une querelle. C'est l'admiration des Anglais qui nous viennent voir quelquefois, et ne peuvent quasi comprendre que

nos fêtes populaires se passent avec tant de tranquillité
sans coup de poings comme chez eux, sans meurtres
comme en Italie, sans ivres-morts comme en Allemagne.

Le peuple est sage, quoiqu'en disent les notes secrètes.
Nous travaillons trop pour avoir temps de penser à mal,
et s'il est vrai ce mot ancien, que tout vice naît d'oisiveté,
nous devons être exempts de vice, occupés comme nous
le sommes six jours de la semaine, sans relâche, et bonne
part du septième, chose que blâment quelques-uns. Ils
ont raison, et je voudrais que ce jour-là toute besogne
cessât; il faudrait, dimanches et fêtes, par tous les villages, s'exercer au tir, au maniement des armes, penser
aux puissances étrangères qui pensent à nous tous les
jours. Ainsi font les Suisses nos voisins, et ainsi devrions-
nous faire, pour être gens à nous défendre en cas de
noise avec les forts. Car de se fier au ciel et à notre innocence, il vaut bien mieux apprendre la charge en douze
temps, et savoir au besoin ajuster un cosaque. Je l'ai dit
et le redis; labourer, semer à temps, être aux champs
dès le matin, ce n'est pas tout : il faut s'assurer la récolte. Aligne tes plants, mon ami, tu provigneras l'an qui
vient, et quelque jour, Dieu aidant, tu feras du bon vin.
Mais qui le boira? Rostopschin, si tu ne te tiens prêt à le
lui disputer. Vous, Messieurs, songez-y, pendant qu'il
en est temps; avisez entre vous s'il ne conviendrait pas,
vu les circonstances présentes ou imminentes, de vaquer
le saint jour du dimanche, sans préjudice de la messe,
à des exercices qu'approuve le Dieu des armées, tels que

le pas de charge et les feux de bataillon. Ainsi pourrions-nous employer, avec très-grand profit pour l'état, et pour nous, des moments perdus à la danse.

Nos dévots toutefois l'entendent autrement. Ils voudraient que, ce jour-là, on ne fît rien du tout que prier et dire ses heures. C'est la meilleure chose et la seule nécessaire, l'affaire du salut. Mais le percepteur est là; il faut payer et travailler pour ceux qui ne travaillent point. Et combien pensez-vous qu'ils soient à notre charge, enfants, vieillards, mendiants, moines, laquais, courtisans, que de gens à entretenir, et magnifiquement la plupart! Puis, la splendeur du trône, et puis, la Sainte-Alliance; que de coûts, quelles dépenses! et pour y satisfaire, a-t-on trop de tout son temps? Vous le savez, d'ailleurs, et le voyez, Messieurs, ceux qui haïssent tant le travail du dimanche veulent des traitements, envoient des garnissaires, augmentent le budget. Nous devons chaque année, selon eux, payer plus et travailler moins.

Mais quoi? la lettre tue et l'esprit vivifie. Quand l'église a fait ce commandement de s'abstenir à certains jours de toute œuvre servile, il y avait des serfs alors liés à la glèbe; pour eux, en leur faveur, le repos fut prescrit; alors il n'était saint que la gent corvéable ne chômât volontiers; le maître seul y perdait, obligé de les nourrir, qui, sans cela, les eût accablés de travail, le précepte fut sage et la loi salutaire, dans ces temps d'opression. Mais depuis qu'il n'y a plus ni fief, ni haubert; qu'affranchis, peu s'en faut, de l'antique servitude, nous travaillons pour nous quand l'impôt est payé, nous ne saurions chômer qu'à nos propres dépens, nous y contraindre, c'est... c'est pis que le budget, car le budget du moins profite aux courtisans, mais notre oisiveté ne profite à personne. Le travail qu'on nous défend, ce qu'on nous empêche de faire, le vivre et le vêtement qu'on nous ôte par-là, ne produisent point de pensions, de grâces, de traitements, c'est nous nuire en pure perte.

Les Anglais en voyant nos fêtes, montrent tous la même surprise, font tous la même réflexion; mais, parmi eux, il y en a qu'elles étonnent davantage, ce sont les plus âgés, qui, venus en France autrefois, ont quelque mémoire de ce qu'était la vieille Touraine et le peuple des bons seigneurs. De fait, il m'en souvient : jeune alors, j'ai vu avant cette grande époque où, soldat volontaire de la révolution, j'abandonnai des lieux si chers à mon enfance, j'ai vu les paysans affamés, déguenillés, tendre la main aux portes et partout sur les chemins, aux avenues des villes, des couvents, des châteaux, où leur inévitable aspect était le tourment de ceux-là même, que la prospérité commune indigne, désole aujourd'hui. La mendicité renaît, je le sais, et va faire, si ce qu'on dit est vrai, de merveilleux progrès; mais n'atteindra de long-temps ce degré de misère. Les récits que j'en ferais seraient faibles pour ceux qui l'ont vue comme moi, aux autres sembleraient inventés à plaisir; écoutez un témoin, un homme du grand siècle, observateur exact et désintéressé; son dire ne peut être suspect : c'est Labruyère.

« On voit, dit-il , certains animaux farouches , des
» mâles et des femelles , répandus dans la campagne,
» noirs , livides , nuds , et tout brûlés du soleil , attachés
» à la terre qu'ils fouillent et remuent avec une opiniâ-
» treté invincible. Ils ont comme une voix articulée , et
» quand ils se lèvent sur leurs pieds , ils montrent une
» face humaine ; et en effet ils sont des hommes , ils se
» retirent la nuit dans des tanières , où ils vivent de pain
» noir , d'eau et de racines. Ils épargnent aux autres
» hommes la peine de semer , de labourer et de recueillir
» pour vivre , et méritent ainsi de ne pas manquer de ce
» pain qu'ils ont semé. »

Voilà ses propres mots ; il parle des heureux , de ceux
qui avaient du pain , du travail , et c'était le petit nombre alors.

Si Labruyère pouvait revenir , comme on revenait autrefois , et se trouver à nos assemblées , il y verrait non
seulement des faces humaines , mais des visages de femmes et de filles plus belles , surtout plus modestes que
celles de sa cour tant vantée , mises de meilleur goût
sans contredit , parées avec plus de grâce , de décence ;
dansant mieux , parlant la même langue (chose particulière au pays) , mais d'une voix si joliment , si doucement
articulée , qu'il en serait content , je crois. Il les verrait
le soir se retirer , non dans des tanières , mais dans leurs
maisons proprement bâties et meublées. Cherchant
alors ces animaux dont il a fait la description , il ne les
trouverait nulle part et sans doute bénirait la cause ,

qu'elle quelle soit, d'un si grand, si heureux changement.

Les fêtes d'Azai étaient célèbres, entre toutes celles de
nos villages, attiraient un concours de monde des champs,
des communes d'alentour. En effet, depuis que les garçons, dans ce pays, font danser les filles, c'est-à-dire
depuis le temps que nous commençâmes d'être à nous,
paysans des rives du Cher, la place d'Azai fut toujours
notre rendez-vous de préférence pour la danse et pour les
affaires. Nous y dansions comme avaient fait nos pères et
nos mères, sans que jamais aucun scandale, aucune plainte
en fût avenue, de mémoire d'homme, et ne pensions
guères, sages comme nous sommes, ne causant aucun
trouble, devoir être troublés dans l'exercice de ce droit
antique, légitime, acquis et consacré par un si long
usage, fondé sur les premières lois de la raison et du bon
sens; car apparemment, c'est chez soi qu'on a droit de
danser, et où le public sera-t-il, sinon sur la place publique? on nous en chasse néanmoins; un *firman* du préfet,
qu'il appelle arrêté, naguère publié, proclamé au son du
tambour, *Considérant*, etc., défend de danser à l'avenir,
ni jouer à la boule ou aux quilles, sur ladite place, et ce,
sous peine de punition. Où dansera-t-on? nulle part; il
ne faut point danser du tout; cela n'est pas dit clairement
dans l'arrêté de M. le préfet; mais c'est un article secret
entre lui et d'autres puissances, comme il a bien paru depuis. On nous signifia cette défense, quelques jours avant
notre fête, notre assemblée de la Saint-Jean.

Le désappointement fut grand pour tous les jeunes gens, grand pour les marchands en boutique et autres qui avaient compté sur quelque débit. Qu'arriva-t-il ? la fête eut lieu, triste, inanimée, languissante; l'assemblée se tint, peu nombreuse et comme dispersée çà et là. Malgré l'arrêté, on dansa hors du village, au bord du Cher, sur le gazon, sous la coudrette; cela est bien plus pastoral que les échoppes du marché, de meilleur effet dans une églogue, et plus poétique en un mot. Mais chez nous, gens de travail, c'est de quoi on se soucie peu; nous aimons mieux, après la danse, une omelette au lard, dans le cabaret prochain, que le murmure des eaux et l'émail des prairies.

Nos dimanches d'Azaï, depuis lors, sont abandonnés. Peu de gens y viennent de dehors, et aucun n'y reste. On se rend à Véretz, où l'affluence est grande, parce que là nul arrêté n'a encore interdit la danse. Car le curé de Véretz est un homme sensé, instruit, octogénaire quasi, mais ami de la jeunesse, trop raisonnable pour vouloir la réformer sur le patron des âges passés, et la gouverner par des bulles de Boniface ou d'Hildebrand. C'est devant sa porte qu'on danse, et devant lui le plus souvent. Loin de blâmer ces amusements, qui n'ont rien en eux-mêmes que de fort innocent, il y assiste et croit bien faire, y ajoutant par sa présence et le respect que chacun lui porte, un nouveau degré de décence et d'honnêteté. Sage pasteur, vraiment pieux, le puissions-nous long-temps conserver pour le soulagement du pauvre, l'édification du prochain et le repos de cette commune, où sa prudence maintient la paix , le calme , l'union , la concorde.

Le curé d'Azai, au contraire, est un jeune homme bouillant de zèle, à peine sorti du séminaire, conscrit de l'église militante, impatient de se distinguer. Dès son installation , il attaqua la danse , et semble avoir promis à Dieu de l'abolir dans sa paroisse , usant pour cela de plusieurs moyens , dont le principal et le seul efficace , jusqu'à présent est l'autorité du préfet. Par le préfet, il réussit à nous empêcher de danser, et bientôt nous fera défendre de chanter et de rire. Bientôt! que dis-je? il y a eu déjà de nos jeunes gens mandés, menacés, réprimandés pour des chansons, pour avoir ri. Ce n'est pas, comme on sait, d'aujourd'hui que les ministres de l'église ont eu la pensée de s'aider du bras séculier dans la conversion des pécheurs, où les apôtres n'employaient que l'exemple et la parole, selon le précepte du maître. Car Jésus avait dit: Allez et instruisez. Mais il n'avait pas dit: Allez (avec des gendarmes) instruisez de par le préfet, et depuis , l'ange de l'école de Saint-Thomas déclara nettement qu'on ne doit pas contraindre à bien faire. On ne nous contraint pas , il est vrai ; on nous empêche de danser. Mais c'est un acheminement; car les mêmes moyens qui sont bons pour nous détourner du péché, peuvent servir et serviront à nous décider aux bonnes œuvres. Nous jeûnerons par ordonnance, non du médecin , mais du préfet.

Et ce que je viens de vous dire n'a pas lieu chez nous seulement. Il en est de même ailleurs, dans les autres communes de ce département où les curés sont jeunes. A quelques lieues d'ici, par exemple, à Fondettes, de là les deux rivières de la Loire et du Cher, pays riche, heureux, où l'on aime le travail et la joie, autant pour le moins que de ce côté, toute danse est pareillement défendue aux administrés par un arrêt du préfet. Je dis toute danse sur la place, où les fêtes amenaient un concours de plusieurs milliers de personnes des villages environnants et de Tours, qui n'en est qu'à deux lieues. Les hameaux près de Paris, les Bastides de Marseille, au dire des voyageurs, avec plus d'affluence, surtout en gens de ville, avaient moins d'agrément, de rustique gaîté. N'en soyez plus jaloux, bals champêtres de Sceaux et du pré Saint-Gervais; ces fêtes ont cessé; car le curé de Fondettes est aussi un jeune homme sortant du séminaire, comme celui d'Azai, du séminaire de Tours; maison dont les élèves, une fois en besogne dans la vigne du Seigneur, en veulent extirper d'abord tout plaisir, tout divertissement, et faire d'un riant village un sombre couvent de la Trappe. Cela s'explique : on explique tout dans le siècle où nous sommes; jamais le monde n'a tant raisonné sur les effets et sur les causes. Le monde dit que ces jeunes prêtres, au séminaire, sont élevés par un moine un frère picpus, frère Isidore, c'est son nom; homme envoyé des hautes régions de la monarchie, afin d'instruire nos docteurs, de former les instituteurs qu'on

destine à nous réformer. Le moine fait les curés, les curés nous feront moines. Ainsi l'horreur de ces jeunes gens
pour le plus simple amusement, leur vient du triste picpus, qui lui-même tient d'ailleurs sa morale farouche.
Voilà comme en remontant dans les causes secondes, on
arrive à Dieu, cause de tout. Dieu nous livre au picpus.
Ta volonté, Seigneur, soit faite en toutes choses. Mais qui
l'eût dit à Austerlitz !

 Une autre guerre que font à nos danses de village ces
jeunes séminaristes, c'est la confession. Ils confessent les
filles, sans qu'on y trouve à redire, et ne leur donnent
l'absolution qu'autant qu'elles promettent de renoncer à
la danse, à quoi peu d'entre elles consentent, quelque
ascendant que doive avoir, et sur leur sexe et sur leur âge,
un confesseur de vingt-cinq ans, à qui les aveux, le secret et l'intimité qui s'ensuit nécessairement, donnent
tant d'avantages, tant de moyens pour persuader; mais
les pénitentes aiment la danse. Le plus souvent aussi elles
aiment un danseur, qui, après quelque temps de poursuite et d'amour, enfin devient un mari. Tout cela se
passe publiquement; tout cela est bien, et en soi beaucoup plus décent que des conférences tête-à-tête avec ces
jeunes gens vêtus de noir. Y a-t-il de quoi s'étonner que
de tels attachements l'emportent sur l'absolution, et que
le nombre des communiants se trouve diminué cette année
de plus des trois quarts, à ce qu'on dit. La faute en est
toute au pasteur, qui les met dans le cas d'opter entre
ce devoir de religion et les affections les plus chères de

la vie présente, montrant bien par là que le zèle pour conduire les ames ne suffit pas, même uni à la charité. Il y
faut ajouter encore la discrétion, dit Saint Paul, aussi nécessaire aujourd'hui, dans ce ministère pieux, qu'elle fut
au temps de l'Apôtre.

En effet, le peuple est sage, comme j'ai déjà dit, plus
sage de beaucoup et plus heureux aussi qu'avant la révolution; mais il faut l'avouer, il est bien moins dévot. Nous
allons à la messe le dimanche à la paroisse, pour nos
affaires, pour y voir nos amis ou nos débiteurs, nous y
allons; combien reviennent (j'ai grand honte à le dire)
sans l'avoir entendue, partent, leurs affaires faites, sans
être entrés dans l'église. Le curé d'Azai, à Pâques der-
nières, voulant quatre hommes pour porter le dais, qui
eussent communié, ne les put trouver dans le village; il
en fallut prendre de dehors, tant est rare chez nous, et
petite, la dévotion. En voici la cause, je crois. Le peuple
est d'hier propriétaire; ivre encore, épris, possédé de sa
propriété; il ne voit que cela, ne rêve d'autre chose, et
nouvel affranchi de même, quant à l'industrie, se donne
tout au travail, oublie le reste et la religion. Esclave auparavant, il prenait du loisir, pouvait écouter, méditer
la parole de Dieu et penser au ciel où était son espoir, sa
consolation. Maintenant il pense à la terre qui est à lui
et le fait vivre. Dans le présent ni dans l'avenir, le paysan
n'envisage plus qu'un champ, une maison qu'il a ou veut
avoir, pour laquelle il travaille, amasse, sans prendre
repos ni repas. Il n'a d'idée que celle-là, et vouloir l'en

distraire, lui parler d'autre chose, c'est perdre son temps.
Voilà d'où vient l'indifférence qu'à bon droit nous reproche l'abbé de la Mennais, en matière de religion. Il dit
bien vrai; nous ne sommes pas de ces tièdes que Dieu vo-
mit, suivant l'expression de Saint-Paul, nous sommes
froids, et c'est le pis. C'est proprement le mal du siècle.
Pour y remédier et nous amener, de cette indifférence,
à la ferveur que l'on désire, il faut user de ménagements,
de moyens doux et attrayants, car d'autres produiraient
un effet opposé. La prudence y est nécessaire, ce qu'entendent mal ces jeunes curés, dont le zèle admirable,
d'ailleurs, n'est pas assez selon la science. Aussi leur âge
ne le porte pas.

Pour en dire ici ma pensée, j'écoute peu les déclamations contre la jeunesse d'à présent, et tiens fort suspec-
tes les plaintes qu'en font certaines gens, me rappelant
toujours le mot *vengeons-nous par en médire* (si on
médisait seulement; mais on va plus loin); pourtant il
doit y avoir du vrai dans ces discours, et je commence à
me persuader que la jeunesse séculière, sans mériter d'être
sabrée, foulée aux pieds, ou fusillée, peut ne valoir
guères aujourd'hui, puisque même ces jeunes prêtres,
dans leurs pacifiques fonctions, montrent de telles dispositions bien éloignées de la sagesse et de la retenue de
leurs anciens. Je vous ai déjà cité, Messieurs, notre bon
curé de Véretz, qui semble un père au milieu de nous;
mais celui d'Azai, que remplace le séminariste, n'avait
pas moins de modération, et s'était fait de même une

famille de tous ses paroissiens, partageant leurs joies,
leurs chagrins, leurs peines comme leurs amusements,
où de fait on n'eût su que reprendre ; voyant très-volon-
tiers danser filles et garçons, et principalement sur la
place ; car il l'approuvait là bien plus qu'en quelque autre
lieu que ce fût, et disait que le mal rarement se fait en
public. Aussi trouvait-il à merveille que le rendez-vous
des jeunes filles et de leurs prétendus, fût sur cette place
plutôt qu'ailleurs, plutôt qu'au bosquet ou aux champs,
quelque part loin des regards, comme il arrivera quand
nos fêtes seront tout-à-fait supprimées. Il n'avait garde
de demander cette suppression, ni de mettre la danse au
rang des péchés mortels, ou de recourir aux puissances
pour troubler d'innocents plaisirs. Car, enfin, ces jeunes
gens, disait-il, doivent se voir, se connaître avant de s'é-
pouser, et où se pourraient-ils jamais rencontrer plus
convenablement que là, sous les yeux de leurs amis, de
leurs parents et du public, souverain juge en fait de con-
venance et d'honnêteté ?

Ainsi raisonnait ce bon curé, regretté de tout le pays,
homme de bien, s'il en fût oncques, irréprochable dans
ses mœurs et dans sa conduite, comme sont aussi, à vrai
dire, les jeunes prêtres successeurs de ces anciens-là. Car
il ne se peut voir rien de plus exemplaire que leur vie. Le
clergé ne vit pas maintenant comme autrefois, mais il fait
paraître en tout une régularité digne des temps apostoli-
ques. Heureux effet de la pauvreté ! Heureux fruit de la
persécution soufferte à cette grande époque où Dieu visita

son Église. Ce n'est pas un des moindres biens qu'on doive à la révolution, de voir non-seulement les curés, ordre respectable de tout temps, mais les évêques avoir des mœurs.

Toutefois il est à craindre que de si excellents exemples faits pour grandement contribuer au maintien de la religion, ne soient en pure perte pour elle, par l'imprudence des nouveaux prêtres qui la rendent peu aimable au peuple en la lui montrant ennemie de tout divertissement, triste, sombre, sévère, *n'offrant de tous côtés que pénitence à faire, et tourments mérités,* au lieu de prêcher sur des textes plus convenables à présent : *Sachez que mon joug est léger*, ou bien celui-ci : *Je suis doux et humble de cœur.* On ramènerait ainsi des brebis égarées que trop de rigueur effarouche. Quelque grands que soient nos péchés, nous n'avons guère maintenant le temps de faire pénitence. Il faut semer et labourer. Nous ne saurions vivre en moines, en dévôts de profession, dont toutes les pensées se tournent vers le ciel. Les règles faites pour eux, détachés de la terre, *et comme du fumier regardant tout le monde,* ne conviennent point à nous qui avons ici-bas et famille et chevance, comme dit le bon homme, et malheureusement tenons à toutes ces choses. Puis, que faisons-nous de mal, quand nous ne faisons pas bien, quand nous ne travaillons pas? Nos délassements, nos jeux, les jours de fêtes, n'ont rien de blâmable en eux-mêmes ni par aucune circonstance. Car ce qu'on allègue au sujet de la place d'Azai, pour nous empêcher

d'y danser ; cette place est devant l'église , dit-on ; danser
là , c'est danser devant Dieu, c'est l'offenser ; et depuis
quand? Nos pères y dansaient, plus dévots que nous, à
ce qu'on nous dit. Nous y avons dansé après eux ; le saint
roi David dansa devant l'arche du Seigneur, et le Seigneur
le trouva bon ; il en fut aise, dit l'Écriture ; et nous qui
ne sommes saints ni rois, mais honnêtes gens néanmoins,
ne pourrons danser devant notre église, qui n'est pas l'arche, mais sa figure selon les sacrés interprètes. Ce que
Dieu aime de ses saints, de nous l'offense ; l'église d'Azai
sera profanée du même acte qui sanctifia l'arche et le
temple de Jérusalem ! Nos curés jusqu'à ce jour étaient-
ils mécréants, hérétiques, impies, ou prêtres catholiques,
aussi sages pour le moins que des séminaristes? ils ont
approuvé de tels plaisirs et pris part à nos amusements,
qui ne pouvaient scandaliser que les élèves du picpus.
Voilà quelques-unes des raisons que nous opposons au
trop de zèle de nos jeunes réformateurs.

Partant, vous déciderez, Messieurs, s'il ne serait pas
convenable de nous rétablir dans le droit de danser comme
auparavant, sur la place d'Azai, les dimanches et fêtes,
puis, vous pourrez examiner s'il est temps d'obéir aux
moines et d'apprendre des oraisons, lorsqu'on nous couche en joue de près, à bout touchant, lorsqu'autour de
nous toute l'Europe en armes fait l'exercice à feu, ses
canons en batterie et la mèche allumée.

Véretz , 15 juillet 1822.

LIVRET

DE PAUL-LOUIS, VIGNERON,

PENDANT SON SÉJOUR A PARIS,

EN MARS 1823.

LIVRET

DE PAUL-LOUIS, VIGNERON,

PENDANT SON SÉJOUR A PARIS,

EN MARS 1823.

—

—Monsieur de Talleyrand, dans son discours au roi pour l'empêcher de faire la guerre, a dit : Sire, je suis vieux. C'était dire, vous êtes vieux ; car ils sont de même âge. Le roi, choqué de cela, lui a répondu : Non, monsieur de Talleyrand, non, vous n'êtes point vieux ; l'ambition ne vieillit pas.

Talleyrand parle haut, et se dit responsable de la restauration.

Ces mots vieillesse et mort sont durs, à la vieille cour. Louis XI les abhorrait ; celui de mort surtout ; et afin de ne le point entendre, il voulut que quand on le verrait à l'extrémité on lui dît seulement *parlez peu*, pour l'avertir de sa situation. Mais ses gens oublièrent l'ordre, et lorsqu'il en vint là, lui dirent crument le mot qu'il trouva bien amer. (Voir Philippe de Commines.)

—Marchangy, lorsqu'il croyait être député, se trouvant chez monsieur Peyronnet, examinait l'appartement qui lui parut assez logeable ; seulement il eût voulu le

salon plus orné, l'antichambre plus vaste, afin d'y faire
attendre et la cour et la ville, peu content d'ailleurs de
l'escalier. Le gascon qui connut sa pensée, eut peur de
cette ambition et résolut de l'arrêter, comme il fit en
laissant paraître les nullités de son élection, dont sans
cela on n'eût dit mot.

— Quatre gardes-du-corps ont battu le parterre au
Gymnase dramatique. On dit que cela est contraire à l'ordonnance de Louis XIII, qui leur défend de maltraiter
ni frapper les sujets du roi *sans raison*. Mais il y avait
une raison; c'est que le parterre ne veut point applaudir
des couplets qui plaisent aux gardes-du-corps et leur promettent la victoire en Espagne, s'ils y font la guerre, ce
qui n'est nullement vraisemblable.

— Près des Invalides, six Suisses ont assailli quelques
bouchers. Ceux-ci ont tué deux Suisses et blessé tous les
autres qui se sont sauvés en laissant sabres et schakos. Les
bouchers devraient quelquefois aller au parterre, et les
Suisses toujours se souvenir du dix août.

— Lebrun trouve dans mon Hérodote un peu trop de
vieux français, quelques phrases traînantes. Béranger
pense de même, sans blâmer cependant cette façon de
traduire. On est content de la préface.

— Le boulevard est plein de caricatures, toutes contre
le peuple. On le représente grossier, débauché, crapu-
leux, semblable à la cour, mais en laid. Afin de le corrompre, on le peint corrompu. L'adultère est le sujet
ordinaire de ces estampes. C'est un mari avec sa femme

sur un lit et le galant dessous, ou bien le galant dessus et le mari dessous. Des paroles expliquent cela. Dans une autre, le mari lorgnant par la serrure, voit les ébats de sa femme, scène des Variétés. Ce théâtre aura bientôt le privilége exclusif d'en représenter de pareilles. Il jouera seul les pièces qu'on appelle grivoises, c'est-à-dire sales, dégoûtantes, comme la Marchande de goujons. Les censeurs ont soin d'en ôter tout ce qui pourrait inspirer quelque sentiment généreux. La pièce est bonne, pourvu qu'il n'y soit point question de liberté, d'amour du pays ; elle est excellente, s'il y a des rendez-vous de charmantes femmes avec de charmants militaires, qui battent leurs valets, chassent leurs créanciers, escroquent leurs parents, c'est le bel air qu'on recommande. Corrompre le peuple est l'affaire, la grande affaire maintenant. A l'église et dans les écoles, on lui enseigne l'hypocrisie, au théâtre l'ancien régime et toutes ses ordures. On lui tient prêtes des maisons où il va pratiquer ces leçons.

En Angleterre tout au contraire, les caricatures et les farces se font contre les grands, livrés à la risée du peuple qui conserve ses mœurs et corrige la cour.

— Un homme que j'ai vu, arrive d'Amérique. Il y est resté trois ans sans entendre parler de ce que nous appelons ici l'autorité. Nul ne lui a demandé son nom, sa qualité, ni ce qu'il venait faire, ni d'où, ni pourquoi, ni comment. Il a vécu trois ans sans être gouverné, s'ennuyant à périr. Il n'y a point là de salons. Se passer de salons, impossible au Français, peuple éminemment courtisan. La cour s'étend partout en France; le premier des besoins c'est de faire sa cour. Tel brave à la tribune les grands, les potentats, et le soir devant... s'incline profondément, n'ose s'asseoir chez... qui lui frappe sur l'épaule et l'appelle mon cher. Que de maux naissent, dit Labruyère, de ne pouvoir être seul.

— A Boulogne-sur-Mer, M. Léon de Chanlaire avait établi une école d'enseignement mutuel, dans une salle bâtie par lui exprès avec beaucoup de dépenses. Là, trois cents enfants apprenaient l'arithmétique et le dessin. Les riches paient pour les pauvres, et de ceux-ci cinquante se trouvaient habillés sur la rétribution des autres; tout allait le mieux du monde. Ces enfants s'instruisaient et n'étaient point fouettés. Les frères ignorantins qui fouettent et n'instruisent pas, ont fait fermer l'école, et de plus ont demandé que la salle de M. de Chanlaire leur fût donnée par les jésuites, maîtres de tout; Chanlaire est accouru ici pour parler aux jésuites et défendre son bien. (*Nota*, que toute affaire se décide à Paris; les provinces sont traitées comme pays conquis); il va voir Frayssinous qui lui répond ces mots : Ce que j'ai décidé, nulle puissance au monde ne le saurait changer. Parole mémorable et digne seulement d'Alexandre ou de lui.

Tous ces célibataires fouettant les petits garçons et confessant les filles, me sont un peu suspects. Je voudrais que les confesseurs fussent au moins mariés; mais les frères fouetteurs, il faudrait, sauf meilleur avis, les mettre aux galères, ce me semble. Ils cassent les bras aux enfants qui ne se laissent point fouetter. On a vu cela dans les journaux de la semaine passée. Quelle rage ! *Flagellandi tàm dira cupido.*

— Un Anglais m'a dit : Nos ministres ne valent pas mieux que les vôtres. Ils corrompent la nation pour le gouvernement, récompensent la bassesse, punissent toute espèce de générosité. Ils font de fausses conspirations, où ils mettent ceux qui leur déplaisent, puis de faux jurys pour juger ces conspirations. C'est tout comme chez vous. Mais il n'y a point de police. Voilà la différence.

Grande, très-grande cette différence à l'avantage de l'Anglais. La police est le plus puissant de tous les moyens inventés pour rendre un peuple vil et lâche. Quel courage peut avoir l'homme élevé dans la peur des gendarmes, n'osant ni parler haut, ni bouger sans passeport, à qui tout est espion, et qui craint que son ombre ne le prenne au collet ?

Pour faire fuir nos conscrits, les Espagnols n'ont qu'à s'habiller en gendarmes.

— Quand Marchangy voulut parler aux députés, il fut tout étonné de se voir contredit et perdit la tête d'abord. Il lui échappa de dire, croyant être au Palais : Qu'on le raye du tableau ; en prison les perturbateurs ; M. le président, nous vous requérons..... Plaisante chose qu'un Marchangy à la tribune, sans robe et sans bonnet carré ; mais avec son bonnet...... Jefferies, Laubardemont ! Il sera, dit-on, réélu et songe à exclure les indignes.

— Les journaux de la cour insultent le duc d'Orléans.
On le hait; on le craint; on veut le faire voyager. Le roi
lui disait l'autre jour : Eh bien, M. le duc d'Orléans,
vous allez donc en Italie? Non pas, Sire, que je sache.
Mon Dieu si, vous y allez; c'est moi qui vous le dis, et
vous m'entendez bien. Non, sire, je n'entends point, et
je ne quitte la France que quand je ne puis faire autrement.

— Ce Deffiat, député en ma place, est petit-fils de Rusé
Deffiat qui donna l'eau de chicorée à Madame Henriette
d'Angleterre. Leur fortune vient de là. Monsieur récom-
pensa ce serviteur fidèle. Monsieur vivait avec le chevalier
de Loraine, que Madame n'aimait pas. Le ménage était
troublé. Deffiat arrangea tout avec l'eau de chicorée. Monsieur, depuis ce temps, eut toujours du contre-poison
dans sa poche, et Deffiat le lui fournissait. Ce sont là de
ces services que les grands n'oublient point, et qui élèvent
une famille noble. Mon remplaçant n'est pas un homme
à donner aux princes, ni poison, ni contre-poison; il ferait
quelque quiproquo. C'est une espèce d'imbécile qui sert
la messe, et communie le plus souvent qu'il peut. Il n'a-
vait, dit-on, que cinquante voix dans le collége électoral : ses scrutateurs ont fait le reste. J'en avais deux cent
vingt connues.

— L'empereur Alexandre a dit à M. de Châteaubriand :
Pour l'intérêt de mon peuple et de ma religion, je devais
faire la guerre au Turc; mais j'ai cru voir qu'il s'agissait
de révolution entre la Grèce et le Turc : je n'ai point fait

la guerre. J'aime bien moins mon peuple et ma religion, que je ne hais la révolution, qui est proprement ma bête noire. Je me réjouis que vous soyez venu; je voulais vous conter cela. Quelle confidence d'un empereur! Et le romancier qui publie cette confidence! Tout dans son discours est bizarre.

Il entend *sortir* les paroles de la bouche de l'empereur. On entend sortir un carrosse ou des chevaux de l'écurie; mais qui diantre entendit jamais sortir des paroles? Et que ne dit-il: Je les ai vu sortir, ces paroles, de la bouche de mon bon ami qui a huit cent mille hommes sur pied? cela serait plus positif, et l'on douterait moins de sa haute faveur à la cour de Russie.

Notez qu'il avait lu cette belle pièce aux dames; et quand on lui parla d'en retrancher quelque chose; avant de la lire à la Chambre, il n'en voulut rien faire, se fondant sur l'approbation de madame Récamier. Or, dites maintenant qu'il n'y a rien de nouveau. Avait-on vu cela? Nous citons les Anglais: Est-ce que M. Canning, voulant parler aux Chambres, de la paix, de la guerre, consulte les ladys, les mistriss de la cité?

Les gens de lettres, en général, dans les emplois, perdent leur talent, et n'apprennent point les affaires. Bolinbroke se repentit d'avoir appelé près de lui Addisson et Steele.

— Socrate, avant Boissy d'Anglas, refusa, au péril de sa vie, de mettre aux voix du peuple assemblé une proposition illégale. Ravez n'a point lu cela; car il eût fait de même dans l'affaire de Manuel. Il est vrai que Socrate, présidant les tribus n'avait ni traitement de la cour, ni gendarmerie à ses ordres. Manuel a été grand quatre jours; c'est beaucoup. Que faudrait-il qu'il fît à présent? Qu'il mourût, afin de ne point déchoir.

— D'Arlincourt est venu à la cour, et a dit : Voilà mon Solitaire et mes autres romans, qui n'en doivent guères au Christianisme de Châteaubriand. Mon galimathias vaut le sien; faites-moi conseiller-d'état au moins. On ne l'a pas écouté. De rage, il quitte le parti, et se fait libéral. C'est le maréchal d'Hocquincourt, jésuite ou janséniste, selon l'humeur de sa maîtresse, et l'accueil qu'il reçoit au Louvre.

— Ravez maudit son sort, se donne à tous les diables. Il a fait ce qu'il a pu, dans l'affaire de Manuel, pour contenter le parti jésuite. Il n'a point réussi. Ceux qu'il sert lui reprochent de s'y être mal pris, disent que c'est un sot, qu'il devait éviter l'esclandre, et qu'avec un peu de prévoyance, il eût empêché l'homme d'entrer, ou l'eût fait sortir sans vacarme. Fâcheuse condition que celle d'un valet! Sosie l'a dit; les maîtres ne sont jamais contents. Ravez veut trop bien faire. Hyde de Neuville va mieux, et l'entend à merveille. Je vois, je vois là-bas les ministres de mon roi. Il a son roi comme Pardessus : Mon roi m'a pardonné. Voilà le vrai dévouement. Le dévouement doit être toujours un peu idiot. Cela plaît bien plus à un maître, que ces gens qui tranchent du capable.

— Serons-nous capucins, ne le serons-nous pas? Voilà aujourd'hui la question. Nous disions hier : Serons-nous les maîtres du monde?

— Ce matin me promenant dans le Palais-Royal , M..1-1...rd passe, et me dit : Prends garde, Paul-Louis, prends-garde ; les cagots te feront assassiner. Quelle garde veux-tu, lui dis-je , que je prenne? Ils ont fait tuer des rois ; ils ont manqué frère Paul, l'autre Paul, à Venise , *Fra Paoolo Sarpi*. Mais il l'échappa belle.

— Fabvier me disait un jour : Vos phraseurs gâtent tout : voulant être applaudis , ils mettent leur esprit à la place du bon sens que le peuple entendraient. Le peuple n'entend point la pompeuse éloquence , les longs raisonnements. Il vous paraît , lui dis-je , aisé de faire un discours pour le peuple ; vous croyez le bon sens une chose commune et facile à bien exprimer.

— Le vicomte de Foucault nous parle de sa race. Ses ancêtres, dit-il , commandaient à la guerre. Il cite leurs batailles et leurs actions d'éclat. *Mais la postérité d'Alphane et de Bayard* , quand ce n'est qu'un gendarme aux ordres d'un préfet , ma foi, c'est peu de chose. Le vicomte de Foucault ne gagne point de batailles ; il empoigne les gens. Ces nobles ne pouvant être valets de cour, se font archers ou geôliers. Tous les gardes-du-corps veulent être gendarmes.

— Les Mémoires de madame Campan méritent peu de confiance. Faits pour la cour de Bonaparte, qui avait besoin de leçons, ils ont été revus depuis par des personnes intéressées à les altérer. L'auteur voit tout dans l'étiquette, et attribue le renversement de la monarchie à l'oubli du cérémonial. Bien des gens sont de cet avis. Henri III fonda l'étiquette, et cependant fut assassiné. On négligea quelque chose apparemment ce jour-là. L'étiquette rend les rois esclaves de la cour.

Dans ces mémoires il est dit qu'une fille de garde-robe, sous madame Campan femme de chambre, avait dix-huit mille francs de traitement, c'est trente-six mille aujourd'hui. Aussi tout le monde voulait être de la garde-robe. Que de gens encore passent la vie à espérer de tels emplois! Montaigne quelque part se moque de ceux qui, de son temps s'adonnaient à l'agriculture, et à ce qu'il appelle ménage domestique. Allez, disait-il, chez les rois, si vous voulez vous enrichir. Et Démosthènes : Les rois, dit-il, font l'homme riche en un mot, et d'un seul mot; chez vous, Athéniens, cela ne se peut et il faut travailler ou hériter. Qu'on mette à Genève un roi avec un gros budget, chacun quittera l'horlogerie pour la garde-robe; et, comme les valets du prince ont des valets, qui eux-mêmes en ont d'autres, un peuple se fait laquais. De là l'oisiveté, la bassesse, tous les vices, et une charmante société.

Madame Campan fait de la reine un modèle de toute vertu; mais elle en parlait autrement, et l'on voit dans O'Meara ce qu'elle en disait à Bonaparte; comme, par exemple, que la reine avait un homme dans son lit, la nuit du 5 au 6 octobre; et que cet homme, en se sauvant,

perdit ses chausses qui furent trouvées par elle, madame
Campan. Cette histoire est un peu suspecte. M. de la
Fayette ne la croit point. Bonaparte a menti, ou madame
Campan.

Elle écrit mal, et ne vaut pas madame de Motteville,
qui était aussi femme de chambre. Madame du Hausset,
autre femme de chambre, va paraître. On imprime ses
Mémoires très-curieux. Ce sont là les vrais historiens de
la monarchie légitime.

— Quelqu'un montre une lettre de M. Arguelles où sont
ces propres mots : Votre roi nous menace ; il veut nous
envoyer un prince et cent mille hommes pour régler nos
affaires selon le droit divin. Voici notre réponse : Qu'il
exécute la Charte, ou nous lui enverrons Mina et dix mille
hommes avec le drapeau tricolore ; qu'il chasse ses émigrés et ses vils courtisans, parce que nous craignons la
contagion morale.

— Horace va faire un tableau de la scène de Manuel.
Mais quel moment choisira-t-il ? Celui où Foucault dit :
Empoignez le député ;—ou bien quand le sergent refuse ?
J'aimerais mieux ceci. Car, outre que le mot *empoignez*
ne se peut peindre (grand dommage sans doute), il y aurait là deux ignobles personnages, Foucault et le président, qui, à dire vrai, n'y était pas, mais auquel on penserait toujours. Dans cette composition, l'odieux domine-
rait, et cela ne saurait plaire, quoiqu'en dise Boileau.
L'instant du refus, au contraire, offre deux caractères
nobles, Manuel et le sergent qui tous deux intéressent,

non pas au même degré, mais de la même manière et par le plus bel acte dont l'homme soit capable, résister au pouvoir. De pareils traits sont rares ; il faut les recueillir et les représenter, les recommander au peuple. D'autre part, on peut dire aussi que Manuel, Foucault, ses gendarmes donneraient beaucoup à penser : et le président derrière la toile ; *car il est des objets que l'art judicieux*......... La constance de Manuel et la bassesse des autres formeraient un contraste ; ceux-ci servant des maîtres et calculant d'avance le profit, la récompense toujours proportionnée à l'infamie de l'action ; celui-là se proposant l'approbation publique et la gloire à venir.

— Les fournisseurs de l'armée sont tous bons gentilshommes et des premières familles. Il faut faire des preuves pour entrer dans la viande ou dans la partie des souliers. Les femmes y ont de gros intérêts ; les maîtresses, les amants partagent ; comtesses, duchesses, barons, marquis, on leur fait à tous bon marché des subsistances du soldat. La noblesse autrefois se ruinait à la guerre, maintenant s'enrichit et spécule très-bien sur la fidélité.

— Les bateaux venus de Strasbourg à Bayonne par le roulage coûteront de port cent mille francs et seront trois mois en chemin. Construits en un mois à Bayonne, ils eussent coûté quarante mille francs. Les munitions qu'on expédie de Brest à Bayonne, par terre, iraient par mer sans aucuns frais. Mais il y a une compagnie des transports par terre, dans laquelle des gens de la cour sont intéressés, et l'on préfère ce moyen. Il faut relever d'an—

ciennes familles qui relèveront la monarchie si elle culbute en Espagne.

— Les parvenus imitent les gens de bonne maison. Victor, sa femme, son fils, prennent argent de toutes mains. On parle de pots-de-vins de cinquante mille écus. Tout s'adjuge à huis-clos et sans publication. Ainsi se prépare une campagne à la manière de l'ancien régime. Cependant Marcellus danse avec miss Canning.

— La guerre va se faire enfin malgré tout le monde. Madame ne la veut pas. Madame du Cayla y paraît fort contraire. Mademoiselle ayant consulté sa poupée, se déclare pour la paix, ainsi que la nourrice et toutes les remueuses de Monseigneur le duc de Bordeaux. Personne ne veut la guerre. Mais voici le temps de Pâques, et tous les confesseurs refusent l'absolution si on ne fait la guerre; elle se fera donc.

Le duc de Guiche l'autre jour disait dans un salon, montrant le confesseur de Monsieur et d'autres prêtres : Ces cagots nous perdront.

— On me propose cent contre un que nos jésuites ne feront pas la conquête de l'Espagne, et je suis tenté de tenir. Sous Bonaparte, je proposai cent contre un qu'il ferait la conquête de l'Espagne : personne ne tint; j'aurais perdu; peut-être cette fois gagnerai-je.

— Mille contes plaisants du héros pacificateur, pointes, calembourgs de toutes parts. Il crève les chevaux sur la route de Bayonne, fait, dit-on quatre lieues à l'heure, va plus vite que Bonaparte, mais n'arrive pas sitôt, parce que ses dévotions l'arrêtent en chemin. Il visite les églises et baise les reliques. Le peuple qui voit cela, en aime d'autant moins l'église et les reliques.

— Il n'y a pas un paysan dans nos campagnes qui ne dise que Bonaparte vit, et qu'il reviendra. Tous ne le croient pas, mais le disent. C'est entre eux une espèce d'argot, de mot convenu pour narguer le gouvernement. Le peuple hait les Bourbons, parce qu'ils l'ont trompé, qu'ils mangent un milliard et servent l'étranger, parce qu'ils sont toujours émigrés, parce qu'ils ne veulent pas être aimés.

Barnave disait à la reine : il faut vous faire aimer du peuple. Hélas! je le voudrais, dit-elle; mais comment? Madame, il vous est plus aisé qu'il ne l'était à moi. Comment faire? Madame, lui répondit Barnave, tout est dans un mot, bonne foi.

' — On va marcher, on avancera en Espagne; on renouvellera les bulletins de la grande armée avec les exploits de la garde; au lieu de Murat, ce sera La Roche-Jacquelin. Sans rencontrer personne, on gagnera des batailles, on forcera des villes; enfin on entrera triomphant dans Madrid, et là commence la guerre. Jamais ils ne feront la conquête de l'Espagne. M. Ls.

Je le crois; mais ce n'est pas l'Espagne, c'est la France qu'ils veulent conquérir. A chaque bulletin de Martainville, à chaque victoire de messieurs les gardes-du-corps, on refera ici quelque pièce de l'ancien régime, et qu'importe aux jésuites que des armées périssent, pourvu qu'ils confessent le roi?

— A la chambre des pairs, hier quelqu'uu disait : Fi-
gurez-vous que nos gens en Espagne seront des saints. Ils
ne feront point de sottises; on paiera tout, et le soldat
ne mangera pas une poule qui ne soit achetée au marché.
Ordre, discipline admirable; on mènera jusqu'à des filles,
afin d'épargner les infantes. La conquête de la Péninsule
va se faire sans fâcher personne, et notre armée sera
comblée de bénédictions. Là-dessus M. Catelan a pris la
parole et a dit : Je ne sais pas comment vous ferez lorsque
vous serez en Espagne; mais en France votre conduite est
assez mauvaise. Vous paierez là, dites-vous, et ici vous prenez. Voici une réquisition de quatre mille bœufs pour conduire de Toulouse à Pau votre artillerie, qui a ses chevaux;
mais ils sont employés ailleurs. Ils mènent les équipages
des ducs et des marquis et des gardes-du-corps. Le canon
reste là. Vous y attelez nos bœufs au moment des labours.
Vous serez sages en Espagne, à la bonne heure, je le veux
croire, et vous agirez avec ordre; mais je ne vois que con-
fusion dans vos préparatifs.

— Guilleminot a fait un rapport dont la substance est
que l'armée a besoin de se recruter d'une ou de deux
conscriptions, pour être en état, non de marcher, car il
n'y a nulle apparence, mais de garder seulement la frontière; que l'état major est bon et fera ce qu'on voudra :
mais que les officiers *de fortune*, et surtout les sous-offi-
ciers semblent peu disposés à entrer en campagne, pensant que c'est contre eux que la guerre se fait. Guilleminot
est rappelé pour avoir dit ces choses-là, et son aide-de-

camp arrêté comme correspondant de Fabvier. Victor part
pour l'armée.

— A l'armée une cour (voir là-dessus Feuquières,
Mémoires), c'est ce qui a perdu Bonaparte, tout Bonaparte qu'il était. La cour de son frère Joseph sauva Wellington plus d'une fois. Partout où il y a une cour, on ne
songe qu'à faire sa cour. Le duc d'Angoulême a carte
blanche pour les récompenses, et l'on sait déjà ceux qui
se distingueront. Hohenlohe sera maréchal. C'est un
Allemand qui a logé les princes dans l'émigration. Il com-
mandera nos généraux, et pas un d'eux ne dira mot. La
noblesse de tout temps obéit volontiers même à des bâtards étrangers, comme était le maréchal de Saxe. Les
soldats, quant à eux, font peu de différence d'un Allemand à un émigré. Ils l'aimeront autant que Coigny ou
Vioménil. Personne ne se plaindra. Jamais, en Angleterre, on ne souffrirait cela. Nous aurons tout l'ancien
régime; on ne nous fera pas grâce d'un abus.

PROCLAMATION.

Soldats, vous allez rétablir en Espagne l'ancien régime et défaire la révolution. Les Espagnols ont fait chez
eux la révolution; ils ont détruit l'ancien régime, et à
cause de cela on vous envoie contre eux; et quand vous
aurez rétabli l'ancien régime en ce pays-là, on vous ra-
mènera ici pour en faire autant. Or, l'ancien régime,
savez-vous ce que c'est, mes amis? C'est, pour le peuple,

des impôts ; pour les soldats, c'est du pain noir et des coups de bâton ; des·coups de bâton et du pain noir, voilà l'ancien régime pour vous. Voilà ce que vous allez rétablir, là d'abord, et ensuite chez vous.

Les soldats espagnols ont fait en Espagne la révolution. Ils étaient las de l'ancien régime et ne voulaient plus ni pain noir ni coups de bâton ; ils voulaient autre chose, de l'avancement, des grades ; ils en ont maintenant, et deviennent officiers à leur tour, selon la loi. Sous l'ancien régime, les soldats ne peuvent jamais être officiers ; sous la révolution, au contraire, les soldats deviennent officiers. Vous entendez ; c'est là ce que les Espagnols ont établi chez eux, et qu'on veut empêcher. On vous envoie exprès, de peur que la même chose ne s'établisse ici, et que vous ne soyez quelque jour officiers. Partez donc, battez-vous contre les Espagnols ; allez, faites-vous estropier, afin de n'être pas officiers et d'avoir des coups de bâton.

Ce sont les étrangers qui vous y font aller. Car le roi ne voudrait pas. Mais ses alliés le forcent à vous envoyer là. Ses alliés, le roi de Prusse, l'empereur de Russie et l'empereur d'Autriche suivent l'ancien régime. Ils donnent aux soldats beaucoup de coups de bâton avec peu de pain noir, et s'en trouvent très bien, eux souverains. Une chose pourtant les inquiète. Le soldat français, disent-ils, depuis trente ans, ne reçoit point de coups de bâton, et voilà l'Espagnol qui les refuse aussi ; pour peu que cela gagne, adieu la schlague chez nous, personne n'en voudra.

Il y faut remédier, et plus tôt que plus tard. Ils ont donc résolu de rétablir partout le régime du bâton, mais pour les soldats seulement; c'est vous qu'ils chargent de cela. Soldats, volez à la victoire, et quand la bataille sera gagnée, vous savez ce qui vous attend; les nobles auront de l'avancement, vous aurez des coups de bâton. Entrez en Espagne, marchez tambour battant, mèche allumée, au nom des puissances étrangères : vive la schlague; vive le bâton; point d'avancement pour les soldats, point de grades que pour les nobles.

Au retour de l'expédition, vous recevrez tout l'arriéré des coups de bâton qui vous sont dûs depuis 1789. Ensuite on aura soin de vous tenir au courant.

— La police va découvrir une grande conspiration, qui aura, dit-on, de grandes ramifications dans les provinces et dans l'armée. On nomme déjà des gens qui en seront certainement. Mais le travail n'est pas fait.

GAZETTE

DU VILLAGE.

GAZETTE

DU VILLAGE.

—

Ce journal n'est ni littéraire, ni scientifique, mais rustique. A ce titre il doit intéresser tous ceux que la terre fait vivre, ceux qui mangent du pain, soit avec un peu d'ail, soit avec d'autres mets moins simples. Les rédacteurs sont gens connus, demeurant la plupart entre le pont Clouet et le chêne fendu, laboureurs, vignerons, bûcherons, scieurs de long et botteleurs de foin, dont les opinions, les principes n'ont jamais varié, incapables de feindre ou d'avoir d'autres vues que leur propre intérêt, qui, comme chacun sait, est celui de l'état ; tranquilles sur le reste, et croyant qu'eux repus, tout le monde a dîné. Paul-Louis, quelque peu clerc, écoute leurs récits, recueille leurs propos, sentences, dits notables, qu'il couche par écrit, et en fait ces articles, sans y mettre du sien, sans y rien sous-entendre. Il ne faut point chercher ici tant de finesse. Nous nommons par leur nom les choses et les gens. Quand nous disons un chou, des citrouilles, un concombre, ce n'est point de la cour ni des grands que nous parlons. *Si gros Pierre bat sa femme,* nous n'irons pas écrire : *Le bruit courait hier que M. de*

G... P... ; ou dans certains salons on se dit à l'oreille...
Nous contons bonnement comme on conte chez nous, et
plaignons l'embarras de nos pauvres confrères, ayant à
satisfaire à-la-fois les lecteurs qui demandent du vrai,
et le gouvernement qui prétend que nulle vérité n'est
bonne à dire.

— M. le maire a entendu la messe dans sa tribune.
Après le service divin, M. le maire a travaillé dans son
cabinet avec M. le brigadier de la gendarmerie ; ensuite
de quoi ces messieurs ont expédié leur messager, dit le
Bossu, avec un paquet pour M. le préfet, en main propre.
Nous savons cela de bonne part ; et que le porteur doit
revenir avec la réponse ou le reçu : même on l'a vu passer
près de la Ville-aux-Dames, où il a bu un coup. Quant
au contenu de la dépêche, rien n'a transpiré. On soup-
çonne qu'il s'agit de quelques mauvais sujets qui veulent
danser le dimanche et travailler le jour de Saint-Gilles.

Madame, femme de M. le maire, est accouchée d'un
gentilhomme, au son des cloches de la paroisse.

— Les rossignols chantent, et l'hirondelle arrive. Voilà
la nouvelle des champs. Après un rude hiver et trois mois
de fâcheux temps, pendant lesquels on n'a pu faire char-
rois ni labours, l'année s'ouvre enfin, les travaux repren-
nent leurs cours.

—Charles Avenet est en prison pour avoir parlé aux soldats. Revenant hier de Sainte-Maure, il rencontra quelques soldats et les mena au cabaret. Ils furent bientôt
bons amis. Avenet a servi long-temps. Il est membre,

non chevalier de la légion-d'honneur. En buvant bouteille : Camarades, leur dit-il, qu'il ne vous déplaise,
où allez-vous le sac au dos? A l'armée, dirent ces jeunes
gens. Fort bien, et demandant une seconde bouteille :
qu'allez-vous faire? Eh, mais, la guerre apparemment.
Fort bien, répond Avenet. A la troisième bouteille : Çà,
dites-moi, pour qui allez-vous faire la guerre? Ils se mirent à rire. On parla des affaires. Deux gendarmes étaient
là, qui connaissant Avenet, l'appellent et lui disent : Va-
t'en. Il les crut, s'en alla, les gendarmes aussi. Mais il
revint bientôt, rejoignit ses convives, et reprit son propos. Alors on l'arrêta. C'étaient d'autres gendarmes. On
l'a mis au cachot. Le cas est grave. Il a dit ce qui se dit
entre soldats après trois bouteilles bues.

— Les vaches ne se vendent point. Les filles étaient
chères à l'assemblée de Véretz, les garçons hors de prix.
On n'en saurait avoir. Tous et toutes se marient à cause
de la conscription. Deux cents francs un garçon ! sans le
denier à Dieu, sabots, blouse et chapeau pour la première
année. Une fille vingt-cinq écus. La petite Madelon les
refuse de Jean Bedout, encore ne sait-elle ni boulanger
ni traire.

— On voit dans nos campagnes des gens qui ne gagnant rien, dépensent gros, étrangers, inconnus. L'un
marchand d'allumettes, l'autre venu pour vendre un
cheval qui vaut vingt francs, s'établissent à l'auberge et
mangent dix francs par jour. Ils font des connaissances,
jouent et paient à boire les dimanches, les jours de fête

ou d'assemblée. Ils parlent des Bourbons, de la guerre d'Espagne, causent et font causer. C'est leur état. Pour cela ils vont par les villages, non pour aucun négoce. On appelle ces gens, à la ville, des mouchards; à l'armée, des espions; à la cour, des agens secrets: aux champs! ils n'ont point de nom encore, n'étant connus que depuis peu. Ils s'étendent, se répandent à mesure que la morale publique s'organise.

— M. le maire est le télégraphe de notre commune; en le voyant on sait tous les événements. Lorsqu'il nous salue, c'est que l'armée de la Foi a reçu quelque échec; bonjour de lui veut dire une défaite là-bas. Passe-t-il droit et fier? la bataille est gagnée; il marche sur Madrid, enfonce son chapeau pour entrer dans la ville capitale des Espagnes. Que demain on l'en chasse, il nous embrassera, touchera dans la main, amis comme devant. D'un jour à l'autre il change, et du soir au matin est affable ou brutal. Cela ne peut durer; on attend des nouvelles, et selon la tournure que prendront les affaires, on élargira la prison ou les prisonniers.

— Pierre Moreau et sa femme sont morts âgés de vingt-cinq ans. Trop de travail les a tués ainsi que beaucoup d'autres. On dit travailler comme un nègre, comme un forçat; il faudrait travailler comme un homme libre.

— Milon fut quatre ans en prison pour son opinion, au temps de 1815, sa femme cependant et sa fille moururent; il en sortit ruiné, corrigé non; son opinion est la même qu'auparavant, ou pire. Ce qu'il n'aimait pas,

il l'abhorre à présent. Ils sont dans la commune dix mal-
pensants que le maire fit arrêter un jour, et qui souffri-
rent long-temps; en mémoire de quoi, tous les ans, le
deux mai, ils font ensemble un repas. On n'y boit point
à la santé du maire ni du gouvernement. Le deux mai,
cette année, ils étaient chez Bourdon, à l'auberge du Cygne, et leur banquet fini, déjà se levaient de table,
quand le maire passant, Milon qui l'aperçut, le montre
aux autres; chacun se mord le bout du doigt. Quelques
moments après, soit hasard ou dessein, survint le garde-
champêtre. Milon, sans dire gare, tombe sur lui, le
chasse à coups de pied, de poing et le poursuit dehors,
l'appelant espion, mouchard. Celui-là s'en allait mal
mené du combat; arrive Métayer, ou monsieur Métayer,
car il a terre et vigne. Milon va droit à lui : Êtes-vous
royaliste? oui, répond Métayer. L'autre d'un revers de
main, le jette contre la porte et voulait redoubler; mais
l'hôte le retint. Voilà une grosse affaire. Milon se cache
et fait bien. Les battus cependant n'ont point porté de
plainte; l'un garde son soufflet, l'autre ses horions. Le
maire ne dit mot. Qu'en sera-t-il? on ne sait. Il faut voir
ce que fera notre armée en Espagne pour les révérends
pères jésuites.

— Le curé d'Azai, jeune homme qui empêche de danser
et de travailler le dimanche, est bien avec l'autorité, mais
mal avec ses paroissiens. Il perd deux cents francs de la
commune, que le conseil assemblé lui retire cette année :
résolution hardie, presque séditieuse. Ceux qui l'ont pro-

posée, soutenue et votée pourront ne s'en pas bien trouver. A Véretz, au contraire, on donne un supplément au
curé qui laisse danser, brouillé avec l'autorité. Les deux
communes pensent de même. Rien ne fait tant de tort aux
prêtres que l'appui du gouvernement : rien ne les recommande comme la haine du gouvernement.

— Simon Gabelin ne voulant point aller à l'armée, a
vendu tout son bien pour acheter un homme, et se fait
remplacer. Il avait trois bons quartiers de vignes et un
demi-arpent de terre joignant sa maison. Il a fait de tout
dix-huit cents francs et emprunte le reste (car il lui faut
cent louis), espérant regagner cela par son travail de
maréchal ferrant. On a eu beau lui remontrer qu'il travaillerait à l'armée, gagnerait plus qu'ici et reviendrait
un jour ayant, outre son bien, bonne somme de deniers,
il ne veut point, dit-il, faire la guerre à Malmort. Malmort est en Espagne avec trois cent mille hommes, cent
mille pièces de canon et son fils.

— A Amboise, on plantait la croix dimanche passé,
en grande pompe. Monseigneur y était, non pas notre
archevêque, mais le coadjuteur, tous les curés des environs et un concours de spectateurs. La fête fut belle.
Dans cette foule, trois carabiniers se trouvaient en sale
veste d'écurie, bonnet de police sur la tête. Un mission-
naire les voit, leur crie : Bas le bonnet. Eux font la
sourde oreille. Même cri, même contenance. Carabiniers
ne s'émeuvent non plus que si on eût parlé à d'autres. Le
prélat en colère arrête sa procession ; le clergé, les dévots

cessent leurs litanies.Le peuple regardait. Les gendarmes
enfin, car toute scène en France finit par les gendarmes,
empoignent mes mutins, les mènent en prison. Ils gardèrent leur bonnet. Le soldat est du peuple et n'a point
de dévotion.

— Paul-Louis, sur les hauts de Véretz, fait des choses
admirables. C'est le premier homme du monde pour ter-
rasser un arpent de vigne. Il amène, d'un bois non fort
voisin de là, cinq cents charges de gazon ou terre de
bruyère. Il la laisse mûrir à l'air, de temps en temps la
vire, la remue avec cent ou cent cinquante charges de
fumier qu'il entremêle parmi. Puis, ouvrant une fosse
entre deux rangs de ceps, il y place ce terreau ; sa vigne,
au bout de deux ans, jeune d'ailleurs, et n'ayant besoin
que d'aliments, se trouve en pleine valeur. Ainsi amendé,
un arpent, pourvu qu'on l'entretienne avec soin, dili-
gence, patience, peine et travail, produit au vigneron
cent cinquante francs par an, et de plus, treize cents
francs aux fainéants de la cour. Le compte en est aisé.

Cet arpent donne quelquefois vingt-quatre pièces ou
poinçons de vin, aux bonnes années, quelquefois rien :
produit moyen, douze poinçons qui se vendent chacun
soixante francs, somme, sauf erreur, sept cent vingt.
Déduisez les façons, l'impôt, le coulage, l'entretien, la
garde, le coût de ce terreau qu'il faut renouveler tous les
cinq ans, vous trouverez net cent quarante ou cinquante
francs pour le bonhomme.

Mais pour la cour, c'est autre chose. Ces douze poinçons vont à Paris où l'on en fait du vin de Bourgogne. Ils paient à l'entrée soixante et quinze francs chaque ; plus six francs de remuage, taxe de l'usurpateur devenue légitime ; autant pour droit de patente, et quatre fois autant d'avanies qu'on appelle réunies, sans les autres faites par la police au marchand détaillant ; plus trente francs d'impôt sur le fonds, dont la valeur en outre, par droit de mutation, passe entière dans les mains du fisc tous les vingt ans. Comptez et n'en oubliez rien ; droit d'entrée, droit de remuage, droit de patente, droit de police, droit direct, droit indirect, droits réunis plusieurs ensemble, droit de mutation, c'est tout ; faisant bien chaque année treize cents francs pour les courtisans, ou douze cent nonante et six, que je ne mente.

Paul-Louis a dix arpents qu'il cultive et façonne de la sorte avec sa famille. Ces bonnes gens en tirent tous les ans, comme on voit, quinze cents francs, dont ils vivent, et treize mille francs pour la splendeur du trône. Ce sont les appointemens du procureur du roi qui a mis en prison Paul-Louis, et l'y remettra pour avoir fait ce calcul.

— On nous mande d'Azai : Le préfet a cassé l'arrêté de la commune qui ôtait au curé son traitement de deux cents francs. Ordre de s'assembler une seconde fois, de voter le traitement. On s'assemble, on se regarde ; les plus hardis tremblaient. Quelqu'un prend la parole : « Je vote le traitement à monsieur le curé, car c'est un homme de bien. » Tout le monde aussitôt : « C'est un homme de bien, il lui faut un traitement. » L'affaire allait passer à l'unanimité. Louis Bournegál se lève : « Ce que j'ai dit , je ne m'en dédis pas. Le curé se mêle de tout gouverner; il nous fait enrager, partant point de traitement. » De tous côtés : « Point de traitement ». On va aux voix ; refusé. Il tonne fort d'en haut sur la pauvre commune.

— Vendredi dernier les gendarmes, en passant, mirent pied à terre à l'auberge chez Jean Ricaut. Nos déserteurs cachés dans différentes maisons, car on les plaint, le monde les recueille volontiers, prirent peur et s'enfuirent les uns gagnant le bois, les autres traversant la rivière à la nage. Tous se sauvèrent excepté Urbain Chevrier. Urbain depuis peu revenu, ayant fait son temps de conscrit, quand il se vit rappelé par la nouvelle loi, en eut tant de chagrin, qu'il semblait ne connaître plus parents ni amis, toujours seul et pensif. A la rumeur que fit l'arrivée des gendarmes, lui comme hors de sens et déjà se croyant pris, s'en va tête baissée se jeter dans son puits, d'où on l'a retiré mort. Six semaines auparavant, il s'était marié avec Rose Deschamps. Jamais nôce ne fut si joyeuse, jamais gens si heureux, de long-temps s'entr'aimant, s'étant promis d'enfance. Leur aise a duré peu. La pauvre veuve est grosse et fait pitié à voir.

— Nous sommes douze paysans qui achetâmes, il y a deux ans, les terres de la Borderie, vendues par messieurs de la bande noire. Elles nous coûtèrent deux cents francs l'arpent, que pas un de nous ne donnerait à moins de huit cents francs maintenant, et produisent bien quatre fois ce qu'en payait le fermier, quand il payait. Car, mourant de faim, il a mis la clef sous la porte et s'en est allé, comme on sait. Cinq familles ont trouvé logis dans les bâtiments délabrés de cette Borderie : chacun s'y est accommodé, chacun non-seulement a réparé le vieux toit, mais bâti à neuf quelque grange ou quelque pressoir avec jardin, chènevière, saulaye autour de sa demeure. Voilà un village naissant qui va s'étendre et prospérer jusqu'à ce que le gouvernement y fasse attention.

— Brisson ne pouvait payer ses dettes, il s'est jeté dans l'eau et noyé. La femme Praut, d'Azi sur Chea, et à Mont-Louis, un tonnelier en ont fait autant cette semaine, lui sans raison connue, elle parce qu'on l'accusait d'avoir volé de l'herbe aux champs. L'an passé, Jean Choinart, fermier de la commune de Toucigny, approchant l'août, va voir ses blés, trouve sa récolte trop belle (il avait spéculé sur la hausse des grains), rentre chez lui et se défait. Beaucoup de gens embarrassés dans leurs affaires prennent ce parti, le seul qui ne soit pas sujet au repentir. On aime mieux maintenant être mort que ruiné. Nos aïeux ne se tuaient point. Naissant pour la misère, ils la savaient souffrir. Ils n'ambitionnaient point un champ, une maison, s'en passaient comme de pain, n'espérant rien en ce monde et ayant peur de l'autre.

— Nous voilà saufs de Saint Anicet, temps critique pour nos bourgeois. Si la vigne peut passer fleur et ne point couler, on ne saura où mettre tout le vin cette année. Jamais tant de lamme ne s'est vue au cep, ni si bien préparée. Les champs aussi promettent du blé à pleine

faucille. Laboureur et vigneron sont contents jusqu'ici ;
chose rare, tous deux se louent du ciel et du temps. Mais
combien de hasards encore avant que l'un ou l'autre puisse
faire argent de son labeur, payer sa quote et vivre ! Séche-
resse, pluie, orages, ordonnances royales, arrêtés du
préfet, du maire, mille chances, mille fléaux et rien
d'assuré que l'impôt. Il y a des gens dont la récolte ne
craint ni temps ni grêle, et ce ne sont pas ceux qui versant, labourant, font le meilleur guérêt, mais qui ayant
une place, ne font rien ou font la cour. Sans autre avance
ni embarras, ils moissonnent en toute saison. Quand le
bonhomme a dit : Travaillez, prenez de la peine, il som-
meillait un peu, ce semble. Pour bien parler, il fallait
dire : Présentez des respects, faites des révérences, c'est
le fonds qui manque le moins.

— Personne maintenant ne veut être soldat. Ce métier, sous les nobles, sans espoir d'avancement, est une
galère, un supplice à qui ne s'en peut exempter. On aime
encore mieux être prêtre. De jeunes paysans n'ayant rien,
se mettent volontiers au séminaire ; mais avant de prendre les ordres, ceux qui trouvent quelque ressource, jet-
tent la soutane et s'en vont, comme fit naguères Berthelot Sylvain, le second fils de Berthelot de Ponceau. Agé
de vingt-deux ans, il avait étudié pour se faire d'église.
Une veuve l'épouse, le sauve et du service militaire, car
elle paie un homme pour lui, et du service divin qui n'est
guères meilleur. Ils vont vivre heureux dans leur ferme
entre Pernay et Embillou.

— La bande noire achète encore le château des Ormes , le château de Chanteloup et le château de Leugny, voulant dépecer tous ces châteaux au très grand profit du pays, et tous les biens qui en dépendent. On vendra là des matériaux à bon marché, des terres fort cher. Plus de cinq cents maisons vont se refaire du débris de ces vieux donjons depuis long-temps inhabités ou inhabitables. Plus de six mille arpents vont être cultivés par des propriétaires au lieu de nonchalants fermiers. La bande noire fait beaucoup de bien. C'est une société infiniment utile , charitable , pieuse, qui divise la terre et veut que chacun en ait selon l'ordre de Dieu. Mais une autre bande vraiment noire , ennemie du partage , prétend que toute terre lui appartient, propriétaire universelle de droit divin, acquiert tous les jours, ne vend point ; bande la pire qui soit et la plus malfaisante , si on ne la connaissait.

— Quand Bonaparte reviendra, ou son fils que voilà tantôt grand, il ôtera les droits réunis, et ne lèvera d'argent que ce qu'il en faudra pour les dépenses publiques. Il mariera les prêtres , car enfin ces gens-là ne se peuvent passer de femmes et ne s'en passent pas ; cela fait du désordre. Il avancera les soldats, nos enfants seront officiers. Nous élirons nos maires, nos juges de paix ; ce sera le bon temps qu'on attend depuis long-temps.

— Le maire de Véretz a battu le curé qui laisse danser, et en le battant lui a dit qu'il était mauvais prêtre, que sa messe ne valait rien , que chaque fois qu'il la disait il commettait un sacrilége et recrucifiait Jésus-Christ. Le curé est un vieillard de quatre-vingt-deux ans, instruit et sage, le maire un jeune homme de trente ans, beaucoup plus occupé des filles que du sacrifice de la messe. Le soufflet qu'il a donné dans cette occasion parut tel aux témoins, qu'aucun prêtre, disent-ils, n'en a reçu de pareil depuis Boniface VIII. Le maire de Véretz n'a pas mis un gant de fer, comme fit l'ambassadeur pour souffleter ce pape au nom du roi son maître, mais du coup a jeté par terre le bonhomme qui ne s'est pas relevé, garde encore le lit. Les apparences sont que Véretz ne dansera plus.

— On a volé au Polonais deux mille francs qu'il amassait depuis qu'il est ici. Chacun le plaint. C'est un homme doux, simple, bon, serviable comme tous ces déserteurs des armées étrangères. Il y en a plusieurs établis dans nos environs, mariés, vivant bien, sans aucun regret du pays où le seigneur leur donnait la schlague et leur vendait le brandevin au prix qu'il voulait. Mauvais laboureurs la plupart, pour gouverner les chevaux ils n'ont point de pareils.

— La veuve Raillard qui vend du vin aux bateliers, a une cave secrète que nous connaissons tous, mais que les commis ignorent. Elle en venait hier, sa clef dans une main, dans l'autre une bouteille, quand les commis l'arrêtèrent au détour des Ruaux, saisissent sa bouteille. Elle, d'un coup de clef, la brise entre leurs mains. Tout le monde en a ri. La contrebande n'est point une chose

qu'on blâme. Peu de gens aujourd'hui mettent dans un
contrat le vrai prix de la vente. Le gouvernement trompe,
et qui le peut tromper est approuvé de tous. Il enseigne
lui-même la fourbe, le parjure, la fraude et l'imposture.
D'un empire si saint la moitié n'est fondée.

— Des gens ont conseillé au curé de Véretz, battu par
le jeune maire, d'en demander justice, ayant preuves et
témoins. Il l'a fait, il s'est plaint; les juges... Ce curé
est un de ceux de la révolution : il prêta le serment et
même fut grand-vicaire constitutionnel, homme qui s'est
assis dans la chaire empestée; il a contre lui toute sa
robe. Tout ce qui pense bien le tient duement battu, et
applaudit au maire. Le procureur du roi, sans doute,
ignorant cela, d'abord prit fait et cause pour l'église outragée, dans l'ardeur de son zèle voulait couper le poing
qui avait frappé l'oint; mais averti depuis, il a changé
de langage, trop tard; on ne lui pardonne pas d'avoir agi
et fait agir la justice dans cette affaire, sans prendre le
mot des jésuites. Messieurs les gens du roi, entre la chan-
cellerie et la grande aumônerie, n'ont pas besogne faite,
et sont en peine souvent. Le préfet mieux avisé, instruit
d'ailleurs, guidé par le coadjuteur, les moines, les dévotes et les séminaristes, en appuyant son maire, et criant
anathème au prêtre de Baal, a montré qu'il entend la politique du jour. Les juges..... Comment faire contre un
parti régnant? Ils en eurent grand honte, et sortant de
l'audience, ne regardaient personne après cette sentence.
Ils ont, bien malgré eux, pauvres gens, en dépit de la

clameur publique, des preuves, des témoins, condamné
le plaignant aux frais et aux dépens. Le parti voulait plus';
il voulait une amende que messieurs de la justice ont bravement refusée. Le battu ne paie pas l'amende, c'est quelque chose; c'est beaucoup au temps où nous vivons. Il
n'en faut pas exiger plus, et ce courage aux juges pourra
ne pas durer.

Le maire, ainsi vainqueur du prêtre octogénaire, après
avoir battu, dans une seule personne, la danse et la révolution, se flatte avec raison des bonnes grâces du parti
puissant et gouvernant. C'est une action d'éclat dont on
lui saura gré, d'autant plus qu'ayant pour tout bien une
terre qui appartient à M. le marquis de Chabrillant, bien d'é-
migré s'il faut le dire, il semblerait intéressé à se conduire
tout autrement, et ne devrait pas être ami de la contre-
révolution. Mais son calcul est fin, il raisonne à merveille.
Se rangeant avec ceux qui le nomment voleur, il fait rage
contre ceux qui le veulent maintenir dans sa propriété,
conduite très adroite. Si ces derniers triomphent, la révolution demeure et tout ce qu'elle a fait; il tient le marquisat, se moque du marquis. Les autres l'emportant, il
pense mériter non seulement sa grâce et de n'être pas
pendu, mais récompense, emploi, et peut-être, qui sait?
quelque autre terre confisquée sur les libéraux lorsqu'ils
seront émigrés.

— ANNONCE. Paul-Louis vend sa maison de Beauregard, acquise par lui de David Bacot, huguenot, et pourtant honnête homme. La demeure est jolie, le site un des

plus beaux qu'il y ait en Touraine , romantique de plus ,
et riche en souvenirs. Le château de la Bourdaisière se
voit à peu de distance. Là furent inventées les faveurs par
Babeau , là naquirent sept sœurs galantes comme leur
mère et célèbres sous le nom des sept péchés mortels , une
desquelles était Gabrielle , maîtresse de ce bon roi Henri,
et de tant d'autres à-la-fois féaux et courtois chevaliers.
Par le seigneur lui-même , père des belles filles et mari
de Badeau , cette terre fut nommée un clapier de p.t.....
Vieux temps , antiques mœurs ! qu'êtes-vous devenus ?
On aura ces souvenirs par dessus le marché , en achetant
Beauregard , voisin de la Bourdaisière.

On aura trente arpents de terre , vigne et pré , grande
propriété sur nos rives du Cher , où tout est divisé , où se
trouvent à peine deux arpents d'un tenant , susceptibles
d'ailleurs de beaucoup augmenter en valeur ou en étendue , selon les chances de la guerre qui se fait maintenant
en Espagne. Car si le Trapiste là-bas met l'inquisition à
la place de la constitution , Beauregard aussitôt redevient
ce qu'il etait jadis , fief , terre seigneuriale , étant bâti
pour cela. Souro , tourelles , colombier , girouette , rien
ni manque. Vol du chapon , jambage , cuissage , etc. ,
nous en avons les titres. Par le triomphe du Trapiste et
le retour du régime , la petite culture disparaît , le seigneur de Beauregard s'arrondit et s'étend , soit en achetant à bas prix les terres que le vilain ne peut plus cultiver,
soit en le plaidant à Paris devant messieurs de la Grand'-
Chambre , tous parents ou amis des possesseurs de fiefs,

soit par voie de confiscation ou autres moyens inventés
et pratiqués du temps des mœurs. Toute la varenne de
Beauregard, si Dieu favorise Don Antonion Maragon,
tout ce qui est maintenant plantation, vigne, verger,
clos, jardin, pépinière, se convertit en noble langue et
pays de chasse à la grande bête, seigneurie de trois mille
arpents, pouvant produire par an quinze cents livres tournois, et ne payant nul impôt. Beauregard gagne en
domaines, mouvances, droits seigneuriaux, par la contre-
révolution.

Si sa révérence, au contraire, était mal menée en Espagne, et pendue, ce qu'à Dieu ne plaise, Beauregard
alors est et demeure maison, terre de vilain, et à ce titre
paie l'impôt : mais la petite culture continuant sous le
régime de la révolution, par le partage des héritages et
le progrès de l'industrie, nos trente arpents haussent en
valeur, croissent en produits tous les ans, et quelque
jour peuvent rapporter trois, quatre, cinq et six mille
francs que bon nombre de gens préfèrent à quinze cents
livres tournois, tout en regrettant peut-être les droits
et les mille honorifiques arpents de chasse au loup. En
somme, il n'y a point de meilleur placement, plus profitable ni plus sûr, quoi qu'il puisse arriver ; car enfin si faut-il
que le Trapiste batte ou soit battu. Dans les deux cas,
Beauregard est bon et le devient encore davantage.

Pour plus amples renseignements, s'adresser à Paul-
Louis, vigneron, demeurant près ladite maison, ou
château, selon qu'il en ira de la conquête des Espagnes.

Au rédacteur de la GAZETTE DU VILLAGE.

Monsieur,

Je suis..... malheureux ; j'ai fâché monsieur le maire ; il me faut vendre tout et quitter le pays. C'est fait de moi, Monsieur, si je ne pars bientôt.

Un dimanche, l'an passé, après la Pentecôte, en ce temps-ci justement, il chassait aux cailles dans mon pré, l'herbe haute, prête à faucher et si belle !.... C'était pitié. Moi, voyant ce ménage, Monsieur, mon herbe confondue, perdue, je ne dis mot, et pourtant il m'en faisait grand mal ; mais je me souvenais de Christophe, quand le maire lui prit sa fille unique, et au bout de huit jours la lui rendit gâtée. Je le fus voir alors : si j'étais de toi, Christophe, ma foi je me plaindrais, lui dis-je. Ah ! me dit-il, n'est-ce pas monsieur le maire ? Pot de fer et pot de terre... il avait grand raison ; car il ne fait point bon cosser avec de telles gens, et j'en sais des nouvelles. Me souvenant de ce mot, je regardais et laissais monsieur le maire, fouler, fourrager tout mon pré, comme eussent pu faire douze ou quinze sangliers, quand de fortune passent Pierre Houry d'Azai, Louis Bezard et sa femme, Jean Proust, la petite Bodin, allant à l'assemblée. Pierre s'arrête, rit, et en gaussant me dit : La voilà bonne ton herbe ; vends-la moi, Nicolas ; je t'en donne dix sous et tu me la faucheras. Moi, piqué, je réponds : gageons que je vas lui dire !.... Quoi ! Gageons que j'y vas. Bouteille, me dit-il, que tu n'y vas pas. Bouteille ? je lui tappe dans

la main. Bouteille chez Panvert , aux Portes de Fer. Va,
je pars tenant mon chapeau , j'aborde monsieur le maire.
Monsieur , lui dis—je , monsieur ; cela n'est pas bien à
vous ; non , cela n'est pas bien. Je gagnai la bouteille ainsi , je me perdis , je fus ruiné dès l'heure.

Ce qui plus lui fâchait , c'était sa compagnie , ces deux
messieurs , et tous les passants regardant. Monsieur le
maire est gentilhomme par sa femme née demoiselle. Voilà
pourquoi il nous tutoie et rudoie nous autres paysans ,
gens de peu , bons amis pourtant de feu son père. Il semble
toujours avoir peur qu'on ne le prenne pour un de nous.
S'il était noble de son chef , nous le trouverions accosta-
ble. Les nobles d'origine sont moins fiers , nous accueil-
lent au contraire , nous caressent , et ne haïssent guères
qu'une sorte de gens , les vilains ennoblis , enrichis ,
parvenus.

Il ne répondit mot et poursuivit sa chasse. Le lendemain on m'assigne comme ayant outragé le maire dans
ses fonctions ; on me met en prison deux mois , Monsieur ,
deux mois dans le temps des récoltes , au fort de nos travaux ! Hors de là , je pensais reprendre ma charrue. Il me
fait un procès pour un fossé , disant que ce fossé , au lieu
d'être sur mon terrain , était sur le chemin. Je perdis
encore un mois à suivre ce procès que je gagnai vraiment ;
mais je payai les frais. Il m'a fait cinq procès pareils ,
dont j'ai perdu trois , gagné deux ; mais je paie toujours
les frais. Il s'en va temps , Monsieur , il est grand temps
que je parte.

Quand j'épousai Lise Baillet, il me joua d'un autre
tour. Le jour convenu, à l'heure dite, nous arrivons pour
nous marier à la chambre de la commune. Il s'avise alors
que mes papiers n'étaient pas en règle, n'en ayant rien
dit jusque-là, et cependant la noce prête, tout le voisinage
paré, trois veaux, trente-six moutons tués,..... il nous
en coûta nos épargnes de plus de dix ans. Qu'y faire? Il
me fallut renvoyer les conviés et m'en aller à Nantes
quérir d'autres papiers. Ma fiancée, qui avait peur que je
ne revinsse pas, étant déjà *embarrassée*, en pensa mourir de tristesse et du regret de sa noce perdue. Nous em-
pruntâmes à grosse usure, afin de faire une autre noce
quand je fus de retour, et cette fois il nous maria. Mais
le soir..... écoutez ceci : nous dansions gaîment sur la
place : car le curé ne l'avait pas encore défendu. Monsieur le maire envoie ses gens et ses chevaux caracoler
tout au travers de nos contredanses. Son valet, qui est
italien, disait, en nous foulant aux pieds : *Gente caudar-
da e vile, souffrirai questoe peggio*. Il prétend ce valet,
que notre nation est lâche et capable de tout endurer
désormais, que ces choses chez lui ne se font point. Ils
ont, dit-il, dans son pays, deux remèdes contre l'insolence de messieurs les maires, l'un appelé *Stilettata*,
l'autre *Schlopettata*. Ce sont leurs garanties, bien meilleures, selon lui, que notre conseil-d'état. Où sclopet-
tade manque, stilettade s'emploie, au moyen de quoi là
le peuple se fait respecter. Sans cela, dit-il, le pays ne
serait pas tenable. Pour moi, je ne sais ce qui en est, mais

semblable recette chez nous n'étant point d'usage il ne me reste qu'un parti, de vendre ma besace et déloger sans bruit. Si je le rencontrais seulement, je serais un homme perdu. Il me ferait remettre en prison comme ayant outragé le maire ; il conte ce qu'il veut dans ses procès-verbaux. Les témoins au besoin ne lui manquent jamais ; contre lui ne s'en trouve aucun. Déposer contre le maire en justice, qui oserait ?

Si vous parlez de ceci, Monsieur, dans votre estimable journal, ne me nommez pas, je vous prie. Quelque part que je sois, il peut toujours m'atteindre. Un mot au maire du lieu, et me voilà coffré. Ces messieurs entre eux ne se refusent pas de pareils services.

Je suis, Monsieur, etc.

Nota. En faveur de nos abonnés de la ville de Paris surtout, qui ne savent pas ce que c'est qu'un maire de village, nous publions cette lettre avec les précautions requises toutefois pour assurer l'incognito à notre bon correspondant. Tout Paris s'imagine qu'aux champs on vit heureux du lait de ses brebis, en les menant paître sous la garde, non des chiens seulement, mais des lois. Par malheur, il n'y a de lois qu'à Paris. Il vaut mieux être là ennemi déclaré des ministres, des grands, qu'ici ne pas plaire à monsieur le maire.

PIÈCE DIPLOMATIQUE

EXTRAITE

DES JOURNAUX ANGLAIS.

PIÈCE DIPLOMATIQUE,

EXTRAITE

DES JOURNAUX ANGLAIS. [1]

———

A MON FRÈRE LE ROI D'ESPAGNE.

J'ai reçu la vôtre, mon frère ou mon Cousin, puisque nous sommes issus de germains. Vous voilà bientôt, grâce au ciel, hors des mains de vos rebelles sujets, dont je me réjouis avec vous comme parent, voisin et ami, entièrement de votre avis d'ailleurs sur notre autorité légitime et sacrée. Nous régnons de par Dieu qui nous donne les peuples, et nous ne devons compte de nos actes qu'à Dieu, ou aux prêtres, cela s'entend. J'y ajoute, comme conséquence également indubitable, qu'il ne nous faut jamais recevoir la loi des sujets ; jamais composer avec eux, ou du moins nous croire engagés par de telles compositions vaines et nulles de droit divin. C'est aux personnes de notre rang le dernier degré d'abaissement, que promettre

———

[1] On l'a dit envoyée de Cadix à M. CANNING, par un de ses agents secrets, qui l'aurait eue d'un valet de chambre, qui l'aurait trouvée dans les poches de sa MAJESTÉ CATHOLIQUE.

aux sujets et leur tenir parole, comme a très bien dit
Louis XIV, notre aïeul, de glorieuse mémoire, qui savait son métier de roi. Sous lui, on ne vit point les Français murmurer, quelque faix qu'il leur imposât, en quelque misère qu'il les pût réduire, pas un d'eux ne souffla
mot, lui vivant. Pour ses guerres, ses maîtresses, pour
bâtir ses palais, il prit leur dernier sou ; c'est régner que
cela. Charles II d'Angleterre fit de même à-peu-près ;
comme nous, rétabli après vingt ans d'exil et la mort de
son père, il déclara hautement qu'il aimait mieux se
soumettre à un roi étranger, ennemi de sa nation, que
de compter avec elle, ou de la consulter sur les affaires de
l'état ; sentiments élevés et dignes de son sang, de son
nom, de son rang. Moi, qui vous écris ceci, mon Cousin,
je serais le plus grand roi de l'Europe, si j'eusse voulu
seulement m'entendre avec mon peuple. Rien n'était si facile. Me préserve le ciel d'une telle bassesse! j'obéis au congrès, aux princes, aux cabinets, et en reçois des ordres souvent embarrassants, toujours fort insolents ; j'obéis néanmoins. Mais ce que veut mon peuple et que je lui promis,
je n'en fais rien du tout, tant j'ai de fierté dans l'âme et
l'orgueil de ma race. Gardons-la, mon Cousin, cette noble
fierté à l'égard des sujets, conservons chèrement nos
vieilles prérogatives ; gouvernons, à l'exemple de nos prédécesseurs, sans écouter jamais que nos valets, nos maîtresses, nos favoris, nos prêtres ; c'est l'honneur de la
couronne ; quoi qu'il puisse arriver, périssent les nations
plutôt que le droit divin.

Là-dessus, mon cousin, j'entre comme vous voyez, dans tous vos sentiments et prie Dieu qu'il vous y maintienne, mais je ne puis approuver de même votre répugnance pour ce genre de gouvernement qu'on a nommé représentatif, et que j'appelle moi récréatif, n'y ayant rien que je sache au monde, si divertissant pour un roi, sans parler de l'utilité non petite qui nous en revient. J'aime l'absolu, mais ceci..... pour le produit, ceci vaut mieux. Je n'en fais nulle comparaison et le préfère de beaucoup. Le représentatif me convient à merveille, pourvu toutefois que ce soit moi qui nomme les députés du peuple, comme nous l'avons établi en ce pays fort heureusement. Le représentatif de la sorte est une cocagne, mon Cousin. L'argent nous arrive à foison. Demandez à mon neveu d'Angoulême, nous comptons ici par milliards, ou, pour dire la vérité, par ma foi nous ne comptons plus, depuis que nous avons des députés à nous, une majorité, comme on l'appelle *compacte*, dépense à faire, mais petite. Il ne m'en coûte pas... Non, cent voix ne me coûtent pas, je suis sûr, chaque année, un mois de madame du Cayla ; moyennant quoi, tout va de soi-même, argent sans compte ni mesure, et le droit divin n'y perd rien ; nous n'en faisons pas moins tout ce que nous voulons, c'est-à-dire ce que veulent nos courtisans.

Vos Cortès vous ont dégoûté des assemblées délibérantes ; mais une épreuve ne conclut pas, feu mon frère s'en trouva mal, et cela ne m'a pas empêché d'y recourir

encore , dont bien me prend. Voulez-vous être un pauvre
diable comme lui , qui faute de cinquante malheureux
millions...... Quelle misère ! cinquante mille millions ,
mon Cousin , ne m'embarrassent non plus qu'une prise
de tabac. Je pensais comme vous vraiment avant mon
voyage d'Angleterre ; je n'aimais point du tout ce représentatif ; mais là j'ai vu ce que c'est ; si le Turc s'en doutait, il ne voudrait pas autre chose , et ferait de son Divan
deux Chambres. Essayez-en mon cher Cousin , et vous
m'en direz des nouvelles. Vous verrez bientôt que vos
Indes , vos galions , votre Pérou étaient de pauvres tire-
lires , au prix de cette invention-là , au prix d'un budget
discuté , voté par de bons députés. Il ne faut pas que tous
ces mots de liberté , publicité , représentation , vous
effarouchent. Ce sont des représentations à notre béné-
fice et dont le produit est immense , le danger nul , quoi
qu'on en dise. Tenez, une comparaison va vous rendre
cela sensible. La pompe foulante...... Mieux encore, la
marmite à vapeur , qui donne chaque minute un potage
gras , lorsqu'on la sait gouverner , mais éclate et vous tue
si vous n'y prenez garde ; voilà l'affaire , voilà mon représentatif. Il n'est que de chauffer à point , ni trop , ni trop
peu , chose aisée ; cela regarde nos ministres , et le potage est un milliard. Puis, vantez-moi votre absolu qui
produisait à feu mon frère , quoi ? trois ou quatre cents
millions par an , avec combien de peine ! Ici chaque budget un milliard , sans la moindre difficulté. Que vous en
semble , mon Cousin ? Allons , mettez de côté vos petites

répugnances, et faites potage avec nous en famille; il n'est rien de tel. Nous nous aiderons mutuellement à l'entretenir comme il faut, et prévenir les accidents.

Si vous l'eussiez eue cette marmite représentative, au temps de l'île de Léon, l'argent ne vous eût point manqué pour la paie de vos soldats qui ne se seraient pas révoltés; il ne m'eût point fallu envoyer à votre aide et dépenser à vous tirer de cet embarras, cinq cents beaux millions, mon Cousin, non que je veuille vous les reprocher; c'est une bagatelle, un rien; entre parents tout est commun; l'argent et le sang de mes sujets vous appartiennent comme à moi; ne vous en faites faute au besoin. Je vous rétablirai dix fois, s'il est nécessaire, sans m'incommoder le moins du monde, sans qu'il vous en coûte une obole. Je ne vous demanderai point les frais comme on m'a fait. C'est une vilenie de mes alliés. Au contraire, en vous restaurant, je vous donnerai de l'argent, ainsi qu'à vos sujets, tant que vous en voudrez. J'en donne à tout le monde, et je paie partout; j'ai payé ma restauration, je payerai encore la vôtre, parce que j'ai beaucoup d'argent et beaucoup de complaisance aussi pour les souverains étrangers, qui m'empêchent de recevoir la loi de mon peuple. Je les paie quand ils viennent ici; je vous paie quand je vais chez vous. Occupé, occupant, je paie l'occupation. J'ai payé Sacken et Platow. Je paie Morillo, Ballesteros, je paie les cabinets, les puissances; je paie les Cortès, la régence; je paie les Suisses; j'ai encore, tous ces gens-là payés, de quoi entretenir, non seulement ma garde, une maison ici qu'on trouve assez passable, et bien autre que celle de mon prédécesseur, mais de plus, des maîtresses qui naturellement me coûtent quelque chose. Le budget suffit à tout, et voilà ce que c'est que ce représentatif dont là-bas vous vous faites une peur. Sottise, enfance, mon Cousin, il n'est rien de meilleur au monde.

Pour monter cette machine chez vous et la mettre en mouvement, sans le moindre danger de vos royales personnes, je vous enverrai, si vous voulez, le sieur de Villèle, homme admirable, ou quelque autre de nos amés, avec une vingtaine de préfets. Fiez-vous à eux; en moins de rien il vous auront organisé deux Chambres et un ministère, derrière lequel vous dormirez, pendant qu'on vous fera de l'argent. Vous aurez, de la haute sphère où nous sommes placés, comme dit Foy, le passe-temps de leurs débats, chose la plus drôle du monde, vrai tapage de chiens et de chats qui se battent dans la rue pour des bribes. Quand leurs criailleries deviennent incommodes, on y fait jeter quelques seaux d'eau dès que le budget est voté.

Octroyez, mon Cousin, octroyez une Charte constitutionnelle et tout ce qui s'ensuit, droit d'élection, jury, liberté de la presse; accordez, et ne vous embarrassez de rien, surtout ne manquez pas d'y fourrer une nouvelle noblesse que vous mêlerez avec l'ancienne, autre espèce d'amusement qui vous tiendra en bonne humeur et en santé long-temps. Sans cela, aux Tuileries, nous péririons d'ennui. Quand vous aurez traité avec vos *Libérales,* sous la garantie des puissances, et juré l'oubli du passé à tous ces révolutionnaires , faites-en pendre cinq ou six , aussitôt après l'amnistie , et faites les autres ducs et Pairs , particulièrement s'il y en a qu'on ait vus porte-balles ou valets d'écurie ; des avocats , des écrivains , des philosophes bien amoureux de l'égalité ; chargez-les de cordons ; couvrez-les de vieux titres , de nouveaux parchemins : puis regardez, je vous défie de prendre du chagrin , lorsque vous verrez ces gens-là parmi vos Sanches et vos Gusmans , armorier leurs équipages , écarteler leurs écussons : c'est proprement la petite pièce d'une révolution , c'est une comédie dont on ne se lasse point et qui pour vos sujets deviendra comme un carnaval perpétuel.

J'ai à vous dire bien d'autres choses que pour le présent je remets, priant Dieu sur ce , mon Cousin , qu'il vous ait en sa sainte garde.

Signé , LOUIS.
Plus bas DE VILLÈLE.

Pour copie conforme,

PAUL-LOUIS COURRIER ,
vigneron.

PAMPHLET

DES PAMPHLETS.

PAMPHLET

DES PAMPHLETS.

PENDANT que l'on m'interrogeait à la préfecture de police, sur mes noms, prénoms, qualités, comme vous avez
pu voir dans les gazettes du temps , un homme se trouvant
là sans fonctions apparentes, m'aborda familièrement ,
me demanda confidemment si je n'étais point auteur de
certaines brochures; je m'en défendis fort. Ah! Monsieur,
me dit–il, vous êtes un grand génie, vous êtes inimitable.
Ce propos , mes amis, me rappela un fait historique peu
connu que je vous veux conter par forme d'épisode, di-
gression, parenthèse, comme il vous plaira; ce m'est
tout un.

Je déjeûnais chez mon camarade Duroc, logé en ce
temps-là , mais depuis peu, notez, dans une vieille maison fort laide, selon moi, entre cour et jardin , où il occupait le rez–de–chaussée. Nous étions à table , plusieurs,
joyeux; en devoir de bien faire , quand tout à coup arrive , et sans être annoncé , notre camarade Bonaparte,
nouveau propriétaire de la vieille maison habitant le premier étage. Il venait en voisin , et cette bonhomie nous
étonna au point que pas un des convives ne savait ce qu'il

faisait. On se lève, et chacun demandait : Qu'y a-t-il ? Le
héros nous fit rasseoir. Il n'était pas de ces camarades à
qui l'on peut dire, mets-toi et mange avec nous. Cela eût
été bon avant l'acquisition de la vieille maison. Debout à
nous regarder, ne sachant trop que dire, il allait et venait. Ce sont des artichauts dont vous déjeûnez là ? Oui,
général. Vous, Rapp, vous les mangez à l'huile ? Oui,
général. Et vous, Savary, à la sauce ? moi, je les mange
au sel. Ah ! général, répond celui qui s'appelait alors Savary, vous êtes un grand homme ; vous êtes inimitable.

Voilà mon trait d'histoire que je rapporte exprès, afin
de vous faire voir, mes amis, qu'une fois on m'a traité
comme Bonaparte, et par les mêmes motifs. Ce n'était
pas pour rien qu'on flattait le Consul, et quand ce bon
Monsieur, avec ses douces paroles, se mit à me louer si
démesurément que j'en faillis perdre contenance, m'appelant homme sans égal, incomparable, inimitable, il
avait son dessein, comme m'ont dit depuis des gens qui
le connaissent, et voulait de moi quelque chose, pensant
me louer à mes dépens. Je ne sais s'il eut contentement.
Après maints discours, maintes questions, auxquelles je
répondis le moins mal que je pus ; Monsieur, me dit-il
en me quittant ; Monsieur, écoutez, croyez-moi ; employez votre grand génie à faire autre chose que des pamphlets.

J'y ai réfléchi et me souviens qu'avant lui M. de Broë,
homme éloquent, zélé pour la morale publique, me

conseilla de même, en termes moins flatteurs, devant la Cour d'assises. *Vil pamphlétaire....* Ce fut un mouvement oratoire des plus beaux, quand se tournant vers moi qui, foi de paysan, ne songeais à rien moins, il m'apostropha de la sorte : *Vil pamphlétaire,* etc., coup de foudre, non de massue, vu le style de l'orateur, dont il m'assomma sans remède. Ce mot soulevant contre moi, les juges, les témoins, les jurés, l'assemblée (mon avocat lui-même en parut ébranlé), ce mot décida tout. Je fus condamné dès l'heure dans l'esprit de ces messieurs, dès que l'homme du roi m'eut appelé pamphlétaire, à quoi je ne sus que répondre. Car il me semblait bien en mon âme avoir fait ce qu'on nomme un pamphlet; je ne l'eusse osé nier. J'étais donc pamphlétaire à mon propre jugement, et voyant l'horreur qu'un tel nom inspirait à tout l'auditoire, je demeurai confus.

Sorti de là, je me trouvai sur le grand degré avec M. Arthus Bertrand, libraire, un de mes jurés, qui s'en allait dîner, m'ayant déclaré coupable. Je le saluai; il m'accueillit, car c'est le meilleur homme du monde, et chemin faisant, je le priai de me vouloir dire ce qui lui semblait à reprendre dans le *Simple Discours* condamné. Je ne l'ai point lu, me dit-il; mais c'est un pamphlet, cela me suffit. Alors je lui demandai ce que c'était qu'un pamphlet, et le sens de ce mot qui, sans, m'être nouveau, avait besoin pour moi de quelque explication. C'est, répondit-il, un écrit de peu de pages comme le vôtre, d'une feuille ou deux seulement. De trois feuilles, repris–je, serait–ce encore un pamphlet? Peut–être, me dit–il, dans l'acception commune; mais proprement parlant, le pamphlet n'a qu'une feuille seule; deux ou plus font une brochure. Et dix feuilles? quinze feuilles? vingt feuilles? Font un volume, dit–il, un ouvrage.

Moi, là dessus, Monsieur, je m'en rapporte à vous qui devez savoir ces choses. Mais hélas! j'ai bien peur d'avoir fait en effet un pamphlet, comme dit le procureur du roi. Sur votre honneur et conscience, puisque vous êtes juré, monsieur Arthus Bertrand, mon écrit d'une feuille et demie est–ce pamphlet ou brochure? Pamphlet, me dit–il, pamphlet sans nulle difficulté. Je suis donc pamphlétaire? Je ne vous l'eusse pas dit par égard, ménagement, compassion du malheur; mais c'est la vérité. Au reste, ajouta–t–il, si vous vous repentez, Dieu vous pardonnera (tant sa miséricorde est grande!) dans l'autre monde. Allez, mon bon Monsieur, et ne péchez plus; allez à Sainte-Pélagie.

Voilà comme il me consolait. Monsieur, lui dis–je, de grâce encore une question. Deux, me dit–il, et plus, et tant qu'il vous plaira, jusqu'à quatre heures et demie qui, je crois, vont sonner. Bien, voici ma question. Si, au lieu de ce pamphlet sur la souscription de Chambord, j'eusse fait un volume, un ouvrage, l'auriez-vous condamné? Selon. J'entends, vous l'eussiez lu d'abord, pour voir s'il était condamnable. Oui, je l'aurais examiné. Mais le pamphlet vous ne le lisez pas? Non, parce que le pamphlet ne saurait être bon. Qui dit pamphlet, dit un écrit tout plein de poison. De poison ? Oui, Monsieur, et de plus détestable, sans quoi on ne le lirait pas. S'il n'y avait du poison ? Non, le monde est ainsi fait ; on aime le poison dans tout ce qui s'imprime. Votre pamphlet que nous venons de condamner, par exemple, je ne le connais point ; je ne sais en vérité ni ne veux savoir ce que c'est, mais on le lit ; il y a eu du poison. Monsieur le procureur du roi nous l'a dit, et je n'en doutais pas. C'est le poison, voyez-vous, que poursuit la justice dans ces sortes d'écrits. Car autrement la presse est libre ; imprimez, publiez tout ce que vous voudrez, mais non pas du poison. Vous avez beau dire, Messieurs, on ne vous laissera pas distribuer le poison. Cela ne se peut en bonne police, et le gouvernement est là qui vous en empêchera bien.

Dieu, dis-je en moi-même tout bas, Dieu, délivre-nous du malin et du langage figuré ! Les médecins m'ont pensé tuer, voulant me *rafraîchir le sang* ; celui-ci m'emprisonne de peur que je n'écrive du *poison* ; d'autres laissent *reposer* leur champ, et nous manquons de blé au marché. Jésus, mon Sauveur, sauvez-nous de la métaphore.

Après cette courte oraison mentale, je repris : En effet, Monsieur, le poison ne vaut rien du tout, et l'on fait à merveille d'en arrêter le débit. Mais je m'étonne comment le monde, à ce que vous dites, l'aime tant. C'est sans doute qu'avec ce poison il y a dans les pamphlets quelque chose... Oui, des sottises, des calembourgs, de méchantes plaisanteries. Que voulez-vous, mon cher

Monsieur, que voulez-vous mettre de bon sens en une
misérable feuille? Quelles idées s'y peuvent développer?
Dans des ouvrages raisonnés au sixième volume à peine
entrevoit-on où l'auteur en veut venir. Une feuille, dis-
je, il est vrai, ne saurait contenir grand'chose. Rien qui
vaille, me dit-il, et je n'en lis aucune. Vous ne lisez donc
pas les mandements de Monseigneur l'évêque de Troye
pour le Carême et pour l'Avent? Ah! vraiment ceci diffère
fort. Ni les pastorales de Toulouse sur la suprématie Pa-
pale? Ah! c'est autre chose cela. Donc à votre avis, quelquefois une brochure; une simple feuille..... Fi! ne m'en
parlez pas, opprobre de la littérature, honte du siècle et
de la nation, qu'il se puisse trouver des auteurs, des im-
primeurs et des lecteurs de semblables impertinences.
Monsieur, lui dis-je, les *Lettres provinciales* de Pascal..
Oh! Livre admirable, divin, le chef-d'œuvre de notre
langue! Eh bien? Ce chef-d'œuvre divin, ce sont pourtant
tant des pamphlets, des feuilles qui parurent... Non,
tenez, j'ai là-dessus mes principes, mes idées. Autant
j'honore les grands ouvrages faits pour durer et vivre dans
la postérité, autant je méprise et déteste ces petits écrits
éphémères, ces papiers qui vont de main en main et parlent aux gens d'à-présent des faits, des choses d'aujour-
d'hui; je ne puis souffrir les pamphlets. Et vous aimez
les Provinciales, *petites lettres,* comme alors on les appelait, quand elles allaient de main en main. Vrai, conti-
nua-t-il sans m'entendre, c'est un de mes étonnements,
que vous, Monsieur, qui, à voir, semblez homme bien

né, homme *éduqué*, fait pour être quelque chose dans le monde; car enfin qui vous empêchait de devenir baron comme un autre? Honorablement employé dans la police, les douanes, geôlier, ou gendarme, vous tiendriez un rang, feriez une figure. Non, je n'en reviens pas, un homme comme vous s'avilir, s'abaisser jusqu'à faire des pamphlets! Ne rougissez-vous point? Blaise, lui répondis-je, Blaise Pascal n'était geôlier ni gendarme, ni employé de M Franchet. Chut! Paix! Parlez plus bas, car il peut nous entendre. Qui donc? L'abbé Franchet? Serait-il si près de nous? Monsieur, il est partout. Voilà quatre heures et demie; votre humble serviteur. Moi le vôtre. Il me quitte et s'en alla courant.

Ceci, mes chers amis, mérite considération; trois si honnêtes gens, M. Arthus Bertrand, ce monsieur de la police, et M. de Broë, personnage éminent en science, en dignité, voilà trois hommes de bien, ennemis des pamphlets. Vous en verrez d'autres assez et de la meilleure compagnie, qui trompent un ami, séduisent sa fille ou sa femme, prêtent la leur pour obtenir une place honorable, mentent à tout venant, trahissent, manquent de foi et tiendraient à grand déshonneur d'avoir dit vrai dans un écrit de quinze ou seize pages. Car tout le mal est dans ce peu. Seize pages, vous êtes pamphlétaire et gare Sainte-Pélagie. Faites en seize cents, vous serez présenté au roi. Malheureusement je ne saurais. Lorsqu'en 1815 le maire de notre commune, celui-là même d'à-présent, nous fit donner de nuit l'assaut par ses gendarmes, et du lit traî-

ner en prison de pauvres gens qui ne pouvaient mais de
la révolution, dont les femmes, les enfants périrent, la
matière était ample à fournir des volumes, et je n'en sus
tirer qu'une feuille, tant l'éloquence me manqua. Encore
m'y pris-je à rebours. Au lieu de décliner mon nom et de
dire d'abord comme je fis, *mes bons messieurs*, *je suis
Tourangeau*, si j'eusse commencé : *Chrétiens*, *après les
attentats inouis d'une infernale révolution...* dans le goût
de l'abbé de la Mennais, une fois monté à ce ton, il m'é-
tait aisé de continuer et mener à fin mon volume sans fâcher le procureur du roi. Mais je fis seize pages d'un style
à peu-près comme je vous parle, et je fus pamphlétaire
insigne; et depuis, coutumier du fait, quand vint la souscription de Chambord, sagement il n'en fallait rien dire;
ce n'était matière à traiter en une feuille ni en cent; il n'y
avait là ni pamphlet, ni brochure, ni volume à faire,
étant malaisé d'ajouter aux flagorneries et dangereux d'y
contredire, comme je l'éprouvai. Pour avoir voulu dire
là-dessus ma pensée en peu de mots, sans ambages ni
circonlocutions, pamphlétaire encore, en prison deux
mois à Sainte-Pélagie. Puis, à propos de la danse qu'on
nous interdisait, j'opinai de mon chef gravement, entendez-vous, à cause de l'église intéressée là-dedans,
longuement, je ne puis, et retombai dans le pamphlet.
Accusé, poursuivi, mon innocent langage et mon parler
timide trouvèrent grâce à peine; je fus blâmé des juges.
Dans tout ce qui s'imprime il y a du poison plus ou moins
délayé selon l'étendue de l'ouvrage, plus ou moins mal-

faisant, mortel. De l'*acétate de morphine*, un grain dans une cuve se perd, n'est point senti, dans une tasse fait vomir, en une cuillerée tue, et voilà le pamphlet.

Mais d'autre part mon bon ami sir John Bickerstaff écuyer, m'écrit ce que je vais tout-à-l'heure vous traduire. Singulier homme, philosophe, lettré autant qu'on saurait être, grand partisan de la réforme non parlementaire seulement, mais universelle ; il veut refaire tous les gouvernements de l'Europe, dont le meilleur, dit-il, ne vaut rien. Il jouit dans son pays d'une fortune honnête. Sa terre n'a d'étendue que dix lieues en tout sens, un revenu de deux ou trois millions au plus ; mais il s'en contente, et vivait dans cette douce médiocrité, quand les ministres le voyant homme à la main, d'humeur facile, comme sont les savants, comme était Newton, le firent entrer au parlement. Il n'y fut pas que voilà qui tonne, tempête contre les dépenses de la Cour, la corruption, les *sinécures*. On crut qu'il en voulait sa part, et les ministres lui offrirent une place qu'il accepta, et une somme qu'il toucha, proportionnée à sa fortune, selon l'usage des gouvernants de donner plus à qui plus a. Nanti de ces deniers, il retourne à sa terre, assemble les paysans, les laboureurs, et tous les fermiers du comté, auxquels il dit : J'ai rattrapé le plus heureusement du monde une partie de ce qu'on vous prend pour entretenir les fripons et les fainéants de la Cour. Voici l'argent dont je veux faire une belle restitution. Mais commençons par les plus pauvres. Toi, Pierre, combien as-tu payé cette année-ci ?

Tant; le voilà. Toi, Paul; vous, Isac et John, votre *quote*?
Et il la leur compte; et ainsi tant qu'il en resta. Cela fait,
il retourne à Londres, où prenant possession de son nouvel emploi, d'abord il voulait élargir tous les gens détenus pour délits de paroles, propos contre les grands, les
ministres, les Suisses, et l'eût fait, car sa place lui en
donnait le pouvoir, si on ne l'eût promptement révo-
qué.

Depuis il s'est mis à voyager et m'écrit de Rome :
« Laissez dire, laissez-vous blâmer, condamner, em-
» prisonner, laissez-vous pendre, mais publiez votre
» pensée. Ce n'est pas un droit, c'est un devoir, étroite
» obligation de quiconque a une pensée de la produire
» et mettre au jour pour le bien commun. La vérité est
» toute à tous. Ce que vous connaissez utile, bon à
» savoir pour un chacun, vous ne le pouvez taire en
» conscience. Jenner qui trouva la vaccine eût été un
» franc scélérat d'en garder une heure le secret, et
» comme il n'y a point d'homme qui ne croie ses idées
» utiles, il n'y en a point qui ne soit tenu de les com-
» muniquer et répandre par tous moyens à lui possibles.
» Parler est bien, écrire est mieux; imprimer est excel-
» lente chose. Une pensée déduite en termes courts et
» clairs, avec preuves, documents, exemples, quand
» on l'imprime, c'est un pamphlet et la meilleure ac-
» tion, courageuse souvent, qu'homme puisse faire au
» monde. Car si votre pensée est bonne, on en profite,
» mauvaise on la corrige et l'on profite encore. Mais

» l'abus...... sottise que ce mot; ceux qui l'ont inventé,
» ce sont eux qui vraiment abusent de la presse, en im-
» primant ce qu'ils veulent, trompant, calomniant et
» empêchant de répondre. Quand ils crient contre les
» pamphlets, journaux, brochures, ils ont leurs raisons
» admirables. J'ai les miennes et voudrais qu'on en fît
» davantage, que chacun publiât tout ce qu'il pense et
» sait! Les jésuites aussi criaient contre Pascal et l'eus-
» sent appelé pamphlétaire, mais le mot n'existait pas
» encore; ils l'appelaient *tison d'enfer*, la même chose
» en style cagot. Cela signifie toujours un homme qui
» dit vrai et se fait écouter. Ils répondirent à ses pam-
» phlets par d'autres d'abord, sans succès, puis par des
» lettres de cachet qui leur réussirent bien mieux. Aussi
» était-ce la réponse que faisaient d'ordinaire aux pam-
» phlets les gens puissants et les jésuites.

  » A les entendre cependant, c'était peu de chose, ils
» méprisaient les *petites lettres*, misérables bouffonne-
» ries, capables tout au plus d'amuser un moment par la
» médisance, le scandale, écrits de nulle valeur, sans
» fonds ni consistance, ni substance, comme on dit
» maintenant, lus le matin, oubliés le soir, en somme,
» indignes de lui, d'un tel homme, d'un savant! L'au-
» teur se déshonorait en employant ainsi son temps et
» ses talents, écrivant des feuilles, non des livres, et
» tournant tout en raillerie, au lieu de raisonner grave-
» ment; c'était le reproche qu'ils lui faisaient, vieille
» et coutumière querelle de qui n'a pas pour soi les

» rieurs. Qu'est-il arrivé ? la raillerie, la fine moquerie
» de Pascal a fait ce que n'avaient pu les arrêts, les édits,
» a chassé de partout les Jésuites. Ces feuilles si légères
» ont accablé le grand corps. Un pamphlétaire en se
» jouant met à bas ce colosse craint des rois et des peu-
» ples. La société tombée ne se relèvera pas, quelque
» appui qu'on lui prête, et Pascal reste grand dans la
» mémoire des hommes, non par ses ouvrages savants,
» sa roulette, ses expériences, mais par ses pamphlets,
» ses petites lettres.

   » Ce ne sont pas les Tusculanes qui ont fait le nom de
» Cicéron, mais ses harangues, vrais pamphlets. Elles
» parurent en feuilles volantes, non roulées autour d'une
» baguette, à la manière d'alors, la plupart même et les
» plus belles n'ayant pas été prononcées. Son *Caton*,
» qu'était-ce qu'un pamphlet contre César qui répondit
» très-bien, ainsi qu'il savait faire et en homme d'esprit,
» digne d'être écouté même après Cicéron. Un autre
» depuis, féroce et n'ayant de César ni la plume ni
» l'épée, maltraité dans quelque autre feuille, pour
» réponse fit tuer le pamphlétaire romain. Proscription,
» persécution, récompense ordinaire de ceux qui seuls
» se hasardent à dire ce que chacun pense. De même
» avant lui avait péri le grand pamphlétaire de la Grèce,
» Démosthènes dont les Philippiques sont demeurées
» modèle du genre. Mal entendues et de peu de gens dans
» une assemblée, s'il les eût prononcées seulement, elles
» eussent produit peu d'effet ; mais écrites on les lisait,

» et ces pamphlets , de l'aveu même du Macédonien , lui
» donnaient plus d'affaires que les armes d'Athènes , qui
» enfin succombant perdit Démosthènes et la liberté.

» Heureuse de nos jours l'Amérique et Franklin qui
» vit son pays libre , ayant plus que nul autre aidé à
» l'affranchir par son fameux *Bon Sens* , brochure
» de deux feuilles. Jamais livre ni gros volume ne
» fit tant pour le genre humain. Car aux premiers com-
» mencements de l'insurrection américaine, tous ses
» États , villes , bourgades , étaient partagés de senti-
» ments ; les uns , tenant pour l'Angleterre, fidèles , non
» sans cause , au pouvoir légitime ; d'autres appréhen-
» daient qu'on ne s'y pût soustraire et craignaient de tout
» perdre en tentant l'impossible ; plusieurs parlaient d'ac-
» commodement, prêts à se contenter d'une sage liberté,
» d'une Charte octroyée, dût-elle être bientôt modifiée ,
» suspendue ; peu osaient espérer un résultat heureux de
» volontés si discordantes. On vit en cet état de chose ce
» que peut la parole écrite dans un pays où tout le monde
» lit, puissance nouvelle et bien autre que celle de la tri-
» bune. Quelques mots par hasard d'une harangue sont
» recueillis de quelques-uns ; mais la presse parle à tout
» un peuple , à tous les peuples à la fois, quand ils lisent
» comme en Amérique ; et de l'imprimé rien ne se perd.
» Franklin écrivit ; son *Bon Sens* réunissant tous les es-
» prits au parti de l'indépendance , décida cette grande
» guerre qui , là terminée, continue dans le reste du
» monde.

» Il fut savant; qui le saurait s'il n'eût écrit de sa
» science? Parlez aux hommes de leurs affaires, et de
» l'affaire du moment, et soyez entendu de tous, si vous
» voulez avoir un nom. Faites des pamphlets comme
» Pascal, Franklin, Cicéron, Démosthènes, comme
» Saint-Paul et Saint-Bazile; car vraiment j'oubliais
» ceux-là, grands hommes dont les opuscules, désabu-
» sant le peuple païen de la religion de ses pères, aboli-
» rent une partie des antiques superstitions et firent des
» nations nouvelles. De tout temps les pamphlets ont
» changé la face du monde. Ils semèrent chez les Anglais
» ces principes de tolérance que porta Penn en Améri-
» que, et celle-ci doit à Franklin sa liberté maintenue
» par les mêmes moyens qui la lui ont acquise, pamphlets
» journaux, publicité. Là tout s'imprime; rien n'est se-
» cret de ce qui importe à chacun. La presse y est plus
» libre que la parole ailleurs, et l'on en abuse moins.
» Pourquoi? C'est qu'on en use sans nul empêchement,
» et qu'une fausseté, de quelque part qu'elle vienne, est
» bientôt démentie par les intéressés que rien n'oblige à
» se taire. On n'a de ménagement pour aucune impos-
» ture, fût-elle officielle; aucune hâblerie ne saurait sub-
» sister; le public n'est point trompé, n'y ayant là per-
» sonne en pouvoir de mentir et d'imposer silence à tout
» contradicteur. La presse n'y fait nul mal et en empê-
» che... combien? C'est à vous de le dire quand vous au-
» rez compté chez vous tous les abus. Peu de volumes
» paraissent, de gros livres pas un, et pourtant tout le

» monde lit; c'est le seul peuple qui lise et aussi le seul
» instruit de ce qu'il faut savoir pour n'obéir qu'aux lois.
» Les feuilles imprimées, circulant chaque jour et en
» nombre infini, font un enseignement mutuel et de tout
» âge. Car tout le monde presque écrit dans les journaux,
» mais sans légèreté, point de phrases piquantes, de tours
» ingénieux; l'expression claire et nette suffit à ces gens-
» là. Qu'il s'agisse d'une réforme dans l'état, d'un péril,
» d'une coalition des puissances d'Europe contre la li-
» berté, ou du meilleur terrain à semer les navets, le
» style ne diffère pas, et la chose est bien dite, dès que
» chacun l'entend; d'autant mieux dite qu'elle l'est plus
» brièvement, mérite non commun, savez-vous? ni fa-
» cile de clore en peu de mots beaucoup de sens. Oh
» qu'une page pleine dans les livres est rare! et que peu
» de gens sont capables d'en écrire dix sans sottises! La
» moindre lettre de Pascal était plus malaisée à faire que
» toute l'Encyclopédie. Nos Américains, sans peut-être
» avoir jamais songé à cela, mais avec ce bon sens de
» Franklin qui les guide, brefs dans tous leurs écrits,
» ménagers de paroles, font le moins de livres qu'ils peu-
» vent et ne publient guère leurs idées que dans les pam-
» plets, les journaux, qui, se corrigeant l'un l'autre,
» amènent toute invention, toute pensée nouvelle à sa
» perfection. Un homme, s'il imagine ou découvre quel-
» que chose d'intéressant pour le public, n'en fera point
» un gros ouvrage avec son nom en grosses lettres, *par*
» *Monsieur..... de l'Académie,* mais un article de jour-

» nal, ou une brochure tout au plus. Et notez ceci en
» passant, mal compris de ceux qui chez vous se mêlent
» d'écrire; il n'y a point de bonne pensée qu'on ne puisse
» expliquer en une feuille, et développer assez, qui s'é-
» tend davantage, souvent ne s'entend guère, ou man-
» que de loisir, comme dit l'autre, pour méditer et faire
» court.

   » De la sorte, en Amérique, sans savoir ce que c'est
» qu'écrivain ni auteur, on écrit, on imprime, on lit au-
» tant ou plus que nulle part ailleurs, et des choses uti-
» les, parce que là vraiment il y a des affaires publiques,
» dont le public s'occupe avec pleine connaissance . sur
» lesquelles chacun consulté opine et donne son avis. La
» nation, comme si elle était toujours assemblée, re-
» cueille les voix et ne cesse de délibérer sur chaque point
» d'intérêt commun, et forme ses résolutions de l'opi-
» nion qui prévaut dans le peuple, dans le peuple tout
» entier, sans exception aucune; c'est le bon sens de
» Franklin. Aussi ne fait-elle point de bévues et se moque
» des cabinets, des boudoirs même peut-être.

   » De semblables idées dans vos pays de boudoirs, ne
» réussiraient pas, je le crois, près des dames. Cette
» forme de gouvernement s'accommode mal des pam-
» phlets et de la vérité naïve. Il ferait beau parler bon
» sens, alléguer l'opinion publique à mademoiselle de
» Pisseleu, à mademoiselle Poisson, à madame du B....,
» à madame du C.... Elles éclateraient de rire les aima-
» bles personnes en possession chez vous de gouverner

» l'État, et puis feraient coffrer le bon sens et Franklin
» et l'opinion. Français charmants! sous l'empire de la
» beauté, des grâces, vous êtes un peuple courtisan,
» plus que jamais maintenant. Par la révolution, Ver-
» sailles s'est fondu dans la nation; Paris est devenu l'œil
» de bœuf. Tout le monde en France fait sa cour. C'est
» votre art, l'art de plaire dont vous tenez école; c'est le
» génie de votre nation. L'Anglais navigue, l'Arabe
» pille, le Grec se bat pour être libre, le Français fait la
» révérence et sert ou veut servir; il mourra s'il ne sert.
» Vous êtes non le plus esclave, mais le plus valet de tous
» les peuples.

» C'est dans cet esprit de valetaille que chez vous cha-
» cun craint d'être appelé pamphlétaire. Les maîtres
» n'aiment point que l'on parle au public d'eux ni de
» quoi que ce soit, sottise de Rovigo qui, voulant de
» l'emploi, fait, au lieu d'un placet, un pamphlet, où
» il a beau dire, *comme j'ai servi je servirai*, on ne l'é-
» coute seulement pas, et le voilà sur le pavé. Le Vicomte
» pamphlétaire est placé, mais comment? Ceux qui l'ont
» mis et maintiennent là n'en voudraient pas chez eux.
» Il faut des gens discrets dans la haute livrée, comme
» dans tout service, et n'est pire valet que celui qui rai-
» sonne : pensez donc s'il imprime, et des brochures en-
» core! Quand M. de Broë vous appela pamphlétaire, c'é-
» tait comme s'il vous eût dit : Malheureux qui n'auras
» jamais ni places ni gages, misérables, tu ne seras dans
» aucune antichambre, de ta vie n'obtiendras une faveur,

» une grâce, un sourire officiel, ni un regard auguste.
» Voilà ce qui fit frissonner et fut cause qu'on s'éloigna
» de vous quand on entendit ce mot.

   » En France vous êtes tous honnêtes gens, trente mil-
» lions d'honnêtes gens qui voulez gouverner le peuple
» par la morale et la religion. Pour le gouverner on sait
» bien qu'il ne faut pas lui dire vrai. La vérité est popu-
» laire, populace même, s'il se peut dire, et sent tout-
» à-fait la canaille, étant l'antipode du bel air, diamé-
» tralement opposée au ton de la bonne compagnie. Ainsi
» le véridique auteur d'une feuille ou brochure un peu
» lue a contre lui de nécessité tout ce qui ne veut pas être
» peuple, c'est-à-dire tout le monde chez vous. Chacun
» le désavoue, le renie. S'il s'en trouve toujours néan-
» moins, par une permission divine, c'est qu'il est né-
» cessaire qu'il y ait du scandale. Mais malheur à celui
» par qui le scandale arrive, qui sur quelque sujet im-
» portant et d'un intérêt général dit au public la vérité.
» En France excommunié, maudit, enfermé par faveur
» à Sainte-Pélagie, mieux lui vaudrait n'être pas né.

   » Mais c'est là ce qui donne créance à ces paroles, la
» persécution. Aucune vérité ne s'établit sans martyrs,
» excepté celles qu'enseigne Euclide. On ne persuade
» qu'en souffrant pour ses opinions; et saint Paul disait :
« Croyez-moi, car je suis souvent en prison. S'il eût
» vécu à l'aise et se fût enrichi du dogme qu'il prêchait,
» jamais il n'eût fondé la religion de Christ. Jamais F....
« ne fera de ses homélies que des emplois et un carrosse.

» Toi donc, vigneron, Paul-Louis, qui seul en ton pays
» consens à être homme du peuple, ose encore être pam
» phlétaire et le déclarer hautement. Écris, fais pam-
» phlet sur pamphlet, tant que la matière ne te man-
» quera. Monte sur les toits, prêche l'évangile aux nations
» et tu en seras écouté, si l'on te voit persécuté. Car il
» faut cette aide et tu ne ferais rien sans M. de Broë.
» C'est à toi de parler et à lui de montrer par son réqui-
» sitoire la vérité de tes paroles. Vous entendant ainsi et
» secondant l'un l'autre, comme Socrate et Anytus, vous
» pouvez convertir le monde. »

Voilà l'épître que je reçois de mon tant bon ami sir
John, qui, sur les pamphlets, pense et me conseille au
contraire de M. Arthus Bertrand. Celui-ci ne voit rien de
si abominable, l'autre rien de si beau. Quelle différence!
et remarquez; le Français léger ne fait cas que des lourds
volumes, le gros Anglais veut mettre tout en feuilles volantes, contraste singulier, bizarrerie de nature! Si je
pouvais compter que de-là l'Océan les choses sont ainsi
qu'il me les représente, j'irais; mais j'entends dire que
là, comme en Europe, il y a des Excellences et bien pis,
des héros. Ne partons pas, mes amis, n'y allons point
encore. Peut-être, Dieu aidant, peut-être aurons-nous
ici autant de liberté, à tout prendre, qu'ailleurs, quoiqu'en dise sir John. Bonhomme en vérité! J'ai peur qu'il
ne s'abuse, me croyant fait pour imiter Socrate jusqu'au
bout. Non, *détournez ce calice*; la cigüe est amère, et le
monde de soi se convertit assez sans que je m'en mêle,

chétif. Je serais la mouche du coche, qui se passera bien
de mon bourdonnement. Il va, mes chers amis et ne cesse
d'aller. Si sa marche nous paraît lente, c'est que nous
vivons un instant. Mais que de chemin il a fait depuis cinq
ou six siècles ! A cette heure en plaine roulant, rien ne le
peut plus arrêter.

LETTRES

AU RÉDACTEUR DU CENSEUR.

LETTRES

AU RÉDACTEUR DU CENSEUR.

—

LETTRE PREMIÈRE.

Véretz, le 10 juillet 1819.

Vous vous trompez, Monsieur, vous avez tort de croire que mon placet imprimé, dont vous faites mention dans une de vos feuilles, n'a produit nul effet. Ma plainte est écoutée. Sans doute, comme vous le dites, il est fâcheux pour moi que l'innocence de ma vie ne puisse assurer mon repos; mais c'est la faute des lois, non celle des ministres. Ils ont écrit à leurs agents comme je le pouvais désirer, et plût à Dieu qu'ils eussent écrit de même aux juges, quand j'avais des procès, et à l'académie, quand j'étais candidat. Cela m'eût mieux valu que tous les droits du monde pour avoir le fauteuil et pour garder mon bien. Il faut en convenir, de trois sortes de gens auxquels j'ai eu affaire depuis un certain temps, savants, juges, ministres, je n'ai pu vraiment faire entendre raison qu'à ceux-ci. J'ai trouvé les ministres incomparablement plus amis des *belles-lettres* que l'académie de ce nom, et plus justes que *la justice*. Ceci soit dit sans déroger à mes principes d'opposition.

Vous nous plaignez beaucoup, nous autres paysans; et vous avez raison, en ce sens que notre sort pourrait être meilleur. Nous dépendons d'un maire et d'une garde champêtre, qui se fâchent aisément. L'amende et la prison ne sont pas des bagatelles. Mais songez donc, Monsieur, qu'autrefois on nous tuait pour *cinq sous parisis*. C'était la loi. Tout noble ayant tué un vilain devait jeter cinq sous sur la fosse du mort. Mais les lois libérales ne s'exécutent guères, et la plupart du temps on nous tuait pour rien. Maintenant, il en coûte à un maire sept sous et demi de papier marqué pour seulement mettre en prison l'homme qui travaille, et les juges s'en mêlent. On prend des conclusions, puis on rend un arrêté conforme au bon plaisir du maire ou du préfet. Vous paraît-il, Monsieur, que nous ayons peu gagné en cinq ou six cents ans? Nous étions la gent *corvéable, taillable et tuable* à volonté, nous ne sommes plus qu'*incarcérables*. Est-ce assez, direz-vous? Patience; laissez faire; encore cinq ou six siècles, et nous parlerons au maire *tout comme je vous parle;* nous pourrons lui demander de l'argent s'il nous en doit, et nous plaindre s'il nous en prend, sans encourir peine de prison.

Toutes choses ont leur progrès. Du temps de Montaigne, un vilain, son seigneur le voulant tuer, s'avisa de se défendre. Chacun en fut surpris, et le seigneur surtout, qui ne s'y attendait pas, et Montaigne qui le ra-

conte. Ce manant devinait les droits de l'homme. Il fut
pendu, cela devait être. Il ne faut pas devancer son
siècle.

Sous Louis XIV, on découvrit qu'un paysan était un
homme, ou plutôt cette découverte, faite depuis long-
temps dans les cloîtres, par de jeunes religieuses, alors
seulement se répandit, et d'abord parut une rêverie de
ces bonnes sœurs, comme nous l'apprend Labruyère.
Pour des filles cloîtrées, dit-il, *un paysan est un homme.*
Il témoigne là-dessus combien cette opinion lui semble
étrange. Elle est commune maintenant, et bien des gens
pensent sur ce point comme les religieuses, sans en avoir
les mêmes raisons... On tient assez généralement que les
paysans sont des hommes. De là à les traiter comme tels,
il y a loin encore. Il se passera long-temps avant qu'on
s'accoutume, dans la plupart de nos provinces, à voir un
paysan vêtu, semer et recueillir pour lui, à voir un
homme de bien posséder quelque chose. Ces nouveautés choquent furieusement les propriétaires, j'entends
ceux qui, pour le devenir, n'ont eu que la peine de
naître.

LETTRE II.

Projet d'amélioration de l'agriculture, par Jacques
  Bujault, *avocat à Melle, département des Deux-Sè-*
  vres.

Brochure de cinquante pages, où l'on trouve des cal-
culs, des remarques, des idées dignes de l'attention de
tous ceux qui ont étudié cette matière. L'auteur aime son
sujet, le traite en homme instruit, et dont les connaissances s'étendent au-delà. Il ne tiendrait qu'à lui d'appro-
fondir les choses qu'il effleure en passant; plein de zèle
d'ailleurs pour le bonheur public et la gloire de l'état, il
conseille au gouvernement *d'encourager l'agriculture.* Il
veut qu'on *dirige la nation vers l'économie rurale, qu'on
instruise les cultivateurs,* et il en indique les moyens.
Rien n'est mieux pensé ni plus louable. Mais avec tout
cela il ne contentera pas les gens, en très grand nombre,
qui sont persuadés que toute influence du pouvoir nuit à
l'industrie, et qui croient *gouvernement* synonyme d'*empêchement,* en ce qui concerne les arts. Ils diront à M.
Bujault : Laissez le gouvernement percevoir des impôts,
et répandre des grâces; mais, pour Dieu, ne l'engagez
point à se mêler de nos affaires. Souffrez, s'il ne peut
nous oublier, qu'il pense à nous le moins possible. Ses
intentions à notre égard sont sans doute les meilleures du

monde, ses vues toujours parfaitement sages, et surtout désintéressées; mais, par une fatalité qui ne se dément jamais, tout ce qu'il encourage languit, tout ce qu'il dirige va mal, tout ce qu'il conserve périt, hors les maisons de jeu et de débauche. L'Opéra, peut-être, aurait peine à se passer du gouvernement; mais nous, nous ne sommes pas brouillés avec le public. Laboureurs, artisans, nous ne l'ennuyons pas même en chantant; à qui travaille il ne faut que la liberté.

Voilà ce qu'on pourra dire, et ce que certainement diront à M. Bujault les partisans du libre exercice de l'industrie. Mais les mêmes gens, l'approuvent, lorsqu'il reproche aux oisifs dont abondent la ville et la campagne, aux jeunes gens, et, chose assurément remarquable, aux grands propriétaires de terres, leur dédain pour l'agriculture, suite de cette fureur pour les places, qui est un mal ancien chez nous, et dont Philippe de Comines, il y a plus de trois cents ans, a fait des plaintes toutes pareilles. *Ils n'ont*, dit-il, *souci de rien*, parlant des Français de son temps, *sinon d'office s et états, que trop bien ils savent faire valoir, cause principale de mouvoir guerres et rebellions.* Les choses ont peu changé; seulement cette convoitise des *offices et états* (curée autrefois réservée à nobles limiers) est devenue plus âpre encore, depuis que tous y peuvent prétendre, et ne donne pas peu d'affaires au gouvernement : quelque multiplié que paraisse aujourd'hui le nombre des emplois, qui ne se compare plus qu'aux étoiles du ciel, et aux sables de la

mer, il n'a pourtant nulle proportion avec celui des de-
mandeurs, et on est loin de pouvoir contenter tout le
monde. Suivant un calcul modéré de M. Bujault, il y a
maintenant en France, pour chaque place, dix aspirants,
ce qui, en supposant seulement deux cent mille emplois,
fait un effectif de deux millions de solliciteurs actuelle-
ment dans les antichambres, *le chapeau dans la main,*
se tenant sur leurs membres (1), comme dit un poëte :
accordons qu'ils ne fassent nul mal (ainsi la charité nous
oblige à le croire), ils pourraient faire quelque bien, et
par une honnête industrie, fuir les tentations du malin.
C'est ce que voudrait M. Bujault, et ce qu'il n'obtiendra
pas, selon toute apparence. L'esprit du siècle s'y oppose.
Chacun maintenant cherche à se placer, ou, s'il est placé,
à se pousser. On veut être quelque chose. Dès qu'un jeune
homme sait faire la révérence, riche ou non, peu importe, il se met sur les rangs ; il demande des gages, en
tirant un pied derrière l'autre : cela s'appelle se présenter ; tout le monde se présente pour être quelque chose.
On est quelque chose en raison du mal qu'on peut faire.
Un laboureur n'est rien ; un homme qui cultive, qui bâtit, qui travaille utilement, n'est rien. Un gendarme est
quelque chose ; un préfet est beaucoup ; Bonaparte était
tout. Voilà les gradations de l'estime publique, l'échelle
de la considération suivant laquelle chacun veut être Bonaparte, sinon préfet, ou bien gendarme. Voilà la di-

(1) Régnier. *Satires.*

rection générale des esprits, la même depuis long-temps,
et non prête à changer. Sans cela, qui peut dire jusqu'où
s'élancerait le génie de l'invention, où atteindrait avec le
temps l'industrie humaine, à laquelle Dieu sans doute
voulut mettre des bornes, en la détournant vers cet art de
se faire petit pour complaire, de s'abaisser, de s'effacer
devant un supérieur, de s'ôter soi-même tout mérite,
toute vertu, de s'anéantir, seul moyen d'être quelque
chose.

LETTRE III.

Véretz, 10 septembre 1819.

MONSIEUR.

QUELQU'UN se plaint dans une de vos feuilles , que sous prétexte de vacances, on lui a refusé l'entrée de la bibliothèque du roi. Je vois ce que c'est; on l'a pris pour un de ces curieux comme il en vient là fréquemment, qui ne veulent que voir des livres, et gênent les gens studieux. Ceux-ci n'ont point à craindre un semblable refus, et la bibliothèque pour eux ne vaque jamais. Aux autres, on assigne certains jours, certaines heures, ordre fort sage; votre ami, pour peu qu'il y veuille réfléchir, lui-même en conviendra. S'il m'en croit, qu'il retourne à la bibliothèque, et, parlant à quelqu'un de ceux qui en ont le soin, qu'il se fasse connaître pour être de ces gens auxquels il faut, avec des livres, silence, repos, liberté; je suis trompé, s'il ne trouve des gens aussi prompts à le satisfaire, que capables de l'aider et de le diriger dans toutes sortes de recherches. J'en ai fait l'expérience; d'autres la font chaque jour à leur très grand profit. Après cela, s'il a voyagé, s'il a vu en Allemagne les livres enchaînés, en Italie, *purgés*, c'est-à-dire biffés, raturés, mutilés par la cagoterie, enfermés le plus souvent, ne se communiquer que sur un ordre d'en haut, il cessera de se plaindre de nos bibliothèques, de celle-là surtout; enfin il avouera, s'il est de bonne foi, que cet établissemeut n'a point de pareil au monde pour les facilités qu'y trouvent ceux qui vraiment veulent étudier.

Quant au factionnaire suisse qu'il a vu à la porte, ce n'étaient pas sans doute les administrateurs qui l'avaient placé là. Rarement les savants posent des sentinelles, si ce n'est dans les guerres de l'École de Droit. Je ne connais point messieurs de la bibliothèque assez pour pouvoir vous rien dire de leurs sentiments; mais je les crois Français, et je me persuade que s'il dépendait d'eux, on ferait venir *d'Amiens des gens pour être suisses*, puisque enfin il en faut dans la garde du roi.

LETTRE IV.

Véretz, 18 octobre 1819.

MONSIEUR.

LE hasard m'a fait tomber entre les mains une lettre d'un procureur du roi à un commandant de gendarmes. En voici la copie, sauf les noms que je supprime.

Monsieur le commandant, veuillez faire arrêter et conduire en prison un tel *de* tel endroit.

Voilà toute la lettre. Je crois, si vous l'imprimez, qu'on vous en saura gré. Le public est intéressé dans une pareille correspondance; mais il n'en connaît d'ordinaire que les résultats. Ceci est bref, concis; c'est le style impérial, ennemi des longueurs et des explications. *Veuillez mettre en prison*, cela dit tout. On n'ajoute pas : *car tel est notre plaisir*. Ce serait rendre raison, alléguer un motif; et en style de l'empire, on ne rend raison de rien. Pour moi, *je suis charmé de ce petit morceau.*

Quelqu'un pourra demander (car on devient curieux, et le monde s'avise de questions maintenant qui ne se faisaient pas autrefois), on demandera peut-être combien de gens en France ont le droit ou le pouvoir d'emprisonner qui bon leur semble sans être tenus de dire pourquoi. Est-ce une prérogative des procureurs du roi et de leurs substituts? Je le croirais, quant à moi. Ces places sont recherchées; ce n'est pas pour l'argent. On en donnait jadis, on en donnait beaucoup pour être procureur du roi. Fouquet vendit sa charge dix-huit cent mille francs, cinq millions d'aujourd'hui, et elles coûtent à présent bien plus que de l'argent. Ce qu'achètent si cher *d'honnêtes gens*, c'est l'honneur (*l'honneur seul peut flatter un esprit généreux*), ce sont les priviléges attachés à ces places. En est-il en effet de plus beau, de plus grand que celui de pouvoir dire : Gendarmes, qu'on l'arrête, qu'on le mène en prison. Cela ne sent point du tout le robin, l'homme de loi. On ne voit rien là-dedans de ces lentes et pesantes formalités de justice que le cardinal de Retz reproche, avec tant de raison, à la magistrature, et qui, tant de fois, le firent enrager, comme lui-même le raconte.

Il ne se plaindrait pas maintenant : tout a changé au-delà même de ce qu'il eût pu désirer alors. Notre jurisprudence, nos lois sont prévôtales; nos magistrats aussi doivent être expéditifs, et le sont. Vite, tôt; emprisonnez, tuez, on n'aurait jamais fait, s'il fallait tant d'ambages et de circonlocutions. Tout chez nous porte empreint le caractère de ce héros, le génie du pouvoir, qui faisait en une heure une constitution, en quelques jours un code pour toutes les nations, gouvernait à cheval, organisait en poste, et fonda, en se débottant, un empire qui dure encore.

Tout bien considéré, le parti le plus sûr, c'est de respecter fort les procureurs du roi et leurs clercs; de fuir toute rencontre avec eux, tout démêlé; de leur céder non seulement le haut du pavé, mais tout le pavé, s'il se peut. Car enfin, on le sait, ce sont des gens fort sages qui ne mettent en prison que pour de bonnes raisons, exempts de passions, calmes, imperturbables, des hommes éprouvés sous le grand Napoléon, *qui, cent fois dans le cours de sa gloire passée, tenta leur patience et ne l'a point lassée.* Mais ce ne sont pas des saints ; ils peuvent se fâcher. Un mot, avec paraphe, le commandement est là. *Veuillez.....* et aussitôt gendarmes de courir, prison de s'ouvrir ; quand vous y serez, la charte ne vous en tirera pas. Vous pourrez rêver à votre aise la liberté individuelle. Non, respectons les gens du roi, ou les gens de l'empereur, qui happent au nom du roi. C'est le conseil que je prends pour moi, et que je donne à mes amis.

Mais je me suis trompé, Monsieur, je m'en aperçois ; ce n'est pas là toute la lettre du procureur du roi : avec ce que je vous ai transcrit, il y a quelque chose encore. Il y a d'abord ceci : *Le procureur du roi, à M. le commandant de la gendarmerie. Monsieur le commandant ;* et puis, *j'ai l'honneur d'être, Monsieur le commandant, avec considération, votre très humble et très obéissant serviteur.*

Le tout s'accorde parfaitement avec *veuillez mettre en prison. Veuillez,* c'est comme on dit : faites-moi l'amitié, obligez-moi de grâce, rendez-moi ce service, à la charge d'autant. *Je suis votre serviteur,* cela s'entend. Il est serviteur du gendarme, qui, au besoin, sera le sien ;

ils sont serviteurs l'un de l'autre contre l'*administré* qui
les paie tous deux ; car l'homme qu'on emprisonne est un
cultivateur. C'est un bon paysan qui a déplu au maire en
lui demandant de l'argent. Celui-ci, par le moyen du procureur du roi, dont il est serviteur, a fait juger et condamner l'insolent vilain, que ledit procureur du roi, par
son serviteur le gendarme, a fait constituer ès prisons.
C'est l'histoire connue ; cela se voit partout.

Oh ! que nos magistrats donnent de grands exemples !
quelle sévérité ! quelle rigidité ! quelle exactitude scrupu-
leuse dans l'observation de toutes les formes de la civilité ?
Celui-ci peut-être oublie dans sa lettre quelque chose,
comme de faire mention d'un jugement ; mais il n'oublie pas le très-humble serviteur, l'honneur d'être, et,
le reste, bien plus important que le jugement, et tout,
pour monsieur le gendarme. Au bourreau, sans doute, il
écrit : Monsieur le bourreau, veuillez tuer, et je suis votre serviteur. Les procureurs du roi ne sont pas seulement
d'honnêtes-gens, ce sont encore des gens fort honnêtes.
Leur correspondance est civile comme les parties de monsieur Fleurant. Mais on pourrait leur dire aussi comme le
malade imaginaire ; *ce n'est pas tout d'être civil,* ce n'est
pas tout pour un magistrat d'être serviteur des gendarmes ; il faudrait être bon, et ami de l'équité.

LETTRE V.

Monsieur.

Dans ces provinces, nous avons nos *bandes noires*, comme vous à Paris, à ce que j'entends dire. Ce sont des gens qui n'assassinent point, mais qui détruisent tout. Ils achètent de grands biens pour les revendre en détail, et, de profession, décomposent les grandes propriétés. C'est pitié de voir quand une terre tombe dans les mains de ces gens-là; elle se perd, disparaît. Château, chapelle, donjon, tout s'en va, tout s'abîme. Les avenues rasées, labourées de çà, de là, n'en reste pas trace. Où était l'orangerie s'élève une métairie, des granges, des étables pleines de vaches et de cochons. Adieu bosquets, parterres, gazons, allées d'arbrisseaux et de fleurs; tout cela morcelé entre dix paysans; l'un y va fouir des haricots, l'autre de la vesce. Le château, s'il est vieux, se fond en une douzaine de maisons qui ont des portes et des fenêtres, mais ni tours, ni créneaux, ni pont-levis, ni cachots, ni antiques souvenirs. Le parc seul demeure entier, défendu par de vieilles lois qui tiennent bon contre l'industrie. Car on ne permet pas de défricher les bois, dans les cantons les mieux cultivés de la France, de peur d'être obligé d'ouvrir ailleurs des routes et de creuser des canaux, pour l'exploitation des forêts. Enfin, les gens

dont je vous parle se peuvent nommer les fléaux de la propriété. Ils la brisent, la pulvérisent, l'éparpillent encore
après la révolution, mal vus pour cela d'un chacun. On
leur prête, parce qu'ils rendent, et passent pour exacts ;
mais d'ailleurs on les hait, parce qu'ils s'enrichissent de
ces spéculations : eux-mêmes paraissent en avoir honte,
et n'osent quasi se montrer. De tous côtés on leur crie
hepp ! hepp ! Il n'est si mince autorité qui ne triomphe de
les *surveiller*. Leurs procès ne sont jamais douteux ; les
juges se font parties contre eux. Ces gens me semblent
bien à plaindre, quelque succès qu'aient, dit-on, leurs
opérations, quelques profits qu'ils puissent faire.

Un de mes voisins, homme bizarre, qui se mêle de raisonner, parlant d'eux l'autre jour disait : Ils ne font de
mal à personne, et font du bien à tout le monde ; car ils
donnent à l'un de l'argent pour sa terre, à l'autre de la
terre pour son argent ; chacun a ce qu'il lui faut, et le public y gagne. On travaille mieux et plus. Or, avec plus de
travail, il y a plus de produits, c'est-à-dire plus de ri-
richesse, plus d'aisance commune, et, notez ceci, plus
de mœurs, plus d'ordre dans l'état comme dans les familles. Tout vice vient d'oisiveté, tout désordre public
vient du manque de travail. Ces gens donc, chaque fois
que simplement ils achètent une terre et la revendent,
font bien, font une chose utile, très utile et très bonne
quand ils achètent d'un pour revendre à plusieurs ; car
accommodant plus de gens, ils augmentent d'autant plus le
travail, les produits, la richesse, le bon ordre, le bien de

tous et de chacun. Mais lorsqu'ils revendent et partagent cette terre à des hommes qui n'avaient point de terre, alors le bien qu'ils font est grand ; car ils font des propriétaires, c'est à dire, d'honnêtes gens, selon Côme de Médicis. *Avec trois aunes de drap fin*, disait-il, *je fais un homme de bien ;* avec trois quartiers de terre il aurait fait un saint. En effet, tout propriétaire veut l'ordre, la paix, la justice, hors qu'il ne soit fonctionnaire ou pense à le devenir. Faire propriétaire, sans dépouiller personne, l'homme qui n'est que mercenaire, donner la terre au laboureur, c'est le plus grand bien qui se puisse faire en France, depuis qu'il n'y a plus de serfs à affranchir. C'est ce que font ces gens.

Mais une terre est détruite ; mais le château, les souvenirs, les monuments, l'histoire..... Les monuments se conservent où les hommes ont péri, à Balbek, à Palmyre, et sous la cendre du Vésuve ; mais ailleurs, l'industrie, qui renouvellent tout, leur fait une guerre continuelle. Rome elle-même a détruit ses antiques édifices, et se plaint à tort des Barbares. Les Goths et les Vandales voulaient tout conserver. Il n'a pas tenu à eux qu'elle ne demeurât et ne soit aujourd'hui telle qu'ils la trouvèrent. Mais malgré leurs édits portant peine de mort contre quiconque endommageait les statues et les monuments, tout a disparu, tout a pris une forme nouvelle. Et où en serait-on ? que deviendrait le monde, si chaque âge respectait, révérait, consacrait, à titre d'ancienneté, toute œuvre des âges passés, n'osait toucher à rien, défaire ni mouvoir quoi que ce soit; scrupule de Madame de Harlai, qui, plutôt que de remuer le fauteuil et les pantoufles du feu chancelier son grand-père, toute sa vie vécut dans sa vieille, incommode et malsaine maison. M. de Marcellus chérit, dans les forêts, le souvenir des druides, et, pour cela, ne veut pas qu'on exploite aucun bois, qu'on abatte même un arbre, le plus creux, le plus caduc, tout, de peur d'oublier les sacrifices humains et les dieux teints de sang de ces bons Gaulois nos aïeux. Il défend tant qu'il peut, en mémoire du vieux âge, les ronces, les broussailles, les landes féodales, que d'ignobles guérêts chaque jour envahissent. Les souvenirs, dit-on? est-ce par les souvenirs que se recommandent ces châteaux et ces cloîtres gothiques? Autour de nous, Chenonceaux, le Plessis-lèz-Tours, Blois, Amboise, Marmoutiers, que retracent-ils à l'esprit? de honteuses débauches, d'infâmes trahisons, des assassinats, des massacres, des supplices, des tortures, d'exécrables forfaits, le luxe et la luxure, et la crasse ignorance des abbés et des moines, et pis encore l'hypocrisie. Les monuments, il faut l'avouer, pour la plupart ne rappellent guères que des crimes ou des superstitions, dont la mémoire, sans eux, dure toujours assez, et s'ils ne sont utiles aux arts comme modèles, ce qui peut se dire d'un petit nombre, que gagne-t-on à les conserver, lorsqu'on en peut tirer parti pour l'avantage de tous ou de quelqu'un seulement? Les pierres d'un couvent sont-elles profanées, ne sont-elles pas plutôt purifiées, lorsqu'elles

servent à élever les murs d'une maison de paysan, d'une
sainte et chaste demeure, où jamais ne cesse le travail,
ni par conséquent la prière? Qui travaille prie.

Une terre non plus n'est pas détruite; c'est pure façon
de parler. Bien le peut être un marquisat, un titre noble,
quand la terre passe à des vilains. Encore dit-on qu'il se
conserve et demeure au sang, à la race, tant qu'il y a
race; je m'en rapporte..... *Prenez le titre,* a dit la Fon-
taine, *et laissez-moi la rente.* C'est, je pense, à peu près
le partage qui a lieu lorsqu'un fief tombe en roture, malheur si commun de nos jours! Le gentilhomme garde son
titre, pour le faire valoir à la cour. Le vilain acquiert seulement le sol, et n'en demande pas davantage, content
de posséder la glèbe à laquelle il fut attaché; il la fait valoir à sa mode, c'est-à-dire par le travail. Or, plus la
glèbe est divisée, plus elle s'améliore et prospère. C'est
ce que l'expérience a prouvé. Telle terre vendue il y a
vingt-cinq ans, est à cette heure partagée en dix mille
portions, qui vingt fois ont changé de mains, depuis la
première aliénation, toujours de mieux en mieux culti-
vée (on le sait: nouveau propriétaire, nouveau travail,
nouveaux essais); le produit d'autrefois ne paierait pas
l'impôt d'aujourd'hui. Recomposez un peu l'ancien fief,
par les procédés indiqués dans le *Conservateur,* et que
chaque portion retourne du propriétaire laboureur à ce
bon seigneur adoré de ses vassaux dans son château, pour
être *substitué à lui et à ses hoirs, de mâle en mâle, à per-
pétuité;* ses *hoirs* ne laboureront pas, ses vassaux peu.

Plus d'industrie. Tout ce qui maintenant travaille se fera laquais, ou mendiant, ou moine, ou soldat, ou voleur. Monseigneur aura ses pacages et ses lods et ventes, avec les grâces de la cour. Bientôt reparaîtront les créneaux, puis les ronces et les épines, et puis les forêts, les druides de M. de Marcellus; et la terre alors sera détruite.

Ils ne songent pas, les bonnes gens qui veulent maintenir toutes choses intactes, qu'à Dieu seul appartient de créer; qu'on ne fait point sans défaire; que ne jamais détruire, c'est ne jamais renouveler. Celui-ci, pour conserver les bois, défend de couper une solive; un autre conservera les pierres dans la carrière; à présent, bâtissez. L'abbé de la Mennais conserve les ruines, les restes de donjons, les tours abandonnées, tout ce qui pourrit et tombe. Que l'on construise un pont du débris délaissé de ces vieilles masures, qu'on répare une usine, il s'emporte, il s'écrie : *L'esprit de la révolution est éminemment destructeur.* Le jour de la création, quel bruit n'eût-il pas fait? il eût crié : Mon Dieu, conservons le chaos.

En somme, ces gens-ci, ces destructeurs de terres, font grand bien à la terre, divisent le travail, aident à la production, et, faisant leurs affaires, font plus pour l'industrie et pour l'agriculture que jamais ministre, ni préfet, ni société d'encouragement, sous l'autorisation du préfet. Le public les estime peu. En revanche, il honore fort ceux qui le dépouillent et l'écrasent; toute fortune faite à ses dépens lui paraît belle et bien acquise.

Voilà ce que me dit mon voisin. Mais, moi, tous ces discours me persuadent peu. Je ne suis pas né d'hier, et j'ai mes souvenirs. J'ai vu les grandes terres, les riches abbayes; c'était le temps des bonnes œuvres. J'ai vu mille pauvres recevoir mille écuelles de soupe à la porte de Marmoutiers. Le couvent et les terres vendues, je n'ai plus vu ni écuelles, ni soupes, ni pauvres, pendant quelques années, jusqu'au règne brillant de l'empereur et roi qui remit en honneur toute espèce de mendicité. J'ai vu jadis, j'ai vu madame la duchesse, marraine de nos cloches, le jour de Sainte-Andoche, donner à la fabrique cinquante louis en or, et dix écus aux pauvres. Les pauvres ont acheté ses terres et son château, et ne donnent rien à personne. Chaque jour la charité s'éteint, depuis qu'on songe à travailler, et se perdra enfin, si la Sainte-Alliance n'y met ordre.

LETTRE VI.

Véretz , 3o novembre 1819.

MONSIEUR,

IL faut mettre de l'encre et tirer avec soin. Dites cela ,
je vous prie de ma part, à votre imprimeur, s'il a quelque
envie que ses feuilles sortent lisibles de la presse. Je déchiffre à peine la moitié d'un de vos paragraphes du 22 ,
dans lequel je vois bien pourtant que vous louez les Français comme un peuple rempli de sentiments chrétiens , et
faites un juste éloge de notre dévotion, bonne conduite ,
soumission aux pasteurs de l'église. Nous vous en sommes bien obligés; cela est généreux à vous, dans un moment où tant de gens nous traitent de mauvais sujets, et
appellent pour nous corriger les puissances étrangères.
Votre dessein , si je ne me trompe, est de faire voir que
nous pouvons nous passer de missions , et que, chez nous,
les bons pères prêchent des convertis. Vous dites d'abord
excellemment : *La religion est honorée;* puis vous ajou-
tez quelque chose que j'eusse voulu pouvoir lire , car la
matière m'intéresse. Mais dans mon exemplaire, je distingue seulement ces lettres, *l. p..p. e cro..t t p..e*;
là-dessus, quoique nous ayons pu faire, moi et tous mes
amis, *à grand renfort de bésicles* , comme dit maître
François nous sommes encore à deviner si vous avez écrit
en style d'Atala, *le peuple croit et prie,* ou, moins poéti-

quement, *le peuple croît* (circonflexe) *et paie.* Voilà sur quoi nous disputons, moi et ces messieurs, depuis deux jours. Ils soutiennent la première leçon ; je défends la seconde, sans me fâcher néanmoins, car mon opinion est probable ; mais, comme disent les jésuites, le contraire est probable aussi.

Mes raisons, cependant, sont bien bonnes. Mais je veux premièrement vous dire celles de mes adversaires, sans vous en rien dissimuler ni rien diminuer de leur force. Le peuple croit, disent-ils, cela est évident. Il croit qu'on songe à tenir ce qu'on lui a promis ; que tout à l'heure on va exécuter la charte, et il prie qu'on se hâte, parce qu'il se souvient de la poule au pot qu'on lui promit jadis, et qui lui fut ravie par un de ces tours que *l'agneau enseigne à ceux de la société* (belle expression du père Garasse). Or, le peuple, en même temps qu'on lui présente la charte, aperçoit dans un coin la société de l'agneau et cela l'inquiète.

Il croit que ses mandataires vont faire ses affaires. Il croit bien d'autres choses, car il est fort crédule. Il prie les gouvernants de l'épargner un peu, et il croit qu'on l'écoute. En un mot, le peuple est toujours priant et croyant. Croire et prier, c'est son état, sa façon d'être de tout temps ; et le journaliste, homme d'esprit, ne peut avoir eu d'autre idée. C'est ainsi qu'ils expliquent et commentent ce passage. Doctement !

Mais je dis : le peuple croît (avec un accent circonflexe). Il croît à vue d'œil, comme le fils de Gargantua et paie. Ce sont deux vérités que le journaliste, en ce peu de mots, a heureusement exprimées. Le peuple croît et multiplie; se peut-il autrement? tout le monde se marie. Les jeunes gens prennent femme dès qu'il pensent savoir ce que c'est qu'une femme. Peu font vœu de chasteté, parce qu'un pareil vœu *sent le libertinage*, ou plutôt, on sait aujourd'hui qu'il n'y a de chasteté que dans le mariage. Aussi les filles n'attendent guères. Autrefois, dans ce pays, une mariée de village avait rarement moins de trente ou trente-cinq ans. A cet âge maintenant elles sont toutes grand'mères, et fort éloignées de s'en plaindre. On ne craint plus d'avoir des enfants, depuis qu'on a de quoi les élever, et même de quoi les racheter quand le gouvernement s'en empare. Chaque paysan presque possède ce que nous appelons *goulée de benace*, un ou deux arpents de terre en huit ou dix morceaux; qui, labourés, retournés, travaillés sans relâche, font vivre la famille. C'est un grand mal que cela. Mais on y va remédier. On va recomposer les grandes propriétés pour les gens qui ne veulent rien faire. La terre alors se reposera. Chaque gentilhomme ou chanoine aura, pour sa part, mille arpents, à charge de dormir; et s'il ronfle, le double.

Ce qui fait aussi que le peuple croît, c'est qu'en tout, on vit mieux à présent qu'autrefois. On est nourri, vêtu, logé bien mieux qu'on ne l'était, et les mœurs s'améliorent avec le vivre physique. Moins de célibataires, moins de vices, moins de débauche. Nous n'avons plus de couvents : détestable sottise qui se pratiquait jadis, de tenir ensemble enfermés, contre tout ordre de nature, des mâles sans femelles, des femelles sans mâles, dans l'oisiveté du cloître, où fermentait une corruption qui, se répandant au dehors, de proche en proche, infectait tout. Dieu sans doute ne permettra pas que ceux qui, chez nous, veulent rétablir de pareils lieux d'impureté, réussissent dans leurs desseins. Nos péchés, quelque grands qu'il soient, n'ont pas mérité ce châtiment; notre orgueil, cette humiliation. Il en faut convenir pourtant; ce serait une chose curieuse à voir parmi ce peuple actif, laborieux, dont chaque jour l'industrie augmente, les travaux se multiplient, et dont par conséquent la morale s'épure, car l'un suit l'autre; ce serait un bizarre contraste, qu'au milieu d'un tel peuple, une société de gens faisant vœu publiquement de fainéantise et de mendicité, si l'on ne veut dire encore, et d'impudicité.

Parmi les causes d'accroissement de la population ; il ne faut pas compter pour peu le repos de Napoléon. Depuis que ce grand homme est là où son rare génie l'a conduit, s'il eût continué de l'exercer, trois millions de jeunes gens seraient morts pour sa gloire, qui ont femme et enfants, maintenant; un million seraient sous les armes, sans femme, corrompant celles des autres. Il est donc force, en toute façon, que le peuple croisse ; ainsi fait-il, ayant repos, *biens et chevances,* peu de soldats et point de moines.

A présent, je dis le peuple paie, et nul ne me contredira. Si ce n'est là, Monsieur, ce que vous avez écrit, c'est ce qu'il fallait écrire, pour n'avoir point de dispute. Le peuple prie, est une thèse un peu sujette à examen. Le peuple paie, est un axiome de tous temps, de tous pays, de tout gouvernement. Mais le peuple français sur ce point se distingue entre tous, et se pique de payer largement, d'entretenir magnifiquement ceux qui prennent soin de ses affaires, de quelque nation, condition, mérite ou qualité qu'ils soient; aussi n'en manque-t-il jamais. Quand tous ses gouvernants s'en allèrent un jour, croyant lui faire pièce et le laisser en peine, d'autres se présentèrent qu'on ne demandait pas, et s'impatronisèrent; puis les premiers revenant comme on y pensait le moins (avec quelques voisins), grand conflit, grand débat, que le peuple accommoda, en les payant tous, et tous ceux qui s'étaient mêlés de l'affaire; tant il est de bonne nature; peuple charmant, léger, volage, muable, variable, changeant, mais toujours payant. Qui l'a dit? Je ne sais, Bonaparte ou quelque autre : le peuple est fait pour payer; et lisez là-dessus, si vous en êtes curieux, un chapitre du testament de ce grand cardinal de Richelieu, dans lequel il examine, en profond politique et en homme d'état, cette importante question : *Jusqu'à quel point on doit permettre que le peuple soit à son aise.* Trop d'aise le rend insolent; il faut le faire payer pour lui ôter ce trop d'aise. Trop peu l'empêche de payer; il faut lui laisser quelque chose, comme aux abeilles on laisse du miel et de la cire. Il lui faut même encore, sans quoi il ne travaillerait, n'amasserait, ni ne paierait, un

peu de liberté. Mais combien ? c'est-là le point. M. Decazes nous le dira. En attendant nous lui payons, bon an
mal an, neuf cent millions, et s'il payait comme nous
tout ce qu'on lui demande, il aurait bien moins de querelles.

A vrai dire aussi, on le chicane sur l'emploi de ces
neuf cent millions. Le meilleur usage qu'il en pût faire,
ce serait, selon moi, de les jouer au biribi, ou d'en entretenir des nymphes d'opéra, à l'insu de madame la comtesse. Cela serait tout-à-fait dans le bel air de la cour, et
vaudrait mieux pour nous que de le voir donner notre
argent à des soldats qui communient et nous *suicident*
dans les rues, qui escortent la procession et nous coupent le nez en passant; à des juges qui appliquent la loi
si rudement aux uns, si doucement aux autres; à des
prêtres qui ne nous enterrent que quand nous mourrons
à leur guise et en restituant. Il arriverait que bientôt, ne
comptant plus sur ces gens-là, nous essaierions de nous
en passer, de nous garder, de nous juger, de nous enter-
rer les uns les autres, et, en un besoin, de nous défendre
nous-mêmes sans soldats; seul moyen, ce dit-on, d'être
bien défendus, et tout en irait mieux. La cour passerait
le temps gaiement, sans s'embarrasser de contenter les
puissances étrangères. Voilà le conseil que je donne à
M. Decazes, par la voie de votre journal. Mais M. Decazes ne vous lit point; il travaille avec Mademoiselle.

Au reste, il est bien vrai, Messieurs, et vous avez rai-

son de le dire, que nous sommes un peuple religieux, et
plus que jamais aujourd'hui. Nous gardons les commandements de Dieu bien mieux depuis qu'on nous prêche
moins. Ne point voler, ne point tuer, ne convoiter la
femme ni l'âne, honorer père et mère, nous pratiquons
tout cela mieux que n'ont fait nos pères, et mieux que ne
font actuellement, non tous nos prêtres, mais quelques-
uns revenus de lointain pays. *Rarement à courir le monde
devient-on plus homme de bien ;* mais un ecclésiastique,
dans la vie vagabonde, prend d'étranges habitudes. Mes-
sire Jean Chouart était bon homme, tout à son bréviaire,
à ses ouailles, il était doux, humble de cœur, secourait
l'indigent, confortait le dolent, assistait le mourant ; il
apaisait les querelles, pacifiait les familles : le voilà revenu d'Allemagne ou d'Angleterre, espèce de hussard en
soutane, dont le hardi regard fait rougir nos jeunes filles,
et dont la langue sème le trouble et la discorde ; hardi,
querelleur, cherchant noise ; c'est un drôle qui n'a pas
peur, tout prêt à faire feu sur les bleus, au premier signe
de son évêque. Tels sont nos prêtres de retour de l'émigration. Ils ont besoin de bons exemples et en trouveront
parmi nous. Mais si nous sommes plus forts qu'eux sur
les commandements de Dieu, ils nous en remontrent à
leur tour sur les commandements de l'Église, qu'ils se
rappellent mieux que nous, et dont le principal est, je
crois, donner tout son bien pour le Ciel. *Vous me demandez,* disait ce bon prédicateur Barlette, *comment on
va en paradis ? les cloches du couvent vous le disent :*

donnez, donnez, donnez. Le latin du moine est joli. *Vos quæritis à me , fratres carissimi, quomodo itur ad paradisum ? hoc dicunt vobis campanæ monasterii, dando , dando , dando.*

LETTRE VII.

Véretz, 20 décembre 1819.

MONSIEUR,

CHACUN ici commente à sa manière le discours royal d'ouverture. Il y a des gens qui disent : On ne restaure point un culte. Les *ruines d'une maison*, c'est le mot du bonhomme, *se peuvent réparer*, non les ruines d'un culte. Dieu a permis que l'église romaine, depuis le temps de Léon X, déchût constamment jusqu'à ce jour. Elle ne périra point, parce qu'il est écrit : *Les portes de l'enfer.....*; mais sont-ce nos ministres qui la doivent relever avec le télégraphe, ou M. de Marcellus avec quelques grimaces ? Pour restaurer le paganisme à Rome, les empereurs firent tout ce qu'ils purent, et ils pouvaient beaucoup ; ils n'en vinrent point à bout. Marie, en Angleterre, et d'autres souverains, essayèrent aussi de restaurer l'ancien culte ; ils n'y réussirent pas, et même, comme on sait, mal en prit à quelques-uns. En matière de religion, ainsi que de langage, le peuple fait la loi, le peuple de tout temps a converti les rois. Il les a faits chrétiens de païens qu'ils étaient, de chrétiens catholiques, schismatiques, hérétiques ; il les fera raisonnables, s'il le devient lui-même ; il faut finir par là.

D'autres disent : Il y aurait moyen, si on le voulait tout de bon, de rallumer le zèle dans les cœurs un peu tièdes pour la vraie religion, le moyen serait de la persécuter : infaillible recette, éprouvée, mille fois, et même de nos jours. La religion doit plus aux gens de 93 qu'à ceux de 1815. Si elle languit encore, et s'il faut un peu d'aide au culte dominant, comme l'assurent les ministres, la chose est toute simple ; au lieu de gager les prêtres, mettez-les en prison et défendez la messe ; demain le peuple sera dévot, autant qu'il le peut être à présent qu'il travaille; car l'abbé de la Mennais a dit une vérité : Le mal de notre siècle, en fait de religion, ce n'est pas l'hérésie, l'erreur, les fausses doctrines ; c'est bien pis, c'est l'indifférence. La froide indifférence a gagné toutes les classes, tous les individus, sans même en excepter l'abbé de la Mennais et d'autres orateurs de la cause sacrée, qui ne s'en soucient pas plus, et le font assez voir. Ces amis de l'autel ne s'en approchent guère : *Je ne remarque point qu'ils hantent les églises.* Quel est le confesseur de M. de Châteaubriand ? Certes ceux qui nous prêchent ne sont pas des Tartufes, ce ne sont pas des gens qui veuillent en imposer. A leurs œuvres on voit qu'ils seraient bien fâchés de passer pour dévots, d'abuser qui ce soit : ils ont le masque à la main.

C'est toi qui l'as nommé, docte abbé: notre mal est le tien, l'indifférence pour la religion. Il en a fait un livre, comme ces médecins qui composent des traités sur une maladie dont eux-mêmes sont atteints, et en raisonnent d'autant mieux. Il dit en un endroit, et j'ai bonne mémoire : *Est-ce faute de zèle qu'on ne dispute plus, ou faute de disputes qu'il n'y a plus de zèle.* Je trouve, quant à moi, que l'on dispute assez et que le zèle ne manque

pas ; mais depuis quelque temps il a changé d'objet : car
même, dans ce qui s'écrit sur la religion maintenant, de
quoi est-il question ? De la présence réelle ? en aucune
façon. De la fréquente communion ? nullement. De la lumière du Thabor, de l'immaculée conception, de l'acces-
sibilité, de la consubstantialité du père et du fils ? aussi
peu. De quoi donc s'agit-il ? du revenu des prêtres, des
biens vendus, de la dîme et des bois du clergé, soit fu-
taies ou taillis : voilà de quoi l'on dispute. Ajoutez-y les
donations, les legs par testament, l'argent, l'argent
comptant, les espèces ayant cours. Voilà ce qui enflamme
le zèle de nos docteurs, voilà sur quoi on argumente ;
mais *de Canon, pas un mot*. Du dogme, on ne dit rien ;
il semble que là-dessus tout le monde soit d'accord ;
on s'embarrasse peu que les cinq propositions soient ou
ne soient pas dans le livre de Jansénius. Il est question de
savoir si les évêques auront de quoi entretenir des chevaux, des laquais, et des.....

On demandait naguères au grand-vicaire de S... :
Quels sont vos sentiments sur la grâce efficace, sur le
pouvoir que Dieu nous donne d'exécuter les commandements ? Comment accordez-vous, avec le libre arbitre,
le *mandata impossibilia volentibus et conantibus ?* Que
pensez-vous de la suspension du sacrement dans les espèces, et croyez-vous qu'il en dépende, comme la substance de l'accident ? Je pense, répondit-il en colère, je
pense à ravoir mon prieuré, et je crois que je le raurai.

C'est un homme à connaître que ce grand vicaire de S...,

homme de bonne maison, d'excellente compagnie. On
dit bien, l'air aisé ne se prend qu'à l'armée. Il a tant vu
le monde ! sa vie est un roman. C'est lui dont l'aventure,
à Londres, fit du bruit, quand sa jeune pénitente, belle
fille vraiment, épousa le comte d***, officier de cavalerie. Au bout de quinze jours, la voilà qui accouche. Le
mari se fâcha ; demandez-moi pourquoi, et l'abbé s'en
alla, par prudence, en Bohême. Là, on le fit aumônier
d'un régiment de Croates. Cette vie lui convenait. Sain,
gaillard et dispos, se tenant aussi bien à cheval qu'à table, il disait bravement sa messe sur un tambour, et ne
pouvait souffrir que de jeunes officiers restassent sans
maîtresse, lorsqu'il connaissait des filles vertueuses qui
n'avaient point d'amant ; obligeant, bon à tout ; le quar-
tier-maître un jour le prend pour secrétaire. Fort peu de
temps après, la caisse se trouva, non comme la pénitente. Bref, l'abbé s'en alla encore cette fois ; et de retour
en France, depuis quelques années, il y prêche les bonnes mœurs et la restitution.

LETTRE VIII.

Véretz , 12 février 1820.

Monsieur ,

Vous vous fâchez contre M. Decazes , et je crois que vous avez tort. Il nous méprise , dites-vous. Sans doute cela n'est pas bien. Mais d'abord , je vous prie, d'où le pouvez-vous savoir , que M. Decazes nous méprise ? quelle preuve en avez-vous? Il l'a dit. Belle raison ! Vous jugez par ce qu'il dit de ce qu'il pense. En vérité vous êtes simple. Et s'il disait tout le contraire , vous l'en croiriez. Il n'en faudrait pas davantage pour vous persuader que M. le comte nous honore, nous estime et révère , et n'a rien tant à cœur que de nous voir contents. Un homme de cour agit-il , parle-t-il d'après sa pensée ? Il l'a dit, je le veux, plusieurs fois , publiquement et en pleine assemblée , à la droite, à la gauche ; eh bien! que prouve cela ? qu'il entre dans ses vues, pour quelque combinaison de politique profonde que nous ignorons vous et moi, de parler de la sorte ; de se donner pour un homme qui fait peu de cas de nous et de nos députés ; qui craint Dieu et le congrès et n'a point d'autre crainte ; se moque également de la noblesse et du tiers , n'ayant d'égard que pour le clergé. Voilà certainement ce qu'il veut qu'on croie de lui ; mais de là à ce qu'il pense , vous ne pouvez rien conclure , ni même former de conjectures, fussiez-vous son intime ami , son confident , ou mieux , son valet de chambre. Car il n'est pas donné à l'homme de savoir ce que pense un courtisan, ni s'il pense. *O altitudo !*

Vous n'avez donc nulle preuve, et n'en sauriez avoir, de ces sentiments que vous attribuez au premier ministre ; mais quand vous en auriez, quand nous serions certains (comme à vous dire vrai, j'y vois de l'apparence) que M. Decazes au fond n'a pas pour nous beaucoup de considération, faudrait-il nous en plaindre et nous en étonner. Il nous voit si petits de ces hautes régions où la faveur l'emporte, qu'à peine il nous distingue ; il ne nous connaît plus ; il ne se souvient plus des choses d'ici-bas, ni d'avoir joué à la fossette. Et, en un autre sens, M. Decazes est de la cour ; par exemple, nous sommes de notre pays, chacun de son village, et tous Français ; mais lui : *la cour est mon pays, je n'en connais point d'autre* ; et, de fait, y en a-t-il d'autre ? On le sait ; dans l'idée de tous les courtisans, la cour est l'univers ; leur coterie, c'est le monde ; hors de là, c'est néant. La nature, pour eux, se borne à l'œil de bœuf. La faveur, la disgrâce, le lever, le débotter, voilà les phénomènes. Tout roule là-dessus. Demandez-leur la cause du retour des saisons, du flux de l'Océan, du mouvement des sphères ; c'est le petit coucher. Ainsi M. Decazes, absorbé tout entier dans la contemplation de l'étiquette, des présentations, du tabouret, des préséances, ne nous méprise pas à proprement parler. Il nous ignore.

Mais soit, je veux, pour vous satisfaire, qu'il ait dit sa pensée, comme un homme du commun, naïvement, sans

détour, ainsi qu'il eût pu faire avant d'être ce qu'il est;
qu'enfin, il nous méprise, ayant pour nous ce dédain qu'à
sa place montrèrent pour la gent gouvernée, Mazarin,
Bonaparte, Alberoni, Dubois : je lui pardonne encore, et
comme moi, Monsieur, vous lui pardonnerez, si vous faites
attention à ce que je vais vous dire. On juge par ce qu'on
voit, de ce qu'on ne voit pas; du tout, par la partie que
l'on a sous les yeux. Faiblesse de nos sens et de l'entende-
ment humain! on juge d'une nation, d'une génération, de
tous les hommes, par ceux avec qui on déjeûne; et ce
voyageur disait, apercevant l'hôtesse : Les femmes ici
sont rousses. Ainsi fait M. Decazes, ainsi faisons-nous
tous. Cette nation qu'il méprise, nous l'estimons; pourquoi? C'est qu'à nos yeux s'offrent des gens dont la vie
tout entière s'emploie à des choses louables, et de qui
l'existence est fondée sur le travail, les bonnes mœurs, la
foi dans les contrats, la confiance publique, l'observation
des lois. Je vois des laboureurs aux champs, dès le matin,
des mères occupées du soin de leur famille, des enfants
qui apprennent les travaux de leur père, et je dis (supposant qu'ils jeûnent le carême), il y a d'honnêtes gens.
Vous voyez à la ville des savants; des artistes, l'honneur
de leur patrie, de riches fabricants, d'habiles artisans, dont
l'industrie, chez nous, secondée par la nature, lutte contre les taxes et les encouragements; une jeunesse pas-
sionnée pour tous les genres d'étude et de belles connaissances, instruite, non par ses docteurs, de ce qui plus
importe à l'homme de savoir, et mieux inspirée qu'enseignée

sur le véritable devoir. Vous n'avez garde , je le crois, de
mal penser des Français , de mépriser cette nation , la
connaissant par-là. Mais le comte Decazes, par où nous
connaît-il ? La cour.

Mazarin , étant roi, disait familièrement aux grands
qui l'entouraient : « *Affe* (dans son langage demi-*tras-*
» *teverin*), vous m'aviez bien trompé, *signori Francesi*,
» avant que j'eusse l'honneur de vous voir, comme je
» fais. Que je sois *impiso* , si je me doutai d'abord de votre
» caractère. Je vous trouvais un air de fierté, de courage,
» de générosité. Non, je ne plaisante point ; je vous croyais
» du cœur. Je m'en souviens très-bien, quoiqu'il y ait
» long-temps. » Ceci est dit notable, et vient à mon propos. Jules *Mazzarini,* arrivant de son pays avec peu d'é-
quipage et petit compagnon, estime les Français , parce
qu'il voit la nation : devenu cardinal, ministre, il les méprise ; parce qu'il voit la cour , et cependant la cour était
polie.

Je ne la vois , moi ; de ma vie ne l'ai vue, ni ne la verrai,
j'espère ; mais j'en ai ouï parler à des gens bien instruits.
Les témoignages s'accordent, et par tous ces rapports,
autant que par calcul , méthode géodésique et trigonomé-
trique, je suis parvenu, Monsieur, à connaître la cour
mieux que ceux qui n'en bougent ; comme on dit que Dan-
ville , n'étant jamais sorti, je crois , de son cabinet ; connaissait mieux l'Égypte que pas un Égyptien ; et d'abord,
je vous dirai ce qui va vous surprendre ; et que je pense
avoir le premier reconnu: la cour est un lieu bas, fort

bas, fort au-dessous du niveau de la nation. Si le contraire
paraît, si chaque courtisan se croit, pas sa place, et semble
élevé plus ou moins, c'est erreur de la vue, ce qu'on nomme
proprement *illusion optique*, aisée à démontrer. Soit A le
point où se trouve M. Decazes à cette heure (haut selon
l'apparence, comme serait un cerf-volant, dont le fil ré-
pondrait aux Tuileries, à Londres ou à Vienne, peu
importe); B le point le plus bas appelé point de chute,
où gît M. Benoît *avec l'abbé de Pure*; entendez bien ceci,
car le reste en dépend. Le rayon visuel passant d'un milieu
rare et pur, celui où nous vivons, dans un milieu plus
dense, l'atmosphère fumeuse et chargée de miasmes de la
cour, nécessairement il y a réfraction; ce qui paraît dessus
est en effet dessous. Vous comprenez maintenant; ou,
s'il vous demeurait quelque difficulté, consultez les savants,
le marquis de Laplace, ou le chevalier Cuvier; ces gentilshommes, à moins qu'ils n'aient oublié toute leur
géométrie, en apprenant le blason et l'étiquette, vous
sauront dire de combien de degrés la cour est au-dessous
de l'horizon national; et remarquez aussi, tout notre argent y va, tout, jusqu'au moindre sou; jamais n'en revient
à nous rien. Je vous demande, notre argent chose pesante
de soi, tendante en bas! M. Decazes, quelque adroit et
soigneux qu'on le suppose de tirer à soi tout, saurait-il si
bien faire qu'il ne lui en échappât entre les doigts quelque
peu, qui, par son seul poids, nous reviendrait naturellement, si nous étions au-dessous? telle chose jamais n'arrive, jamais n'est arrivée. Tout s'écoule, s'en va toujours

de nous à lui : donc il y a une pente : donc nous sommes en haut, M. Decazes en bas, conséquence bien claire ; et la cour est un trou, non un sommet, comme il paraît aux yeux du stupide vulgaire.

Ne sait-on pas d'ailleurs que c'est un lieu fangeux, *où la vertu respire toujours un air empoisonné*, comme dit le poète, et aussi ne demeure guères. Ce qui s'y passe est connu ; on y dispute des prix de différentes sortes et valeur dont le total s'élève chaque année à plus de huit cent millions. Voilà de quoi exciter l'émulation sans doute ; et l'objet de ces prix anciennement fondés, depuis peu renouvelés, accrus, multipliés par Napoléon-le-Grand, c'est de favoriser et de récompenser avec une royale munificence toute espèce de vice, tout genre de corruption. Il y en a pour le mensonge et toutes ses subdivisions, comme flatterie, fourberie, calomnie, imposture, hypocrisie, et le reste. Il y en a pour la bassesse beaucoup et de fort considérables, non moins pour la sottise, l'ineptie, l'ignorance ; d'autres pour l'adultère et la prostitution, les plus enviés, de tous, dont un seul fait souvent la grandeur d'une famille. Mais pour ceux-là, ce sont les femmes qui concourent ; on couronne les maris : du reste, point de faveur, de préférence injuste. La palme est au plus vil, l'honneur au plus rampant, sans distinction de naissance ; ainsi le veut la charte, et le roi l'a jurée. C'est un droit garanti par la constitution, acheté de tout le sang de la révolution ; le vilain peut prétendre à vivre et s'enrichir comme le gentilhomme sans industrie, talents, mœurs ni probité, dont la noblesse enrage ; et sur cela réclame ses antiques priviléges.

Tout le monde cependant use du droit acquis comme si on craignait de n'en pas jouir long-temps. Chacun se lance ; non : à la cour, on se glisse, on s'insinue, on se pousse. Il n'est fils de bonne mère qui n'abandonne tout pour être présenté, faire sa révérence avec l'espoir fondé, si elle est agréée, d'emporter pied ou aile, comme on dit, du budget, et d'avoir part aux grâces. Les grâces à la cour pleuvent soir et matin ; et une fois admis, il faudrait être bien brouillé avec le sort, avoir bien peu de souplesse, ou une femme bien sotte, pour ne rien attraper, lorsqu'on est alerte, à l'épreuve des dégoûts, et qu'on ne se rebute pas. Sans humeur, sans honneur ; c'est le mot, la devise. *Quiconque ne sait pas digérer un affront...*

Alerte, il faut l'être. Bien des gens croient la cour un pays de fainéants, où, dès qu'on a mis le pied, la fortune vous cherche, les biens viennent en dormant ; erreur. Les courtisans, il est vrai, ne font rien ; nulle œuvre, nulle besogne qui paraisse. Toutefois, les forçats ont moins de peine, et le comte de Sainte-Hélène dit que les galères, au prix, sont un lieu de repos. Le laboureur, l'artisan, qui chaque soir prend somme, et répare la nuit les fatigues du jour ; voilà de vrais paresseux. Le courtisan jamais ne dort, et l'on a calculé mathématiquement que la moitié des soins perdus dans les antichambres, la moitié des travaux, des efforts de la constance, néces-

saire pour seulement parler à un sot en place , suffirait ,
employée à des objets utiles , pour décupler en France les
produits de l'industrie , et porter tous les arts à un point
de perfection dont on n'a nulle idée.

Mais la patience surtout , la patience aux gens de cour ,
est ce qu'est aux fidèles la charité , tient lieu de tout autre
mérite. *Monseigneur , j'attendrai,* dit l'abbé de Bernis
au ministre qui lui criait : *Vous n'aurez rien ,* et le chassait , le poussait dehors par les épaules. J'en sais qui sur
cela eussent pris leur parti , cherché quelque moyen de
se passer de monseigneur , de vivre par eux-mêmes,
comme le cocher de fiacre ; *La cour me blâme je m'en... ;*
c'est-à-dire ; je travaillerai. Ignoble mot , langage de roturier né pour toujours l'être. Le gentilhomme de
Louis XVI, noble de race , dit *j'attendrai.* Le gentilhomme de Bonaparte , noble par grâce , dit *j'attendrons.*
Et tous deux se prennent la main , s'embrassent ; amis de
cour !

LETTRE XI.

Véretz, 10 mars 1820.

Monsieur,

C'est l'imprimerie qui met le monde à mal. C'est la lettre moulée qui fait qu'on assassine depuis la création ; et Caïn lisait les journaux dans le paradis terrestre. Il n'en faut point douter ; les ministres le disent ; les ministres ne mentent pas, à la tribune surtout.

Que maudit soit l'auteur de cette damnable invention, et avec lui, ceux qui en ont perpétué l'usage, ou qui jamais apprirent aux hommes à se communiquer leurs pensées ! Pour telles gens l'enfer n'a point de chaudières assez bouillantes. Mais remarquez, Monsieur, le progrès toujours croissant de la perversité. Dans l'état de nature célébré par Jean-Jacques avec tant de raison, l'homme, exempt de tout vice et de la corruption des temps où nous vivons, ne parlait point, mais criait, murmurait ou grognait, selon ses affections du moment. Il y avait plaisir alors à gouverner. Point de pamphlets, point de journaux, point de pétitions pour la charte, point de réclamations sur l'impôt. Heureux âge qui dura trop peu ?

Bientôt des philosophes, suscités par Satan pour le renversement d'un si bel ordre de choses, avec certains mouvements de la langue et des lèvres, articulèrent des

sons, prononcèrent des syllabes. Où étais-tu , Séguier ?
Si on eût réprimé dès le commencement ces coupables
excès de l'esprit anarchique, et mis au secret le premier
qui s'avisa de dire *ba be bi bo bu*, le monde était sauvé ;
l'autel sur le trône, ou le trône sur l'autel, avec le taber-
nacle affermis pour jamais ; en aucun temps il n'y eût eu
de révolutions. Les pensions, les traitements augmente-
raient chaque année. La religion, les mœurs...... Ah !
que tout irait bien ! Nymphes de l'Opéra, vous auriez
part encore à la mense abbatiale et au revenu des pauvres.
Mais fait-on jamais rien à temps ? Faute de mesures pré-
ventives, il arriva que les hommes parlèrent, et tout
aussitôt commencèrent à médire de l'autorité qui ne le
trouva pas bon, se prétendit outragée, avilie, fit des lois
contre les abus de la parole ; la liberté de la parole fut
suspendue pour trois mille ans, et en vertu de cette ordonnance, tout esclave qui ouvrait la bouche pour crier
sous les coups ou demander du pain, était crucifié, em-
palé, étranglé au grand contentement de tous les honnêtes gens. Les choses n'allaient point mal ainsi et le gouvernement était considéré.

Mais, quand un Phénicien (ce fut, je m'imagine,
quelque manufacturier, sans titre, sans naissance), eut
enseigné aux hommes à peindre la parole, et fixer par
des traits cette voix fugitive, alors commencèrent les in-
quiétudes vagues de ceux qui se lassaient de travailler
pour autrui, et en même temps le dévouement monarchique de ceux qui voulaient à toute force qu'on travail-

lât pour eux. Les premiers mots tracés furent *liberté*, *loi*, *droit*, *équité*, *raison*; et dès-lors, on vit bien que cet art ingénieux tendait directement à rogner les pensions et les appointements. De cette époque datent les soucis des gens en place, des courtisans.

Ce fut bien pis quand l'homme de Mayence (aussi peu noble, je le crois, que celui de Sidon) à son tour eut imaginé de serrer entre deux ais la feuille qu'un autre fit de chiffons réduits en pâte ; tant le démon est habile à tirer parti de tout pour la perte des ames ? L'Allemand, par tel moyen, multipliant ces traits de figures tracées qu'avait inventés le Phénicien, multiplia d'autant les maux que fait la pensée. O terrible influence de cette race qui ne sert ni Dieu ni le roi, adonnée aux sciences mondaines, aux viles professions mécaniques ! engeance pernicieuse, que ne ferait-elle pas, si on la laissait faire, abandonnée sans frein à ce fatal esprit de connaître, d'inventer et de perfectionner ! Un ouvrier, un misérable ignoré dans son atelier, de quelques guenilles fait une colle, et de cette colle, du papier qu'un autre rêve de gauffrer avec un peu de noir ; et voilà le monde bouleversé, les vieilles monarchies ébranlées, les canonicats en péril. Diabolique industrie ! rage de travailler, au lieu de chômer les saints et de faire pénitence ! Il n'y a de bon que les moines, comme dit M. de Coussergue, la noblesse présentée, et messieurs les laquais. Tout le reste est perverti, tout le reste raisonne, ou bientôt raisonnera. Les petits enfants savent que deux et deux font quatre. O *tempora! ô mores !* O M. Clauzel de Coussergue, ô Mar-cassus de Marcellus !

Tant y a qu'il n'y a plus moyen de gouverner, surtout depuis qu'un autre émissaire de l'enfer a trouvé cette au-tre invention de distribuer, chaque matin, à vingt ou trente mille abonnés, une feuille où se lit tout ce que le monde dit et pense, et les projets des gouvernants et les craintes des gouvernés. Si cet abus continuait, que pour-rait entreprendre la cour, qui ne fût contrôlé d'avance, examiné, jugé, critiqué, apprécié ? Le public se mêlerait de tout, voudrait fourrer dans tout son petit intérêt, compterait avec la trésorerie, surveillerait la haute po-lice, et se moquerait de la diplomatie. La nation enfin fe-rait marcher le gouvernement, comme un cocher qu'on paie, et qui doit nous mener, non où il veut, ni comme il veut, mais où nous prétendons aller, et par le chemin qui nous convient ; chose horrible à penser, contraire au droit divin et aux capitulaires.

Mais, comme si c'était peu de toutes ces *machinations* contre les bonnes mœurs, la grande propriété et les pri-viléges des hautes classes, voici bien autre chose : On mande de Berlin que le docteur Kirkausen, fameux ma-thématicien, a depuis imaginé de nouveaux caractères, une nouvelle presse mobile, maniable, légère, portative, à mettre dans la poche, expéditive surtout, et dont l'u-sage est tel, qu'on écrit comme on parle, aussi vite, aisé-ment : c'est une *tachitypie.* On peut, dans un salon, sans que personne s'en doute, imprimer tout ce qui se dit, et sur le lieu même, tirer à mille exemplaires toute la conversation, à mesure que les acteurs parlent. La plume, de cette façon, ne servira presque plus, va devenir inutile. Une femme, dans son ménage, au lieu d'écrire le compte de son linge à laver, ou le journal de sa dépense, l'imprimera, dit-on, pour avoir plus tôt fait. Je vous laisse à penser, Monsieur, quel déluge va nous inonder, et ce que pourra la censure contre un pareil débordement. Mais on ajoute, et c'est le pis pour quiconque pense bien ou touche un traitement, que la combinaison de ces nouveaux caractères est si simple, si claire, si facile à concevoir, que l'homme le plus grossier apprend en une leçon à lire et à écrire. Le docteur en a fait publiquement l'expérience avec un succès effrayant ; et un paysan qui, la veille, savait à peine compter ses doigts, après une instruction de huit à dix minutes, a composé et distribué aux assistans un petit discours, fort bien tourné, en bon allemand, commençant par ces mots : *Despotés ho nomos ;* c'est-à-dire, comme on me l'a traduit : la loi doit gouverner. Où en sommes-nous, grand Dieu ! qu'allons-nous devenir ? Heureusement l'autorité avertie a pris des mesures pour la sûreté de l'état : les ordres sont donnés ; toute la police de l'Allemagne est à la poursuite du docteur avec un prix de cent mille florins à qui le livrera mort ou vif, et l'on attend à chaque moment la nouvelle de son arrestation. La chose n'est pas de peu d'importance ; une pareille invention, dans le siècle où nous sommes, venant à se répandre, c'en serait fait de toutes

les bases de l'ordre social ; il n'y aurait plus rien de ca-
ché pour le public. Adieu les ressorts de la politique : intrigues, complots, notes secrètes ; plus d'hypocrisie qui
ne fût bientôt démasquée, d'imposture qui ne fût démentie. Comment gouverner après cela ?

LETTRE X.

Véretz, 10 avril 1820.

JE trouve comme vous, Monsieur, que nos orateurs ont fait merveille pour la liberté de la presse. Rien ne se peut imaginer de plus fort ni de mieux pensé que ce qu'ils ont dit à ce sujet, et leur éloquence me ravit, en même temps que sur bien des choses j'admire leur peu de finesse. L'un, aux ministres qui se plaignent de la licence des écrits, répond que la famille royale ne fut jamais si respectée, qu'on n'imprime rien contre le roi. En bonne foi, il faut être un peu de son département pour croire qu'il s'agit du roi, lorsqu'on crie *vengez le roi.* Ainsi ce bonhomme, au théâtre, voyant représenter le Tartufe, disait : Pourquoi donc les dévots haïssent-ils tant cette pièce ? il n'y a rien contre la religion. L'autre non moins naïf, s'étonne, trouve que partout tout est tranquille, et demande de quoi on s'inquiète. Celui-là certes n'a point de place, et ne va pas chez les ministres ; car il y verrait que le monde (le monde, comme vous savez, ce sont les gens à places), bien loin d'être tranquille, est au contraire fort troublé par l'appréhension du plus grand de tous les désastres, la diminution du budget, dont le monde en effet est menacé, si le gouvernement n'y apporte remède. C'est à éloigner ce fléau que tendent ses soins paternels, bénis de Dieu jusqu'à ce jour. Car, depuis cinq ou six cents ans, le budget, si ce n'est à quelques époques de Louis XII et de Henri IV, a continuellement augmenté, en raison composée, disent les géomètres, de l'avidité des gens de cour et de la patience des peuples.

Mais, de tous ceux qui ont parlé dans cette occasion, le plus amusant, c'est M. Benjamin Constant, qui va dire aux ministres : Quoi ? point de journaux libres ? Point de papiers publics (ceux que vous censurez sont à vous seuls) ? Comment saurez-vous ce qui se passe ? Vos agents vous tromperont, se moqueront de vous, vous feront faire mille sottises, comme ils faisaient avant que la presse fût libre. Témoin l'affaire de Lyon. Car, qu'était-ce, en deux mots ? On vous mande qu'il y a là une conspiration. Eh bien ! qu'on coupe les têtes, répondîtes-vous d'abord, bonnement. L'ordre part ; et puis, par réflexion, vous envoyez quelqu'un savoir un peu ce que c'est. Le moindre journal libre vous l'eût appris à temps, bien mieux qu'un maréchal et à bien moins de frais. Que sûtes-vous par le rapport de votre envoyé ? peu de chose. A la fin on imprime, tout devient public, et il se trouve qu'il n'y a point eu de conspiration. Cependant les têtes étaient coupées. Voilà un furieux pas de clerc, une bévue qui coûte cher, et que la liberté des journaux vous eût certainement épargnée. De pareilles âneries font grand tort, et voilà ce que c'est que d'enchaîner la presse.

Là-dessus, dit-on, le ministère eut peine à se tenir de rire ; et M. Pasquier, le lendemain s'égaya aux depens de

l'honorable membre, non sans cause. Car on pouvait dire
à M. Benjamin Constant, oui, les têtes sont à bas, mais
monseigneur est duc; il n'en faut plus qu'autant, le voilà
prince de plein droit. Les bévues des ministres coûtent
cher, il est vrai, mais non pas aux ministres. Mieux vaut
tuer un marquis, disent les médecins, que guérir cent
vilains : cela vaut mieux pour le médecin; pour les ministres non ; mieux vaut tuer des vilains, et selon leurs
conséquences, les fautes changent de nom. Contenter le
public, s'en faire estimer est fort bien ; il n'y a nul mal
assurément, et Lafitte a raison de se conduire comme il
fait, parce qu'il a besoin, lui, de l'estime, de la confiance publique, étant homme de négoce, roturier, non
pas duc. Mais le point pour un ministre, c'est de rester
ministre ; et, pour cela, il faut savoir, non ce qui s'est
fait à Lyon, mais ce qui s'est dit au lever, dont ne parlent
pas les journaux. La presse étant libre, il n'y a point de
conspirations, dites-vous, messieurs de gauche. Vraiment
on le sait bien. Mais sans conspirations, comment sauver
l'état, le trône, la monarchie? et que deviendraient les
agents de sûreté, de surveillance? Comme le scandale est
nécessaire pour la plus grande gloire de Dieu, aussi sont
les conspirations pour le maintien de la police. Les faire
naître, les étouffer, charger la mine, l'éventer, c'est le
grand art du ministère ; c'est le fort et le fin de la science
des hommes d'état; c'est la politique transcendante chez
nous, perfectionnée depuis peu par d'excellents hommes
en ce genre que l'Anglais jaloux veut imiter et contre-

I.   26

fait, mais grossièrement. N'y ayant ni complots, ni machinations, ni ramifications, que voulez-vous qu'un
ministre fasse de son génie et de son zèle pour la dynastie? Quelle intrigue peut-on entamer avec espoir de la
mener à bien, si tout est affiché le même jour? Quelle
trame saurait-on mettre sur le métier? Les journaux apprennent aux ministres ce que le public dit, chose fort
indifférente; ils apprennent au public ce que les ministres font, chose fort intéressante; ou ce qu'ils veulent
faire, encore meilleur à savoir. Il n'y a nulle parité; le
profit est tout d'une part. Outre que les ministres, dès
qu'on sait ce qu'ils veulent faire, aussitôt ne le veulent
ou ne le peuvent plus faire. Politique connue, politique
perdue; affaires d'état, secrets d'état, secrétaires d'é-
tat!.... Le secret, en un mot, est l'âme de la politique,
et la publicité n'est bonne que pour le public.

Voilà une partie de ce qu'on eût pu répondre aux orateurs de gauche, admirables d'ailleurs dans tout ce qu'ils
ont dit pour la défense de nos droits, et forts sur la logique autant qu'imperturbables sur la dialectique. Leurs
discours seront des monuments de l'art de discuter, d'é-
claicir la question, réfuter les sophismes, analyser, ap-
profondir. Courage, mes amis, courage, les ministres se
moquent de nous; mais nous raisonnons bien mieux
qu'eux. Ils nous mettent en prison, et nous y consentons;
mais nous les mettons dans leur tort, et ils y consentent
aussi. Que cette poignée de protégés du général Foy nous
lie, nous dépouille, nous égorge; il sera toujours vrai que

nous les avons menés de la belle manière , nous leur avons bien dit leur fait, sagement toutefois , prudemment, décemment. La décence est de rigueur dans un gouvernement constitutionnel.

Mais ce qui m'étonne de ces harangues si belles dans le Moniteur, si bien déduites , si frappantes par le raisonnement, qu'il ne semble pas qu'on puisse répliquer un mot ; ce qui me surprend , c'est de voir le peu d'effet qu'elles produisent sur les auditeurs. Nos Cicérons, avec toute leur éloquence, n'ont guères persuadé que ceux qui, avant de les entendre , étaient de leur avis. Je sais la raison qu'on en donne : ventre n'a point d'oreilles, et il n'est pire sourd.... Vous dirai-je ma pensée ? Ce sont d'habiles gens, sages et bien disants, orateurs , en un mot ; mais ils ne savent pas faire usage de l'apostrophe , une des plus puissantes machines de la rhétorique, ou n'ont pas voulu s'en servir dans le cours de ces discussions , par civilité , je m'imagine, par ce même principe de décence , preuve de la bonne éducation qu'ils ont reçue de leurs parents ; car l'apostrophe n'est pas polie ; j'en demeure d'accord avec M. de Corday. Mais aussi trouvez-moi une tournure plus vive, plus animée, plus forte , plus propre à remuer une assemblée , à frapper le ministère , à étonner la droite, à émouvoir le ventre? L'apostrophe, Monsieur , l'apostrophe c'est la mitraille de l'éloquence. Vous l'avez vu , quand Foy, artilleur de son métier..... Sans l'apostrophe, je vous défie d'ébranler une majorité lorsque son parti est bien pris. Essayez un peu d'employer , avec des gens qui ont dîné chez M. Pasquier, le syllogysme et l'enthymême. Je vous donne toutes les figures de Quintilien, tous les tropes de Dumarsais et tout le sublime de Longin ; allez attaquer avec cela un M. Poyféré de Cerre. Poussez à Marcassus, poussez à Marcellus la métaphore, l'antithèse, l'hypotypos, la catachrèse ; polissez votre style et choisissez vos termes ; à la force du sens unissez l'harmonie infuse dans vos périodes, pour charmer l'oreille d'un préfet, ou porter le cœur d'un ministre à prendre pitié de son pays,

Vous serez étonné, quand vous serez au bout,
De ne leur avoir rien persuadé du tout.

Pas un seul ne vous écoutera ; vous verrez la droite bâiller, le ministère se moucher, le ventre aller à ses affaires. Mais que Foy, dans ce moment de verve applaudi de toute la France, prélude une espèce d'apostrophe, sans autrement, peut-être, y penser, on dresse l'oreille aussitôt, l'alarme est au camp, les muets parlent, tout s'émeut ; et s'il eût continué sur ce ton (mais il aima mieux rendre hommage aux classes élevées), s'il eût pu soutenir ce style, la scène changeait ; M. Pasquier, surpris comme un fondeur de cloches, eût remis ses lois dans sa poche ; et moi, petit propriétaire, ici je taillerais ma vigne sans crainte des honnêtes gens. O puissance de l'apostrophe !

C'est comme vous savez, une figure au moyen de laquelle on a trouvé le secret de parler aux gens qui ne sont pas là, de lier conversation avec toute la nature, interroger au loin les morts et les vivants. *Ou ma tous en Marathôni*, s'écrie Démosthène en fureur. Cet *ou ma tous* est d'une grande force, et Foy l'eût pu traduire ainsi: Non, par les morts de Waterloo, qui tombèrent avec la patrie; non, par nos blessures d'Austerlitz et de Marengo, non jamais de tels misérables.... Vous concevez l'effet d'une pareille figure poussée jusqu'où elle peut aller, et dans la bouche d'un homme comme Foy; mais il aima mieux embrasser les auteurs des notes secrètes.

Moi, si j'eusse été là (c'est mon fort que l'apostrophe, et je ne parle guères autrement; je ne dis jamais: *Nicole, apporte-moi mes pantoufles;* mais je dis, *ô mes pantou-fles: et toi Nicole, et toi !....*) si j'eusse été là, député des classes inférieures de mon département, quand on proposa cette question de la liberté de la presse, j'aurais pris la parole ainsi:

Mylord Castelreagh, mêlez-vous de vos affaires; pour Dieu, *Herr Metternich*, laissez-nous en repos; et vous, *mien lieber Hardemberg*, songez à bien cuire vos *saur kraut*.

Ou je me trompe, ou cette tournure eût fait effet sur l'assemblée, eût éveillé son attention, premier point pour persuader, premier précepte d'Aristote. Il faut se faire écouter, dit-il, et c'est à quoi n'ont pas pensé nos députés de gauche; à employer quelque moyen tel qu'en fournit l'art oratoire pour avoir audience de l'assistance. Autre chose ne leur a manqué; car du langage, ils en avaient, et des raisons, ils l'ont fait voir, de l'invention et du débit,

et avec tout cela n'ont su se faire écouter, faute de quoi?
d'apostrophes, de ces vives apostrophes aux hommes et
aux dieux, dans le goût des anciens. Sans laisser au ventre
le temps de se rendormir, j'aurais continué de la sorte:

Excellents ministres des hautes puissances étrangères,
ne vous fiez point trop à vos amis de deçà. Ils vous en font
accroire avec leurs notes secrètes; non que je les soup-
çonne de vouloir trahir. Ce sont d'honnêtes gens, fidèles,
sur lesquels vous pouvez compter, dont les services vous
sont acquis, et la reconnaissance assurée pour jamais,
incapables de manquer à ce qu'ils vous ont promis, d'oublier ce qu'ils vous doivent. J'entends par-là, seulement,
qu'ils s'abusent et vous trompent avec le zèle le plus pur
pour vos excellences étrangères. Venez, il y fait bon; accourez, vous disent-ils. Cette nation est lâche. Ce ne sont
plus ces Français, la terreur de l'Europe, l'admiration du
monde. Ils furent grands, fiers, généreux. Mais domptés
aujourd'hui, abattus, mutilés, bistournés par Napoléon,
ils se laissent ferrer et monter à tous venants; il n'est bât
qu'ils refusent, coups dont ils se ressentent, ni joug trop
humiliant pour eux. Quand d'abord nous revînmes derrière vous dans ce pays, nous les appréhendions; ce nom,
cette gloire, nous en imposaient, et long-temps nous
n'osâmes les regarder en face. Mais à présent nous les bra-
vons, chaque jour nous les insultons, et non-seulement
ils le souffrent, mais, le croiriez-vous, ils nous craignent;
nous, que vous avez vus dans l'opprobre, la fange, rebutés
partout, signalés parmi les espions, les escrocs, à toutes

les polices de l'Europe, nous sommes ici l'épouvantail de ceux qui vous firent trembler, et c'est de nous qu'on les menace lorsqu'on veut qu'ils obéissent. Venez donc, accourez; butin sûr, proie facile et tributs vous attendent; ou ne bougez; fiez-vous à nous. Avec sept hommes, nous nous chargeons de tondre et d'écorcher les Français pour votre compte, moyennant part dans la dépouille, et récompense, comme de raison.

Voilà ce qu'ils vous mandent par M. de Montlozier. Gardez-vous de le croire, puissances étrangères, ne les écoutez *mi*, car ils vous mèneraient loin. Leurs notes ne sont pas mot d'Evangile. Demandez à Fouché ce qu'il en pense, et combien de fois lui-même a été pris pour dupe, lorsqu'il croyait, par leur moyen, en attraper d'autres. Il faut l'avouer néanmoins, il y a du vrai dans ce qu'ils vous disent. Nous souffrons des choses....., des gens.... Quinze ans de galère, tranchons le mot, ont abaissé notre humeur fière et sont cause que nous endurons vos correspondants; ce qui à bon droit les étonne. Cependant, par bonheur, échappés du bagne de Napoléon, nous avons des hommes encore, et ne sommes pas sans quelque vigueur; témoin tant de machines qu'on emploie pour nous empêcher de faire acte de virilité, à quoi même on ne réussit pas. Préfets, télégraphes, gendarmes, censure, loi des suspects, rien n'y sert; missionnaires, jésuites, aumôniers y perdent leur peu de latin: et l'on a beau prêcher, menacer, caresser, promettre, destituer, dès qu'il s'agit d'élire, les choix tombent sur des hommes. Soit hasard

ou malice, en voilà cent quinze de compte fait dans une
seule chambre où il y en aurait bien plus, n'était ce qui
s'y introduit de la cour et des antichambres ministérielles.
Anglais, dont on nous vante ici *l'esprit public*, ayant
fait ce mot, vous avez la chose sans doute ; mais, en bonne
foi, croyez-vous vos ministres fort empêchés à écarter de
leur chemin les citoyens incorruptibles, à se débarrasser
de ces gens que rien ne peut gagner, qui ne composent
point, ne connaissent que leur mandat, et ne voient de
bien pour eux que dans le bien commun de tous, préférant
l'estime publique aux places offertes ou acquises, aux rangs,
aux honneurs, à l'argent, et, que sert de le dire ? à la vie,
moins chère, moins nécessaire aux hommes, sans quoi
les verrait-on en faire si bon marché ? Aurions-nous vu,
dans le cours de nos révolutions, tant d'ames à l'épreuve
du péril, si peu à l'épreuve de l'or et des discussions, et
souvent le plus brave soldat être le plus lâche courtisan,
s'il n'était vrai qu'on aime les biens et les honneurs plus
que la vie ? Celui qui meurt pour son pays, fait moins que
celui qui refuse de gourverner contre les lois. Or, de telles
gens nous en avons ; nous avons de ces hommes qui savent rendre un portefeuille, mépriser une préfecture, une
direction de la Banque, et qui, avant de vous livrer, messieurs du congrès, cette terre, soit à vous, soit à vos
féaux, y périront eux et bien d'autres : car tout le peuple
est avec eux, non tel qu'on vous le dépeint, faible, abattu,
timide. Cette nation n'est point avilie : par vous provoquée
au combat, usant de la victoire, elle vous fit esclave et le

fut avec vous, parce qu'autrement ne se peut. Insensé qui croit asservir et se dispenser d'obéir : mais, rompue la chaîne commune, ils vous en reste plus qu'à nous.

Ne vous hâtez donc point, n'accourez pas si vite, ne cédez pas sitôt aux vœux qui vous appellent, et ne croyez point trop aux promesses qu'on vous fait, de peur, en arrivant, de trouver du mécompte ; car voici, en peu de mots, comment vous serez reçus, si vous venez ici au secours du parti habile, fort et nombreux.

Les missionnaires prêcheront pour vous ; les religieuses du Sacré-Cœur prieront Dieu, non de vous convertir, mais de vous amener à Paris, et lèveront au ciel leurs innocentes mains en faveur des Pandours, supplieront en mauvais latin le Seigneur infiniment miséricordieux d'exterminer la race impie, de livrer à la fureur du glaive les ennemis de son saint nom, c'est-à-dire ceux qui refusent la dîme, et d'écraser contre la pierre les têtes de leurs enfants. Mais malheureusement tout n'est pas moine chez nous.

La nation (laissons là cette classe élevée pour qui le général Foy a tant d'estime depuis qu'il ne la protége plus, poignée de fidèles toute à vous, qui ne peut se passer de vous et n'a de patrie qu'avec vous), la nation se divise en nobles et vilains : des nobles, les uns le sont par la grâce de Dieu, les autres par le bon plaisir de Napoléon. Lequel vaut mieux ? on ne sait. Ce sont deux corps qui s'estiment, dit Foy, réciproquement, s'admirent et volontiers prennent des airs l'un de l'autre. La Tulipe, homme de cour, a quitté son briquet pour se faire talon rouge : c'est maintenant, on le peut dire, un cavalier parfait, rempli de savoir-vivre et de délicatesse, on n'a pas meilleur ton que monsieur ou monseigneur le comte de la Tulipe. Et voilà Dorante hussard ; depuis quand ? depuis la paix. Sentant la caserne, si ce n'est peut-être le bivouac ; sous le fardeau de deux énormes épaulettes, il jure comme Lannes, bat ses gens comme Junot, et, faute de blessures, il a des rhumatismes, fruit de la guerre, entendez-vous, de ses campagnes de Hyde-Park et de Bond-Street ; éperonné, botté, prêt à monter à cheval, il attend le boute-selle. L'esprit de Bonaparte n'est pas à Sainte-Hélène, il est ici dans les hautes classes. On rêve, non les conquêtes, mais la grande parade ; on donne le mot d'ordre, on passe des revues, on est fort satisfait. Un grand ne va point p.....r sans son état-major, et le p......d. M....... couche en bonnet de police. La vieille garde cependant grasseie et porte des odeurs.

Telle est l'admiration qu'ont les uns pour les autres ces gens de deux régimes en apparence contraires. Il s'imitent, se copient. Ni les uns ni les autres ne vous donneront d'embarras. Vous trouverez des manières dans l'ancienne noblesse, et dans la nouvelle des formes. Les seigneurs vous accueilleront avec cette grâce vraiment française et cette politesse chevaleresque, apanage de la haute naissance. Nos aimables barons, formés sur le modèle d'Elleviou, vous enseigneront la belle tenue de l'état-major de Berthier et l'étiquette des maréchaux,

sans oublier le dévouement, l'enthousiasme, le *feu sacré*.
Tout ce qui est issu de race, ou destiné à faire race, s'accommode sans peine avec vous. Ces gens qui tant de fois
ont juré de mourir ; ces gens, toujours prêts à verser leur
sang jusqu'à la dernière goutte pour un maître chéri,
une famille auguste, une personne sacrée ; ces gens,
qui meurent et ne se rendent pas, sont de facile composition, et vous le savez bien.

Mais il y a chez nous une classe moins élevée, qui ne
meurt pour personne et qui, sans dévouement, fait tout
ce qui se fait : bâtit, cultive, fabrique, autant qu'il est
permis ; lit, médite, calcule, invente, perfectionne les
arts, sait tout ce qu'on sait à présent et sait aussi se battre, si se battre est une science. Il n'est vilain qui n'en
ait fait son apprentissage et qui là-dessus n'en remonte
aux descendants des Duguesclin. Georges le laboureur,
André le vigneron, Pierre, Jacques le bon-homme et
Charles qui cultive ses trois cents arpents de terre, et le
marchand, l'artisan, le juge, l'avocat, et notre digne
vicaire, tous ont porté les armes, tous vous ont fait la
guerre. Ah ! s'ils n'eussent jamais eu de grand homme à
leur tête,.... sans la troupe dorée, les comtes, les ducs,
les princes, les officiers de marque.... si la roture en
France n'eût jamais dérogé, ni la valeur dégénéré en
gentilhommerie, jamais nos femmes n'eussent entendu
battre vos tambours.

Or, ces gens-là et leurs enfants, qui sont grandis depuis Waterloo, ne font pas chez nous si peu de monde,

qu'il n'y en ait bien quelques millions n'ayant ni manières de Versailles, ni formes de la Malmaison, et qui, au
premier pas que vous ferez sur leurs terres, vous montre-
ront qu'ils se souviennent de leur ancien métier. Car, il
n'est alliance qui tienne, et si vous venez les piller au nom
de la très sainte et très indivisible Trinité, eux, au nom
de leurs familles, de leurs champs, de leurs troupeaux,
vous tireront des coups de fusil. Ne comptant plus pour
les défendre sur le génie de l'empereur, ni sur l'héroïque
valeur de son invincible garde, ils prendront le parti de
se défendre eux-mêmes ; fâcheuse résolution, comme
vous savez bien, qui déroute la tactique, empêche de faire
la guerre *par raison démonstrative* , et suffit pour décon-
certer les plans d'attaque et de défense le plus savamment
combinés. Alors, si vous êtes sages, rappelez-vous l'avis
que je vais vous donner. Lorsque vous marcherez en Lor--
raine, en Alsace, n'approchez pas des haies, évitez les
fossés, n'allez pas le long des vignes, tenez-vous loin
des bois, gardez-vous des buissons, des arbres, des taillis, et méfiez-vous des herbes hautes ; ne passez point
trop près des fermes, des hameaux, et faites le tour des
villages avec précaution ; car les haies, les fossés, les arbres, les buissons, feront feu sur vous de tous côtés, non
feu de de file ou de peloton, mais feu qui ajuste, qui tue ;
et vous ne trouverez pas, quelque part que vous alliez,
une hutte, un poulailler qui n'ait garnison contre vous.
N'envoyez point de parlementaires, car on les retiendra ;
point de détachements, car on les détruira ; point de

commissaires, car.... Apportez de quoi vivre ; amenez des moutons, des vaches, des cochons, et puis n'oubliez pas de les bien escorter ainsi que vos fourgons. Pain, viande, fourrage et le reste, ayez provision de tout ; car vous ne trouverez rien où vous passerez, si vous passez ; et vous coucherez à l'air, quand vous vous coucherez ; car nos maisons, si nous ne pouvons vous en écarter, nous savons qu'il vaut mieux les rebâtir que les racheter. Cela est plus tôt fait, coûte moins. Ne vous rebutez pas d'ailleurs, si vous trouviez, dans cette façon de guerroyer, quelques inconvénients. Il y a peu de plaisir à conquérir des gens qui ne veulent pas être conquis, et nous en savons des nouvelles. Rien ne dégoûte de ce métier comme d'avoir affaire aux classes inférieures. Mais ne perdez point courage. Car si vous reculiez ! s'il vous fallait retourner sans avoir fait la paix ni stipulé d'indemnités, alors, alors, peu d'entre vous iraient conter à leurs enfants ce que c'est que la France en tirailleurs, n'ayant ni héros ni péquins.

Apprenez, dit le prophète, *apprenez, grands de la terre* ; c'est-à-dire, messieurs du congrès, renoncez aux vieilles sottises. *Instruisez-vous, arbitres du monde* ; c'est-à-dire, Excellences, regardez ce qui se passe, et faites-vous sages, s'il se peut. L'Espagne se moque de vous, et la France ne vous craint pas. Vos amis ont beau dire et faire, nous ne sommes pas disposés à nous gouverner par vos ordres. Et ni eux, avec leurs sept hommes, ni vous, avec vos sept cent mille, ne nous faites la moindre peur ; partant , je ne vois nulle raison de changer notre allure pour vous plaire , et je conclus à rejeter toute loi venant d'eux ou de vous.

Voilà ce que j'aurais dit après le général Foy , si j'eusse pu, député indigne, lui succéder à la tribune .

LETTRE

ADRESSÉE

A M. DELEGORGUE DE RONY,

PAR LÉON DE CHANLAIRE.

LETTRE

ADRESSÉE

A M. DELEGORGUE DE RONY,

PAR LÉON DE CHANLAIRE.

MONSIEUR ,

Porté à la députation par un collége dont je fais partie, vous devenez mon mandataire, et c'est à ce titre seul que je me permets de vous adresser quelques observations sur le nom que vous portez aujourd'hui , et qui ne me semble pas , ainsi qu'à bien d'autres , exactement le vôtre.

Compagnon , jadis, l'ami même , j'ose le dire , de votre enfance, j'ai été plus que personne à même de vous connaître ; et des relations d'intérêt qui existaient entre votre famille et la mienne, m'ont mis à portée d'avoir fréquemment sous les yeux des contrats et des signatures , où monsieur votre père, votre famille et vous, sans doute , avez figuré plus d'une fois.

Si vous attribuiez, Monsieur, mes observations à la contrariété de vous voir figurer à la Chambre, préférablement à votre concurrent, vous vous tromperiez étrangement ; car si j'avais tenu le moins du monde à vous

I.   27

écarter de cette honorable fonction , j'aurais été voter
contre vous : j'en avais le droit, vous le savez très bien ,
et vous savez aussi parfaitement que je n'en ai rien fait.

Je pourrais ici me dispenser de vous en donner la raison. Mon libre arbitre suffirait seul; mais dans toutes
circonstances, ma volonté ne se détermine que sur des
considérations mûrement réfléchies : et si je me suis ab-
stenu de voter pour ou contre vous , c'est qu'il me paraissait totalement indifférent au bonheur de l'état , que vous
ou votre candidat l'emportât dans la lutte électorale qui
n'était ouverte qu'entre vous deux, puisque tous deux on
vous dit animés de l'amour du bien public. Revenons à
l'objet de ma lettre : peut-être n'avez-vous pas oublié
que feu mon père acheta autrefois un champ qui était
grevé d'une rente annuelle *de deux pots et demi de beurre
et de treize livres dix sous tournois* envers votre famille ;
que feu mon père fut chargé de cette rente, jusqu'au moment où il jugea à propos de s'en débarrasser en la rem-
boursant.

Vous n'ignorez pas non plus, sans doute, que le dossier
assez volumineux de cette rente porte votre nom, exactement tel qu'il est écrit sur votre acte de baptême , tel que
monsieur votre père le signa toujours, c'est-à-dire Delegorgue de Rony.

Vous n'ignorez pas non plus, Monsieur, que nommé à
la mairie de Boulogne, en 1815 , place que, par parenthèse , vous ne pouviez pas légalement occuper, n'ayant
pas dans la ville le domicile que veut la loi, vous avez,

à cette époque, changé tout à coup votre nom de Rony,
nom qui certainement en valait bien un autre par la considération que votre respectable famille avait su s'acquérir, en celui de ROSNY, qui n'était, jusqu'alors, celui de
personne dans le Boulonnais; et que ce travestissement à
vue, si je puis m'exprimer ainsi, fut opéré sans remplir
la formalité prescrite par les articles 4, 5, 6, 7, 8 et 9 du
titre 3 du Code qui nous régit.

Vous n'avez pas oublié non plus, Monsieur, que vous
avez signé de ce nom, pour ainsi dire nouvellement im-
provisé, tous les actes administratifs de votre mairie, et
dans ce nombre, plusieurs qui me concernaient. Or, je
me trouve, par suite de ce changement subit de nom,
dans un véritable embarras que je vais vous communiquer.

Si votre véritable nom, votre nom légal est Rony, tel
que vous l'aviez toujours signé, mes quittances de pot de
beurre sont bonnes; mais les actes administratifs qui
me concernent étant signés Rosny, sont-ils suffisamment
légaux?

Si au contraire, Monsieur, votre nom réel est *Rosny*,
vos actes administratifs sont bien légalement signés;
mais alors mes quittances de pot de beurre.... Sont-elles
bien légales?....

Aujourd'hui, Monsieur, qu'après avoir échoué plusieurs
fois dans les luttes électorales précédentes, vous vous
trouvez enfin porté sur un plus grand théâtre; que vous
êtes enfin appelé, grâces à la fois au Ciel, à l'active coo-

pération de vos puissants amis, grâces surtout au triomphe de vos qualités personnelles, et à la divine Providence,
à siéger à la Chambre des députés, vous y êtes devenu
mandataire d'un des départements principaux de la
France, et l'un de ces hommes publics sur lesquels la
France entière a les yeux, et votre vie publique appartient
dès aujourd'hui à l'histoire. Je ne suis pas, Monsieur, le
seul électeur du département qui se demande lequel des
noms de Rony ou de Rosny que vous avez successivement
portés en peu d'années, est réellement le vôtre ; puisque
vos ancêtres et vous avez porté le premier jusqu'à la restauration, et que vous portez le second depuis la restauration seulement.

Cette question, Monsieur, que chacun se fait dans le
département qui vous a nommé, n'est pas une vaine
question de curiosité.

Des écrivains judicieux et instruits ont, à différentes
époques, écrit l'histoire de votre pays ; l'histoire de ce
Boulonnais, tant célèbre depuis vingt siècles, tant par les
événements qui s'y sont passés, que par l'influence qu'ils
ont eue sur les destinées du monde.

Une histoire particulière aussi importante par ses liaisons avec l'histoire générale, n'est pas susceptible d'être
interrompue, et n'en doutez pas, elle sera continuée un
jour.

La place éminente que vous occupez aujourd'hui,
Monsieur, vous appelle à jouer un rôle dans cette histoire ; et comme l'histoire n'est intéressante et utile qu'au-

tant qu'elle est exacte, on se demande aujourd'hui plus que jamais, en Boulonnais, si *vous êtes*, ou si *vous n'êtes pas* de l'illustre famille de ce fameux Rosny, duc de Sully, qui à tant de titres sera toujours cher à la France, et dont le nom est en quelque sorte devenu une glorieuse propriété nationale, que personne n'oserait aujourd'hui banalement usurper sans un grand danger, celui du ridi-cule, qui est naturellement d'un poids écrasant chez la nation qui aime le plus à rire en Europe.

Jusqu'à ce que vous ayez bien voulu, Monsieur, ré-soudre, pour vos commettants, ce problème historique qui n'en saurait être un pour vous, vous les abandonnez au vague du vaste champ des conjectures, et vous sentez que, faute de mieux, ils doivent s'y livrer entière-ment.

En attendant la solution qu'il vous est si facile de donner sur ce point, je vais jeter un coup d'œil sur les principaux *on dit* qui ont circulé lors des élections.

Un journal d'abord, comme bien vous savez, a élevé la question de la légalité de votre nomination sous le nou-veau nom de Rosny, qui n'est de fait celui de personne, en Boulonnais. Il a rappelé le trait cité par La Bruyère, d'un sieur Syrus qui changea autrefois son S en C pour avoir quelque ressemblance avec l'ancien roi de Perse, et il aurait pu ajouter philosophiquement à cela la réflexion de la Bruyère, qui ajoute malicieusement qu'il n'eut qu'à perdre, par la comparaison qu'on fait toujours de celui qui porte un grand nom, avec les grands hommes qui l'ont porté ; plus d'un lecteur à cet égard a suppléé à la brièveté du journaliste.

On a refeuilleté La Bruyère, et dans La Bruyère on a vu que de son temps il y avait des personnes qui avaient jusqu'à trois noms : un pour la ville, un pour la campagne, et l'autre pour je ne sais plus quelle circonstance : et l'on s'est demandé si, à l'exemple de ces temps gothiques, vous voudriez aussi avoir deux noms ; un pour la vie privée, et un autre pour la vie politique.

Le trait de Cyrus en a même rappelé un plus récent d'un nommé Franqclin, qui se disait descendant de l'illustre Franklin, et s'il n'y avait pas, Monsieur, quelque chose de trop trivial et de trop au-dessous de la gravité de cette lettre, dans la réponse que lui fit le juge en lui remettant ses papiers, je vous la citerais ici ; mais cette réponse est généralement connue, votre mémoire y suppléera facilement.

On s'est encore également demandé si, inscrit à votre naissance sur les actes civils sous le nom de Jean-Baptiste Delegorgue de Rony, et vous présentant à la Chambre sous le nom de Jean-Baptiste Delegorgue de Rosny, vous ne seriez pas exposé à vous entendre dire : Faites disparaître une petite *s* et votre acte de naissance vous servira.

En attendant que vous éclaircissiez le doute de l'identité de la famille de Rosny de Sully avec la vôtre, voici, Monsieur, le résultat des recherches qui ont été faites à ce sujet, et les réflexions qu'elles ont suggérées.

1° Le baron de Rosny Maximilien de Béthune, depuis duc de Sully, honoré de l'amitié du grand Henri, naquit, en 1539, d'une très ancienne famille de France à la terre de Rosny, qui appartient aujourd'hui à madame la duchesse de Berry, et sur la généalogie de votre famille on trouve, vers 1588, ce qui suit :

Jean Delegorgue, marchand tanneur à Abbeville, propriétaire du fief de Retrouval, et consul (consul des tanneurs) en 1588, c'est-à-dire à l'époque de la vie de Rosny de Sully.

Jean Delegorgue, marchand tanneur, fut marié à Françoise Mourète, propriétaire du fief de Rony, sis à Bouillancourt en Serie, près Blangy, à quatre lieues d'Abbeville.

Françoise Mourète, propriétaire du fief de Rony, était fille de Mourète, marchand brasseur, et de Robert le Camu, elle et son mari firent hommage de leur fief au seigneur, le 11 mars 1604.

Jean Delegorgue, fils des précédents, propriétaire des fiefs de Rony et de Retrouval, docteur en médecine, fut marié à demoiselle Delagarde ; il fut tué par M. Carpentier, prêtre qui était fou, et inhumé paroisse St-Gilles, le 21 juillet 1658.

Jean Delegorgue, seigneur de Rony, docteur en médecine à Abbeville, paroisse Ste.-Catherine, fils des précédents, marié à demoiselle l'Allemend, par contrat du 9 septembre 1653, devant De Boulogne, notaire à Abbeville.

Jacques-François Delegorgue, seigneur de Rony, con-
seiller au présidial d'Abbeville, puis lieutenant-général,
en la Sénéchaussée du Boulonnais, mort à Abbeville,
paroisse Ste.-Catherine, le 12 octobre 1712, marié à An-
toinette Nicole Leroy.

François-André Delegorgue (Delegorgue, comme on
l'a vu constamment ci-dessus, et non pas, Delagorgue,
comme quelques-uns l'ont dit sans doute par corruption),
sieur de Rony, né à Boulogne, vers 1705, paroisse St.-
Joseph; mort à Abbeville, paroisse du St.-Sépulcre, le 19
juillet 1755, marié par contrat du 29 mai 1731 devant
Delignère, notaire.

Vient ensuite:

Antoine-Nicolas Delegorgue de Rony (votre respectable
père, Monsieur), trésorier de France au bureau des
finances d'Amiens, qui par parenthèse, signa toujours de
Rony, ainsi qu'il appert sur votre propre extrait de baptême, où il vous donna le nom de Rony qui était le sien.

Jusque-là, Monsieur, on ne voit pas grande affiliation
apparente entre la famille de Rosny de Sully et la vôtre.
Il se peut cependant que des renseignements plus détail-
lés établissent cette affinité ; on ne s'y oppose pas du tout,
mais on les attend.

Je sais très bien, Monsieur, et personne n'ignore qu'en
signant, à dater de la restauration, du nom de Rosny,
vous n'avez jamais officiellement élevé la prétention d'a-
voir rien de commun avec Sully ; mais le public est malin, vous le savez : il a peut-être cru voir, dans cette

transformation subite d'un nom en un autre , au moment surtout où c'était une fureur de se parer de grands noms, une tendance à laquelle , sans doute , vous n'avez peut-être pas pensé.

Il s'est dit parfois que , si votre *but* n'était pas de paraître descendant d'un grand homme , cet acte de transfiguration , quel qu'en soit le *motif*, devait toujours avoir pour *résultat*, même à votre insu et contre votre vœu , sans doute , d'attirer sur vous toute la considération due à l'antique famille de Rosny de Sully , qu'on regarde cependant comme bien étrangère à la vôtre, tant que vous ayez jugé à propos de dissiper , à cet égard , le doute qu'a produit l'examen généalogique ci-dessus.

On se fait même encore , en Boulonnais , quelques objections que je vais vous soumettre.

La charge de trésorier de France dont fut honoré monsieur votre père , l'un des hommes les plus instruits du Boulonnais , apporta pour la première fois la noblesse dans sa famille , et ce toutefois , après vingt années d'exercice , comme le voulaient les réglements d'alors ; mais il fallait pour cela les vingt années d'exercice , et l'on se demande encore si monsieur votre père a exercé vingt ans cette charge. Il se peut que oui, il se peut que non ; la question t indécise, et l'on voudrait vous voir l'éclaircir.

Vainement, Monsieur, quelques personnes prétendent que le fief de Rony , sis à Bouillancourt en Serie, près Abbeville , s'écrit Rosny. Je trouve ce fait contesté par la

I. 28

manière dont ce nom est écrit dans le dossier de la rente
en beurre et en argent que vous devait ma famille ; je le
trouve contesté par la manière dont signa toujours monsieur votre père , qui, comme je le disais tout à l'heure ,
et comme je me plais à le répéter , étant l'un des hommes
les plus instruits du Boulonnais, se piquait sans doute de
signer correctement son nom. Je le trouve encore contesté, Monsieur, par la manière dont vous écriviez votre
nom jusqu'à la restauration , et j'aime mieux penser que
vous ne vous êtes trompé que dix ans , plutôt que de
penser que vous vous êtes trompé vingt ans.

Voilà, Monsieur, une suite de faits , d'objections et de
raisonnements qui égare ceux qui recherchent l'exactitude
authentique de votre nom, comme ceux qui cherchent à
s'instruire sur l'affinité ou la différence de votre famille
avec celle de Maximilien de Béthune, baron de Rosny,
duc de Sully. La solution de ce problème est nécessaire à
ceux qui écriront désormais l'histoire du Boulonnais où
vous êtes maintenant appelé à figurer un jour ; et je la
désire, parce que je réunis des matériaux pour ce travail,
si judicieusement mené jusqu'en 1803 ou 1804 par
M. Henry.

J'ai l'honneur d'être bien sincèrement , Monsieur,
votre très humble et très obéissant serviteur ,

Léon DE CHANLAIRE,
électeur du collège du Pas de Calais.

FIN DU TOME PREMIER.

TABLE

DES MATIÈRES CONTENUES DANS CE VOLUME.

	Pages.
Note sur la vie et les écrits de P.-L. Courier.	5
Avertissement sur la lettre à M. Renouard.	17
Lettre à M. Renouard, libraire.	25
Lettre à MM. de l'Académie.	65
Pétition aux deux chambres.	87
Placet à S. E. le ministre.	101
Pierre Clavier dit Blondeau à Messieurs les juges de police correctionnelle à Blois.	105
A Messieurs les juges du tribunal civil à Tours.	123
Simple Discours.	151
Aux ames dévotes de la paroisse de Véretz.	177
Procès de Paul-Louis Courier.	187
Pétition à la chambre des députés, pour les villageois que l'on empêche de danser.	257
Livret de Paul-Louis, vigneron, pendant son séjour à Paris en mars 1823.	277
Gazette du village.	297
Pièce diplomatique extraite des journaux anglais.	321
Pamphlet des pamplets.	331
Lettres au rédacteur du Censeur. Première lettre.	353
Lettre II.	356
Lettre III.	360
Lettre IV.	362
Lettre V.	366
Lettre VI.	373
Lettre VII.	381
Lettre VIII.	385
Lettre IX.	393
Lettre X.	399
Lettre à M. Delegorgue de Rony.	417

FIN DE LA TABLE DU TOME PREMIER.

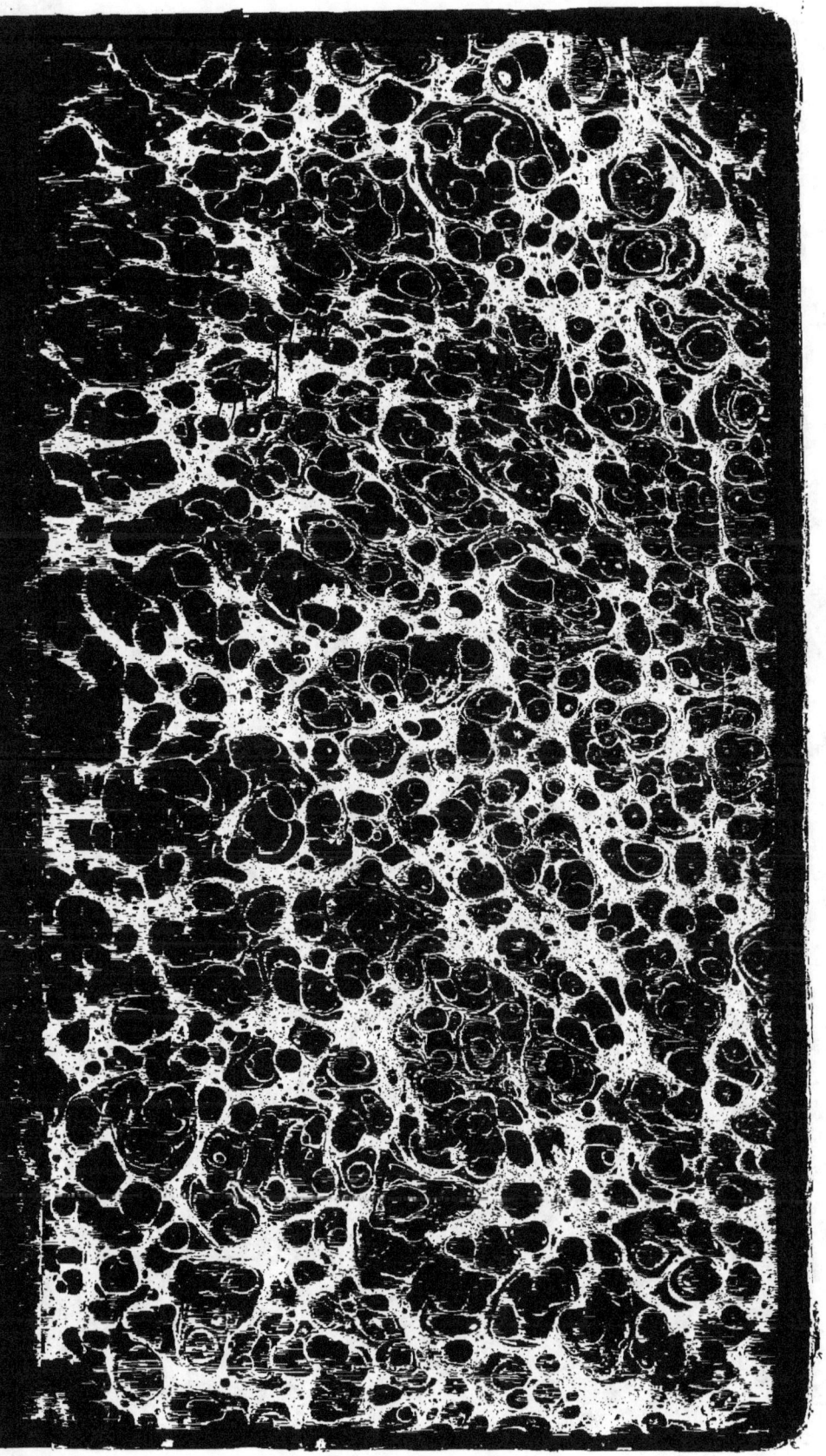

www.ingramcontent.com/pod-product-compliance
Lightning Source LLC
Chambersburg PA
CBHW050732030726
47505CB00002B/232